Polina Daschkowa

Für Nikita

POLINA DASCHKOWA, geboren 1960, studierte am Gorki-Literaturinstitut in Moskau und arbeitete als Dolmetscherin und Übersetzerin, bevor sie mit einer Gesamtauflage von heute 45 Millionen verkauften Büchern zur beliebtesten russischen Krimiautorin avancierte. Sie lebt mit ihrem Mann und zwei Töchtern in Moskau.

In der Aufbau-Verlagsgruppe sind ihre Romane »Die leichten Schritte des Wahnsinns« (2001), »Club Kalaschnikow« (2002), »Russische Orchidee« (2003), »Lenas Flucht« (2004), »Du wirst mich nie verraten« (2005), »Keiner wird weinen« (2006) und »Der falsche Engel« (2007) erschienen.

Im DAV wurden die Hörbücher »Die leichten Schritte des Wahnsinns« und »Club Kalaschnikow« veröffentlicht.

Nikita Rakitin, ein landesweit berühmter Krimiautor, hat den Auftrag, die Biographie eines einflußreichen Politikers zu schreiben. Sein Name ist Grigori Russow, und er hat gerade die Wahl zum Gouverneur eines großen Gebietes in Sibirien gewonnen. Doch offenbar stößt Nikita bei seinen Recherchen auf Fakten, die Russow in der Öffentlichkeit stark belasten könnten. Auf den Schriftsteller wird ein Mordanschlag verübt. Nikita zieht es vor zu verschwinden, aber er scheint nirgends sicher zu sein. Als sein Tod bekannt wird, macht sich seine Jugendliebe, die Ärztin Nika, sofort auf den Weg nach Moskau zu seiner Beerdigung. Allerdings ist Nika seit Jahren mit Russow verheiratet und kann diese Reise nur heimlich unternehmen. Sie wird verfolgt: von Russows Bodygards und einem geheimnisvollen Fremden.

Ich wollte etwas schreiben, was es bisher in dieser Form in Rußland noch nicht gegeben hat, etwas Dynamisches voller Abenteuer und verbrecherischer Geheimnisse.

Polina Daschkowa

Die Autorin dankt dem Oberstleutnant der Miliz Kirill Iwanow für seine Hilfe und moralische Unterstützung bei der Arbeit an diesem Roman.

Nennt mich was für ein Instrument ihr wollt,
ihr könnt mich zwar verstimmen,
aber ihr könnt nicht auf mir spielen.

William Shakespeare, Hamlet

Erstes Kapitel

Fedja saß auf dem Fußboden, die Beine gekreuzt, die Füße nach oben gerichtet. Sein kahlgeschorener Kopf war weit in den Nacken gebeugt, seine wasserblauen Augen blickten starr an die Decke. Er wiegte sich sanft hin und her, und in ihm schien etwas zu summen und zu vibrieren.

»Omm, omm ...« Seine Lippen bewegten sich kaum, der Laut drang aus seinem Bauch.

Vor einem Jahr hatte sein »Omm« noch kindlich dünn geklungen, nun kam er in den Stimmbruch. Fedja war gewachsen, über seiner Oberlippe schimmerte dunkler Flaum, auf seiner Stirn sprossen mehrere kleine Pickel.

»Guten Tag, mein Sohn«, sagte Jegorow und versuchte zu lächeln. Der Junge fuhr fort, sich zu wiegen.

»Fedja, guten Tag«, sagte der Vater etwas lauter und holte auf den abwartenden Blick des Arztes hin seine Brieftasche heraus.

»Er hört und sieht Sie nicht«, erinnerte ihn der Arzt und steckte den Geldschein rasch in seine Kitteltasche. »Aber bitte nicht lange. Das letzte Mal habe ich nämlich Ärger bekommen.«

»Dürfte ich mit ihm allein bleiben?«

»Auf keinen Fall.«

»Mehr Geld habe ich nicht bei mir, entschuldigen Sie. Ich entschädige Sie das nächste Mal ...«

»Darum geht es nicht.« Der Doktor verzog das Gesicht. »Hören Sie, Sie sind doch nicht etwa krank? Sie sehen schlecht aus. Sie haben abgenommen.«

Jegorow sah wirklich schlecht aus. Er hatte vor fünf Minuten einen flüchtigen Blick in den Spiegel der Krankenhaushalle geworfen und dabei festgestellt, daß die Schatten unter seinen Augen tiefer und dunkler geworden waren. Sein Kopf sah beinahe aus wie ein Totenschädel: vollkommen kahl, Augen und Wangen eingefallen.

»Ja, es geht mir nicht besonders.« Er nickte. »Zu hoher Blutdruck, die Magnetstürme.«

Der Arzt erbarmte sich. »Na schön, ich gehe kurz raus, eine rauchen.«

»Danke. Ich werde mich revanchieren«, flüsterte Jegorow dem weißen Kittel hinterher.

Die Tür wurde geschlossen.

»Na, wie geht es dir, mein Sohn?« Er hockte sich hin und strich mit der Hand über den warmen, kahlgeschorenen Kopf.

»Omm, omm ...«

»Der Arzt sagt, du ißt nicht. Findest du es etwa angenehm, wenn sie dich mit Gewalt füttern? Du mußt essen, Fedja. Ich hab alles mitgebracht. Du wächst doch noch. Bald bist du ein Mann und mußt stark sein.«

Fedja hörte auf, sich zu wiegen. Langsam senkte er den Kopf, das Kinn fiel auf die Brust. Der Kragen des Krankenhaushemdes klaffte auf und entblößte eine schwarze Tätowierung unter der Halsgrube. Ein fünfzackiger Stern, der auf der Spitze steht, in einem Kreis. Um das Pentagramm herum war die Haut ständig gerötet und entzündet, obwohl die Tätowierung schon fast fünf Jahre alt war.

»Sag doch etwas, mein Sohn.«

Über die Augen des Jungen legte sich ein matter Schleier, wie bei einem schlafenden Vogel. Das Brummen war verstummt. Jegorow versuchte, die fest ineinander verflochtenen dünnen Beine seines Sohnes zu lösen, und erinnerte sich, wie Fedja der Lotossitz zum erstenmal gelungen war.

Der Junge drehte die Füße, vor Anstrengung ganz rot und verschwitzt. Ihm gegenüber, auf einem abgewetzten Teppich, saßen seine Mutter, sein älterer Bruder und noch zwei Dutzend Leute. Alle waren in Laken gehüllt, alle drehten die nackten Füße nach oben, wiegten sich und wiederholten einen unheimlichen, vibrierenden Laut: »Ommm!«

Jegorow erstarrte auf der Schwelle. Erst wollte er loslachen. Erwachsene Menschen in Bettlaken saßen im Kreis und muhten wie eine Herde Kühe – das erschien ihm einfach albern. Doch als er genauer hinsah, verging ihm das Lachen. Die Gesichter wirkten wie Gipsmasken, die Augen wie tot, erstarrt. Das vielstimmige Brummen von Männern, Frauen und Kindern breitete sich in einer ganz normalen Turnhalle einer ganz normalen Moskauer Schule aus wie schweres, giftiges Gas.

Der Direktor vermietete die Turnhalle abends an eine Gruppe, die sich »Gesunde Familie« nannte. Gymnastik, Yoga, vernünftige Ernährung, der Weg zu geistiger und körperlicher Vollkommenheit. Der Unterricht war kostenlos und fand dreimal wöchentlich statt, von sechs bis neun.

Jegorow erkannte seine Frau und seine Kinder in dem muhenden Kreis kaum. Als ersten entdeckte er Fedja. Auf dem kindlichen Gesicht spiegelte sich noch lebendige menschliche Mimik. Der Junge runzelte die Stirn, während er versuchte, die umgedrehten Füße auf den gebeugten Knien zu plazieren. Der kurze Schopf klebte ihm schweißnaß auf der Stirn.

»Fedja, mein Sohn!« rief Jegorow leise.

Genau in diesem Augenblick fügten sich die kindlichen Beine endlich zum erstrebten Kringel.

»Geschafft!« rief der Junge freudig und schloß sich dem Chor an.

In der Mitte des Kreises saß ein älterer, kahlgeschorener Asiat im Lendenschurz. Auf der unbehaarten nackten Brust prangte ein schwarzes Pentagramm, ein fünfzackiger Stern in einem Kreis. Die schmalen Augen starrten Jegorow an; der spürte, wie dieser Blick ihm die Haut versengte, mißtraute dieser Wahrnehmung allerdings – das gab es doch nicht, daß ein Blick aus zehn Metern Entfernung brannte wie starke Säure!

»Was soll dieser faule Zauber?« fragte Jegorow laut und tat einen entschlossenen Schritt auf den muhenden Kreis zu, um seine Frau und seine Kinder herauszuholen.

Der Asiat sagte kein Wort, gab aber offenbar jemandem ein Zeichen, denn augenblicklich wurden Jegorow mit geübtem Griff die Arme zusammengepreßt und auf den Rücken gedreht, so daß er sich nicht mehr rühren konnte. Jegorow versuchte sich loszureißen.

»Was soll das? Lassen Sie mich los, sofort!«

Damals, vor fünf Jahren, war Jegorow noch sehr stark gewesen. Einsneunzig groß, neunzig Kilo schwer, kein Gramm Fett, alles schiere Muskeln. Doch die Person hinter ihm war wesentlich stärker.

»Oxana! Slawik! Fedja!« Jegorow rief die Namen seiner Frau und seiner Söhne, aber sie hörten ihn nicht. Sein Schreien ging im vielstimmigen Brummen der zwei Dutzend Leute unter. Jegorow wollte sich losreißen. Erst glaubte er, er habe es mit zwei Männern zu tun – einer hielt ihn fest, und der andere versetzte ihm einen Handkantenschlag ins Genick. Einen geübten, professionellen Schlag. Jegorow verlor vor Schmerz beinahe das Bewußtsein, riß sich mit aller Kraft los und sah endlich, wer ihn festhielt und schlug: Ein Riesenweib in schwarzen Jeans und schwarzem

Rollkragenpullover. Sie roch unerträglich nach Schweiß. Ihr Gesicht konnte er nicht erkennen, lediglich ihren Ohrring: ein Kreuz. Ein ganz normales orthodoxes Kreuz, bloß verkehrt herum.

Nach ihrem dritten Schlag war Jegorow nur noch ein zusammengekrümmter Klumpen Schmerz. Vor seinen Augen tanzten Sterne, seine Trommelfelle hämmerten laut. Dann wurde es dunkel.

Als er die Augen öffnete, fand er sich auf einer Bank auf dem Schulhof sitzend wieder, unfähig, sich zu rühren. Sein blauer Fliegermantel war bis obenhin zugeknöpft, der weiße Uniformschal ordentlich umgebunden, auf dem Kopf saß seine Mütze. Er wußte genau, daß er beim Betreten der Turnhalle den Mantel aufgeknöpft und die Mütze abgenommen hatte.

Jegorow hob den Arm und hatte das Gefühl, daß er mindestens ein Pud wog. Er rieb sich mit einer Handvoll beißendem, schmutzigem Schnee das Gesicht ab und knirschte vor Schmerz mit den Zähnen. Sein Gesicht brannte, als habe man ihm die Haut mit einer Klinge abgeschabt. Die Wut half ihm, endgültig zu sich zu kommen und aufzustehen.

Die Schule war verschlossen. Die vergitterten Fenster der im Souterrain liegenden Turnhalle waren dunkel. Er umrundete das gesamte Gebäude. Totenstille. Keine Menschenseele. Er sah auf die Uhr: Es war Mitternacht.

Seine Frau und die Kinder lagen zu Hause im Bett und schliefen. Er blickte in den Spiegel und sah, daß sein Gesicht rot und entzündet war. Doch am Hals, unterm Ohr, fand er nicht die geringste Spur, nicht den kleinsten blauen Fleck.

»Ach, Iwan, du bist schon zurück?« fragte seine Oxana

verschlafen, als er sich aufs Bett setzte und ihr übers Haar strich.

»Wo wart ihr heute abend?«

»Beim Unterricht, in der Gruppe. Das weißt du doch.«

»Ich war da. Ihr habt mich nicht gehört und nicht gesehen. Ihr wart alle wie blind und taub. Ihr wart wie tot. Oxana, wach endlich auf! Ich wurde zusammengeschlagen und rausgeworfen wie ein räudiger Hund.«

»Was redest du denn da, mein Lieber, mein Guter, mein Geliebter!« Ohne die Augen zu öffnen, lachte sie ein fremdes, tiefes Nixenlachen, umschlang seinen Hals, zog ihn zu sich herunter, verschloß ihm mit ihren weichen, warmen Lippen den Mund und knöpfte ihm geschickt das Hemd auf.

Jegorow lebte seit fünfzehn Jahren mit seiner Frau zusammen, er kannte an ihr jede Bewegung, den Klang ihrer Stimme, den Rhythmus ihres Atems – doch die Frau, die ihn jetzt auf den Mund küßte und ihn auszog, war eine andere, eine ihm völlig unbekannte Oxana.

Seine stille, schüchterne Frau, die selbst in den intimsten Augenblicken vor allzu stürmischen Gefühlsäußerungen zurückscheute, aus Angst, die Kinder zu wecken, die immer fürchtete, das Bett könnte quietschen, wurde auf einmal zur unersättlichen, schamlosen, erfahrenen Nymphomanin.

Wo, wann und bei wem hatte sie das gelernt? Alles an ihr war anders: ihre Hände, ihr Körper, ihre Lippen. Sogar ihr Duft. Anstelle des gewohnten Apfelshampoos und leichten Eau de Cologne strömte sie nun einen schweren, würzigen Geruch nach Rosenöl oder Muskat aus.

»In mir erwachen Kräfte, die früher geschlummert haben«, erklärte sie ihm am nächsten Morgen gelassen. »Hat es dir etwa nicht gefallen?«

»Wer hat dir das beigebracht?« erkundigte sich Jegorow finster.

Sie antwortete mit ihrem fremden, tiefen, dumpfen Lachen.

»So etwas zu lernen braucht Jahre. Nein, nicht Jahre – Jahrtausende. Das genetische Gedächtnis. Eine besondere Energetik, die sich nur bei Auserwählten entfaltet, bei höheren Wesen. In mir ist der strahlende, freie Geist der großen Maya erwacht.«

»Maya? Was redest du da, Oxana?«

»Maya ist die große Shakti, die Mutter der Schöpfung. In ihrem Bauch ruht das Urei, welches das gesamte Universum umfaßt und damit den Geist des großen Vaters. Durch den Tanz des Lebens, durch seine Vibration erfüllt Mayas Energie die imaginäre Materie …«

»Ihr geht dort nicht mehr hin. Weder du noch die Kinder.«

»Sag bloß, dir hat es heute nacht nicht gefallen?« Sie schlug ihren Nylonsteppmantel auf, unter dem sie nackt war, und kam auf ihn zu. Ihr Atem ging schnell und heiser, und ihr Lächeln kam Jegorow aus der Nähe vor wie das Grinsen einer Toten.

Fünf Jahre war das her, doch er erinnerte sich noch immer ganz deutlich an jene Dezembernacht. Damals hatte alles angefangen. Für ihn jedenfalls. Für seine Frau und seine Kinder bereits früher.

Oxana und Slawik lebten vermutlich nicht mehr. Fedja hatte einen klinischen Tod hinter sich und alle Formen psychiatrischer Behandlung, von Psychopharmaka und Elektroschocks bis zu Hypnose. Die Ärzte konnten nichts versprechen, runzelten vielsagend die Stirn, wollten sich auf keine endgültige Diagnose festlegen. Jegorow hörte nicht mehr auf sie. Er vertraute ihnen nicht mehr. Er ließ Fedja nur deshalb im Krankenhaus, weil er bislang keine Möglichkeit hatte, den Jungen zu Hause zu pflegen.

»Fedja, erinnerst du dich an Sinedolsk? Wir sind mal hingeflogen, als du noch ganz klein warst. Erinnerst du dich an Oma?«

Der Junge zuckte mit dem Kopf, und Jegorow glaubte einen Augenblick, er habe genickt.

»Du warst gerade drei geworden. Wir haben dort deinen Geburtstag gefeiert, zusammen mit Oma. Sie hat dir einen Spielzeuglaster geschenkt, der war so groß, daß du dich selber reinsetzen konntest.«

Fedja erstarrte kurz, und wieder hatte Jegorow den Eindruck, daß sein Sohn ihn hörte und verstand.

»Hab noch ein bißchen Geduld, mein Sohn, bald wird alles gut.« Während er das sagte, versuchte er, die verschlungenen Beine des Jungen zu lösen. »Ich hole dich hier raus, wir ziehen ganz weit weg, irgendwohin, wo die Luft sauber ist, wo es Kiefernwälder gibt und einen Fluß mit klarem Wasser. Dann wird es dir besser gehen.«

Jedesmal murmelte Jegorow dieselben Worte von sauberer Luft und klarem Wasser, jedesmal versuchte er, die Beine des Jungen aufzuflechten, die verkrampften Muskeln zu lockern, und fürchtete, ihm weh zu tun, obgleich er wußte, daß Fedja keinen Schmerz spürte.

»Nicht doch, quälen Sie sich nicht«, hörte er hinter sich den Doktor sagen und zuckte zusammen. Der Arzt war ganz leise hereingekommen und beobachtete schon seit einigen Minuten schweigend Jegorows vergebliche Versuche.

»Da hilft nur eine Spritze, sie löst den Krampf. Die Schwester übernimmt das gleich. Aber Sie müssen jetzt gehen. Alles Gute.«

Jegorow verließ das Krankenhaus guten Mutes. Seit einigen Tagen war ihm wesentlich leichter ums Herz. Trotz des skeptischen Lächelns des behandelnden Arztes, trotz der leeren Augen seines Sohnes hegte er nun eine hartnäckige Hoffnung.

Das Klingeln kündete ein Ferngespräch an. Nikita Rakitin stieg ohne Hast aus der Wanne, zog den Bademantel über und ging zum Telefon, nahm aber nicht gleich ab. Er hatte nicht die geringste Lust dazu.

»Sei gegrüßt, Schriftsteller Viktor Godunow. Warum nimmst du nicht ab?« tönte ein befehlsgewohnter dumpfer Bariton.

»Ich war in der Badewanne.«

»Ach so! Wie geht die Arbeit voran?«

»Normal.«

»Ich hab gehört, du willst für eine Woche in die Türkei.«

»Stimmt. Und?«

»Warum hast du nicht Bescheid gesagt?«

»Muß ich das denn?«

»Jedenfalls wäre es nicht verkehrt gewesen, mich davon in Kenntnis zu setzen. Na, ich nehm's dir nicht krumm. Erhol dich ruhig, wenn du erschöpft bist. Aber fährt deine Tochter nicht mit?«

»Sie hat noch keine Ferien.«

»Verstehe. Dann hättest du doch deine kleine Journalistin mitnehmen können. Tolles Mädchen übrigens. Ich hab sie neulich im Fernsehen gesehen, in einem Jugendprogramm. Ist das mit euch beiden was Ernstes?«

»Entschuldige, aber bin ich dir darüber auch Rechenschaft schuldig?« erkundigte sich Nikita lustlos.

»Schon gut, Alter, reg dich nicht auf. War ja nur eine Frage, rein freundschaftlich. Hauptsache, dein Privatleben behindert deine Arbeit nicht.«

Nikita sah auf einmal deutlich vor sich, wie sein Gesprächspartner ihm bei diesen Worten auf die Schulter geklopft hätte. Immer, wenn er jemanden mit »Alter« anredete, klopfte er ihm auf die Schulter, gönnerhaft, vertraulich. Gut, daß einige tausend Kilometer zwischen ihnen lagen.

»Keine Sorge, das tut es nicht.« Nikita gähnte deutlich in den Hörer.

»Freut mich zu hören.« Sein Gesprächspartner hüstelte. »Auf welcher Seite bist du jetzt?«

»Zweihundertfünfzehn. Zufrieden?«

»Durchaus. Mehr wollte ich eigentlich gar nicht wissen. Ich brenne vor Ungeduld, endlich alles zu lesen. Na schön, Alter, erhol dich gut, und dann mit frischen Kräften wieder an die Arbeit. Wann fliegst du?«

»Heute nacht.«

»Soll ich dir einen Wagen vorbeischicken?«

»Danke. Ich komme schon zurecht.«

»Ach ja, was ich noch fragen wollte – warum hast du so eine billige Reise gebucht? Ein schäbiges Reisebüro, ein Drei-Sterne-Hotel?«

»Drei-Sterne-Hotels sind manchmal ganz anständig.«

»So? Na, wie du meinst. Du mußt es ja wissen. Ruf an, wenn du wieder zurück bist.«

»Auf jeden Fall. Mach's gut.«

Nikita legte auf, schaltete den Wasserkocher ein und rauchte am offenen Küchenfenster eine Zigarette. Diesem Anruf würde wohl keine weitere Kontrolle folgen. Jetzt war eine Woche Ruhe.

Er hatte noch zwei Stunden. Er goß sich Tee ein, legte eine Kassette in sein kleines Diktiergerät und setzte Kopfhörer auf.

»Ich wollte immer der erste sein«, verkündete derselbe befehlsgewohnte Bariton auf dem Band. »Von Kindheit an wollte ich mein Recht darauf beweisen, mir selbst und anderen. Das ist schwer, Alter, du kannst dir nicht vorstellen, wie schwer.«

Vor anderthalb Monaten, als die Aufnahme entstand, war jedem »Alter« wie auf Kommando ein Schulterklopfen gefolgt.

»Dein Recht worauf?« hörte Nikita sich selbst fragen.

»Auf Leben. Auf ein gutes, angemessenes Leben. Auf Macht, wenn du so willst.«

»Macht über wen?«

»Über andere. Verstehst du, das stand mir von Anfang an zu, aber eben nicht ganz. Ich bin ja unehelich geboren.«

»Spielt das denn heutzutage noch eine Rolle?«

»Kommt ganz drauf an. Mein Vater gehörte zur Parteielite. Ein hohes Tier.«

»Ja, ich weiß. Das hast du oft genug erzählt.«

»Ich habe immer mal was anderes erzählt. Ich war jung und dumm.«

»Du hast gelogen?« fragte Nikita verständnisvoll, ohne jeden Spott.

»Na ja, wer tut das nicht. Das mit meinem Vater, das ist die reine Wahrheit. Aber meine Mutter …«

»Du hast erzählt, sie war Ärztin, Orthopädin oder so, nicht?«

»Mann, hast du ein Gedächtnis, Alter! Das hätte ich nicht gedacht, ehrlich.« Die Stimme verriet Verwunderung, sogar ein wenig Enttäuschung. Oder Mißtrauen? Jedenfalls war unverkennbar, daß Nikitas gutes Gedächtnis ihm nicht behagte. Er schwieg eine ganze Weile; ein Feuerzeug klickte – offenbar zündete er sich eine Zigarette an –, dann sagte er nachdenklich: »Hätte ich etwa bei dir zu Hause, bei deinen intellektuellen Eltern und strengen Großmüttern erzählen sollen, daß meine Mutter Serviererin in der Sauna war?«

»Warum denn nicht?«

»Darum. Jetzt geniere ich mich nicht mehr, die Zeiten haben sich geändert, und wir beide haben die Rollen getauscht. Hätte ich mir etwa damals, vor zwanzig Jahren, vorstellen können, daß du, Rakitin, mal meine bescheidene Biographie für die Nachwelt festhalten würdest? Ich wollte ja schon immer ein Buch schreiben. Und das könnte ich auch, keine Frage.«

»Warum hast du dann mich darum gebeten?« fragte Nikita leise.

»Keine Zeit. Wie heißt es so schön? Jedem das Seine. Ich mache Politik, und du schreibst Bücher. Du brauchst im Moment dringend Geld, es geht sozusagen um Leben und Tod. Also gebe ich dir eine Möglichkeit, welches zu verdienen. Und ich brauche eine erstklassige Biographie und will nicht, daß die irgendein namenloser Journalist zusammenschmiert. Das Buch über mich soll ein Schriftsteller schreiben. Ich zahle anständig, also sei so gut und bediene mich anständig.« Ein gesundes, herzhaftes Lachen – dann sagte Nikitas Gesprächspartner, wieder ernst: »Nimm's mir nicht übel, Alter. War nur ein Scherz.«

»Ich weiß deinen Humor zu schätzen. Hör mal, aber warum die Geheimhaltung? Warum darf niemand wissen, woran ich gerade arbeite?«

»Das Ganze soll eine Überraschung werden für die breite Öffentlichkeit.«

»Na schön«, sagte Nikita nachdenklich und dachte: Du lügst, Alter. Du würdest nur zu gern ausposaunen, daß der Schriftsteller Viktor Godunow sämtliche eigenen Pläne beiseite gelegt hat, um ein Buch zu schreiben über deine wertvolle Person, weil deine Biographie weit interessanter ist als die kühnsten Phantasien von Godunow. Aber du hältst unseren Bund geheim, und zwar aus Angst, daß eine bestimmte Person davon erfährt. Der Mensch, der dir wichtiger ist als jeder andere. Deine Frau. Ihr würde es ganz und gar nicht gefallen, daß ich dich, wie hast du gesagt – »bediene«; sie würde dir eine Menge überflüssiger Fragen stellen, die zu einem ernsthaften Ehekrach führen könnten. Irgendwann wird sie es natürlich sowieso erfahren. Doch dann ist das Buch schon fertig …

»Also, was ist mit deiner Mutter?«

»Meine Mutter? Sie war Serviererin. Du weißt schon, eine von denen, die mit Spitzenschürzchen und Tablett in den Ruheraum kommen. ›Einen Tee, Pjotr Iwanowitsch?‹ Und außer dem Spitzenschürzchen haben sie nichts weiter an. Höchstens noch eine Schleife im Haar. Ja, so wurde ich gezeugt, im Saunaschweiß, beim Samowar. Ein Nomenklatura-Halbblut.«

»Wäre das nicht ein schöner Titel?«

Kräftiges, herzhaftes Lachen. Nikita erinnerte sich noch genau, wie sein Gesprächspartner ihn anschließend mit bösen, glasigen Augen angestarrt hatte.

»Das ist kein Stoff für Scherze, Alter. Das ist mein Schmerz.«

Ein leises Klacken – er zündete seine erloschene Zigarette wieder an, dann lief er im Zimmer auf und ab.

»Unter Chruschtschow hatte mein Vater einen kleinen Posten im Gebietskomitee der Partei. Ich bin siebenundfünfzig geboren, wie du weißt. Vierundsechzig, nach Chruschtschows Sturz, wurde der gesamte Parteiapparat umgekrempelt. Mein Papa stieg auf, er sollte Erster Sekretär werden, doch da hat irgendein Schwein ihn bei Breshnew denunziert, von wegen, dieser Kommunist hat Probleme mit der Moral. Er hat ein außereheliches Kind mit einem Saunamädchen. Er dachte, Breshnew würde derart offenkundige Unzucht verurteilen, aber im Gegenteil,

Breshnew hat gesagt: ›Der Mann hat ein großes Herz, fremdgehen tut jeder mal, aber viele verleugnen anschließend ihre Kinder, er dagegen hat seinen Sohn anerkannt. Ein guter Mensch.‹ Mein Vater wurde gleich an Ort und Stelle, am Bankettisch im Jagdhaus, als Erster Sekretär des Gebietskomitees von Sinedolsk bestätigt. Im Grunde hatte Papa seine Karriere also mir zu verdanken. Und das hat er bis zum letzten Tag nicht vergessen. Hinzu kam, daß mein Halbbruder, sein einziger legitimer Erbe, stark zu trinken anfing. Er war schon fünfundzwanzig, mochte weder arbeiten noch studieren, sorgte dauernd für Skandale: Mal zerschlug er im Restaurant eine Fensterscheibe, mal langte er vor aller Augen einer Provinzschauspielerin unter den Rock. Einmal hat er in Moskau im Haus der Kunstschaffenden einfach in den Flügel gepinkelt.«

»Und was ist aus ihm geworden?« unterbrach ihn Nikita.

»Aus wem? Aus dem Flügel?« Wieder lachte sein Gesprächspartner herzhaft.

»Was aus dem Flügel wurde, ist klar. Und dein Halbbruder?«

»Na, ist doch auch klar. Der hat sich um den Verstand getrunken. Sitzt in einer teuren Psychiatrie und sieht kleine grüne Krokodile.« Ein kurzes Lachen, dann wurde die Stimme ernst und nachdenklich. »Überhaupt, Alter, die Familiengeschichte muß genau überlegt sein. Das ist das allerschwierigste. Wer mein Papa war, weiß die ganze Region. Lügen ist also ausgeschlossen. Aber die ganze Wahrheit geht auch nicht. Die ist nämlich nicht besonders schön. Er war damals fast fünfzig, und Mama war gerade achtzehn. Er war natürlich ein guter Mensch, hat sich um uns gekümmert. Mama hat es an nichts gefehlt, ich ging in die beste Krippe, in den besten Kindergarten. Aber die richtigen Nomenklatura-Kinder kannten natürlich weder Krippe noch Kindergarten, die wuchsen zu Hause auf, mit Kindermädchen und Gouvernanten. Im Kindergarten war ich zusammen mit den Kindern der Gärtner, Chauffeure, Zimmermädchen und Leibwächter, obwohl ich mit denen eben nicht auf einer Stufe stand. In die Schule kam ich schon als der illegitime Sohn des Königs der Region. Von Geburt ein Prinz, aber qua Schicksal Gesinde. Da hast du mal ein echtes Lebensdrama, Schriftsteller Godunow! Das ist der Widerspruch, den ich in mir und bei anderen vom zartesten Alter an überwinden mußte.«

»Wirklich hochinteressant«, sagte Nikita langsam, »aber wie hast du denn diesen Widerspruch überwunden?«

»Du willst Beispiele? Na schön, laß mich nachdenken. Ja, in der vierten Klasse haben wir Jungs mal auf dem Schulhof geraucht, da kam die Direktorin vorbei. Die Schule war die beste in der Region, nur für Privilegierte. Fast alle Kinder wurden im schwarzen Wolga gebracht und abgeholt. Am Tor stand eine Wache. Zur Turnhalle gehörte ein Schwimmbecken mit Glaskuppel. Zum Frühstück gab's Kaviar und Ananas. Aber es herrschte eine eiserne Disziplin, beinahe militärisch. Also, die Direktorin kommt auf uns zu, ein Dragonerweib, ein General im Rock. Wir konnten unsere Papirossy alle rechtzeitig ausdrücken, nur einer, ich weiß nicht mehr, wie er hieß, der hat sich die brennende Kippe vor Schreck in die Gesäßtasche gesteckt. Er hielt es nur eine Minute aus, dann hat er gebrüllt wie am Spieß. Danach haben wir gewettet, ob man solchen Schmerz aushalten kann, ohne zu schreien. Ich kam auf die Idee, Kippen auf der Hand auszudrücken. Wer am meisten aushält.«

»Und – wer hat gewonnen?«

»Ich natürlich.«

Nikita erinnerte sich, wie ihm sein Gesprächspartner bei diesen Worten seine linke Hand gezeigt hatte. Auf dem

Handrücken prangten fünf kreisrunde Narben, etwa so groß wie alte Kopekenstücke.

»Ja, was könnte ich dir noch erzählen?« Er überlegte lange und murmelte schließlich: »Vielleicht die Geschichte mit der alten Goldmine.« Er stockte erschrocken. »Nein, das ist uninteressant.«

»Wieso? Eine Goldmine, das ist sehr interessant. Ich wollte dich gerade fragen, wie du dein Startkapital zusammengekriegt hast. Politik läuft doch nicht ohne Geld. Um diese Frage werden wir in dem Buch nicht rumkommen.«

»Stimmt, da kommen wir nicht drum herum. Geld, das ist immer interessant. Aber noch reden wir über meine Kindheit. Über Mama und Papa.«

»Und die Goldmine?«

»Ach was, das ist irgendwie zu romantisch. Klingt so nach Jack London. Außerdem hat es mit meinem Startkapital nicht das geringste zu tun.«

»Na, dann kannst du es doch erst recht erzählen. Was ich daraus mache, ist meine Sache.«

Deutlich sah Nikita das angespannte, konzentrierte Gesicht vor sich. Offenkundig hatte er gewichtige Gründe, sich für seine Schwatzhaftigkeit zu tadeln.

Damals, vor anderthalb Monaten, hatte Nikita noch nicht geahnt, wie gewichtig diese Gründe waren.

Eine Stunde später nahm er ein Taxi und fuhr zu Tanja. Er blieb eine knappe halbe Stunde bei ihr, trank eine Tasse starken Kaffee. Zum Flughafen brachte ihn Tanja mit ihrem alten Moskwitsch.

»Das Hotel ist bestimmt miserabel, unten dröhnt jeden Abend eine Diskothek, oder es ist gar ein Freudenhaus«, sagte sie und küßte ihn zum Abschied.

»Der Strand ist weit weg, und das Meer verdreckt«, ergänzte er.

»Aber was kümmert dich das?« Sie lächelte und bekreuzigte ihn rasch.

Es kümmerte ihn tatsächlich nicht, denn er flog nicht in die Türkei, sondern nach Westsibirien. Er wußte nicht, ob er richtig handelte, er zweifelte, ob diese aufwendige Reise einen Sinn haben würde. Aber eines wußte er genau: Wenn er recht hatte und nicht umsonst fuhr, dann war die Sache für ihn lebensgefährlich.

Zweites Kapitel

Die Schüsse waren kaum zu hören. Dabei hätten sie doch die Moskauer Mainacht zerreißen müssen wie Donnerschläge. Aber es machte nur ein paarmal trocken »plopp«. Glas zersplitterte, eine Alarmanlage heulte los, dann eine Milizsirene.

Eine Schaufensterpuppe in einem Adidas-Sportwarengeschäft schwankte und fiel um.

Der Streifenwagen der Miliz hängte sich an den schwarzen Jeep. Normalerweise hätte der Jeep auf jeden Fall noch einmal gebremst – für den Kontrollschuß. Doch der Miliz-Mercedes kam mit heulender Sirene um die Ecke gerast, und da war es zu spät.

Der Jeep jagte mit hundertzwanzig über den menschenleeren Leningrader Prospekt. Der Oberleutnant beorderte per Funk ein Einsatzkommando und einen Krankenwagen zum Sportgeschäft.

An der Metrostation Sokol bog der Jeep quietschend in eine Gasse ab, die sich in drei Richtungen gabelte. Als der Milizwagen ein paar Augenblicke später um die Ecke bog, war die Gasse bereits leer.

»Ein schwarzer Jeep ohne Kennzeichen«, meldete der Oberleutnant über Funk, »drei Personen.«

Fünf Minuten später hielten vorm zersplitterten Schaufenster des Sportgeschäfts zwei Kleinbusse. Aus dem einen sprangen ein Arzt und ein Sanitäter des Notdienstes, aus dem anderen Einsatzleute der Miliz. Alle eilten zu der Person, die reglos auf dem Asphalt lag, mit Glassplittern bedeckt. Der Arzt hockte sich hin, stand sogleich wieder auf, sah die Umstehenden an und fragte spöttisch:« Wo ist denn die Leiche, Jungs? Hier ist keine.«

Auf dem Asphalt lag eine Schaufensterpuppe.

Der Notarztwagen raste davon. Die Leute von der Miliz untersuchten den Tatort und fanden vier leere Patronenhülsen von einer ausländischen Maschinenpistole, eine frische Zigarettenkippe Marke Chesterfield und sonst nichts als den üblichen Straßendreck unter einem Berg Glasscherben.

Das Handy klingelte schon seit fünf Minuten. Veronika Sergejewna Jelagina streckte die Hand aus und tastete auf dem Nachttisch nach dem Apparat.

»Wissen Sie, wie spät es ist? Halb fünf! Er schläft. Ja, ich weiß, daß Sie aus Moskau ...« Sie wollte das Gespräch schon unterbrechen, doch ihr Mann sprang auf wie angestochen, riß ihr das Telefon aus der Hand und stürzte aus dem Zimmer, wobei er sich im Dunkeln den Kopf am Türrahmen stieß.

»Verdammt ... Ja. Was ist los?«

Ihr Mann bemühte sich zwar, leise zu sprechen, doch an seiner Intonation, an seinem leichten Keuchen erkannte Veronika, wie nervös er war.

»Wa-as? Idioten. Sie sollen sich zu ihm nach Hause scheren. Das Auto wechseln. Schnell. Dein Problem ... Bis zur

Amtseinführung muß das erledigt sein. Wie du meinst ... Schluß.« Er beendete das Gespräch.

Nika setzte sich auf und schaltete die kleine Wandlampe an.

»Was ist passiert, Grischa?«

»Alles in Ordnung, Nika. Schlaf weiter«, sagte er, als er das Schlafzimmer betrat. Sein Gesicht war rot und schweißnaß. Auf seiner Stirn zeichnete sich eine spitze lila Beule ab.

»Warte, da muß Eis drauf.« Nika stand auf, zog einen Morgenrock über und ging in die Küche.

»Nika, laß doch, geh schlafen«, sagte Grischa mit dumpfer, gleichgültiger Stimme und schlurfte mit schweren Schritten hinter ihr her. »Eis hilft da nicht.«

»Grischa, was ist denn los mit dir? Was sind das für Anrufe mitten in der Nacht? Warum bist du auf einmal so nervös? Wer soll sich zu wem ›nach Hause scheren‹ und das Auto wechseln? Klingt ja wie ein Gangsterfilm.«

Er stand dicht vor ihr. Seine Augen waren rot, entzündet.

»Schöner Herr Gouverneur, mit einer Beule am Kopf.« Sie öffnete den Gefrierschrank und löste einen Eiswürfel aus der Form. »Morgen früh empfängst du die australischen Farmer, mittags ist das Meeting im Kombinat, und abends kommt der amerikanische Senator.«

»Schmier mir einfach Make-up drüber.«

»Ich werd's versuchen.« Nika nickte und wickelte ein Taschentuch um den Eiswürfel. »Grischa, geht das, wenn ich nicht mitkomme, den Senator abholen? Wie heißt er noch? Dowley? Downley?«

»Richard McDendley.«

»Ach ja, richtig. Er hat uns vor anderthalb Jahren in Colorado empfangen. So ein Fetter mit Frauenstimme.«

»Nein, Nika. Du mußt. Er kommt mit Gattin. Und anschließend gibt es ein Festkonzert und ein Abendessen.« Er ließ sich auf einen Stuhl fallen und hielt ihr die Stirn hin, damit sie die Eiskompresse auf die Beule legen konnte.

»Na schön. Dann muß ich wohl. Aber was ist denn nun passiert?«

Sie spürte: Sie hätte nicht fragen sollen. Die Wahrheit würde er ihr sowieso nicht sagen; er saß da, den Blick gesenkt, und suchte fieberhaft nach einer glaubhaften Erklärung. Sie steckte ihre Nase eigentlich nie in die Angelegenheiten ihres Mannes, aber dieser nächtliche Anruf mißfiel ihr sehr, auch Grischas Ton, die Worte, die er gesagt hatte, sein rotes Gesicht, die Schweißperlen und die herumirrenden Augen.

»Das reicht.« Er schob ihre Hand mit dem Eis beiseite. »Gehen wir schlafen. Morgen ist ein schwerer Tag.«

»Natürlich wird das ein schwerer Tag, wenn du mitten in der Nacht Anrufe kriegst. Was ist passiert?«

»Diese Idioten ...« Er schlang die Arme um sie und preßte sein nasses Gesicht gegen ihren Morgenmantel. »Ein Berater des Präsidenten hat in Moskau im Casino zuviel getrunken, sie mußten ihn nach Hause bringen, haben ihn aber unterwegs verloren«, murmelte er undeutlich, »doch was kümmert dich das, mein Mädchen? Komm schlafen.«

Als sie wieder im Bett lagen und das Licht gelöscht hatten, dachte sie: Er ist tatsächlich erschöpft. Wer wäre das an seiner Stelle nicht? Der harte Wahlkampf voller Schmutz und Intrigen; höchstens fünf Stunden Schlaf, und das zwei Monate lang. Reisen durch die gesamte riesige Region, endlose Meetings, Wählerforen. Das Ergebnis übertraf alle Erwartungen. Siebenundsechzig Prozent der Stimmen – ein klarer Sieg. Aber er war mit den Nerven am Ende, und der Kopf tat ihm bestimmt auch weh. Er hatte ziemlich dumm und ungeschickt geschwindelt.

Alle Berater des Präsidenten, mit denen er befreundet war, kannte Nika persönlich, und keinen dieser seriösen, vorsichtigen Männer konnte sie sich sinnlos betrunken durch Moskau irrend vorstellen. Selbst wenn so etwas passiert war – warum sollte ausgerechnet Grischa, eben erst zum Gouverneur der Region Sinedolsk gewählt, von Sibirien aus versuchen, ein so absurdes fremdes Problem zu lösen, und dabei noch vor Nervosität in kalten Schweiß ausbrechen?

»Hast du das Handy ausgeschaltet?« murmelte sie und rollte sich zur Wand.

»Natürlich.« Er drehte sie heftig, beinah grob zu sich um. »Nika, liebst du mich?«

»Ich liebe dich sehr, Grischenka.«

»Sag mir das öfter, mein Mädchen.«

Der nächste Anruf aus Moskau kam kurz nach sieben. Nika schlief noch fest und hörte nicht, wie das Handy auf dem Bettläufer klingelte, wie ihr Mann aus dem Bett schlüpfte und auf Zehenspitzen aus dem Zimmer schlich, und ebenso entging ihr, daß er nach diesem zweiten, längeren Gespräch noch nervöser wurde. Nun lief ihm der Schweiß in großen Tropfen übers Gesicht und rann ihm in den Kragen seines Seidenpyjamas.

Die Beule am Kopf tat unerträglich weh. Er ging hinaus auf den Balkon, sog gierig die kalte, feuchte Luft ein und erstarrte für einige Minuten, die Nüstern gebläht, die Augen fest zusammengekniffen und die Fäuste schmerzhaft geballt.

Bis zur Amtseinführung blieben noch sieben Tage.

Ein Pedant wäre in dieser Nacht auf dem Leningrader Prospekt vor dem Sportgeschäft umgekommen, und die Moskauer Kriminalitätsstatistik hätte statt groben Unfugs, begangen von angetrunkenen Banditen in einem Jeep, einen weiteren Auftragsmord registriert.

Ein Pedant wäre auf jeden Fall umgekommen. Der chaotische Rakitin aber blieb am Leben. Er war auf seinen offenen Schnürsenkel getreten und hatte sich den Bruchteil einer Sekunde vor den Schüssen auf dem Asphalt langgelegt. Dann war das Milizauto um die Ecke gekommen.

Das Krachen und Heulen löste seine Erstarrung. Er sprang auf und vergaß sein aufgeschlagenes Knie. Er glaubte, der Jeep sei zurückgekommen, für einen Kontrollschuß. Doch es war nur die Schaufensterpuppe aus dem Fenster gefallen. Sie hatte die für Rakitin bestimmten Kugeln abgekriegt.

Humpelnd stürzte Nikita in den Hof hinterm Laden. Das war wahrscheinlich ein Fehler. Erstens hätte er nicht weglaufen sollen, sondern auf die Kriminalisten warten, damit sie ein Verfahren wegen versuchten Mordes einleiten konnten. Zweitens, wenn er schon weggelaufen war, dann hätte er auf keinen Fall nach Hause gehen sollen – schließlich wußte er genau: Sie würden wiederkommen und ihren Job zu Ende bringen. Jeder normale Mensch hätte vor allem überlegt, wo er sich verstecken konnte.

Aber ein normaler Mensch fiel auch nicht über seine eigenen Schnürsenkel.

Fedja Jegorow sah ständig das Gesicht des Gurus vor sich. Die schmalen Augen wirkten wie Schlitze, ganz schwarz, ohne Augäpfel. Durch diese Schlitze in dem platten Gesicht, das trübe war wie der Wintermond, beobachtete die große kosmische Leere den Jungen. Fedja krümmte sich zusammen, rollte vom Krankenhausbett auf den Boden, und seine Beine verflochten sich von selbst. Im Lotossitz begann er sich zu wiegen und zu brummen. Nur so wich das Entsetzen und hinterließ lediglich dumpfe Kopfschmerzen.

Manchmal schien Fedja aufzuwachen. Nachts, wenn niemand etwas von ihm wollte. Er lag mit offenen Augen da, auf dem harten Bett ausgestreckt. Vor dem vergitterten Fenster tanzten Schatten von Zweigen. Weit hinter der Krankenhausmauer glitten vereinzelte verwaschene Lichter vorbei. In seiner Erinnerung schwebten quälend langsam undeutliche Silhouetten, leicht wie Scherenschnitte aus Zigarettenpapier. Leise, verschwommen, wie durch eine dicke Wasserschicht, klangen Stimmen.

Er wußte nicht, daß die Ärzte das als Korsakow-Syndrom bezeichneten. Nichts, was um ihn herum hier und jetzt geschah, nahm er als real wahr. Die Wirklichkeit verschwand sofort aus seinem Bewußtsein, wurde daraus weggewaschen wie eine Zeichnung im Sand von der schwarzen Brandung. Die Zeit war für Fedja stehengeblieben. Sein Bewußtsein hing im leeren Raum. Die Leere war dumpf und schwer wie nasser Filz.

Nur hin und wieder drang ein schwaches, entferntes Licht zu ihm durch. Fedja durchlebte einzelne Bruchstücke der Vergangenheit: die staubige Turnhalle, Menschen in weißen Laken. Dabei wurde ihm jedesmal übel, sein Magen krampfte sich schmerzhaft zusammen.

Der Guru hatte erklärt, wie man sich richtig ernährte, damit die Chakren offenblieben, damit der Körper gereinigt, stärker und gesünder wurde und sich mit der Energie des Universums füllte. Oxana Jegorowa ernährte ihre Söhne mit Weizenkeimen und in heißem Wasser eingeweichtem Reis ohne Salz und Fett. Manchmal bekamen die Jungen eine Handvoll klebriger Rosinen oder getrockneter Aprikosen. Einmal in der Woche fasteten alle drei, tranken einen Tag lang nur einen speziellen Sud aus tibetischen Kräutern und abgekochtes Wasser. Einmal im Monat veranstaltete Oxana Fastenkuren über drei Tage. Der Guru lehrte sie, das Hungergefühl durch stundenlanges Meditieren und eiskalte Wassergüsse zu überwinden.

»Kopfschmerzen während des reinigenden Fastens bedeuten, daß der Körper mit Schlacken vergiftet ist«, erklärte der Guru, und Oxana hielt aus und zwang auch die Jungen dazu, achtete streng darauf, daß sie nicht heimlich etwas aßen.

Jeder Morgen begann mit Wassergüssen. Das Kind hockte sich in die Wanne, und Oxana goß ihm einen Eimer eiskaltes Wasser über den Kopf. Das öffnete schlagartig wichtige Chakren. Die erste Zeit schrien die Jungen kläglich, bekamen eine Gänsehaut und blaue Lippen. Dann gewöhnten sie sich daran.

»Nichts erreicht man einfach so«, erklärte der Guru, »man darf seinem Körper nicht nachgeben. Wenn ihr nicht bei lebendigem Leib verfaulen wollt, müßt ihr lernen, euch zu überwinden.«

»Verfaulen wir denn bei lebendigem Leib?« fragte der zwölfjährige Slawik. »Wir sind doch nicht krank oder alt.«

Gegen überflüssige Fragen verordnete der Guru zusätzliches Fasten und Meditationen. Doch zuvor wurde der Junge einer Prozedur zur Öffnung wichtiger Chakren unterzogen. Der Guru gab ihm einen speziellen Kräutersud zu trinken, bettete ihn auf einen kleinen Teppich und ließ seine Hände um den Kopf des Liegenden kreisen, wobei er unverständliche Worte murmelte. Zuerst lag der Junge still und schien zu schlafen, doch bald begannen seine Glieder zu zucken, und dann wurde der ganze Körper von rhythmischen Krämpfen geschüttelt. Der Guru sagte, durch die heilsamen Vibrationen würden die Chakren geöffnet.

Nach mehreren solchen Prozeduren stellte Slawik keine ungesunden Fragen mehr.

Mit Fedja war es schwieriger. Der Guru bemerkte, daß der Junge sich vor dem kollektiven Meditieren drückte. Der Sinn des Ganzen bestand darin, sich in die Leere zu versenken, sich von seinem vergänglichen Leib und seiner sündigen Seele zu lösen. Vor allem: an nichts zu denken. Aber das funktionierte bei Fedja nicht.

»Eure Gedanken, das sind auch Schlacken. Von materiellen Schlacken reinigt ihr euch durch Fasten, von geistigen Schlacken durch Meditation.«

Wenn die ganze Gruppe im Kreis saß, sich langsam wiegte und das eintönige »Omm« wiederholte, bemühte sich Fedja aus ganzer Kraft um Konzentration. Doch der klägliche Laut, den er zustande brachte, klang wie das Winseln eines geprügelten Welpen.

Vor dem vergitterten Fenster tanzten Schneeflocken. Ihm knurrte der Magen, er hatte Hunger. Er hätte gern eine große saftige Bockwurst gegessen, Bratkartoffeln, eine knackige, picklige Salzgurke. Eine Tafel Schokolade! Die Schneehäufchen auf den Fenstergittern erinnerten ihn an Eiskrem.

Fedja brummte weiter, dachte aber dabei, wie schön es wäre, jetzt hinauszugehen auf die Straße, an die frische Luft, wo man die anheimelnd gelb leuchtenden Fenster in den Häusern sah. Hier in der Turnhalle war es stickig und staubig, es roch nach Schweiß. Der Guru schritt den Kreis ab und hielt jedem seine Hände über den Kopf – um die Aura zu kontrollieren. Über Fedjas Kopf verharrten seine Hände lange. Fedja hatte das Gefühl, als würde sein Kopf von einem engen, heißen Ring zusammengepreßt.

Die Welt war in zwei ungleiche Teile zerfallen. Im einen gab es stillen abendlichen Schneefall und warmes Licht in den Fenstern des Nachbarhauses. Die Menschen hinter den Fenstern aßen Abendbrot, sahen fern, unterhielten sich.

Die Kinder machten Hausaufgaben. Dieses Leben war falsch. Der Guru sagte, alle diese Menschen seien Tote.

Slawik und er gingen seit einem halben Jahr nicht mehr in die Schule. Mama hatte am Telefon zur Direktorin gesagt: »Die Jungen gehen jetzt in eine Privatschule.«

In Wirklichkeit war der einzige Unterricht, den sie besuchten, der beim Guru. Der Guru sagte, Mathematik, Sprache, Literatur und Geographie brauchten sie nicht. Was sollten sie mit toten Wissenschaften, wenn sie der höchsten Wahrheit teilhaftig wurden und die kosmische Energie einsogen?

Doch Fedja hatte gern gelesen, geschrieben und gerechnet.

Der Guru befahl Mama, Fedja um acht Uhr früh zu ihm zu bringen, allein, ohne Slawik. Er empfing sie nicht in der Turnhalle, sondern in einem kleinen Raum, in dem es aussah wie beim Arzt. Neben der mit einem Laken bedeckten Kunststoffbank stand ein merkwürdiges Gerät, wie ein Radio. In der Vorderseite steckten Drähte, und an diesen Drähten hantierte ein unbekannter Mann im weißen Kittel, der vor dem Gerät hockte. Der Guru tätschelte Fedja die Wange und reichte ihm ein Glas mit einer trüben dunkelbraunen Flüssigkeit. Bei dem bekannten bitteren Geschmack verzog Fedja unwillkürlich das Gesicht. Der Kräutersud war diesmal besonders stark. Ihm traten sogar Tränen in die Augen. Der Guru befahl ihm, sich auszuziehen und auf die Bank zu legen. Dann wurden ihm Schläfen und Fußsohlen mit etwas Klebrigem bestrichen und mit Pflaster kalte, spitze Drähte auf die Haut geklebt.

»Mach die Augen zu«, befahl der Guru.

»Bist du sicher, daß er das aushält?« vernahm Fedja durch das anschwellende Rauschen in seinen Ohren die Stimme des anderen Mannes. »Es ist eine Erwachsenendosis.«

»Der hält das aus«, beruhigte ihn der Guru, »wir dürfen ihn sowieso auf keinen Fall hierlassen.«

Natürlich nicht, dachte Fedja, bald kommt der Weltuntergang, und dann sterben alle. Und wenn ich hierbleibe, dann sterbe ich auch. Ich muß auf den Guru hören. Er bringt uns zum goldenen Fluß. Der Guru kennt einen Ort auf der Welt, wo man sich retten kann. Gelbe Schlucht. Weit weg in Sibirien, tief in der Taiga, liegt die Sonnenstadt, der Ort, wo wir uns retten werden ...

»Gelbe Schlucht, die Sonnenstadt«, flüsterte Fedja mit trockenen Lippen, steif ausgestreckt auf dem harten Bett in der Kinderpsychiatrie.

Das waren seine ersten Worte nach vier Jahren Schweigen.

Drittes Kapitel

Zu Hause schaltete Nikita mechanisch den Wasserkocher ein, dann machte er sich daran, das schwere Eichenbüfett in der Küche von der Stelle zu bewegen. Er fürchtete, das allein nicht zu bewältigen. Vor zehn Jahren, als die Wohnung renoviert wurde, hatten drei kräftige Möbelträger es gerückt und dabei furchtbar geflucht auf die solide Eiche.

»Wenn dir dein Leben lieb ist, schaffst du es«, sagte er zu sich und lehnte sich gegen die Eichenflanke.

Hinter dem Büfett lag die Tür zum Dienstboteneingang, der 1918 Nikitas Urgroßonkel, Leutnant Sergej Sokownin, das Leben gerettet hatte. Durch ihn entkam der Leutnant rechtzeitig den Tschekisten, die ihn verhaften wollten. Später, unter den Sowjets, erzählte Großmutter Anja, wurde der Vordereingang vernagelt, und alle benutzten den Dienstboteneingang. Die Wohnung der Rakitins wurde in winzige Zimmer aufgeteilt und zur Gemeinschaftswohnung gemacht. Leutnant Sokownin aber überlebte, floh per Schiff nach Konstantinopel und von dort nach Amerika, heiratete, bekam drei Töchter und starb 1944 als Oberst der US-Army, in einem Pariser Vorort von einer deutschen Mine in die Luft gesprengt.

Nikita trat einen Schritt zurück, verschnaufte und betrachtete das Büfett von allen Seiten. Er hatte wenig Zeit. Die Profis im Jeep würden ihren Fehler möglichst rasch beheben wollen.

»Na komm schon, mein Guter, komm schon«, murmelte er bei dem angestrengten Versuch, das Büfett von der Stelle zu bewegen. Polternd fiel etwas Schweres darin um. Es wäre besser gewesen, alles auszuräumen. Aber das hätte ihn eine ganze Stunde gekostet.

»Nun mach schon, verdammt noch mal, beweg dich, du alter Holzklotz!« brüllte Nikita.

Und der hölzerne Koloß gehorchte, rutschte brav ein paar Zentimeter übers Linoleum. Na also! Noch ein bißchen! Schließlich entstand zwischen dem Büfett und der Wand eine Lücke von etwa einem halben Meter – genug, um sich hineinzuzwängen und die vernagelte Tür freizulegen. Unter dem Büfett hatte sich das Linoleum vom Boden gelöst. Wenn er das mit einem Messer abtrennte und dann von draußen, von der Hintertreppe aus, an diesem Stück zog, konnte er das Büfett ein Stück zurückbewegen, zur Wand, so den Ausgang verschließen und ein paar Minuten Zeit gewinnen.

Nikita fand im Werkzeugschrank ein altes Skalpell, scharf wie eine Rasierklinge, und ritzte das Linoleum an drei Seiten ein. Er versuchte daran zu ziehen – es ging. Aber er mußte es mit einem Ruck tun. Das erforderte übermenschliche Kraft. Die Kraft eines Menschen, der sehr am Leben hing.

Draußen zwitscherten die ersten Vögel. Der Morgen graute. Nikitas Hemd war durchgeschwitzt und klebte widerlich am Körper. Gern hätte er noch einmal geduscht. Aber das war zu gefährlich. Garantiert würden sie genau in dem Moment auftauchen, wenn er unter der Dusche stand. Er würde sie nicht hören und es vielleicht nicht mehr schaffen.

Leutnant Sokownin allerdings hatte es noch geschafft. Er war gerade im Bad und wusch sich, als die Tschekisten an die Tür hämmerten. Die Dusche funktionierte 1918 natürlich nicht mehr. Der Leutnant hatte sich mit eiskaltem Wasser aus einem Krug übergossen. Und sie nicht kommen gehört. Seine Nichte, die dreizehnjährige Anja, die später Nikitas Großmutter werden sollte, hatte sie im Flur aufgehalten, indem sie wie ein Wasserfall auf sie einredete. Schön laut natürlich, damit der Leutnant sie hörte.

»Oh, ist das eine echte Mauser? Warten Sie, Herr Tschekist! Zeigen Sie doch mal, ich habe noch nie eine gesehen. Und die schießt wirklich?«

Anja war engelsschön: glänzende Locken, riesige strahlendblaue Augen.

»Möchten Sie vielleicht einen Tee, meine Herren Tschekisten? Wir haben ein bißchen echten Tee. Ich habe gerade den Samowar aufgesetzt. Wissen Sie was, wir haben sogar Bruchzucker. Warten Sie, dort ist nicht aufgeräumt, wo wollen Sie denn hin?«

Der Leutnant konnte noch in seine Unterhosen schlüpfen, nahm die restlichen Sachen und seine Dienstpistole an sich, stieg auf den Wannenrand, öffnete das direkt unter der Decke gelegene Fenster zwischen Bad und Küche, zog sich hoch, kroch hinüber, sprang lautlos auf den Boden und schlüpfte durch die Dienstbotentür hinaus. In der nächsten Sekunde stürmten die Tschekisten in die Küche.

»Wie hat er das geschafft, mit seinen ganzen Sachen unterm Arm, so schnell und lautlos?« fragte Nikita Großmutter Anja, wenn sie ihm die Geschichte zum hundertstenmal erzählte.

»Ich weiß nicht. Er hing sehr am Leben«, antwortete die Großmutter.

Seit Nikita zehn war, versuchte er immer wieder, die Geschicklichkeitsübung des Leutnant zu wiederholen. Er stellte eine Leiter unter das Fenster im Bad. Erst mit vierzehn schaffte er es, sich hochzuziehen, durchs Fenster zu schlüpfen und, die Augen zusammengekniffen, auf den Küchenboden zu springen. Seine Kinderfrau Nadja, die am Herd stand und Kartoffeln briet, schrie los wie am Spieß und bekreuzigte sich hastig mehrmals. Der unglückliche Sprung bescherte Nikita eine Zerrung und einen Bänderriß. Wäre Leutnant Sokownin so gesprungen, hätte man ihn eine halbe Stunde später erschossen.

Nikita nahm eine Kneifzange aus dem Werkzeugkasten und begann, die zugenagelte Tür freizulegen. Die Nägel waren schon ziemlich rostig und regelrecht in die Wand eingewachsen.

Als der Bänderriß verheilt war, hatte Nikita das Kunststück wiederholt, von Anfang bis Ende, sogar die Zeit gestoppt. Genau dreieinhalb Minuten. Das unangenehmste war der Sprung vom Dach auf das Dach des Nachbarhauses. In zwölf Metern Höhe. Zwischen den beiden Häusern mindestens ein halber Meter. Hauptsache, er sah nicht hinunter. Er mußte sich vorstellen, daß Männer in Lederjacken und mit Pistolen hinter ihm her waren. Und daß er sehr am Leben hing.

Nun war er nicht mehr vierzehn, sondern achtunddreißig und brauchte sich nichts vorzustellen. Es war alles echt.

Männer in Lederjacken. Mit Maschinenpistolen. Und er hing sehr am Leben.

Er schabte sich die Finger blutig, bis er endlich alle Nägel rausgezogen hatte. Endlich gab die Tür nach. Es roch nach altem Schimmel und Katzenurin. Der Hintereingang war 1927 vernagelt worden, nachdem der weltbekannte Opernbariton Nikolai Rakitin dem Drängen der sowjetischen Regierung nachgegeben hatte und mit seiner Familie aus der Emigration zurückgekehrt war. Der Bariton bekam seine eigene Wohnung in Moskau zurück. Die restlichen Gemeinschaftsmieter wurden rausgesetzt, die Zwischenwände wieder eingerissen. Nikitas Urgroßvater wollte russisch singen, auf der Bühne des Bolschoi-Theaters. Nikolai Rakitin hoffte, wie viele damals, die Bolschewiki würden sich nicht lange halten. Außerdem war sein Weltruhm im kalten, grauen Berlin ziemlich verblaßt. Später mußte er dann mit seinem vollen Bariton Parteilieder und Märsche singen, als Solostimme im Chor Texte intonieren wie: »Das Lied über Stalin, dem alle vertrauen, zu dem wir in Liebe und Freundschaft erglüht.«

Auch vor »ihm höchstpersönlich« mußte er einmal singen, fast allein, in einem kleinen Büro, in Gegenwart einiger Vertrauter, die neben dem breitschultrigen, untersetzten Stalin beinahe wie Gespenster wirkten. Rakitin erzählte seiner Frau, seinem Sohn und seiner Tochter im Bad bei laufendem Wasser flüsternd von den häßlichen Pockennarben auf den grauen Wangen, von den gelben Augen, von der kurzbeinigen Gestalt in schlichter Militärjacke und weichen kaukasischen Stiefeln.

Als Nikita sechzehn war, löcherte er Großmutter Anja immer wieder: »Warum ist er nicht dort geblieben? Warum? Wir würden heute ganz anders leben. Ich würde ...«

»Du?« Oma Anja lächelte. »Dich gäbe es dann gar nicht, Nikita.«

»Warum?«

»Weil dein Papa deine Mama nie getroffen hätte, er hätte eine andere Frau geheiratet, und sie hätten einen anderen Sohn gehabt. Oder eine Tochter.«

Geschafft! Er nahm die Taschenlampe, stieg die Hintertreppe hinauf auf den Boden, kontrollierte den Ausgang aufs Dach, schreckte eine Spatzenschar auf und zuckte bei ihrem lauten Gezwitscher so zusammen, daß er das Gleichgewicht verlor. Seine Füße glitten über das feuchte Blech. Er konnte sich gerade noch an der wackligen, rostigen Abgrenzung festhalten. Sein Herz flatterte wie ein gefangener Vogel. Noch einmal spürte er hautnah, wie dicht ihm der Tod auf den Fersen saß.

Das schweißfeuchte Hemd war nun eiskalt und teilweise an der Haut festgefroren wie Eisen an der Zunge, wenn man bei Frost daran leckt. Wieder in der Wohnung, bemerkte er bei einem Blick in den Spiegel Blut auf seiner Wange, und ihm fiel der Glassplitter ein. Er mußte ihn herausziehen und die Wunde desinfizieren, damit sie nicht eiterte. Er wusch sich gründlich die Hände. Die zerschrammten Finger gehorchten ihm kaum, der Splitter war glatt. Er mußte sich die Wange tief aufkratzen, aber er spürte trotzdem keinen Schmerz. Das Waschbecken war voller Blut.

Sein Herz schlug noch immer heftig, und daran, daß ihm die Angst in die Kehle stieg, erkannte er: Gleich würden sie kommen. Er klebte notdürftig ein Pflaster auf die blutende Wunde und drehte den Wasserhahn zu.

Der Computer gab beim Einschalten ein gedämpftes Piepsen von sich. Auf der Tastatur und der Maus blieben Blutspuren zurück. Nikitas Hände zitterten. Draußen war es inzwischen hell. Er speicherte die nötigen Dateien auf

Diskette, dann löschte er ein Großteil des Textes. So. Nun sollten sie ruhig suchen.

Sein Herz schlug wieder ruhiger, als wolle es dafür sorgen, daß er das sachte Kratzen im Türschloß hörte.

Oxana Jegorowa besuchte die Gruppe »Gesunde Familie« ein Jahr lang. Ende Dezember 1994 fand der Unterricht nicht mehr in der Turnhalle statt, sondern im Kulturhaus. Er begann vormittags und dauerte bis zum späten Abend. Zu Hause sprach niemand mehr mit Jegorow. Oxana wechselte mit den Kindern nur kurze, unverständliche Worte, und sobald Jegorow auftauchte, verstummten alle drei.

Oxana riß ihm schon lange nicht mehr die Kleider vom Leib und lachte auch nicht mehr wie eine Nixe. Sie schlief nun bei den Jungen im Zimmer auf dem Fußboden.

Eines Tages erzählte Jegorow seinem Bordingenieur Gena Simonenko bei einer Flasche Wodka von seinen Problemen.

»Was regst du dich auf über solche Kleinigkeiten, Iwan?« sagte Simonenko. »Laß das sein, mach dir keinen Kopf. Heutzutage spinnen doch alle: Astrologie, schwarze Magie, Yoga, Fasten. Im Fernsehen treten Hexer auf, amerikanische Prediger kommen scharenweise angereist, und diesen Japaner Asahara, den hat Gorbatschow persönlich empfangen. Deine Oxana kriegt sich schon wieder ein, keine Sorge. Meine Ira, die hat auch eine Zeitlang gesponnen, hat jeden Morgen die Füße nach oben gedreht, jeden Tag eine Dreiviertelstunde kopfgestanden, dauernd gefastet. Aber irgendwann hatte sie die Nase voll. Jetzt ist sie wieder normal.«

»Irka und du, ihr habt keine Kinder«, sagte Jegorow wehmütig. »Ich mache mir weniger um Oxana Sorgen als um die Jungs. Sie kriegt sich ja vielleicht wirklich wieder ein, aber die Kinder, die tragen womöglich einen bleibenden

Schaden davon. Ihre Psyche ist doch noch schwach, und ernähren sollten sie sich auch normal, nicht von rohen Körnern.«

»Das stimmt.« Gena nickte. »Um die Kinder tut's einem leid.«

Als Jegorow vom nächsten Flug nach Hause kam und erfuhr, daß die Kindern nicht mehr in die Schule gingen, wandte er sich an einen Rechtsanwalt.

»Ich verstehe nicht, was Sie von mir wollen«, sagte der dicke ältere Anwalt und zuckte die Achseln. »Sie können die Scheidung einreichen. Aber die Kinder würden Sie kaum kriegen, darauf brauchen Sie nicht zu hoffen.«

»Meine Frau hat den Verstand verloren. Sie kann die Kinder nicht erziehen«, wiederholte Jegorow störrisch, »sie schleppt sie in eine Sekte.«

»Wie sagten Sie, heißt die Gruppe? ›Gesunde Familie‹?« fragte der Anwalt. »Und wer steht hinter denen? Welche Organisation?«

»Ach, das ist doch keine Organisation, das ist eine Ansammlung von Psychopathen.« Jegorow winkte resigniert ab.

»Nein, nein« – der Anwalt schüttelte den Kopf –, »irgendwer muß sie schließlich finanzieren, die Miete für den Raum zahlen. Die Leiter der Gruppe bekommen bestimmt Geld, und zwar nicht wenig. Der Unterricht ist kostenlos, sagen Sie?«

»Ja, kostenlos.« Jegorow nickte.

»Spricht Ihre Frau vielleicht von Scheidung?«

»Nein. Das heißt, sie hat gesagt, wenn mir ihre Lebensweise nicht paßt, könne ich ja verschwinden.«

»Haben Sie eine schöne Wohnung?«

»Na ja, es geht. Ich verstehe«, freute sich Jegorow. »Ich glaube auch, daß diese Räuberbande solchen Dummchen wie meiner Oxana den Kopf verdreht, um ihnen die Wohnung wegzunehmen. Neuerdings gibt's ja jede Menge Sekten. Sie locken die Leute an und bringen sie dazu, auf ihr Eigentum zu verzichten. Aber dann kann man diese Gauner doch ganz einfach wegen Betrugs vor Gericht stellen.«

»Kann man nicht.« Der Anwalt seufzte. »Leider, so einfach ist es eben nicht. Das ist zwar tatsächlich weit verbreitet, aber vor Gericht stellen kann man dafür trotzdem kaum jemanden. Die Leute trennen sich freiwillig von ihrem Eigentum und sind jederzeit bereit, das zu bezeugen. Und die Dokumente sind in der Regel auch in Ordnung. Da kommt man nicht ran.«

»Na klar!« Jegorow wurde laut. »Erst bringt man sie um den Verstand, und schließlich machen sie alles freiwillig und bezeugen, was immer man verlangt.«

»Was heißt – um den Verstand bringen? Juristisch belegbar ist das erst, wenn Ihre Frau von einer medizinischen Fachkommission untersucht wurde. Sind Sie sicher, daß die Ärzte derselben Meinung wären wie Sie?«

Jegorow war nicht sicher. Oxana wirkte auf Außenstehende völlig normal, sie war nur dünn geworden, und ihre Augen hatten sich verändert. Aber was kümmerten fremde Leute ihre Augen?

Er wußte genau: Vor einer Ärztekommission würde sie nicht den üblichen Quatsch über Chakren und Astrale erzählen. Sie würde von gesunder Lebensweise sprechen, von Diät, Gymnastik und Abhärtung. Sie würde auf die Ärzte den besten Eindruck machen. Und was die Schule anging – viele Kinder gingen neuerdings auf Privatgymnasien und wurden dort nach neuen, alternativen Methoden unterrichtet.

»Sie würden sie normal finden.« Jegorow seufzte.

»Selbstverständlich.« Der Anwalt nickte. »Außerdem ist eine solche Untersuchung ohne ihre Einwilligung prinzipiell nicht zu machen.«

»Aber was kann ich denn tun?«

»Trinkt Ihre Frau?«

»Nein. Sie trinkt nicht, raucht nicht und verbringt ihre gesamte Zeit mit den Kindern. Aber sie läßt sie hungern oder gibt ihnen allen möglichen Mist zu essen und übergießt sie mit eiskaltem Wasser.«

»Das nennt man Diät und Abhärtung«, erklärte der Anwalt. »Schlägt sie die Kinder?«

»In meiner Gegenwart nie.«

»Na sehen Sie.« Der Anwalt zuckte die Achseln. »Ein Entzug des Sorgerechts ist selbst bei Prostituierten und Alkoholikerinnen ziemlich schwierig. Und Ihre Frau ist eine ideale Mutter.«

»Ich verstehe.« Jegorow nickte. »Sie können mir also überhaupt nicht helfen, nein?«

»Ich an Ihrer Stelle würde vor allem versuchen herauszufinden, was das für eine Sekte ist, wer dahintersteht.«

»Den Unterricht gibt ein Asiat, ein Koreaner oder Turkmene. Sie nennen ihn Guru. Einmal wollte ich ihn nach dem Unterricht abfangen. Ein schwarzer Mercedes mit verdunkelten Scheiben hielt direkt vor der Tür, er schlüpfte in den Wagen, und der fuhr sofort los. Hören Sie, vielleicht könnten Sie ja etwas über diese Gruppe herausfinden? Es soll Ihr Schade nicht sein.«

»Nein, nein, entschuldigen Sie, aber ich bin Anwalt, kein Privatdetektiv. Übrigens, wenn Ihre Mittel es erlauben, dann würde ich Ihnen raten, sich an eine private Detektei zu wenden, ich kann Ihnen da eine empfehlen. Sie hat erst kürzlich aufgemacht und ist auf Sekten spezialisiert.«

Der Anwalt kramte in einem Papierstapel auf seinem Tisch und reichte Jegorow einen ansprechend gestalteten Werbezettel.

Agentur »Garantija«. Dienste von Privatdetektiven. Familiäre Probleme, Hilfe für angehende Geschäftsleute, Wachschutz, Schuldnersuche, Schutz von Leben und Eigentum.

Grigori Petrowitsch Russow erstarrte auf der Wohnzimmerschwelle und betrachtete einige Augenblicke lang schweigend unverwandt seine Frau. Sie saß seitlich zu ihm auf dem Ecksofa, die Beine angezogen. Ihr dunkelblondes Haar war offen. Sie hielt ein Buch in der Hand und war so versunken in die Lektüre, daß sie ihren Mann weder kommen hörte noch seinen Blick spürte.

»Nika, weißt du, wie spät es ist?« fragte er.

»Halb zwei«, erwiderte sie, ohne von ihrem Buch aufzusehen.

»Drei, mein Mädchen. Halb drei.

»Im Ernst?« Sie warf einen kurzen Blick auf die antike Wanduhr und wandte sie sich wieder ihrem Buch zu. »Geh schlafen, Grischa. Ich lese noch ein bißchen.«

Er setzte sich zu ihr und nahm ihr das Buch aus der Hand. »Viktor Godunow. Der Triumphator« stand auf dem Umschlag.

Russow schlug das Buch zu und warf es lässig auf den Couchtisch. Auf der Rückseite prangte ein Foto des Autors.

»Er ist alt geworden, findest du nicht?« fragte Russow hastig und legte seiner Frau den Arm um die Schultern.

»So?« Nika nahm das Buch. »Finde ich nicht. Das Foto ist einfach nicht besonders.«

Eine Weile schwiegen beide.

»Und, wie ist der Roman?« fragte Russow nach kurzem Hüsteln.

»Lies ihn doch mal.« Nika lächelte. »Er ist sehr gut.«

Russow zog erstaunt die Brauen hoch. »Du hast doch Krimis nie gemocht.«

»Hör auf, Grischa.« Nika runzelte die Stirn. »Ist es dir etwa unangenehm, mich mit seinem Buch in der Hand zu sehen? Du weißt genau, wie gut er schreibt.«

»Ich will das mit dir nicht erörtern!« schrie er plötzlich, noch bevor sie ausgeredet hatte. »Ich möchte nicht über ihn sprechen, hast du verstanden?«

Sie antwortete nicht, sondern stand schweigend vom Sofa auf, doch er packte ihre Hand und zog sie mit Gewalt wieder zurück, wollte weiterschreien, aber in diesem Augenblick klingelte sein Handy, von dem er sich in letzter Zeit nie trennte, nicht einmal nachts.

Nika nutzte die Gelegenheit, stand auf und verließ mit dem Buch in der Hand das Zimmer.

»Ja. Was?! Wie – nicht da?! Habt ihr richtig nachgesehen? Und Disketten? Warum hast du das gestern nicht gesagt?« Er sprang auf, blickte kurz in den Flur und schloß hastig die Zimmertür.

Sein Gesicht versteinerte zusehends. Diesmal war er nicht rot, sondern bläulichblaß und leckte sich unentwegt die trockenen Lippen.

»So, und im Computer?« fragte Russow abgehackt, mit gedämpfter Stimme. »Ist mir scheißegal, daß sie nichts von Computern verstehen. Dann finde gefälligst jemanden, der was davon versteht.«

Nika bemühte sich, nicht zuzuhören, doch einzelne Worte drangen durch die geschlossene Tür und gellten ihr unangenehm im Ohr. Das heißt, weniger die Worte als der Ton.

»Gut«, zischte Russow, »sieh zu, daß du eine andere Lösung findest. Aber vorsichtig.«

Nika saß in der Küche, rauchte und starrte wieder in ihr Buch. Sie blickte nicht einmal auf, als er hereinkam. Er rückte einen Stuhl heran, setzte sich ihr gegenüber und fragte leise: »Möchtest du einen Tee?«

»Grischa, was ist mit dir los?« Sie fing seinen Blick auf. Er schloß erschöpft die Augen und lehnte sich zurück.

»Verzeih mir, mein Mädchen. Ich bin total erschöpft.«

»Ich weiß.« Sie nickte. »Aber warum mußt du mich anschreien?«

»Ein Ausrutscher, ich bin mit den Nerven am Ende. Meinst du, ich könnte seelenruhig zusehen, wie du begeistert sein letztes Meisterwerk verschlingst? Seine Heldinnen sehen übrigens alle gleich aus, und zwar haargenau wie du, Nika.«

»Moment mal, Grischa, woher weißt du das? Ich denke, du liest seine Bücher nicht«, sagte Nika kaum hörbar.

»Na, nun nimm das doch nicht so wörtlich.« Er schluckte und leckte sich nervös die Lippen, aber seine Stimme klang beherrscht, sogar ein wenig herablassend. »Ich habe ein paar von seinen Büchern durchgeblättert. Übrigens weiter nichts Besonderes.«

»Wie kannst du das beurteilen, wenn du sie nur durchgeblättert hast?«

Russow log. Den »Triumphator« hatte er vor drei Monaten gelesen, im Manuskript, beziehungsweise den Computerausdruck, den er vom Verlag bekommen hatte. Er bekam alle Romane von Viktor Godunow, einem der meistgelesenen Autoren Rußlands, umgehend, sobald der Cheflektor die Diskette mit dem fertigen Text in der Hand hatte.

Russow war einer der Anteilseigner des Verlagskonzerns »Kaskad«, in den er eine Menge Geld investiert hatte.

»Willst du mich etwa überreden, seine Bücher zu lesen? Es reicht doch, daß du dich gar nicht davon losreißen kannst. Ich hoffe nur, daß dich ausschließlich die Bücher interessieren und nicht der Autor persönlich.«

»Zeit zum Schlafengehen. Ich muß um sieben aufstehen. Ich habe morgen Dienst im Krankenhaus.«

»Dienst«, knurrte Russow. »Wir haben den Jungen nicht deshalb in die Schweiz geschickt, damit du wieder zur Arbeit rennst.«

»Wir haben Mitja vor allem deshalb dorthin geschickt, damit er eine gute Ausbildung bekommt und sich nicht mit den Kindern der ›neuen Russen‹ rumtreibt. Was hat das mit meiner Arbeit zu tun?«

Ohne eine Antwort abzuwarten, ging Nika ins Bad. Sie war ein ruhiger, nachgiebiger Mensch, aber in letzter Zeit bewegten sie und ihr Mann sich ständig am Rande eines Konflikts. Es gab mittlerweile zwischen ihnen zu viele Tabuthemen, die sie nicht berühren durften.

Ihr zehnjähriger Sohn Mitja besuchte ein Internat in der Schweiz. Russow befürchtete, in Sinedolsk würde der Junge keine vernünftige Schulbildung erhalten und sich zu einem verwöhnten, launischen Kind entwickeln, weil er als Sohn des Gouverneurs sowieso immer gute Zensuren bekäme. Nika gab ihm recht, auch wenn Mitja ihr sehr fehlte. Was allerdings ihre Arbeit anging, darüber waren sie beide völlig verschiedener Ansicht.

Als klar wurde, daß Russow die Gouverneurswahlen gewinnen würde, überlegte Nika nicht lange und bot dem Chefarzt des Regionskrankenhauses ihre Dienste als Unfallchirurgin an.

Das Krankenhaus brauchte dringend Fachärzte, dauernd kündigten Leute, das miserable Gehalt wurde unregelmäßig gezahlt, es fehlte an Medikamenten und technischer Ausrüstung. Eine so hochqualifizierte Chirurgin wie Nika war für das Krankenhaus ein wahrer Segen. Außerdem würde die First Lady der Region sich kaum aufregen, wenn das mickrige Gehalt lange ausblieb. Und wegen der fehlenden Medikamente würde sie mit ihrem Gatten reden – der Gouverneur fand bestimmt eine Möglichkeit, das Krankenhaus mit allem Notwendigen zu versorgen. Kurz, der Chefarzt war von der Idee ebenso angetan wie Nika selbst.

Russow war entschieden dagegen und erklärte Nika, es sei vollkommen absurd, wenn die Frau des Gebietsobersten gebrochene Gliedmaßen richtete und eingeschlagene Schädel reparierte. Sie hatte an offiziellen Veranstaltungen teilzunehmen, ihren Mann auf Reisen und Empfängen zu begleiten.

Doch Nika wollte keine typische Regions-First-Lady werden. Sie hatte keine Lust, mondäne Wohltätigkeit zu mimen, im Troß, begleitet von Leibwächtern und niederen Verwaltungschargen, Kinderheime, Strafkolonien für Minderjährige und Heime für verlassene alte Menschen zu besuchen, vor laufender Kamera verlegenen Waisenkindern Snickers und Barbiepuppen zu überreichen, den unglücklichen Kindern über den Kopf zu streichen, sich zu ihnen zu hocken und zu fragen: Wo ist denn deine Mama, mein Kind? Kriegt ihr hier auch gut zu essen, Kinder?

Nach qualvollen Streitereien entschieden sie, daß sich Nika zunächst auf zwei Arbeitstage in der Woche beschränken würde. Dienstags und freitags von neun bis drei hielt Nika im Sprechzimmer des Leiters der Chirurgie Sprechstunden ab. Ein Chauffeur brachte sie zur Arbeit, am Tor wurde eine zusätzliche Wache aufgestellt. Auf inoffizielle Anordnung wurden nur ausgewählte Patienten in ihre Sprechstunde gelassen. Die neuen Kollegen behandelten Doktor Jelagina mit spöttischem Respekt, wie ein exzentrisches Adelsfräulein, das sich ein Kattuntuch umbindet und mit den Bäuerinnen zusammen aufs Feld geht. Dennoch fühlte sie sich in Gesellschaft ihrer Arztkollegen wesentlich wohler als unter den Frauen der hohen Beamten. Vor allem aber – sie konnte nicht leben ohne ihre schwere, so gar nicht weibliche Arbeit und fürchtete, ihre Qualifikation zu verlieren.

Viertes Kapitel

Die Detektei »Garantija« nahm das ganze Erdgeschoß einer alten Villa in einer Seitengasse des Arbat ein. Auf dem Hof hinter dem schmiedeeisernen Tor standen mehrere schicke ausländische Wagen. Jegorow sah sofort, daß die Geschäfte der Detektei ausgezeichnet liefen. Nagelneue Büromöbel und Ausstattung, gepflegte, elegant gekleidete junge Menschen.

Banditen, dachte Jegorow wehmütig, derart viel Geld haben heutzutage nur Banditen. Ich hätte nicht herkommen sollen. Sie werden mich so ausnehmen, daß ich den Rest meines Lebens die Schulden abzahle.

»Guten Tag.« Die hübsche Sekretärin lächelte ihn an. »Was kann ich für Sie tun?«

»Meine Frau und meine beiden Söhne sind in eine Sekte geraten«, erklärte Jegorow düster, »und ich möchte Informationen über diese Sekte einholen.«

»Hat Ihnen jemand unser Büro empfohlen? Oder haben Sie uns durch unsere Werbung gefunden?«

»Ich komme auf Empfehlung.« Jegorow reichte ihr die Visitenkarte des Anwalts. »Man hat mir gesagt, Sie würden für Ihre Dienste nicht sehr viel verlangen.«

»Ja, unsere Preise sind gemäßigt.« Die Sekretärin lächelte. »Einen Augenblick.« Sie griff zum Telefonhörer und sagte in singendem Tonfall: »Felix Michailowitsch, hier ist jemand für Sie.«

In dem gemütlichen kleinen Büro saß an einem antiken Eichentisch ein älterer, beleibter Herr mit rotblondem Bärtchen und von roten Locken umrahmter rosaglänzender Halbglatze. Er roch nach teurem Aftershave.

»Bitte kommen Sie herein.« Der Dickwanst stand halb auf und streckte ihm die Hand hin. »Felix Michailowitsch Viktjuk, Privatdetektiv.«

Jegorow drückte die mollige Hand und stellte sich vor.

»Sehr angenehm, Iwan Pawlowitsch. Nehmen Sie Platz. Ich bin ganz Ohr.« Seine Stimme klang weich und samtig, und er sah Jegorow so sanft, so voller Mitgefühl an, daß diesem für einen Augenblick ganz mulmig wurde.

Jegorow schilderte dem Dickwanst sein Anliegen. Der hörte mit nachdenklichem Lächeln zu, ohne ihn zu unterbrechen, und trommelte mit seinen kurzen, molligen Fingern lautlos auf dem Tisch.

Als Jegorow fertig war, nickte Viktjuk zufrieden und fragte mit honigsüßer Stimme: »Sagen Sie, Iwan Pawlowitsch, warum glauben Sie, daß das eine Sekte ist?«

»Was denn sonst?« fragte Jegorow verblüfft.

»Seien Sie doch nicht so nervös, wir werden uns bemühen, Ihnen zu helfen.«

»Ich bin überhaupt nicht nervös. Ich will wissen, was mit meiner Familie vorgeht. Daß sie in eine Sekte geraten sind, das steht für mich außer Zweifel. Ich muß herausfinden, wer diese Sekte leitet, wer sie finanziert, wer ein Interesse daran hat, Frauen und Kindern den Kopf zu verwirren.«

»Von wegen, Sie sind nicht nervös.« Viktjuk lächelte liebevoll. »Ich habe Erfahrung, ich sehe doch, daß Sie in einer extremen Streßsituation sind. Ich will Sie gleich beruhigen: An dem, was ich eben von Ihnen gehört habe, ist nichts Schlimmes. Ihre Frau und Ihre Kinder sind in keiner Sekte. Das ist, wenn Sie so wollen, eine Art Interessenkreis oder Gesundheitsgruppe, mehr nicht. Yoga, neue Ernährungslehren, Abhärtung, Gesunderhaltung – das ist jetzt in Mode. Was die Frau in Schwarz angeht, die Sie angeblich k. o. geschlagen und rausgeworfen hat« – über das weiche Gesicht huschte ein spöttisches Lächeln –, »entschuldigen Sie, aber sehen Sie sich doch einmal an: Ein gesunder, kräftiger Mann, Pilot, und eine Dame soll Sie k. o. geschlagen haben?«

»Hören Sie!« Jegorow wurde ungeduldig. »Ich lasse mich nicht für dumm verkaufen! Die Kinder gehen nicht mehr in die Schule, sie hungern, und Sie behaupten, das sei normal? Ich wurde k. o. geschlagen und rausgeworfen, und Sie wollen mir klarmachen, das hätte ich mir nur eingebildet?«

»Na klar, natürlich«, Viktjuk lachte. »Ich stecke mit denen unter einer Decke. Kommen Sie, Iwan Pawlowitsch, wir wollen uns beruhigen und zusammen überlegen, was tun.«

»Ich bin nicht hier, damit Sie mich trösten«, sagte Jegorow finster und merkte, daß er errötete. »Wenn Sie mir nicht glauben und sich mit dem Fall nicht befassen wollen, dann sagen Sie das gleich.«

»Nicht doch, Iwan Pawlowitsch, warum sollte ich mich nicht damit befassen wollen? Ich werde alles über diese Gruppe herausfinden. Wir setzen jetzt gleich die nötigen Papiere auf, und in Kürze bekommen Sie umfassende Informationen. Es wird nicht viel kosten.«

»Gut. Danke. Setzen wir die Papiere auf.«

Jegorow verstand nichts von Verträgen. Er begann, die zahlreichen Punkte und Unterpunkte über die Rechte und Pflichten der vertragschließenden Seiten zu lesen, merkte aber bald, daß seine Augen blind über die Zeilen glitten, als habe er Hieroglyphen vor sich.

»Ist Ihnen etwas unklar?« erkundigte sich Viktjuk teilnahmsvoll.

»Nein, wieso? Alles klar.«

Er unterschrieb an den angekreuzten Stellen, zahlte gegen Quittung einen Vorschuß und ging hinaus an die frische Luft. Am Tor blieb er kurz stehen, um sich eine Zigarette anzuzünden, doch das Feuerzeug streikte. Aufgeschreckt von einem wütenden Hupen, konnte er gerade noch beiseite springen. Ein nagelneuer dunkelroter Volvo bog in die Einfahrt. Endlich hatte Jegorow die Zigarette angezündet, nahm einen tiefen Zug, der ihn ein wenig beruhigte, und sah hinüber zu dem Auto, das ihn beinahe umgefahren hätte.

Der Volvo hatte eingeparkt. Ein kräftiger, nicht sehr großer Mann in kurzem Schafpelz stieg aus und eilte zum Hauseingang. Jegorow erstarrte mit der Zigarette in der Hand. Er traute seinen Augen nicht. So ein glücklicher Zufall! Der Mann konnte ihm besser helfen als jeder Privatdetektiv.

»Grischa! Grigori Petrowitsch, warte mal!«

Russow blieb abrupt stehen.

»Grüß dich, Iwan. Ich hab dich gar nicht erkannt. Was machst du denn hier?« Sein Gesicht spiegelte weder Freude noch Erstaunen. Er drückte Jegorow mechanisch die Hand und sah auf die Uhr.

»Grischa, wie gut, daß ich dich treffe!« sagte Jegorow atemlos. »Hör zu, ich habe ein Problem. Du arbeitest doch im Bildungsministerium, oder?«

»Na ja, fast.« Russow nickte. »Wieso? Worum geht es denn?«

»Verstehst du, meine Oxana, die spinnt total, sie ist mit den Kindern in so eine komische Sekte geraten, und ich kriege nichts raus. Ich habe gerade einen Privatdetektiv engagiert.« Er nickte hinüber zu den Messingschildern am Hauseingang.

»Entschuldige Iwan, ich bin sehr in Eile.« Russow verzog nervös das Gesicht. »Schön, dich zu sehen, aber ich hab es eilig, entschuldige, Alter. Hier, meine Visitenkarte, ruf mich an.« Er klopfte Jegorow auf die Schulter, drückte ihm eine Hochglanzvisitenkarte in die Hand und ging ins Haus. Lautlos schloß sich die schwere Eichentür hinter ihm.

Jegorow studierte eingehend die Visitenkarte. Goldgeprägte Lettern, auf der einen Seite russisch, auf der anderen Seite englisch.

»Bildungsministerium von Rußland. Grigori Petrowitsch Russow, stellvertretender Minister, Vorsitzender des Rates für die Zusammenarbeit mit alternativen Kultur- und Gesundheitsvereinigungen« las Jegorow und freute sich noch mehr. Jetzt würde alles gut werden. Grischa hatte Verbindungen. Sie waren zwar nie direkt Freunde gewesen, aber immerhin zusammen aufgewachsen. Und vor fünfundzwanzig Jahren waren sie zusammen aus Sinedolsk gekommen, um Moskau zu erobern.

Wie oft schon hatte der Schriftsteller Viktor Godunow zusammen mit seinen Helden den kosmischen Hauch der Todesangst gespürt, wie oft schon hatten die von ihm erdachten Menschen ihren eigenen Herzschlag wahrgenommen wie ein betäubendes Dröhnen, wenn sie wußten, daß jeder Schlag der letzte sein konnte! Doch der Schriftsteller Viktor Godunow ersann immer einen cleveren Schachzug, der seine Helden rettete.

Nun mußte er sich selbst retten, einen lebendigen, erschöpften Mann, vom Mairegen naß bis auf die Knochen. Doch außer ziellosem Umherirren durch das verschlafene Moskau fiel dem beliebten Krimiautor nichts ein. Er hatte in Moskau viele Freunde und Bekannte, die er ohne weiteres anrufen oder besuchen und bei denen er übernachten konnte. Doch Nikita wußte, daß der Auftraggeber des Mörders seinen Freundeskreis genau kannte. Mit einem Besuch würde er nicht nur sich selbst in Gefahr bringen, sondern auch andere.

Er fröstelte nach der durchwachten Nacht, und die Augen fielen ihm zu. Er sah sich um und stellte fest, daß er sich auf der Sretenka befand. Direkt vor einem billigen kleinen Bistro. Durchs Fenster sah er, wie ein junges Mädchen mit roter Schürze über einem Jeansoverall das Schild an der

Tür umdrehte. »Geöffnet« stand nun darauf. Das Mädchen lächelte und sagte fröhlich: »Guten Morgen.«

»Morgen«, erwiderte Nikita.

»Was wollen wir essen? Wir haben Würstchen mit Kraut und Lachsbrote. Aber der Lachs ist sehr salzig, davon würde ich Ihnen abraten. Wenn Sie wollen, kann ich Ihnen Eier mit Schinken braten.«

»Ja, gern.« Er lächelte.

»Und Kaffee?«

»Ja. Möglichst stark.«

Er setzte sich an einen Tisch, sah zu, wie das dünne junge Mädchen, das er nicht kannte, für ihn Frühstück machte, und fand plötzlich, daß es keinen Grund gab, den Kopf hängenzulassen. Er hatte doch schon seit langem vor, sich ein Notebook zu kaufen. Jetzt war genau der richtige Moment dafür. Geld hatte er zum Glück noch mitnehmen können. Und wo er ein Dach überm Kopf herbekam, das würde ihm auch noch einfallen. Er könnte für einen Monat ein Zimmer mieten, das war heutzutage kein Problem. Hauptsache, er führte zu Ende, was er angefangen hatte und weswegen er nun umgebracht werden sollte. Er mußte ihnen zuvorkommen.

Das Mädchen stellte eine kleine, zischende Pfanne vor ihn auf den Tisch. Nachdem er noch zwei Gläser starken süßen Kaffee getrunken hatte, fühlte er sich bedeutend besser. Er lehnte sich entspannt zurück, sog an seiner Zigarette und schloß die Augen.

»Sie haben Blut auf der Wange«, sagte das Mädchen und legte ihm die handgeschriebene Rechnung hin, »es quillt unterm Pflaster raus, und zwar ziemlich heftig.«

»Ich weiß.« Er berührte die Wange. »Ich hab mich beim Rasieren geschnitten.«

Das Mädchen sah ihn immer durchdringender an, und

ihm wurde unwohl. Sie war ein nettes Mädchen und hatte ihm ein prima Spiegelei gebraten, aber es war absolut unnötig, daß sie den Schriftsteller Viktor Godunow erkannte. Er zahlte und verließ rasch das Bistro, nahm eine rauchgraue Brille aus der Tasche und zog sich die alte Wildledermütze tief ins Gesicht.

Nach mehreren Interviews im Fernsehen und in Illustrierten wurde er immer häufiger erkannt. Manchmal amüsierte ihn das, manchmal ärgerte es ihn. Jetzt jedenfalls konnte er es gar nicht gebrauchen. Je weniger Menschen ihn beachteten, um so besser. Allerdings würde wohl kaum jemand vermuten, der lange, blasse, vor Angst und Müdigkeit gebeugt gehende Mann mit dem Pflaster auf der Wange, in abgewetzten Jeans und ausgelatschten Turnschuhen und mit einer gewaltigen Reisetasche aus billigem Kunstleder über der Schulter könne der berühmte Krimiautor Viktor Godunow sein.

In der Computerabteilung der Buchhandlung »Globus« wurde er dennoch erkannt.

»Sind Sie es, oder sind Sie es nicht?« fragte ihn der junge Verkäufer.

»Wahrscheinlich bin ich es wohl.« Nikita lachte spöttisch und betrachtete ein Toshiba-Notebook, das zweitausend Dollar kostete und nur zweieinhalb Kilo wog. Ein flaches kleines Gerät mit großem Monitor.

»Könnte ich ein Autogramm bekommen?« fragte der Verkäufer und hielt ihm den »Tag des Mondsüchtigen« hin. Diese Ausgabe kannte Nikita noch gar nicht. Die Abbildung auf dem Taschenbuch war neu, allerdings genauso blöd wie die davor. Ein Jüngling würgte eine vollbusige Schönheit. Vorher war der Jüngling dunkelhaarig gewesen und die Schönheit blond, nun war es umgekehrt. Und die Posen waren etwas anders. Der Roman enthielt weder solche Figuren noch eine derartige Situation. Aber die Verleger mußten ja wissen, welche Umschläge die Lesermassen anzogen.

»Ich heiße Sergej«, sagte der Verkäufer.

»Sehr angenehm.« Nikita nahm ihm den Stift ab und schrieb: Für Sergej zur Erinnerung vom Autor.

Der Verkäufer beriet ihn lange und ausführlich bei der Wahl des Notebooks und demonstrierte dabei, wie gut er sich nicht nur mit Computertechnik auskannte, sondern auch mit Krimis. Schließlich verließ Nikita den Laden mit genau dem Toshiba-Notebook, das er von Anfang an im Auge gehabt hatte.

Es fiel ein feiner Nieselregen. Mit dem Computer in der Tasche fühlte sich Nikita schon viel ruhiger und sicherer. Nun mußte er nur noch einen Unterschlupf finden. Theoretisch konnte man für rund dreihundert Dollar im Monat eine anständige Einzimmerwohnung in einem Schlafbezirk finden. Er brauchte die Wohnung gleich heute, ein Telefon hatte er nicht, an seine Freunde konnte er sich nicht wenden, und er durfte möglichst nicht seinen Namen nennen, keinem seine Papiere zeigen und mußte sein Gesicht verbergen, damit die potentiellen Vermieter ihn nicht erkannten und keine überflüssigen neugierigen Fragen stellten.

Nikita kaufte an einem Zeitungskiosk mehrere Zeitungen und ein Dutzend Telefonchips, setzte sich in ein Straßencafé, studierte die Anzeigen, unterstrich ein halbes Dutzend, die ihm geeignet erschienen, und ging zu einem Telefonautomaten.

Bei den ersten beiden Nummern war ein Anrufbeantworter dran, bei dreien nahm niemand ab. Erst beim sechsten Anruf meldete sich eine Frauenstimme.

»Na was, von mir aus heute, echt. Komm vorbei.« Die Frau duzte ihn sofort und schien angetrunken zu sein.

»Also, du fährst bis Sokolniki, dann gleich rechts …« Den Hörer ans Ohr gepreßt, schrieb Nikita die Adresse auf.

Es war ein schmutziger, halbverrotteter fünfgeschossiger Plattenbau. Im Treppenhaus hörte er eine Frau keifen, und als er in den obersten Stock stieg, wäre er beinahe über einen zerlumpten kleinen Mann gestolpert, der die Stufen heruntergerollt kam.

Eine füllige junge Frau, hochrot wie nach der Sauna, in weiten grünen Nylonjogginghosen mit knallroten Paspeln, einem kurzärmligen schwarzen Pulli mit Spitze und Goldglimmer, stand in der Tür, die Arme in die Hüften gestemmt, und rief dem Mann gellende saftige Flüche nach. Bei Nikitas Anblick verstummte sie sofort und strich sich kokett das zitronengelb gebleichte Haar glatt.

»Du hast wegen der Wohnung angerufen, ja? Komm rein.«

Nikita betrat den mit Pappkartons vollgestellten Flur. In der Wohnung hing ein dichter, abgestandener Geruch nach Schweiß und Alkoholausdünstungen. Die Luft war so voll Zigarettenqualm, daß ihm davon die Augen brannten. Im einzigen Zimmer, dessen Wände mit rotgrünen Teppichen vollgehängt waren, saßen fünf Kaukasier um einen Tisch herum. Als sie Nikita bemerkten, verstummten sie abrupt und starrten ihn durchdringend an.

»Ich glaube, ich bin hier falsch, Entschuldigung«, sagte Nikita und wollte zwischen den Pappkartons hindurch zurück zur Tür.

»Nein, nein, hier biste richtig«, ermunterte ihn die Frau, »ich verlang auch nich viel, bloß fünfhundert Dollar im Monat. Reich deinen Ausweis rüber und die Miete für'n halbes Jahr im voraus.«

»Nein. Ich suche was für einen Monat. Und fünfhundert, das ist zu teuer. Danke, alles Gute.«

»Zu teuer, du spinnst wohl? He, das is ne tolle Bude: Hier, kuck mal, die Teppiche, das Fenster geht auf 'n Hof raus, kein Lärm, die Metro gleich nebenan, Telefon, Fernseher, Videorecorder, kannste alles benutzen, sind auch Erotikkassetten da«, rasselte die Frau herunter und hielt ihn am Arm fest.

»Moment, hör mal, so geht das nich, echt.« Zwei Kaukasier standen vom Tisch auf. Ihre Augen waren vom Trinken gerötet; Nikita stieß die den Flur versperrende Frau unsanft beiseite, stürzte aus der Wohnung und die Treppe hinunter, noch schneller als der zerlumpte Kerl vorhin. Auch er wurde von saftigen Flüchen begleitet.

In einem stinkenden Durchgangshof verschnaufte er. Der Regen hatte aufgehört, doch der Himmel war nun ganz schwarz, der Wind peitschte Nikita ins Gesicht und zauste die Linden über ihm. Nikita dachte, daß es wohl gleich richtig heftig regnen würde, hatte aber nicht die Kraft, schneller zu laufen. Langsam schlurfte er zur Metro.

Ihn überkam totale Gleichgültigkeit, er wollte einfach zurück nach Hause, eine heiße Dusche nehmen und sich schlafen legen – egal, was passierte.

Bis zur Metro war es noch weit, und er schlüpfte in ein zweifelhaft wirkendes kleines Café. Zwei Tische waren besetzt. Daran saß eine Gruppe Bauarbeiter in Arbeitskleidung beim Mittagessen. Nikita ging zur Selbstbedienungstheke.

»Haben Sie eine Suppe?« fragte er die Frau an der Ausgabe.

»Einen guten Borschtsch. Möchten Sie?«

»Ja. Und Wodka?«

»Stolitschnaja.«

»Hundert Gramm bitte.«

Nikita setzte sich an einen Ecktisch, möglichst weit weg

von den lärmenden Bauarbeitern, trank genüßlich einen Schluck Wodka, aß ein Stück Schwarzbrot dazu und löffelte seinen Borschtsch. Da klapperte neben ihm ein Eimer, und ein nasser Lappen klatschte auf den Boden. Ein dürres Mädchen im schmutzigen weißen Kittel wischte direkt unter seinem Tisch, um seine Füße herum, den Boden, dann stellte sie den Schrubber ab und fuhr mit dem stinkenden Lappen über seinen Tisch.

»Hören Sie«, sagte Nikita, »ich esse, nebenbei bemerkt. Ihr Lappen stinkt unerträglich.«

»He, Süßer, was willst du?« keifte die Kleine. »Ich mach hier meine Arbeit, ich wisch die Tische ab, wann's mir paßt. Und der Lappen ist sauber, der kann gar nicht stinken. Mein Gott – Rakitin, du?«

Auf Russows Visitenkarte stand nur seine Dienstnummer. Und da erreichte Jegorow ihn nie. Russow hielt es offenbar nicht in seinem Büro.

»Rufen Sie bitte in einer Stunde wieder an«, sagte die Sekretärin freundlich.

»Heute kommt Grigori Petrowitsch nicht mehr«, teilte sie ihm mit, als er nach einer Stunde erneut anrief, »und morgen fliegt er nach Belgien.«

»Könnten Sie mir nicht seine Privatnummer geben?« wagte Jegorow zu fragen. »Ich bin ein Landsmann, ein Jugendfreund.«

»Verzeihen Sie, aber wenn Grigori Petrowitsch es nicht für nötig gehalten hat, Ihnen seine Privatnummer zu geben, dann darf ich nicht einfach …«

Von dem lächelnden Privatdetektiv Viktjuk erfuhr Jegorow auch nichts Neues. Er rief ihn jeden Tag an und bekam immer dasselbe zu hören: »Keine Sorge. Wir arbeiten an Ihrem Fall.«

Jedesmal, wenn er nach drei, vier Tagen von einem Flug zurückkam, wußte er nicht, was er mehr fürchtete – die erdgrauen Gesichter seiner Frau und seiner Kinder zu sehen und das eisige Schweigen zu ertragen oder festzustellen, daß alle drei verschwunden waren.

Wenn der Guru und die Leute, die hinter ihm standen, an Geld interessiert wären, dann würde Oxana mit allen Mitteln versuchen, von ihrem Mann welches zu bekommen. Sie selbst arbeitete seit langem nicht mehr, sie kümmerte sich nur um den Haushalt und die Kinder. Jegorows Pilotengehalt reichte zum Leben. Schmuck oder andere teure Dinge besaßen sie nicht, das wertvollste war die Wohnung. Aber über die Wohnung, über einen Tausch verlor Oxana kein Wort.

Eines Tages bemerkte er auf Fedjas Brust, direkt unterm spitzen Schlüsselbein, eine schwarze Tätowierung, einen fünfzackigen Stern in einem Kreis.

»Was ist das, mein Sohn?«

»Das Zeichen der Weihe«, antwortete der Junge mit dumpfer Stimme.

»Aber das tut doch weh, und außerdem, verstehst du, das behältst du dein Leben lang. Eine Tätowierung bekommt man schwer wieder weg. Sieh mal, deine Haut ist ganz entzündet, du hättest dir eine Blutvergiftung holen können.« Er wollte seinen Sohn umarmen und spürte, wie schrecklich mager er war. Für einen Augenblick schien es Jegorow, als presse sich der Junge an ihn, als habe die eisige Wand einen kleinen Riß bekommen.

»Hör mir zu, mein Sohn, wir beide sollten für eine Weile wegfahren«, flüsterte Jegorow hitzig, »so kann man nicht leben, du mußt zur Schule, mußt dich normal ernähren.«

»Papa, ich habe Angst«, sagte Fedja kaum hörbar.

»Hab keine Angst, mein Kleiner, du wirst einfach nicht mehr dort hingehen.« Jegorow preßte den Kopf des Jungen an seine Brust, doch der Junge wich zurück.

»Ich habe Angst, wenn ich dir zuhöre, Papa. Du verstehst überhaupt nichts. Du bist ein lebender Leichnam.« Fedja hob den Kopf, und aus den blauen Augen blickte Jegorow eisige Leere an.

Am nächsten Tag ging er zu der Adresse, die auf Russows Visitenkarte stand. Der Wachmann an der Tür des respekteinflößenden Verwaltungsgebäudes kam gar nicht auf die Idee, den stattlichen großen Mann in Fliegeruniform aufzuhalten. Jegorow lief hinauf in den ersten Stock und fragte das erstbeste Fräulein nach Russows Büro.

»Den Flur runter rechts.«

Das Vorzimmer war leer. Jegorow ging zur Bürotür, doch die war abgeschlossen. Auf dem Tisch der Sekretärin schrillte das Telefon, Jegorow zuckte zusammen, rannte impulsiv hin und wollte schon abheben, tat es natürlich doch nicht, bemerkte aber neben dem Telefon einen offenen Schreibtischkalender. Er konnte gerade noch eine Eintragung für den heutigen Tag erkennen: 19.30 Uhr, Rest. WEST, Shanli, Sep.

«Was machen Sie hier?!« rief eine empörte Stimme.

An der Tür stand eine mollige Blondine mit einem Tablett voller umgedrehter nasser Kaffeetassen.

»Guten Tag.« Jegorow lächelte, trat vom Tisch zurück und ließ sich in einem Sessel nieder. »Grigori Petrowitsch ist wieder nicht da, wie ich sehe? Na ja, macht nichts, ich warte. Wir sind verabredet.«

»Verabredet?« Die Sekretärin räumte das Geschirr in einen Glasschrank und setzte sich auf ihren Platz.

»Selbstverständlich.«

»Für wann?«

»Elf Uhr«, log Jegorow, ohne mit der Wimper zu zukken.

»Wie heißen Sie?«

Jegorow stellte sich vor. Die Sekretärin kritzelte etwas in den Kalender.

»Aber Grigori Petrowitsch kommt heute nicht.«

»Ich habe andere Informationen.« Jegorow zwinkerte fröhlich.

»Augenblick.« Sie griff zum Telefon und wählte – vermutlich Russows Privatnummer, die Ziffern bekam Jegorow aber leider nicht mit.

»Grigori Petrowitsch, hier will jemand zu Ihnen, ein gewisser Jegorow. Er sagt, Sie seien um elf mit ihm verabredet. Ja, natürlich.«

Jegorow sprang auf und entriß ihr den Hörer.

»Ich rühre mich hier nicht weg, bis du herkommst.«

»Reg dich nicht auf, Iwan«, antwortete ein ruhiger, heiserer Bariton, »entschuldige, Alter, aber ich bin im Moment furchtbar im Streß, ich komme kaum zum Luftholen. Wir treffen uns auf jeden Fall, ich weiß, du hast irgendwie Probleme, aber ich will dich in Ruhe anhören, ich will ohne Hektik mit dir reden. Nächste Woche, ja?«

»Kommst du nun heute noch zur Arbeit oder nicht?« Jegorow ließ nicht locker. »Ich warte auf dich. Ich will schließlich nicht bloß so mit dir quatschen, ich hab ein echtes Problem. Oxana ist in eine Sekte geraten und hat auch die Kinder mit reingezogen.«

»Iwan, heute geht's auf keinen Fall. Hör zu, sagen wir nächste Woche, ja? Laß Marina deine Nummer da, ich ruf dich an.«

Iwan gab den tutenden Hörer der Sekretärin, diktierte ihr seine Privatnummer und verließ das Büro, überzeugt, daß Russow ihn nie anrufen würde.

Zu Hause suchte er im Telefonbuch nach dem Restaurant »WEST«. Es gab drei, an verschiedenen Enden der Stadt. Er rief alle drei an.

»Guten Tag, ich möchte eine Bestellung für heute abend bestätigen, für neunzehn Uhr dreißig. Ein Séparée. Auf den Namen Russow. Nein? Dann suchen Sie unter Shanli.«

Das Séparée war in einem Restaurant in der Nähe der Tschistyje-Teiche reserviert. Jegorow war um sieben dort.

Womöglich würde Russow ob seiner Aufdringlichkeit ausrasten, aber dessen Emotionen waren Jegorow egal. Er wußte nur eines: Russow mußte aufgrund seines Jobs über diese miese Sekte Bescheid wissen. Wer sonst, wenn nicht er?

Jegorow rauchte nervös in einem dunklen Torbogen, von dem er den schicken Eingang des Restaurant gut einsehen konnte. Der Dachvorsprung wurde von säulenförmigen hohen Aquarien gestützt, in denen exotische Fische schwammen. Ein Teil des Bürgersteigs war mit Marmorplatten ausgelegt, die trotz des Wintermatschs jungfräulich rein waren. Bis zur Fahrbahn war ein flauschiger Teppichläufer ausgerollt. An der Tür stand ein schwarzhäutiger Türsteher in roter Livree stramm.

Russows dunkelroter Volvo kam nach zwanzig Minuten. Jegorow tat einen Schritt aus seinem Versteck und wollte seinen Jugendfreund schon ansprechen, als er erstarrte. Vor dem Restaurant hielt ein weiterer Wagen, ein schwarzer Mercedes, und ihm entstieg ein kahlgeschorener kleiner Asiat im knöchellangen, offenen dunkelgrünen Kaschmirmantel. Darunter trug er ein schneeweißes Hemd und einen teuren schwarzen Anzug. Der Eingang war ziemlich hell beleuchtet. Im übrigen hätte Jegorow diesen krummbeinigen kleinen Mann in jeder Kleidung erkannt.

Der Guru und Russow schüttelten sich die Hände und gingen ins Restaurant. Jegorow konnte noch ausmachen, daß am Steuer des Mercedes die durchtrainierte Leibwächterin saß. Ohne auch nur eine Sekunde zu überlegen, rannte er über die Straße zum Restaurant. Der schwarze Türsteher verstellte ihm den Weg.

»Entschuldigung, haben Sie einen Tisch reserviert?«

»Ja, ja, natürlich.«

Ein beleibter Empfangschef im Frack baute sich vor Jegorow auf. »Guten Abend, Ihr Name bitte?«

»Jegorow.«

»Verzeihen Sie, aber Ihr Name steht nicht auf unserer Liste«, erklärte der Empfangschef mürrisch.

»Nein? Seltsam. Aber vielleicht findet sich ja noch ein freier Platz? Ich bin allein.«

»Freie Plätze gibt es bei uns nicht. Nur auf Vorbestellung.«

Der Türsteher drängte Jegorow höflich zum Ausgang. An der Tür tauchten zwei kräftige Gestalten in Tarnkleidung auf. Jegorow mußte wohl oder übel zurück in seinen Torbogen und warten, bis Russow und der Guru gespeist hatten. Bevor er hinüberlief auf die andere Straßenseite, warf er einen Blick in den Mercedes – er war leer.

Der Abend war feucht und kalt, sein Fliegermantel wärmte nicht. Er zündete sich eine Zigarette an und trat von einem Bein aufs andere, um nicht vor Kälte zu erstarren. Plötzlich spürte er einen heftigen Schmerz am Hals. Dann sank er in dichte, eisige Finsternis.

»Wie lange haben wir beide uns nicht gesehen, Rakitin? Du hättest mich nie im Leben erkannt, du Mistkerl, oder? Ich bin alt geworden, was?«

»Nein, Sina, ganz und gar nicht. Ich hätte dich schon erkannt, aber nicht mit dem Lappen und dem dreckigen Kittel.«

»Na klar, du kannst mir viel erzählen!«

»Nein, wirklich, wir beide kennen uns schließlich fast von Geburt an. Und gesehen haben wir uns das letzte Mal auf der Beerdigung von Großmutter Anja.«

»Stimmt. Auf der Beerdigung. Hör mal, Rakitin, was ist los mit dir? Warum bist du so naß?«

»Na, es regnet doch.«

Das Taxi hielt vor einem grauen Fünfgeschosser. Nikita zahlte. Sie stiegen das vollgerotzte, stinkende Treppenhaus hinauf in die oberste Etage.

»Ich hasse diese Höhle«, sagte Sina Resnikowa fröhlich und riß die Tür vor Nikita auf, »meinetwegen könnte die ruhig abbrennen.«

»Und wo willst du wohnen?«

»Dann krieg ich eine neue. Ich warte ständig darauf, daß ein versoffener Nachbar aus Versehen das Haus in Brand steckt.« Sie rollte verträumt mit den Augen und lachte. »Selber trau ich mich nicht. Aber so was passiert doch laufend – Gasexplosion, Kurzschluß.«

»Du bist ja eine richtige Terroristin.« Nikita lächelte und sank schwer in den einzelnen, schäbigen Sessel.

»Ich bin nur eine arme Malerin. ›Nein, ich kann nur sagen: So ein Maler ist als Mieter schon das Schlimmste – lebt ganz einfach wie ein Schwein ... Gott soll mich schützen.‹[1] Na los, Rakitin, schnell, woraus ist das?«

»Gogol, ›Das Porträt‹«, antwortete Nikita mechanisch und fand das Zitat äußerst passend. In dem winzigen Zimmer herrschte wirklich ein unglaubliches Chaos.

»Prima«, lobte ihn Sina, »du bist noch in Form. Ich dachte schon, du bist total auf den Hund gekommen.«

»Wieso?«

»Ich hab deine Buchcover gesehen. Viktor Godunow ist

[1] Deutsch von Johannes von Guenther.

ein modischer Schreiberling. Und was ist gerade Mode? Banales, Geschmackloses. Sag ehrlich, warum hast du das nötig? Ist es wirklich nur das Geld?«

»Mächtig viel Geld, Sina.« Rakitin lachte spöttisch. »Ich erreiche langsam das Niveau eines mittleren Angestellten einer kleinen, nicht sonderlich erfolgreichen Firma.«

»Sag bloß? Du bist doch unheimlich populär! Du müßtest doch viel mehr verdienen.«

»Um viel zu verdienen, muß man nicht Romane schreiben, sondern von früh bis spät Geld zählen. Aber ich schreibe lieber, das Geschäftliche überlasse ich meinen Verlegern. Jedem das Seine.«

»Aber die machen mit deinen Büchern Geld.«

»Nicht nur. Sie haben eine Menge Autoren. Erinnerst du dich an den Standardspruch der sowjetischen Verkäuferin: ›Ihr seid viele, und ich bin allein‹?«

»Verlage gibt es auch eine Menge«, meinte Sina.

»Starke, wirklich gewinnbringende nur ein paar. Das sind die, die es offenbar richtig anfangen und auf ihre Weise begabt sind. Und wenn es ihnen dabei auch noch gelingt, mich billiger zu kriegen, als ich wert bin, dann bin ich eben ein Dummkopf, und sie sind schlau.«

»Aber wenn du mit deinen Büchern nicht das große Geld verdienst, wozu dann das Ganze?«

»Und wozu malst du?«

»Ich bin Malerin.«

»Und ich bin Schriftsteller, also schreibe ich Romane.«

»Krimis, billiges Lesefutter! Ich hätte nie gedacht, Rakitin, daß aus dir mal der Krimiautor Viktor Godunow wird. Ich für meinen Teil kenne keinen Godunow und will ihn auch nicht kennenlernen.«

»Hast du mal in eins meiner Bücher reingesehen?«

»Selbstverständlich nicht. Solchen Mist nehme ich grundsätzlich nicht in die Hand.«

»Lies erst mal wenigstens ein paar Seiten von mir, und dann sag deine Meinung.«

»Ich habe nicht vor, Viktor Godunow zu lesen. Dieser Herr interessiert mich nicht. Seine Bücher sind niederes Handwerk. Aber Nikita Rakitin, den liebe ich von ganzem Herzen, den lese ich immer wieder gern.«

»Danke für die Blumen.« Nikita lächelte. »Hör mal, Sina, kennst du vielleicht jemanden, der für einen Monat oder wenigstens für ein paar Wochen eine Wohnung vermietet?«

»An wen?«

»An mich.«

»So-o.« Sina lief in dem winzigen Zimmer auf und ab, die Hände auf dem Rücken, und pfiff die ersten Akkorde des »Türkischen Marschs«, dann blieb sie abrupt vor Nikita stehen und fragte: »Magst du Gras rauchen?«

»Nein. Danke.«

»Aber ich.«

Sie schüttelte den Tabak aus einer Papirossa auf eine Untertasse, gab zerkleinertes Gras dazu und stopfte diese Mischung geschickt wieder zurück in die Papierhülse. Nikita, dem in dem abgeschabten Sessel unter einer speckigen Steppdecke warm geworden war, schlief schon fast und hatte das Gefühl, er sei zurückgekehrt in die Zeit vor fünfzehn Jahren und ihm gegenüber, auf der räudigen Liege, sitze Nika, dünn, aufrecht, im engen schwarzen Rollkragenpulli – seine Nika, damals noch keine Verräterin, noch nicht die Frau von Grischa Russow.

»Ich fahre morgen abend nach Petersburg. Wenn du willst, kannst du hier wohnen. Ich bleibe einen Monat weg.«

»Sind dreihundert Dollar in Ordnung?«

»Also wirklich, Rakitin!« Sie stieß einen Pfiff aus und legte den Finger an die Schläfe. »Du spinnst ja total!«

»Und wenn ich dir das Geld schenke, einfach so?«

»Beine hoch!« befahl Sina. »So« – sie stellte ihm einen Hocker unter die Beine –, »solange ich noch hier bin, mußt du im Sessel schlafen, tut mir leid. Ich hab nur eine Liege. Geld nehme ich von dir nicht, Rakitin. Du kannst hier wohnen, solange du willst. Ich will auch gar nicht wissen, warum, das ist mir egal. Ich weiß, wenn du es für nötig hältst, wirst du es mir schon erzählen. Und wenn nicht – dann eben nicht.«

»Ich erzähl's dir«, murmelte Nikita. »Aber erst muß ich ein bißchen schlafen.«

Er hatte nur kurz an Nika denken müssen, und schon ging sie ihm nicht mehr aus dem Sinn. Plötzlich wünschte er sich, sie wenigstens im Traum einmal wiederzusehen. Die siebenunddreißigjährige strenge Dame mit dem schweren Haarknoten im Nacken und den kalten, klaren hellbraunen Augen. Die Verräterin Nika. Russows Frau. Die Mutter von Russows Kind. Veronika Jelagina, Doktor der Medizin, Unfallchirurgin. Das Mädchen Nika, seine erste und letzte Liebe.

Er sank in den Schlaf wie in einen Abgrund und träumte lauter wirres Zeug. Zum zehntenmal erlebte er in einem ausführlichen Alptraum, wie auf dem Leningrader Prospekt auf ihn geschossen wurde. Außerdem sah er die weiß gefliesten Wände der Kinderpsychiatrie vor sich und das kreidebleiche Gesicht des Jungen Fedja Jegorow, seine erschreckend leeren blauen Augen und das satanistische Pentagramm auf der entzündeten Haut unter dem spitzen kindlichen Schlüsselbein, und in seinen Ohren klang das monotone Stimmchen: »Gelbe Schlucht, die Sonnenstadt …«

Er war nicht umsonst nach Westsibirien geflogen, nicht umsonst hatte er diesen schrecklichen Ort aufgesucht, die versoffene kleine Siedlung Gelbe Schlucht.

Fünftes Kapitel

Der Flughafen in der sibirischen Regionshauptstadt war groß und pompös, nach dem Vorbild des internationalen Moskauer Flughafens Scheremetjewo, bloß ohne den Hauch der großen weiten Welt. Gesichter, Schaufenster und Werbetafeln hatten etwas Provinzielles, das in der grauen Morgendämmerung besonders ins Auge fiel.

Im Mund der verschlafenen Verkäuferin im Valutasupermarkt funkelte ein goldener Schneidezahn, der aufgedunsene Büfettier stapelte angegraute belegte Brote vom Vortag auf dem Tresen, die schwarz geflieste Pachttoilette stank erbärmlich.

Als Nikita an einem Bücherwühltisch vorbeikam, registrierte er mechanisch unter den sadistisch gestalteten Taschenbüchern auch einige seiner eigenen Bücher, wandte sich ab und beschleunigte seine Schritte. Buchhändler erkannten ihn am schnellsten als den Schriftsteller Viktor Godunow.

Lautlos öffnete sich die Glastür, er trat ins Freie, und sofort steuerten von allen Seiten kräftige Männer in Lederjacken auf ihn zu.

Hallo, Jungs, dachte er spöttisch und versuchte sich vorzustellen, wie sich die pfiffigen Helden seiner Krimis in einer solchen Situation verhalten würden.

»Taxi gefällig?« Der erste Lederjackentyp zwinkerte ihm zu.

»Wohin soll die Fahrt gehen, Chef?« erkundigte sich der zweite und drehte lässig die Autoschlüssel in der Hand.

Inzwischen war auch schon der dritte da und bot ebenfalls seine Dienste an.

Du bist ein Idiot, Herr Schriftsteller, tadelte sich Nikita, deine Helden sind wesentlich klüger. Überleg doch mal, wer soll hier schon was von dir wollen? Du bist schließlich in der Türkei und packst gerade in einem schäbigen Hotel bei Antalya deine Sachen aus.

»Zum Bahnhof«, erklärte er.

»Fünfhundert«, reagierten alle drei sofort.

»Dreihundert«, widersprach Nikita.

Zwei wandten sich ab, mit dem dritten einigte er sich auf vierhundert.

Die morgendliche Straße war fast leer. Links und rechts erstreckte sich die Taiga. Langsam ging die Sonne auf, pralle Strahlen drangen durch braunen Tann und blassen Sumpfnebel. Nikita fielen nach fünf Stunden schlechten, unbequemen Schlafs im Flugzeug die Augen zu, doch das lebhafte Vogelzwitschern und der feuchte frische Wind ließen ihn nicht einschlafen. Aber das Fenster schließen mochte er nicht – der Duft der Taiga an diesem Maimorgen tat wohl.

Sie erreichten einen Industrievorort: Öde Fünfgeschosser, schwarze Fabrikschornsteine. Am Straßenrand ein großes, farbenfrohes Plakat. In der Region war gerade der Wahlkampf zu Ende gegangen. Einer der drei Kandidaten sah den Vorbeifahrenden aufrichtig nachdenklich an. Unter der Gürtellinie leuchteten feuerrote Lettern: »Ehre und Gewissen«. Alle Medien kündeten vom Sieg dieses Kandidaten, der seine beiden Konkurrenten weit hinter sich gelassen hatte.

Nikita bezahlte sein Taxi, betrat das alte, aus dem vorigen Jahrhundert stammende Bahnhofsgebäude und begegnete erneut dem aufrichtigen Blick des siegreichen Kandidaten.

Diesmal trug er ein offenes Jackett und statt der grauen eine karierte Krawatte. Der Text war nicht rot, sondern blau, handgeschrieben, aber zehnfach vergrößert: »Wir werden leben, Freunde!« Eine klare, rundliche Schrift, aufrechte Buchstaben und daneben ein hübsches Autogramm.

Die Anzeigetafel war außer Betrieb. Im Wartesaal befanden sich so wenige Menschen, daß Nikita erschrak und fürchtete, daß überhaupt keine Züge fuhren.

»Wann fährt der nächste Zug nach Kolpaschewo?« fragte er am einzigen geöffneten Schalter.

»In einer halben Stunde«, antwortete die Fahrkartenverkäuferin nach einem Gähnen. »Zweihundert Rubel.«

Als der Zug an der kleinen Bahnstation Kolpaschewo hielt, dämmerte es bereits. Nikita ging sofort zur Anlegestelle. Sie war leer. Vor dem Kassenfenster hing ein großes, rostiges Vorhängeschloß. Nirgends entdeckte er etwas, das aussah wie ein Fahrplan. Neben der Kasse klapperte eine ausgebleichte Sperrholztafel im Wind. Die Sicherheitsvorschriften für den Flußverkehr.

»Der Dampfer nach Pomchi geht erst morgen nachmittag«, erklärte ihm ein einsamer Angler in hohen Gummistiefeln, der ein Stück abseits im Wasser stand.

Im trüben Dämmerlicht und bei Nieselregen wirkte das Städtchen Kolpaschewo öde und verschlafen. Morsche Brettersteige, vereinzelte, demolierte Straßenlampen, hohe Zäune aus dicken, ungehobelten Bohlen. Auf dem zentralen Platz, vor dem Betongebäude des einstigen Stadtkomitees der Partei, reckte ein mit Vogelkot bekleckerter Lenin den Arm gen Osten. Ein stiller kleiner Markt: ein paar Kaukasier mit Äpfeln und Granatäpfeln, die wie Attrappen aussahen, ein halbes Dutzend Chinesen mit billigem Ramsch, Omas mit Salzgurken, Sauerkraut, Wollsocken und flauschigen Kopftüchern. In Bretterbuden daneben wurden

Brot und Importwurst verkauft. Auf die Frage nach einem Hotel verwiesen ihn die Omas an das frühere Parteihotel – vor bis zum Kaufhaus und dann gleich rechts.

Er kaufte Gurken, Brot, eine Packung Importschinken und eine Flasche Mineralwasser.

Das ehemalige Parteihotel entpuppte sich als dreistöckiger Ziegelbau, nach dem ehemaligen Parteikomitee das zweitgrößte Gebäude der Stadt. Drinnen war es relativ sauber. Im Foyer liefen Kaukasier in Trainingsanzügen und Pantoffeln herum, aus der halboffenen Restauranttür drangen muntere Musik und betrunkenes Lachen.

»Einzelzimmer gibt's nicht«, erklärte die Hotelmanagerin, »wenn Sie allein wohnen möchten, müssen Sie ein Doppelzimmer bezahlen. Hundertfünfzig pro Tag.«

Endlich allein, fiel Nikita aufs Bett und schloß die Augen.

»Warum tue ich das alles?« fragte er sich in heiserem Flüsterton. »Etwa, um eine persönliche Rechnung zu begleichen? Im Namen der Gerechtigkeit? Oder hat mich die dumpfe Verzweiflung des Piloten angesteckt, die einen erst handeln und dann nachdenken läßt? Ich habe einen Haufen Geld ausgegeben. Ich riskiere womöglich mein Leben, denn wenn meine Vermutungen sich bestätigen sollten, bringen sie mich garantiert um. Eine persönliche Rechnung? Ja, natürlich, das auch.«

Nikita reckte sich und lief barfuß zum Fenster. Der Wind heulte, der Himmel über der Taiga wirkte vollkommen schwarz. In weiter Ferne flammte ein schwaches Wetterleuchten auf.

Er breitete die Lebensmittel auf dem Tisch aus. Mitten in der Nacht, in einem kleinen Hotel am Rande der Welt, wenn es draußen stockfinster ist, kalter Wind gegen das Fenster peitscht und du nicht weißt, was morgen mit dir geschieht, findest du jedes Essen himmlisch, vor allem natürlich hausgemachte Salzgurken mit dem besonderen russischen Kastenbrot, das es wohl nirgendwo sonst auf der Welt gibt. Graubrot mit dicker, knuspriger Kruste, innen weich und klebrig.

In der Tasche hatte er eine kleine Flasche guten Kognak und eine Packung Pickwick-Teebeutel. Tanja, das kluge Mädchen, hatte ihm außerdem noch ein Glas löslichen Tchibo-Kaffee eingepackt.

Die kluge Tanja wäre eine wunderbare Frau, dachte er, während er ein Stück von dem noch warmen Brot abriß und die flache Taschenflasche ansetzte – auf deine Gesundheit, mein Mädchen, verzeih, daß ich dich nicht heiraten kann.

Gleich nach diesem unfrohen Gedanken durchfuhr ihn zusammen mit dem brennenden Schluck Kognak ein beinahe verbotener, beinahe verhaßter Name: Nika.

Vor sehr langer Zeit, in einem anderen Leben, hatten sie beide in einem fast identischen Hotelzimmer graues Kastenbrot mit Salzgurken gegessen. Dazu gab es statt des gummiartigen Schinkens hartgekochte Eier, statt der Pickwick-Teebeutel simplen Teesud. Nur der Kognak war der gleiche – armenischer.

Nikita, der gerade mit dem Studium fertig war, arbeitete als Korrespondent bei einer populären Jugendzeitschrift, und Nika hatte ihn unbedingt auf die Dienstreise nach Wologda begleiten wollen, weil das eine hübsche alte Stadt war und weil es zu zweit so schön war – egal, wo. Es war Mitte Juni, und ganz überraschend fiel Schnee. Er lag auf dem Gras und auf den grünen Blättern und wollte nicht wegtauen. Mein Gott, wie lange war das her? Noch immer sah Nikita die schlanke Silhouette am Fenster des Hotelzimmers stehen, vor dem im flackernden Lampenlicht das Junischneetreiben wirbelte. Er hatte ihr nicht verziehen. Er hatte nichts verziehen und vergessen, denn er liebte sie noch immer, jede andere war nur ein Schatten seiner Nika, seines dünnen, dunkelblonden Mädchens, der Verräterin Nika, seiner ersten und letzten Liebe.

Am Morgen war der Schnee getaut, es war immerhin Mai. Aber es war kalt und feucht. In der windschiefen Bretterbude mit der halb verwitterten Aufschrift »Flußbahnhof« drängten sich die Menschen. Auf den zerschrammten Bänken sitzend und liegend, warteten sie schon seit dem frühen Morgen auf den Dampfer. Nikita sah sich suchend nach einem freien Platz um, da sagte eine Greisenstimme neben ihm: »Setz dich, mein Sohn. Ich rücke ein Stück.«

»Danke.« Nikita zwängte sich neben den Alten und registrierte flüchtig einen akkuraten grauen Bart und gescheiteltes, langes graues Haar, von einem schmalen schwarzen Haushaltsgummi zusammengehalten. Der dünne Zopf steckte im Kragen eines abgewetzten grauen Jacketts.

»Fremd hier?« fragte der Alte leise, während er Nikita mit freundlicher Neugier musterte. »Woher, wenn's kein Geheimnis ist?«

»Aus Moskau. Sagen Sie, kommt der Dampfer bald?«

»Müßte heute kommen. Auf Dienstreise oder zu Besuch?«

»Dienstreise«, log Nikita und dachte, daß er sich lieber nicht mit dem erstbesten auf Gespräche einlassen sollte. Der Alte war zwar sympathisch, bestimmt Priester, vermutlich Pope in einer kleinen Dorfkirche, trotzdem war Vorsicht geboten.

»Und wohin?«

»Gelbe Schlucht.«

»Sehr schön. Da will ich auch hin. Ich heiße Vater Pawel. Und du?«

»Nikita.«

Vater Pawel kramte in seiner großen karierten Tasche und raschelte mit Zeitungspapier. »Hier, bedien dich – Piroggen. Mit Kraut.«

»Danke.« Nikita lächelte.

»Und was ist das für eine Dienstreise, wenn's kein Geheimnis ist? Unser Ort ist doch völlig abgelegen. Da kommen kaum Fremde hin.«

»Ich bin Journalist.«

»Journalist«, wiederholte der Alte nachdenklich, »worüber willst du denn schreiben?«

»Über Ökologie. Über Naturschutz. Ihre Piroggen schmecken gut.«

»Ja, die kann meine Frau gut, besonders die mit Kraut. Wo willst du denn wohnen bei uns? Ein Hotel gibt es nicht.«

»Ich dachte, ich miete mir einfach für ein paar Tage ein Zimmer.«

»Dann bringen wir dich in der Kirche unter, das Wächterhaus steht leer. Bist du getauft?«

»Ja.«

In der Ferne ertönte heiseres Tuten. Sofort sprangen die vom langen Warten zermürbten Menschen auf, und die Menge strömte zur schmalen Tür.

»Geh schon vor, mein Sohn, halt mir einen Platz frei. Aber beeil dich nicht zu sehr, sonst wirst du zertrampelt«, sagte der Alte.

Der Dampfer war klein und uralt, und Nikita fürchtete, das altersschwache Schiff würde so viele Menschen nicht verkraften. Im Kielraum fand er Plätze für sich und den Alten. Der kam als einer der letzten, mit einem riesigen Pappkoffer.

»Vater Pawel!« rief Nikita.

»Ach, das ist schön«, freute sich der Alte, »hier ist es nicht kalt, und naß werden wir auch nicht. Oben an Deck, da bläst ein Wind … Du willst also über die Natur schreiben? Interessiert das denn heutzutage noch jemanden?«

»Na ja, eigentlich schon.« Nikita nickte.

»Wenn ich eine Zeitung aufschlage, sehe ich nur Schmutz und Schund, Gott verzeih mir. In Sinedolsk, da hab ich bei meinem Sohn ferngesehen. Nein, was sind das nur für Zeiten! Man weiß nicht, wann es schlimmer war – unter den Sowjets oder jetzt. Bist du verheiratet?«

»Geschieden.«

»Eine Sünde. Hast du Kinder?«

»Eine Tochter, zwölf Jahre alt.«

»Wie heißt sie?«

»Mascha.«

»Ich hab drei. Söhne. Und schon fünf Enkel, aber sie sind alle weggezogen, die beiden älteren nach Sinedolsk, der Jüngste nach Murmansk, er ist Maat auf einem Handelsschiff. Ist auch gut so, daß sie nicht in Gelbe Schlucht geblieben sind.« Vater Pawel beugte sich näher zu ihm und flüsterte: »Das ist eine üble Gegend. Die Jungen verfallen dem Suff, nicht nur die Männer, nein, sogar die Frauen. Wodka wird regelmäßig geliefert, spottbillig, trink, soviel du willst. Jetzt im Frühjahr sind gerade erst drei Mann in der Moltschanka ertrunken, halbe Kinder, sie wollten in ihrem Suff mit dem Boot zur Mine rüber und sind verschwunden. Einer wurde nach einer Woche gefunden, schwamm tot im Fluß. Wo die anderen beiden sind, weiß keiner.«

»Was für eine Mine?« fragte Nikita schnell und fühlte sein Herz heftiger schlagen.

»Na ja, keine richtige Mine, das heißt nur so. Ein toter Ort. Vorm Krieg war da ein Lager, da haben Häftlinge Gold geschürft, aber jetzt … Ach, reden wir nicht darüber. Hier, siehst du«, sagte er laut und wies mit einem Kopfnicken auf den riesigen abgeschabten Koffer zu seinen Füßen, »ich hab zwei Ikonen gekauft. In Sinedolsk. Die alten Ikonen sind ja weg, alle gestohlen. Aber nun ist die Kirche frisch renoviert, wir haben Gitter vor den Fenstern und sogar eine Alarmanlage, stell dir vor! Ich kann mich gar nicht genug freuen, wie schön unsere Kirche jetzt ist.«

»Ist die Gemeinde groß?«

»Ach wo! Zehn Leute.«

Interessant, von welchem Geld wurde dann die Kirche renoviert und sogar eine Alarmanlage eingebaut, wenn die Gemeinde so klein ist, dachte Nikita. Eine versoffene Siedlung, eine Mine ... Ich glaube, ich vermute richtig.

Der Dampfer erreichte die Siedlung in der Dämmerung. Unter den Passagieren, die ausstiegen, bemerkte Nikita sofort zwei Kahlgeschorene in schwarzem Leder und mit breiten, durchtrainierten Schultern. Sie waren angeheitert und ohne Gepäck; an der Anlegestelle erwartete sie ein Militärjeep.

»Die da, das sind die Herren hier«, flüsterte der Pope und nickte zu den beiden hinüber. »Komisch, daß sie mit dem Dampfer gekommen sind. Normalerweise nehmen sie den Hubschrauber. Obwohl, ist ja kein Flugwetter, bei dem Nebel.«

Nikita griff nach Vater Pawels Koffer, der trotz seiner gewaltigen Ausmaße ganz leicht war. Sie liefen über glitschigen Lehm hinauf zur Siedlung, zur Hauptstraße, wenn man eine Reihe schwarzer Pfahlzäune so nennen konnte.

Die wenigen Straßenlampen warfen nur einen trüben Schein, doch am Ende der Straße strahlte mitten in der Finsternis in hellem weißem Licht ein Glaswürfel, an dem eine feuerrote Leuchtschrift verkündete: »Lebensmittel«. Davor standen ein paar Frauen und Männer, die sich kaum auf den Beinen halten konnten. Sie strömten einen heftigen Alkoholdunst aus.

»Heute gibt's den Wodka fast umsonst«, erklärte Vater Pawel. »Er ist sowieso spottbillig, aber feiertags ist er so gut wie umsonst.«

»Wer sorgt denn so für euch?« fragte Nikita gleichgültig.

»Ach, frag lieber nicht, mein Sohn.« Er seufzte schwer und flüsterte Nikita ins Ohr: »Die Banditen, jawohl.«

»Und warum tun sie das?«

»Sie wissen, warum. Frag nicht, mein Sohn. Das ist nicht gut. Weder für dich noch für mich. Weißt du was, du schläfst nicht im Wächterhaus, du schläfst bei uns«, schwatzte er nach einer langen Pause drauflos, »die Popin und ich sind sowieso allein. Morgen heizen wir dir das Badehaus an. Mußt du dich hier mit jemandem treffen? Oder willst du dir nur so die Natur ansehen, allein?«

»Ich bin allein. Ich will mir eigentlich auch gar nicht die Natur ansehen, sondern ehemalige Lager.«

»Ach so! Von wegen Ökologie! Das nennt man anders«, sagte der Pope schnell und beschleunigte seine Schritte.

Hinter einem Hügel tauchte eine helle Kuppel mit einem Kreuz auf. Die Kirche sah wirklich aus wie neu. Auch das Haus des Geistlichen war beeindruckend. Ein Blockhaus mit funkelndem Blechdach und neuem, aus Ziegeln gemauertem Schornstein.

Die Popenfrau Xenija Tichonowna war eine rundliche rotwangige Alte, geschäftig und schwatzhaft.

»Unser Leben ist eintönig. Die Söhne kommen nur einmal im Jahr, die Enkel noch seltener. Die Gemeinde ist klein, manchmal ist die Kirche beim Gottesdienst ganz leer. Nimm dir Kohl, probier mal den Fisch. Hab ich selbst geräuchert.«

Nikita mußte ausführlich von seinen Eltern erzählen, von

seiner Exfrau Galina und von seiner Tochter Mascha, mußte sogar erklären, warum er sich vor sieben Jahren hatte scheiden lassen.

»Wart ihr kirchlich getraut?« fragte die Alte voller Mitgefühl.

»Nein.«

»Darum ist es auch nichts geworden. Trauung muß sein. So, nun sag, worüber willst du schreiben?«

»Über ehemalige Lager.«

»Hier in der Gegend arbeiten noch immer Häftlinge. Das Lager ist nicht ehemalig, das ist noch in Betrieb.«

»Na, Mutter, sieh doch mal nach, ob deine Kartoffeln nicht anbrennen«, sagte Vater Pawel, wobei er die Stimme hob und leicht mit der Hand auf den Tisch schlug.

»Ich bin schon still, Vater, ich bin schon still.« Die Alte schlug sich erschrocken die Hand vor den Mund und rannte zum Herd.

»Ach, dieses Weib, ist einfach zu schwatzhaft«, knurrte Vater Pawel. »Ich sag's dir ohne Umschweife, Nikita: Halt dich lieber fern von unserem Lager. Wenn du am Leben bleiben willst. Du hast doch die zwei an der Anlegestelle gesehen, oder? Solche sind jetzt bei uns die Herren. Wie gesagt, das sind Banditen.« Der Alte flüsterte nun, beugte sich über den Tisch. »Wenn die erfahren, daß du aus Moskau bist und auch noch was schreiben willst und fotografieren, dann kommst du nicht lebend von hier weg. Du hast ein gutes Gesicht. Ich weiß nicht, was du in Wirklichkeit vorhast, vielleicht bist du von der Miliz oder von der Staatsanwaltschaft, das geht mich nichts an. Vom Alter her könntest du mein Sohn sein. Und ich rate dir väterlich: Bleib da weg. Du kannst sowieso nichts ausrichten. Da ist eine Wache und ein elektrischer Zaun.«

»Also doch eine Mine?« fragte Nikita nachdenklich. »Gold?«

»Gold? Ach wo, das ist längst alle«, sagte der Alte hastig und bekreuzigte sich. »Verzeih mir, Herr.«

»Waren Sie selbst mal dort?«

»Zwing mich nicht zu sündigen, ich kann nicht lügen.« Der Alte verzog gequält das Gesicht. »Doch reden kann ich auch nicht. Du siehst ja, wie sie mir das Maul gestopft haben. Die Kirche restauriert, Geld fürs Haus gegeben und für die Kircheneinrichtung. Hier, Pope, nimm und halt die Klappe. Ich war dort. Zwar nicht ganz nah dran, aber ich hab sie gesehen.«

»Wen?!«

»Diese Unglücklichen. Die Sklaven. Die hab ich gesehn. Der Hubschrauber war gerade gelandet, und sie wurden rausgeführt. Der Landeplatz ist nicht direkt bei der Mine, sondern ein Stück weiter weg. Sie stiegen aus, und ich sehe, sie sind irgendwie seltsam, keine Schwarzarbeiter und auch keine Häftlinge. Frauen und halbwüchsige Kinder, kaum Männer. Alle gut gekleidet, wie Städter. Nur die Gesichter waren irgendwie eigenartig. Die Augen so starr, und alle ganz blaß. Ich hab noch gedacht, was sind das schon für Arbeiter? Ich wollte sogar näher ran, damals gab's noch keine richtigen Wachen, da fing das alles ja gerade erst an, vor fünf Jahren. Ich war beim Förster gewesen, bei Nikolai. Er lag im Sterben, ich mußte ihm die Beichte abnehmen und die Sterbesakramente erteilen. Ihr Haus stand ganz in der Nähe des Hubschrauberlandeplatzes. Sie haben uns entdeckt, die Försterfrau Klawdija und mich, und weggejagt, wir dachten erst, sie würden uns umbringen. Uns ist zwar nichts passiert, doch hinterher kamen zwei Männer zu mir, direkt in die Kirche, und haben mit mir geredet. Du kriegst von uns alles, Pope, haben sie gesagt, aber zu keinem ein Wort. Siehst du, und nun schwatze ich alter Narr. Es ist eine Sünde. Schweigen ist Sünde und nicht schweigen auch. Da erzähle ich dir das alles und denke mir, wenn dir jetzt was passiert, bin ich schuld.«

Xenija Tichonowna hatte sich die ganze Zeit still am Herd zu schaffen gemacht, nur hin und wieder laut geseufzt, doch schließlich mischte sie sich ein.

»Es ist genug, Vater. Vielleicht sucht ja jemand nach ihnen, nach den armen Märtyrern, und wir beide schweigen hundert Jahre, aus Angst vor Sünde. Gestern war Klawdija hier, Brot holen, sie sagt, da ist ein Massengrab aufgespült worden, ein Stück stromab. Mindestens zwanzig Menschen, Gott hab sie selig. Noch gut erhalten, junge Frauen und halbwüchsige Kinder.«

»Klawdija – die Försterfrau?« fragte Nikita.

»Richtig.« Vater Pawel nickte. »Sie haben ihr das Haus versetzt, ein Stück weiter weg vom Landeplatz, sie wohnt allein.«

»Wie komme ich dahin?«

»Laß es sein!« Der Alte schüttelte den Kopf.

»Sie ist noch hier, die Klawdija«, murmelte Xenija Tichonowna, ohne jemanden anzusehen, »sie übernachtet bei ihrer Schwiegertochter. Morgen früh im Morgengrauen will sie zurück. Wenn was ist, kann Klawdija doch sagen, er ist ihr Neffe«, flüsterte sie, »ihr Neffe aus Sinedolsk.«

Sechstes Kapitel

»He, Kapitän, lebst du noch, oder was?« Die Stimme war ganz nah und hallte im Kopf als dumpfer Schmerz nach. Mühsam öffnete Jegorow die Lider. Durch einen Schneeschleier sah er zwei große dunkle Flecke vor sich.

»Echt mal, Alter, wohl zuviel gesoffen, oder was? Steh auf, du erfrierst noch.«

»Ich habe nicht getrunken«, sagte Jegorow heiser«, ich wurde überfallen.«

»Brauchst du einen Krankenwagen?«

»Nicht nötig. Wie spät ist es?«

»Zwölf.«

In der Ferne leuchteten die dicken Aquariumsäulen, und darin schwammen riesige buntschillernde Fische. Jegorow versuchte aufzustehen, machte eine ungeschickte, ruckartige Bewegung und sackte augenblicklich wieder zusammen.

Die nächsten zwei Tage lag er mit hohem Fieber zu Hause im Bett. Einmal sah Fedja zu ihm herein und brachte ihm einen Tee mit Zitrone. In letzter Zeit kamen sie fast nur noch zum Übernachten nach Hause.

Dann hatte Jegorow einen Flug, und als er zurückkam, waren Oxana und die Jungen weg.

Es war mitten in der Nacht, ein Schneesturm heulte. Er durchsuchte die ganze Wohnung. Zwei Koffer fehlten, ebenso ihre warmen Sachen. Ansonsten war alles an seinem Platz. Die Wohnung war sauber und schrecklich still.

Jegorow geduldete sich bis zum Morgen und eilte zum Kulturhaus, wo sich die Gruppe in der letzten Zeit getroffen hatte.

»Sie haben einen anderen Raum gemietet«, sagte man ihm. Die Adresse wußte natürlich niemand.

Vom Kulturhaus rannte er zur Miliz.

»Meine Frau ist heute nacht weggegangen und hat die Kinder mitgenommen.«

»Ist Eigentum verschwunden?« erkundigte sich der Diensthabende.

»Nein. Das heißt doch. Sie haben die warmen Sachen mitgenommen.«

»Logisch, es ist schließlich Winter.«

»Das heißt, Sie werden sie nicht suchen?«

»Ist Ihre Frau die Mutter Ihrer Kinder?«

»Ja.« Jegorow nickte traurig. »Ich verstehe. Ich verstehe sehr gut.«

»Ich Sie auch.« Der Diensthabende lachte. »Nehmen Sie es sich nicht so zu Herzen. Die kommen schon wieder zurück, was bleibt ihnen übrig. Rufen Sie erst mal alle Verwandten an und die Freundinnen Ihrer Frau.«

»Mach ich.«

Von der Miliz ging Jegorow zum Detektivbüro. Der Hof der Villa lag voller Baumaterial, das Gebäude war mit einem grünen Netz verhüllt.

»Hier wird saniert«, sagte ein Ausländer in blauer Arbeitskleidung zu ihm, ein Türke oder Jugoslawe.

Jegorow rannte zum Anwaltsbüro und erfuhr, daß der Anwalt, der ihm das Detektivbüro empfohlen hatte, nach Amerika ausgereist war.

In den winzigen Nachbarwohnungen hinter den dünnen Wänden brodelte Tag und Nacht ein stürmisches Leben. Sinas fröhliche Nachbarn brüllten, zankten sich, sangen und verprügelten einander. Wenn die Schreie zu schrill wurden, hämmerte Sina mit einer zerbrochenen alten Staffelei gegen die Wand, was stets mit einer munteren Schimpfkanonade quittiert wurde.

Bevor Sina abreiste, ließ sie sich von Nikita Geld geben, ging einkaufen und kam mit zwei riesigen Tüten zurück.

»Hier, das sollte für vier Tage reichen«, sagte sie, »dann mußt du selber raus. Der Kühlschrank funktioniert nicht richtig, das Kühlfach ist kaputt, man kann also keine großen Vorräte anlegen.«

Anschließend versah sie Nikita mit ausführlichen Erklärungen und Gebrauchsanweisungen für ihre Höhle.

»Das Schloß klemmt. Wenn du den Schlüssel reinsteckst, mußt du erst hier draufdrücken, so, siehst du. Nicht hektisch, sondern mit Feingefühl. Der Kühlschrank tropft, also immer schön einen Lappen drunterlegen. Das einzig Wertvolle in der Bude ist die Waschmaschine. Aber paß auf, wenn du sie anschaltest, mußt du Gummihandschuhe anziehen. Sie ist nicht geerdet, sie könnte dich umbringen.«

»Wieso?« fragte Nikita verständnislos.

»Na, wenn du sie zum Beispiel mit nassen Händen anfaßt, dann kriegst du einen Stromschlag«, erklärte Sina.

»Warum holst du keinen Elektriker?«

»Wenn ich einen Elektriker bestelle, muß ich den ganzen Tag zu Hause sitzen und auf ihn warten. Dazu hab ich keine Zeit und keine Lust. Lenk nicht ab, Rakitin. Die Steckdose hier auf keinen Fall benutzen, die stinkt nach verschmorter Plaste, die könnte abbrennen.«

»Aber neben dem Tisch ist weiter keine Steckdose«, bemerkte Nikita, »ich muß doch meinen Computer anschließen.«

»Kein Problem. Nimmst du eben eine Verlängerungsschnur.«

»Woher?«

»Irgendwo hab ich eine. Du wirst sie schon finden. Apropos Computer, ist der Akku voll?«

»Müßte eigentlich. Er ist ja ganz neu. Wieso?«

»Hier fällt oft der Strom aus, fast jeden Tag, manchmal nur fünf Minuten, manchmal eine Stunde. Ich hab eine Petroleumlampe und Kerzen. Hier steht das Petroleum.«

»Wozu so viel?« fragte Nikita erstaunt.

»Erstens kriegt man damit Ölfarbe gut ab, zweitens für die Lampe, und drittens hatte ich letztes Jahr Läuse.«

»Läuse?«

»Na ja.« Sina verzog das Gesicht. »In der Nachbarhöhle

wohnt ein Säufer, und der hat jeden Monat eine neue Liebe. Letztes Jahr hatte er eine Freundin mit einer fünfjährigen Tochter. Die beiden Idioten haben die Kleine jeden Tag geprügelt, da hab ich sie manchmal zu mir rübergeholt, und dabei hab ich mir eben Läuse eingefangen. Irgendwann ist sie zusammen mit ihrer Mutter wieder verschwunden. Der Nachbar hat jetzt eine Neue, ohne Kind. Was guckst du denn so? Die Läuse sind weg, keine Angst. Ansonsten sieh zu, daß du dem Publikum hier möglichst aus dem Weg gehst.«

»Schon kapiert.« Nikita nickte.

»Noch kapierst du gar nichts. Aber wenn erst der Nachbar gegen die Tür hämmert und dich anpumpen will, dann wirst du schon kapieren. Ach ja, mach nie die Tür auf, nicht mal, wenn einer brüllt: ›Hilfe, Mörder!‹«

»Wieso, wird hier so viel gemordet?«

»Nein. Aber gebrüllt wird das jeden Tag. Und noch eins, halte für alle Fälle immer eine Wasserreserve in Dreilitergläsern bereit. Das Wasser wird auch manchmal abgestellt, mal das kalte, mal das warme. So, ich glaube, das war alles.« Sina ließ ihren Blick nachdenklich durchs Zimmer schweifen. »Wenn du Lust zum Aufräumen kriegen solltest, wär ich dir nicht böse. Deine Papiere legst du am besten hier in diese Büchse.« Sie zeigte auf einen große französische Keksdose. »Das ist der einzige sichere Ort. Ich laß dir für alle Fälle meine Petersburger Nummer da. Hier, ich schreib sie ganz groß und lege den Zettel in die Büchse, damit du nicht lange suchen mußt.«

Die Försterfrau Klawdija war extrem schweigsam. Auf Nikitas Fragen antwortete sie höchstens mit ja oder nein. Ungeachtet ihrer dreiundsiebzig Jahre lief sie erstaunlich mühelos durch die Taiga. Vor einer grünen Lichtung, die nach einer mit Baumstämmen übersäten Schneise sehr einladend wirkte, drehte die Försterfrau sich zu Nikita um.

»Paß auf, halt dich genau hinter mir, in meiner Spur. Hier ist Sumpf.«

Wie sie die festen Bülten vom Morast unterschied, war Nikita ein Rätsel, aber sie irrte sich nie. Hin und wieder verharrte ihr Bein im geflickten Kunstlederstiefel kurz, um dann ruhig und sicher aufzutreten.

In fünf Stunden legten sie nur zwei Rasten ein. Sie aßen Brot, kalte gekochte Kartoffeln und hartgekochte Eier, dazu tranken sie aus einer breiten, flachen Flasche Brunnenwasser.

Unangenehm war, daß außer Vater Pawel, seiner Frau Xenija und Klawdija auch deren Schwiegertochter Nikita gesehen hatte, eine neugierige, unglaublich geschwätzige Frau um die Vierzig, die überdies, ihrem aufgedunsenen roten Gesicht nach zu urteilen, gern trank.

»Wieso war der Neffe früher noch nie hier? Sieh mal an, Klawdija, das ist ja ein ganz Gebildeter, von wem ist er denn? Komisch, der Boris hat doch nur Petka, aber dem fehlen drei Finger, die hat er sich im Suff mit der Axt abgehackt, und die Ninka, die hat zwei Mädchen …«

»Er ist nicht der Neffe von Klawdija«, rettete Xenija die Lage, »sondern meiner. Mein Großneffe. Du hast das falsch verstanden, trinkst schon früh am Morgen und kriegst nicht mit, was man sagt.«

»Ach ja, ach ja!« Die Schwiegertochter nickte heftig. »Und was will er bei Klawdija?«

»Das Dach reparieren«, knurrte die Försterfrau.

»Ach ja, das Dach? Das hat dir doch mein Sanka gemacht, für eine Flasche Wodka. Der Stadtmensch hier, guck dir bloß mal seine Hände an, was kann der schon reparieren?«

»Ich hab Tischler gelernt«, meldete sich Nikita.

Irgendwie wurden sie die Schwiegertochter schließlich los, aber ein ungutes Gefühl blieb – zu Recht. Während Nikita mit der Försterfrau durch die Taiga lief, wußten alle Stammgäste des gläsernen Lebensmittelladens bereits, daß die Popin Besuch hatte von ihrem Neffen. Ein gebildeter, dünner, weißblonder Städter, den niemand je zuvor beim Popen und seiner Frau gesehen hatte. Und jetzt lief er auch noch mit der alten Klawdija zwanzig Kilometer zu Fuß durch die Taiga, angeblich, um ihr Dach zu reparieren.

Über der Taiga hing eine schwere Abenddämmerung. Es war kalt vom Abendtau.

Die Försterfrau drehte sich um. »Bist du müde?«

»Ein bißchen«, gestand Nikita.

»Hast du Angst vor Toten?«

Er spürte schon seit einer ganzen Weile den merkwürdigen süßlichen, für die Taiga fremdartigen Geruch, der mit jedem Schritt stärker wurde und eine eigentümliche schwere Übelkeit auslöste. Die Taiga lichtete sich, und sie standen am Ufer der Moltschanka. Der Boden war naß und schmatzte unter ihren Füßen wie Sumpf.

Nikita packte die Kamera aus. Seine Hände zitterten. Er konnte nicht hinsehen, nicht atmen. Die Försterfrau war zurückgeblieben. Durch das Objektiv sah er Gesichter – Kinder, Frauen. Sie waren gut erhalten, sie hatten mehrere Monate in der gefrorenen Erde gelegen, danach im eiskalten Wasser, und die Bären hatten sie noch nicht entdeckt, außerdem gab es hier sowieso keine, sagte die Försterfrau, es war viel zu laut – die Hubschrauber, und manchmal wurde sogar geschossen. Die Wachleute der Mine gingen in ihrer Freizeit gern jagen, und die Taigatiere machten um diesen Ort einen großen Bogen.

Das Blitzlicht zuckte, dann wieder und wieder. Die

Kamera hielt nicht nur Gesichter fest. Durch das Objektiv sah Nikita eine junge Frau in zerrissenen Kleidern. Auf ihrer Brust, dicht unterm Schlüsselbein, prangte ein schwarzes Pentagramm, ein fünfzackiger Stern in einem Kreis.

»Ein Hubschrauber!« hörte Nikita Klawdija schreien. »Lauf zum Wald!«

Er riß die Kamera herunter und sah sich verstört um. Dicht über den Kiefernwipfeln kamen drei riesige weiße Lichter auf ihn zu. Er stand am offenen Flußufer und konnte nicht atmen. Seine Beine versanken bis zu den Waden im eiskalten, aufgeweichten Boden.

»Lauf, Junge!« rief die Försterfrau, aber ihre schwache Stimme versagte beim ersten Schrei, und heraus kam nur ein heiseres Flüstern, das Nikita durch den Lärm des Hubschraubers nicht hören konnte. Er rannte rein instinktiv zum Wald, um sich vor den weißen Lichtern zu verstecken. Natürlich bemerkte er nicht, daß er dabei die bunte, glänzende Verpackung eines Kodakfilms fallen ließ.

»Alles gut, mein Lieber, beruhige dich.« Die Försterfrau strich ihm mit ihrer rauhen Hand über die Wange. »Wir gehen nach Hause und trinken heißen Tee. Und Schnaps. Morgen früh bringe ich dich zur Chaussee, da nimmt dich bestimmt jemand mit nach Pomchi, und von da fährst du mit der Fähre nach Kolpaschewo. Nach Gelbe Schlucht geh nicht zurück. Ich weiß nicht, ob sie dich gesehen haben oder nicht, aber geh lieber nicht zurück.«

Er erinnerte sich nicht mehr, wie er bis zum Haus der Försterfrau gekommen war. Die Petroleumlampe flackerte, im Ofen knisterten fröhlich Holzscheite. Die Alte reichte ihm ein Glas; klappernd schlugen seine Zähne gegen den Rand. Vom Schnaps ließen das Zittern und die Übelkeit ein wenig nach.

»Kriech auf den Ofen. O je, wie du zitterst ... Schlaf jetzt. Hier, nimm noch einen Schluck, und dann schlaf. Wir gehen morgen ganz früh los, im Morgengrauen. Wer weiß, ob sie nicht auch hierherkommen, die Unmenschen. Vielleicht haben sie ja vom Hubschrauber aus was gesehen.«

Er nahm einen letzten Schluck Schnaps und sank in einen schweren, ohnmachtähnlichen Schlaf wie in einen eiskalten Sumpf. Er träumte von den blinden weißen Lichtern und dem furchtbaren Massengrab.

Im Morgengrauen weckte ihn die Alte und gab ihm Tee zu trinken. Bis zur Chaussee liefen sie zwei Stunden. Niemand verfolgte sie. Offenbar war sein Auftauchen am Ufer der Moltschanka unbemerkt geblieben.

Beim Abschied gab er der Försterfrau Geld, fünfhundert Rubel.

»Gott vergelt's.« Sie nahm das Geld, ohne es zu zählen, und setzte nach einer kurzen Pause kaum hörbar hinzu: »Wenn ich bloß die Namen der Getöteten wüßte, dann könnte ich für ihren Seelenfrieden beten.«

»Zwei Namen weiß ich. Oxana und Stanislaw«, sagte Nikita langsam. »Vielleicht sollte ich in der Stadt doch zur Miliz gehen?«

»Lieber nicht, mein Sohn.«

»Warum nicht?«

Sie schwieg lange, ächzte, bewegte mümmelnd die eingefallenen Lippen, dann sagte sie: »Halt dich nirgends auf. Flieg weg von hier. Gott schütze dich.« Sie bekreuzigte ihn hastig und ging, verschwand in der Taiga, ohne sich noch einmal umzudrehen.

Die Chaussee war leer. Nikita lief los in Richtung Pomchi. Erst nach einer halben Stunde nahm ihn ein Holztransporter mit und brachte ihn fast bis zur Dampferanlegestelle.

Diesmal mußte er nicht lange warten. Schon bald saß er rauchend auf dem Hinterdeck und sah zu, wie das Sonnenlicht sich in den winzigen Wassertropfen brach – der Dampfer zog einen leuchtenden dünnen Regenbogen hinter sich her.

Er überlegte mit ausgeruhtem Kopf, wo er Spuren hinterlassen haben könnte. Seine Ausweisdaten im Hotel in Kolpaschewo und die schwatzhafte Schwiegertochter. Sonst nichts. Vom Hubschrauber aus hatten sie ihn kaum bemerkt. Die Alten würden natürlich schweigen. Von der bunten Filmschachtel ahnte er nichts.

In der Metro war es schön warm. Manchmal konnte man auf einer Bank ein bißchen schlafen. Wenn das einer der Chefin petzte, war's nicht so schlimm. Ihr war egal, wieviel Stunden man arbeitete. Hauptsache, man schaffte die Norm.

Die beste Zeit zum Arbeiten war spätvormittags und abends nach neun. Während der Hauptverkehrszeiten konnte man ruhig ein bißchen schlafen. Da kam man sowieso in keinen Wagen rein. Außerdem waren die Leute im Gedränge immer gereizt, schrien rum, schoben und stießen. Wenn sie bequem saßen und Zeitung lasen, war's okay. Dann gab's kein Schlafen, da wurde gearbeitet.

»Liebe Fahrgäste, entschuldigen Sie, daß ich Sie anspreche. Meine Mama ist gestorben, nun leben wir zu fünft bei unserer alten Großmutter. Das Geld reicht nicht zum Essen. Geben Sie um Christi willen so viel, wie Sie können.« Ira sprach ihren Text in lautem Singsang, mit Betonung. Sie wußte, wenn man zu sehr jammerte und heulte, verpuffte der Effekt. Man mußte so tun, als ob man sich schämte zu betteln.

Aber jeder hat seine eigenen Methoden. Zigeuner-Borka

fiel immer gleich auf die Knie und umklammerte die Beine der Leute. Krallte sich eine möglichst dicke Frau, und los ging's: »Ta-antchen, ich hab Hu-unger, ein armes Waisenkind bittet um ein bißchen Geld für Brot!« Borka gaben sie immer was, aber wenig. Nicht aus Mitleid, sondern weil sie ihn loswerden wollten, damit er ihnen den Mantel nicht dreckig machte mit seiner Rotznase.

Ira rutschte nie auf den Knien rum, kriegte aber mehr. Mit ihr hatten die Leute Mitleid. Iras wichtigster Trumpf war das Baby auf dem Rücken. Sie war selbst noch klein, sah mit ihren vierzehn aus wie zehn, und dann auch noch der Säugling auf ihrem Rücken, blaß und verdreckt. Gut, wenn er ganz klein und leicht war. Manchmal mußte sie auch ein Einjähriges nehmen, und das wog mindestens zehn Kilo. Die Babys wurden jeden Monat ausgewechselt. Anfangs hatten Ira die Babys leidgetan, sie wollte sie dauernd füttern und warm einpacken. Da war sie noch dumm gewesen. Da hatte sie noch nicht gewußt, daß man nur mit sich selber Mitleid haben darf, mit niemandem sonst.

Die Babys wurden auf Bahnhöfen aufgesammelt, manchmal auch billig gekauft von heruntergekommenen Prostituierten, von Säuferinnen oder von Mädchen, die schon als Kinder an der Nadel hingen und nicht mehr durchsahen. Dafür hatte die Chefin einen Blick. Wenn sie eine Säuferin mit dickem Bauch rumlaufen sah, zahlte sie ihr gleich einen Vorschuß. Was wurde das schon für ein Kind? Das hatte doch Schnaps in den Adern statt Blut.

Früh bekamen die Babys Milch mit flüssigem »Stoff« oder mit zerstampften Pillen drin. Damit sie schliefen und nicht schrien. Wenn sie schrien, konnte man nicht arbeiten. Da regten sich die Leute in der Metro auf, wurden sauer.

Manche Babys waren so schwach, daß sie von allein den ganzen Tag schliefen, ohne irgendwas. Das sparte auch. Andererseits lebten die Schwachen nicht lange. Deshalb nahm Ira solche nicht gern. Einmal war ein Säugling auf ihrem Rücken gestorben. Sie hatte sich gegruselt mit dem toten Kind auf dem Rücken, aber was sollte sie machen? Solange die Tagesnorm nicht erfüllt war, mußte man eben durch die Wagen laufen.

Jetzt trug Ira ein einjähriges Mädchen auf dem Rücken, wohlgenährt wie ein Spanferkel. Es zappelte und strampelte im Schlaf. Ira schleppte sich gebeugt durch den Wagen, sah den Fahrgästen in die Augen und blickte sich dauernd unruhig nach dem neuen Jungen um. Die Chefin hatte gesagt, sie solle auf ihn aufpassen. Er war seltsam, schlapp und dünn und total plemplem. Er konnte nicht reden, guckte nur starr geradeaus, aber Kommandos, die verstand er, die führte er brav aus. Man mußte bloß zu ihm sagen: »Geh und streck die Hand aus, dann wirft man dir Geld rein. Das gibst du hinterher mir.«

Sie hatten ihn vor zwei Tagen auf dem Kasaner Bahnhof aufgelesen. Er saß in der Ecke, auf dem Fußboden. Ira hatte ihn zuerst bemerkt und ihn beobachtet. Es war kein Erwachsener in der Nähe. Vielleicht war er verlorengegangen, vielleicht hatte ihn jemand auch absichtlich ausgesetzt.

Obwohl er dafür eigentlich schon zu groß war. Ausgesetzt wurden vor allem Säuglinge, die nicht hinterherlaufen konnten. Ira erwartete, daß gleich über Lautsprecher ausgerufen wurde: Achtung, ein Junge ist verlorengegangen. Aber das geschah nicht. Also suchte ihn niemand. Also wollte ihn keiner haben.

Der Junge war gut angezogen – teure Jacke, Jeans, Schuhe –, ein typisches Hauskind. Sah aus wie acht. Ira war scharf auf seine Jacke. So eine wünschte sie sich schon lange, warm und leicht, mit echten Daunen. Ira hockte sich vor ihn und sah ihm ins Gesicht.

Er war grünlichblaß und hatte die Augen geschlossen. Vielleicht war er bedröhnt oder richtig krank. Er würde nicht mal merken, wenn man ihn nackt auszog. Sie nestelte schon vorsichtig am Reißverschluß, aber ausgerechnet da kam Zigeuner-Borka angerannt und hinter ihm Opa Kossucha, einer von den Handlangern der Chefin. Sie erschrak, fürchtete, daß ihr die Jacke entgehen könnte, und zischte Borka an: »Die Jacke gehört mir, daß du Bescheid weißt. Die ist dir sowieso zu groß.«

Bei der Chefin ließ Ira durchblicken, daß sie den Jungen zuerst entdeckt hatte. Ein prima Fund, gut geeignet fürs Geschäft. Riesige blaue Augen, so groß wie Untertassen, ein klägliches Gesicht und vor allem: Er sagte kein Wort. In zwei Tagen aß er bloß zweimal – kaute ein Stück trocken Brot und trank Wasser dazu. Ira entdeckte auf seiner Brust unterm Schlüsselbein eine Tätowierung: ein Stern, der auf der Spitze steht, mit einem Kreis drumrum. Sie fragte ihn: »Was hast du da?«

Er antwortete nicht. Na ja, bei so einem war fragen zwecklos, er sagte keinen Ton, war eben total plemplem. Ira verpaßte ihm einen Spitznamen: Der Tätowierte.

Die Chefin lobte Ira und gab ihr seine Jacke, aber sie sollte sie ein bißchen zerreißen und schmutzig machen. Über den Tätowierten sagte sie: »Paß gut auf ihn auf, er ist so komisch, irgendwie angeschlagen.«

Also paßte Ira auf. Zwei Tage lang lief alles bestens. Der Neue bekam viel. Er war auch wirklich ein herzerweichender Anblick: Lief rum wie ein Schlafwandler, streckte die Hand aus, sagte kein Wort, und dazu die riesigen blauen Augen.

Der Zug fuhr in die Station »Komsomolskaja« ein. Ira trat dicht hinter den Neuen und flüsterte ihm ins Ohr, daß sie aussteigen mußten. Plötzlich sprang eine Oma auf und schrie lauthals los: »Fedja! Was machst du denn hier? Leute, ich kenne diesen Jungen! Wir müssen die Miliz rufen! Er wurde entführt! Fedja, was ist denn, erkennst du mich nicht? Ich bin doch Marja Danilowna, eure Nachbarin aus Wohnung zweiunddreißig!«

Der Zug tauchte aus dem Tunnel. Ira stürzte aus dem Wagen, ohne sich umzusehen. Um Zigeuner-Borka machte sie sich keine Sorgen, der war zwar noch klein, erst fünf, aber ein fixes Kerlchen. Der kriegte sofort mit, wenn abhauen angesagt war. Und der Neue – tja, was sollte man da machen? Er ist eben wiedergefunden worden. Schwein gehabt. Blöde haben immer Schwein.

Siebentes Kapitel

Ein schwarzer Jeep raste mit hundertfünfzig Sachen die Pjatnizkaja-Chaussee entlang, in finsterer, nebliger Nacht. Die schütteren Wäldchen bei Moskau wirkten in der Dunkelheit wie dichter schwarzer Wald. In den Ortschaften am Weg war kein einziges Fenster erleuchtet.

Der Jeep raste in Richtung Solnetschnogorsk. Eine dicke Dreckschicht verbarg die Nummernschilder, aber das spielte keine Rolle – sie waren sowieso gefälscht.

Im Wagen saßen drei Männer. Jung, durchtrainiert, Goldschmuck an Fingern, Handgelenken und um die dicken Stiernacken. Die Lichter der entgegenkommenden Autos streiften ihre finsteren Gesichter.

Der Mann neben dem Fahrer hielt ein Funktelefon in der Hand.

»Ja, wir erledigen ihn, keine Sorge. Aber das mit dem Geld muß noch geklärt werden. Nicht wir haben Scheiße gebaut, deine Information war falsch. Du hast uns auflaufen lassen.

Wie? Tu nicht so, das weißt du ganz genau. Erstens hat der Junge ein phantastisches Reaktionsvermögen, dabei hast du behauptet, er wäre ein Volltrottel. Klar, für einen Volltrottel reichen auch fünfundzwanzig. Was sagst du? In Wychino, ja? Ja. Hausnummer? Alles klar. Wird morgen erledigt.«

»Der regt sich echt noch auf, ja?« sagte der Fahrer, als der andere das Telefon ausgeschaltet hatte.

Der lachte. »Alter Klugscheißer. Weißt du, wieso er angerufen hat? Er hat rausgekriegt, wo der Klient untergekrochen sein kann. Da sollen wir jetzt hinfahren, sofort, sagt er.«

»Der meint wohl, wir sind seine Laufburschen, echt! Das soll er erst mal selber überprüfen. Oder er zahlt uns das Doppelte«, äußerte auf dem Rücksitz der jüngste der drei seine Meinung.

Hinter einer Kurve war ein weites, offenes Gelände mit mächtigen, zweistöckigen Villen bebaut. Die Siedlung war gerade erst fertiggestellt worden, noch wohnte dort niemand. Die Häuser waren für wohlhabende Besitzer gedacht. Jedes hatte einen Wintergarten, nach westlicher Sitte mehrere Bäder und außerdem einen speziellen Fitneßraum, in dem sich eine Wand gänzlich hochschieben ließ, falls der Hausherr Lust hatte, seine Muskeln im Freien zu trainieren.

Doch vorerst war die Siedlung leer und still. Nur in einer Villa, direkt am Rand eines Eichenwäldchens, schimmerte im zweiten Stock ein schwaches Licht. Dort brannte in einem leeren Zimmer romantisch eine Kerze. Der Hausherr der Villa, ein Geschäftsmann in mittleren Jahren, hatte seine neue Sekretärin eingeladen, das Haus zu besichtigen, und niemanden davon informiert, nicht einmal seine Leibwache. Sehr leichtsinnig, aber der Geschäftsmann brauchte ein bißchen Entspannung und wollte seine neue Mitarbeiterin näher kennenlernen, und seine Frau, eine wachsame und ziemlich impulsive Dame, könnte ernsthaft sauer reagieren, wenn einer von seinen Leibwächtern sich womöglich verplapperte.

Die drei im Jeep warteten schon lange auf eine passende Gelegenheit, mit dem Geschäftsmann ein paar heikle Dinge zu besprechen. Er schuldete ihnen Geld und wollte es nicht zurückzahlen.

Der Fahrer drosselte das Tempo und schaltete die Scheinwerfer aus.

»Geh mal rüber, Sewa, und sieh nach, wer da drin ist«, sagte er zu dem Jüngsten.

Sewa war aufgeregter als seine beiden Kameraden. Gezieltes Totschießen, das war ihm geläufig, aber Schulden eintreiben war etwas anderes als eine MPi-Salve auf ein bewegliches Ziel.

Er sah beeindruckende Szenen aus coolen Actionfilmen vor sich: der Schuldner, zitternd, mit kaltem Schweiß bedeckt, eine Plastiktüte über dem Kopf, und ein schönes, selbstredend nacktes Mädchen mit einem Knebel im Mund auf dem Fußboden. Bilder, die ihn zugleich erschreckten und erregten. Sewa kroch aus dem Wagen und lief geduckt hinüber zur Villa.

Es war alles ruhig. Ein leerer dunkler Saab war am Eichenwäldchen hinter der Villa geparkt. Oben huschte hinter einem riesigen nackten Fenster ein Schatten vorüber. Langes, offenes Haar, schlanke, hochgereckte Arme. Daneben tauchte die Silhouette eines Männerkopfes mit dickem Hals und Segelohren auf. Sie waren also da, und zwar nur zu zweit.

Lautlos stieg Sewa die hohe Treppe hinauf, rüttelte sacht an der Tür, überzeugte sich, daß sie einstweilen lediglich mit einem simplen Riegel verschlossen war, und lief zurück zum Jeep.

Noch immer flackerte im zweiten Stock die Kerzenflamme. Wieder erschienen die beiden Schatten, die Frau und der Mann, kurz am Fenster. Die drei Männer, mit Maschinenpistolen bewaffnet, liefen auf die Villa am Waldrand zu. Sie duckten sich nicht einmal, sie schritten sicher aus und freuten sich schon auf das zu Tode erschrockene Gesicht ihres Schuldners und die verzweifelten Schreie des Mädchens.

Eine schnelle Salve mähte alle drei vor der Treppe nieder, im großen Lichtkegel der Hausbeleuchtung. Die Schüsse kamen von hinten, aus einem Fenster der Nachbarvilla.

Der Geschäftsmann zählte sein Geld stets gewissenhaft und wußte genau, daß er den drei Männern im Jeep nichts schuldete. Keinen Cent. Aber er hatte die Hoffnung aufgegeben, ihnen das im guten klarzumachen. Es gab nur eine Alternative: Entweder er zahlte, und zwar eine beträchtliche Summe, oder er räumte die drei begriffsstutzigen Kameraden aus dem Weg. Er hatte sich für letzteres entschieden und die drei Profis geschickt in eine primitive Falle gelockt.

Nach dem trockenen Knattern der MPi-Salve wurde es wieder still. Die drei Männer lagen vor der Treppe. Kurze Zeit später würde man den Jeep mit den drei Leichen finden, natürlich ganz woanders.

Das Klingeln eines Handys in der Tasche des einen Toten zerriß die Stille. Es war der Vermittler. Der Mann, der in Wychino seine kühne Vermutung überprüfen sollte, hatte sich soeben gemeldet: Die Zielperson war tatsächlich dort. Der Vermittler wollte ihnen sagen, daß sie, wenn sie umgehend nach Wychino fuhren und ihren Auftrag endlich zu Ende brachten, umgehend ihr Geld bekommen sollten.

Und zwar insgesamt, den bereits gezahlten Vorschuß mitgerechnet, nicht dreißigtausend, sondern fünfunddreißigtausend Dollar.

Erst am vierten Tag nach Sinas Abreise entschloß Nikita sich zum Aufräumen und Putzen. In der Spüle türmte sich Sinas gesamtes Geschirr, es gab kein einziges sauberes Glas mehr. Über den Fußboden rannten am hellichten Tag munter Kakerlaken in allen Farben und Größen, von winzigen kohlrabenschwarzen bis zu riesigen rotbraunen mit Fühlern so dick wie Kupferdraht. Insektengift konnte Nikita nicht finden. Ebensowenig wie einen Besen und einen vernünftigen Putzlappen. Der einzige Plasteeimer hatte einen Riß. Und die Lebensmittel waren auch alle.

Nikita zog sich die Mütze tief in die Stirn und ging einkaufen. Auf der Straße im ungemütlichen Plattenbaubezirk verspürte er ein eiskaltes Stechen im Bauch. Ein Passant, ein großer, weißblonder Bursche, sah ihn allzu aufmerksam an.

Stop, sagte sich Nikita, entspann dich. Wenn sie dich aufgestöbert hätten, würde dich jetzt keiner auf der Straße anstarren, sie würden einfach in die Wohnung kommen und dich umbringen, ohne vorherige Aufklärungsspielchen.

Er sah dem Burschen seelenruhig in die Augen, und der wandte den Blick ab. Sie gingen aufeinander zu. Von weitem hatte der Bursche Ähnlichkeit mit Nikita: Größe, Körperbau, Haarfarbe und sogar Gesichtstyp. Seine Augen allerdings schienen irre, aber Nikita vermutete, daß auch sein eigener Blick im Augenblick nicht gerade normal wirkte. Wahrscheinlich schaute ihn der Kerl deshalb so erschrocken an. Oder weil sie sich so ähnlich sahen.

Als sie auf einer Höhe waren, blieb Nikita stehen, stellte fest, daß die Ähnlichkeit nur Schein war – in Wirklichkeit hatten sie nichts gemeinsam bis auf Größe und Haarfarbe –, und fragte:« Entschuldigung, können Sie mir sagen, wo hier ein Haushaltwarenladen ist?«

Der andere erstarrte, blickte sich nervös nach allen Seiten um und wühlte in den Taschen seiner Jeansjacke. Die Straße war leer. Der Wind fegte ungehindert hindurch, riß Nikita die Mütze vom Kopf und trieb sie auf die Fahrbahn. Nikita rannte hinterher, der Bursche zuckte eigenartig mit dem Arm. In diesem Augenblick ertönten Kinderstimmen, und eine Schar Schulkinder bog um die Ecke. Eine fünfte oder sechste Klasse auf dem Rückweg vom Schwimmen oder von einem Ausflug. Die Kinder krakeelten, liefen ständig aus der Reihe, und zwei Lehrerinnen schrien sie lustlos an, um Ordnung und Disziplin wiederherzustellen. Ein dunkelhaariges kleines Mädchen in ausgestellten Hosen fing die Mütze auf, schwenkte sie über ihrem Kopf und rief: »He, wer hat die verloren?«

»Ich!« meldete sich Nikita.

»Du solltest dir Bändchen drannähen!« Das Mädchen kicherte, ein paar andere Kinder lachten mit.

»Danke.« Er zog den zerknitterten Mützenschirm bis zu den Augenbrauen herunter und wandte sich an eine der beiden Lehrerinnen: »Entschuldigung, wo ist hier der nächste Haushaltwarenladen?«

Er bekam es ausführlich erklärt, nicht nur von beiden Lehrerinnen, sondern auch von den Kindern, im Chor. Er vergaß den Weißblonden, sah ihm natürlich nicht nach. Der aber drehte sich dauernd um, und dann rannte er los.

In der Haushaltwarenabteilung eines riesigen Supermarkts kaufte Nikita einen Haufen Schwämme, Bürsten, einen Schrubber, einen Wischeimer, mehrere Insektenfallen, Putzmittel und Waschpulver, sogar Gummihandschuhe.

In der Lebensmittelabteilung kaufte er etwas zu essen für weitere drei Tage, außerdem versorgte er sich mit Zigaretten, Streichhölzern und einer Packung Wegwerfrasierern.

Wieder in der Wohnung, legte er in Sinas uralten Kassettenrekorder eine Armstrong-Jazzkassette und machte sich ans Putzen. Eine derart geballte Attacke hatte die Höhle vermutlich noch nie erlebt. Was Nikita auch anfaßte – alles quietschte und ächzte klagend, löste sich, blätterte ab, wie die Farbe vom Fensterbrett.

Draußen war es längst dunkel, es regnete. Nikita riß das Fenster weit auf und sog gierig die feuchte Nachtluft ein. Der Tag war unbemerkt verflogen. Zum Arbeiten war Nikita nicht gekommen, und er hätte wohl kaum noch die Kraft, sich an den Computer zu setzen, wenn er mit dem Putzen fertig war. Auch gut. Er brauchte mal eine Auszeit. Der Kampf gegen den Schmutz ist zwar eine öde und undankbare Sache, aber gut gegen nervliche Anspannung. Wenn man einen verdreckten Herd scheuert oder ein Bücherregal repariert, denkt man weniger an den Tod.

Er sah aus dem Fenster. Ein Wasserschwall rann ihm vom Dach in den Kragen. Mechanisch stellte er fest, daß man das Fallrohr mühelos erreichen konnte – ein geeigneter Notausgang. Die Wohnung lag im obersten Stock. Man konnte am Rohr hochklettern aufs Dach oder hinunter. Er beugte sich vor und rüttelte für alle Fälle am Rohr, um zu überprüfen, wie fest es in der Wand verankert war. Ja, es würde halten.

Nikita zündete sich eine Zigarette an, betrachtete kritisch das Zimmer, dann fiel ihm ein, daß er noch eine Waschmaschine anwerfen mußte, sonst hätte er morgen nichts anzuziehen. Der nagelneue Halbautomat wirkte zwischen dem ganzen Gerümpel wie ein außerirdisches Raumschiff. Nikita drückte die Zigarette aus, steckte den Stecker in die

Steckdose und öffnete den Deckel der Waschmaschine. Er bekam einen leichten Schlag. Er erinnerte sich an die Gummihandschuhe und zog sie an. Schon bald rumpelte die Waschmaschine gleichmäßig.

Noch ein, zwei Stunden wirtschaftete er herum, bis er todmüde war. Im Haus war es still, nur das Schnarchen des Nachbarn erschütterte die dünne Wand. Der Regen wurde immer heftiger, er trommelte aufs Dach und rauschte im Fallrohr. Ein langer Blitz zerriß den Himmel. Der Donner krachte so laut, daß der Nachbar aufhörte zu schnarchen. Das erste richtige Maigewitter in diesem Jahr. Einige Sekunden lang war es vollkommen still, nur der Regen pladderte, und die Waschmaschine rumpelte.

»Ist die wohl bald mal fertig?« murmelte Nikita. Ihm fielen die Augen zu.

Plötzlich erlosch das Licht. Sina hatte ja gesagt, daß der Strom fast täglich ausfiel, aber bisher war das noch nicht passiert. Nikita tastete nach der Petroleumlampe. Sie war leer.

Im Dunkeln aus dem Kanister Petroleum in die kleine Lampe zu füllen war schwierig, und Nikita verschüttete eine ganze Menge; unterm Fenster war nun eine große Petroleumpfütze. Nikita tastete nach einem Lappen und stieß dabei mit dem Fuß den Kanister um.

Über ihm krachte es laut. Erst dachte er, es habe gedonnert, doch dann schepperte es noch einmal, ganz nahe. Es klang blechern – vermutlich hatte ein Windstoß die Fernsehantenne abgerissen.

Das Fenster ging auf ein Ödland, dort gab es keine Straßenlampen, und im Zimmer herrschte dichte, undurchdringliche Dunkelheit. Nikita versuchte die Petroleumlampe anzuzünden, aber der Docht war zu weit hineingerutscht, das Streichholz brannte ab und versengte ihm die Finger. Das

Fenster schlug zu, dann vernahm Nikita ein schweres, nasses Klatschen. Endlich hatte er den Docht herausgedreht, und nun sah er im schwachen Licht der Petroleumlampe eine schwarze Silhouette am Fenster.

Mit der Lampe in der Hand war Nikita eine prima Zielscheibe – ohne recht darüber nachzudenken, schleuderte er sie von sich. Glas klirrte, das schwache Flämmchen flakkerte heftig. Die schwarze Silhouette stürzte auf das Licht zu. Nikita konnte gerade noch beiseite springen. Ihm schoß durch den Kopf, daß er nur eine Chance hatte: in den Flur rennen. Allerdings war die Wohnungstür abgeschlossen, und das Schloß klemmte – bis er das im Dunkeln aufkriegte, hatte der Mörder seinen Job längst erledigt.

Wieder erhellte ein Blitz das Zimmer. Nun sah Nikita den Mörder richtig und erkannte ihn: Es war der Kerl, den er heute auf der Straße getroffen und von weitem fast für seinen Doppelgänge gehalten hatte.

Das klatschnasse Haar wirkte dunkler. Von der schwarzen Jeansjacke troff Wasser. Das weiße Gesicht mit den schwarzen Augenhöhlen erinnerte Nikita nun überhaupt nicht mehr an sein eigenes. Der Mann hielt eine Pistole in der Hand, die Mündung direkt auf Nikita gerichtet. Nikita spürte schon, wie die Kugel seinen Kopf durchbohrte, wie der Schädel in einem letzten, gewaltigen Schmerz explodierte. Plötzlich erleuchtete ein seltsames rötliches Licht das Zimmer. Das Petroleum auf dem Boden brannte. Der Mörder wich zurück. Doch das Feuer breitete sich rasch aus – fast das gesamte Petroleum aus dem Kanister war ausgelaufen. Direkt zu Füßen des Mörders flammte der Plastekanister auf. Er sprang beiseite, dumpf fiel etwas zu Boden. Vielleicht die Pistole, hoffte Nikita.

Da ging im Zimmer das Licht an, und geschäftig rumpelte die Waschmaschine weiter. Der Kanister stand in

Flammen. Das Feuer kroch rasch die Nylonvorhänge hinauf und gierig auf die Kiste mit Sinas Ölfarben zu.

Nur eine Sekunde lang starrten sich die beiden Männer im brennenden Zimmer mit irren, vom Rauch tränenden Augen an. Eine nasse Hand stützte sich auf der Suche nach einem Halt auf das bebende Metallgehäuse der Waschmaschine.

»Ihr Kind leidet an schwerer Unterernährung und ernsthaften psychischen Störungen, irreparablen, wie ich fürchte. Wie konnten Sie das zulassen? Sie sind schließlich der Vater. Ihr Sohn wurde zufällig von einer Nachbarin erkannt, er hat gebettelt. Wie ist er zu den Bettlern gekommen?«

»Meine Frau ist mit den Kindern von zu Hause weggegangen. Ich war auf einem Flug.«

Die drei Ärzte und die beiden offiziellen Damen vom Jugendamt sahen Jegorow an wie einen Schwerverbrecher, aber das war ihm ganz egal. Er stand mit gesenktem Kopf mitten im Büro vor ihnen.

»Sagen Sie, Iwan Pawlowitsch, warum ist Ihre Frau mit den Kindern von zu Hause weggegangen? Gab es Konflikte?«

»Meine Frau ist vor einem Jahr in eine Sekte geraten und hat auch die Kinder dorthin mitgenommen. Die Kinder gingen nicht mehr in die Schule.«

»Und wo waren Sie, Iwan Pawlowitsch? Warum haben Sie sich nicht eingemischt? Sie sind schließlich der Vater. Sie sagen, Ihre Frau sei in eine Sekte geraten und habe die Kinder dorthin mitgenommen. Was für eine Sekte? Wie heißt sie? Wer leitet sie? Das wissen Sie nicht? Natürlich! Sie haben sich gar nicht bemüht, das in Erfahrung zu bringen. Nein, wir verstehen, daß Sie bei Ihrem Beruf häufig mehrere Tage nicht zu Hause sind. Aber man kann doch seinen eigenen Kindern gegenüber nicht derartig gleichgültig sein! Wo ist Ihr anderer Sohn? Hören Sie, Jegorow, warum schweigen Sie? Sie wollen nicht mit uns reden? Nein, ich bestehe weiterhin darauf, dem Bürger Jegorow das Sorgerecht zu entziehen. Das Kind ist in einem schrecklichen Zustand. Das ältere Kind und die Frau von Bürger Jegorow sind verschwunden. Ich denke, das ist ein Fall für die Staatsanwaltschaft.«

»Aber Galina Borissowna! Wenn da wirklich eine Sekte am Werk war, dann konnte Bürger Jegorow überhaupt nichts tun. Ich finde, wir sollten keine voreilige Entscheidung treffen.«

»Das ist keine voreilige Entscheidung. Hier ist die offizielle Antwort der Direktorin der 137. Schule: ›Auf Ihre Anfrage teilen wir mit, daß von Mai bis September 1993 die Turnhalle in der unterrichtsfreien Zeit an die Sport- und Gesundheitsgruppe Gesunde Familie unter Leitung von Dr. med. Soja Astachowa verpachtet wurde. Genehmigung des Stadtkomitees, Pachtvertrag, Zahlungsbelege sind beigefügt.‹ Weiter ...«

Vor Jegorows Augen flimmerten Papiere mit Stempeln und Unterschriften. Dr. med. Soja Astachowa teilte offiziell mit, daß keine Jegorows ihren Unterricht besucht hätten. Eine Liste der Teilnehmer, mit drei Stempeln versehen, war beigelegt. Sie enthielt in der Tat niemanden dieses Namens.

Als Hauptargument wurde schließlich ein kompetentes Urteil ins Feld geführt. Es stammte vom Vorsitzenden der Kommission für die Zusammenarbeit mit alternativen Kultur- und Gesundheitsvereinigungen, dem stellvertretenden Bildungsminister Russow.

»Die Gruppe ›Gesunde Familie‹, geleitet von Dr. med. S. A. Astachowa, steht in keinerlei Verbindung zu einer der in der GUS registrierten informellen religiösen Vereinigungen. Ziel der Gruppe ist eine gesunde Lebensweise – Förderung der Körperkultur, Verzicht auf schädliche Gewohnheiten, körperliche Abhärtung und Stärkung der Immunkräfte. Zum Unterrichtsprogramm gehören gesundheitsfördernde Gymnastik sowie ein Kurs über vernünftige Ernährung. Die Gruppe ist offiziell registriert, die Lehrkräfte verfügen über medizinische Hochschuldiplome und Zulassungen vom Gesundheitsministerium.«

»Dort war ein Mann«, sagte Jegorow langsam, »ein Mann namens Shanli. Koreaner oder Turkmene. Er hat sie hypnotisiert. Sie haben eine Tätowierung auf der Brust, ein fünfzackiger Stern in einem Kreis. Die Kinder haben gehungert, wurden immer dünner und wiederholten dauernd irgendeinen Schwachsinn, eine Art Gebet an diesen Shanli, den sie Guru nannten und anbeteten wie einen Gott. Außerdem war da noch eine Frau, Shanlis Leibwächterin. Riesengroß und kahl geschoren. Womöglich ist das ja Soja Astachowa, aber sie sieht ganz und gar nicht aus wie eine promovierte Medizinerin. Zweimal hat diese Frau mich zusammengeschlagen wie ein professioneller Karatekämpfer.«

»Großartig« – Galina Borissowna schürzte vielsagend die mohrrübenroten Lippen –, »Doktor Astachowa hat Sie also auch noch zusammengeschlagen.«

»Aber warum sind Sie danach nicht zur Miliz gegangen?«

Jegorow antwortete nicht. Er wollte nur eines: so schnell wie möglich Fedja sehen. Was hier vorging, kam ihm vor wie ein Fiebertraum, wie eine Ausgeburt seiner kranken Phantasie.

Die Sitzung der Kommission dauerte noch eine weitere Stunde. Galina Borissowna beharrte auf ihrer Forderung, Jegorow das Sorgerecht zu entziehen.

Die andere Dame vom Jugendamt dachte daran, daß das

Büfett in ihrer Verwaltung heute mehrere Kisten französische Hühner bekommen hatte und sie nun hier saß und es nicht mehr rechtzeitig vor Verkaufsschluß schaffen würde. Im Laden kosteten solche Hühner das Doppelte.

Die drei Ärzte dachten ebenfalls an ihre eigenen Angelegenheiten und blickten immer wieder verstohlen zur Uhr.

»Wir haben schließlich Gesetze«, tönte Galina Borissowna, »Verletzung der Fürsorgepflicht für Minderjährige, Paragraph hundertsechsundfünfzig ...«

»Nun hören Sie aber auf!« Dem Psychiater riß der Geduldsfaden. «Wenn hier einem das Sorgerecht entzogen werden müßte, dann doch eher der Mutter, Oxana Jegorowa.«

Die Kinderärztin, eine ältere Frau mit von chronischem Schlafmangel geröteten Augen, gab sich einen Ruck und sagte: »Kollegen, kommen wir zum Schluß. Das Kind wird behindert sein, da ist es wohl beim Vater am besten aufgehoben. Wer will denn so ein Kind schon haben!?« Sie hob die Stimme. »Sie? Ich? Ich hab selber zwei. Oder der Staat vielleicht? Ich persönlich sehe keinen Grund, Jegorow das Sorgerecht zu entziehen. Stimmen wir ab. Es ist schon spät.«

Alle außer Galina Borissowna stimmten dafür, Fedja beim Vater zu lassen. Jegorow bat um eine Kopie sämtlicher Papiere, die Galina Borissowna so fleißig zusammengetragen hatte.

Jegorow nahm Urlaub und verbrachte fast einen ganzen Monat bei Fedja im Krankenhaus. Offiziell waren Besuche auf der Intensivstation verboten. Die Eltern durften nur als Pfleger oder Putzfrauen hinein. Wenn du bei deinem Kind sein willst, dann sei so gut und wisch den Fußboden, trag Schieber raus, und kümmere dich um die Kinder, die nicht von ihren Eltern besucht werden. Und denk an kleine Geschenke fürs Personal, von dem schließlich abhängt, ob du morgen wieder zu deinem Kind darfst oder zu hören bekommst: »Das ist verboten.«

Spätabends auf dem Heimweg verschlief er in der Metro oft seine Station. Aber das war ganz gut. Die Müdigkeit betäubte die Angst. Nach einer Woche konnten die Ärzte ihm noch immer nicht garantieren, daß Fedja durchkommen würde. Ob er physisch und psychisch je wieder gesund sein würde, stand gar nicht zur Debatte.

Unablässig quälte Jegorow der Gedanke, daß er etwas unternehmen mußte, um Oxana und Slawik zu finden. Auf offizielle Unterstützung brauchte er nicht zu hoffen. Aber er konnte sich nicht in Stücke reißen. Morgens eilte er gleich nach dem Aufwachen zu Fedja ins Krankenhaus. Immer hatte er das Gefühl, wenn er heute nicht hinginge, wenn er den Jungen dort allein ließe, würde etwas ganz Schlimmes passieren. Also verschob er die Suche nach Oxana und Slawik auf später.

Eines Tages, als er in einem halbleeren Metrowagen saß, vernahm er eine klagende Kinderstimme: »Liebe Fahrgäste! Entschuldigen Sie, daß ich Sie belästige ...«

Er öffnete die entzündeten Augen und erblickte ein etwa zwölfjähriges Mädchen. Sie lief gebückt. Auf ihrem Rükken war ein schlafendes Baby festgebunden. Jegorow langte mechanisch in die Hosentasche nach Kleingeld. Das Mädchen bemerkte das und kam zielstrebig auf ihn zu. Als sie dicht vor Jegorow stand, zuckte er so heftig zusammen, daß er ein paar der bereitgehaltenen Münzen fallen ließ. Das Mädchen trug Fedjas Jacke.

Vor zwei Jahren hatte er für seine Söhne in einem teuren Geschäft in Oslo erstklassige Daunenjacken gekauft, eine grüne für Slawik, eine blaue für Fedja.

Die blaue Daunenjacke des Mädchens war schmutzig und zerrissen und gab zusammen mit dem zerknitterten knöchellangen Rock ein überzeugendes Bettlergewand ab, obwohl sie fast vierhundert Dollar gekostet hatte.

Das Mädchen bückte sich und sammelte flink die Münzen auf. Das Kind auf ihrem Rücken wäre dabei fast kopfüber aus dem Tuch gefallen, schlief aber weiter fest.

»Vorsicht, du läßt es gleich fallen«, sagte Jegorow leise.

Das Mädchen funkelte ihn mit bösen, erwachsenen Augen an und rannte zur Tür. Der Zug fuhr gerade in die Station ein. Jegorow stand auf und ging bemüht langsam zur anderen Tür. Er hatte keinen bestimmten Plan. Er wußte nur, daß er äußerst behutsam vorgehen mußte. Das Mädchen war natürlich nicht allein. An der Station wurde es womöglich von Erwachsenen erwartet – er hatte irgendwo gelesen, daß die Bettler organisiert waren und die Kinder, die in der Metro und in den Vorortzügen bettelten, immer erwachsene, professionelle Beschützer hatten. Die nahmen den Kindern das Geld weg und boten ihnen dafür ein Nachtlager, Essen, Kleidung und relative Sicherheit. Sich an die Miliz zu wenden war zwecklos. Die Bettler schmierten die Milizionäre in ihrem Revier mit beachtlichen Summen.

Die Türen gingen auf. Das Mädchen stieg aus und lief rasch zum Bahnsteigende.

»Du, kannst du mir vielleicht sagen, wie ich am besten zur Station Domodedowskaja komme?« fragte Jegorow laut.

»Guck auf den Plan!« knurrte sie, ohne sich umzudrehen.

»Warte mal, ich bin fremd hier, bei uns gibt's keine Metro, ich kenn mich mit eurem Plan nicht aus. Ich hab mich verfahren, ich fahr schon über eine Stunde rum, hilf mir doch, sei so gut, ich zahl dir dafür auch, was du verlangst.«

»Für fünfzig erklär ich's dir.«

In ihren Augen stand so erwachsener, so unverhohlener Hohn, daß Jegorow ganz anders zumute wurde.

»Du kriegst hundert«, sagte Jegorow schnell, »wenn du mir sagst, woher du die Jacke hast. Keine Angst, ich nehme sie dir nicht weg, ich will's nur wissen.«

»Zweihundert«, sagte das Mädchen leise und ganz ernst, die Augen noch immer auf Jegorow gerichtet.

»Gut, zweihundert. Ich weiß, daß du die Jacke einem Jungen abgenommen hast, der hier zusammen mit euch gebettelt hat. Wo habt ihr ihn aufgelesen? Mehr will ich gar nicht wissen.«

»Her mit dem Geld.«

Jegorow reichte ihr zwei Geldscheine. Die schmutzige magere Hand ließ sie flink verschwinden, geübt wie die eines Zauberkünstlers.

»Und der Rest?« Das Mädchen schluckte nervös.

»Den kriegst du, wenn du's mir gesagt hast.«

»Den Kleinen haben wir auf dem Bahnhof aufgelesen. So, jetzt gib mir noch hundert.«

»Auf welchem Bahnhof?«

»Auf dem Belorussischen, Mann! Her mit dem Geld.«

Jegorow reichte ihr einen Hunderter. Ohne sich noch einmal umzudrehen, stürzte das Mädchen in die schon schließende Tür des letzten Wagens.

»Liebe Fahrgäste ...«

Während sie langsam durch den Wagen lief, dachte sie, daß sie doch ein Glückspilz war. Nicht nur, daß sie die tolle Jacke erwischt hatte, jetzt war ihr auch noch der bescheuerte Flieger über den Weg gelaufen. Sie hatte gleich begriffen: Der Kerl lügt. Von wegen fremd hier! Ira war schließlich auf dem Bahnhof aufgewachsen, ihr machte keiner was vor! Erst war sie erschrocken – wenn er ihr nun die Jacke wegnahm? Hatte er aber nicht, im Gegenteil, er hatte ihr noch zweihundert Rubel gegeben, einfach so. Sie war so schlau gewesen und hatte ihm nicht den Kasaner Bahnhof genannt, wo jeder sie kannte, sondern den Belorussischen, wo sie sich nie rumtrieb. Jedenfalls, Irka hatte Glück gehabt, weil sie eben schlau war. Blöd nur, daß der Säugling auf ihrem Rücken wieder gestorben war.

Achtes Kapitel

Russow schlief kaum noch und litt unter Appetitlosigkeit. Er war blaß, hatte abgenommen, sein Blutdruck war gestiegen, und er hatte häufig Kopfschmerzen, was er früher nie kannte.

Bis zur Amtseinführung blieb nur noch ein Tag. Den wollte er eigentlich mit seiner Frau verbringen, mit ihr in die Jagdhütte fahren, zum Glück war ja herrliches Wetter, die erste Maisonne wärmte die Taiga, und die Mückensaison hatte noch nicht angefangen.

Aber Nika konnte trotz seiner beharrlichen Bitte ihre Sprechstunde nicht ausfallen lassen. Das nahm Russow ihr ernsthaft übel. Er fuhr ohne seine Frau in die Jagdhütte und bestellte sich die Masseuse Rita, die weißblond war und drall wie ein saftiger Apfel.

Doktor Jelagina hielt ihre Sprechstunde ab. Alles lief wie immer. Doch kurz nach zwei kam eine zerzauste junge Frau im weißen Kittel, der wie ein Sack an ihrem dürren, winzigen Körper hing, hereingestürzt, warf sich der Ärztin an den Hals und sprudelte los: »Nika, mein Gott, endlich! Vorm Krankenhaus stehn Wachposten, ich mußte übern

Zaun klettern. Laß dich anschaun! Toll siehst du aus, hast dich überhaupt nicht verändert.«

Die Schwester und der Arzthelfer sprangen auf, um die unverschämte Person zurechtzuweisen.

»Wir müssen unter vier Augen reden, dringend«, flüsterte das Mädchen Nika ins Ohr.

Nika trat ein Stück zurück, begriff aber trotzdem nicht gleich, daß ihre Schulfreundin Sina Resnikowa vor ihr stand. Sie sah lediglich, daß sie kein halbwüchsiges Mädchen vor sich hatte, sondern eine erwachsene, ziemlich verlebte Frau, sehr klein und dünn. Erst als sie genauer hinschaute, erkannte sie die leuchtendblauen, noch immer strahlenden Augen, die kleine Stupsnase und die starrsinnige, gewölbte Stirn unter dem schütteren gelben Haarschopf.

Sie hatten sich rund acht Jahre nicht gesehen, dennoch war es kaum zu glauben, daß ein Mensch sich so verändern konnte.

»Nikita ist tot«, sagte Sina kaum hörbar. »Deshalb bin ich hier.« Sie warf einen schrägen Blick auf die Schwester und den Arzthelfer. »Hör zu, laß uns woanders hingehen. Du hast doch um drei Feierabend.«

»Tot? Wie, wann?« Nika trat einen Schritt zurück und sah Sina mit einem eigenartigen, erstarrten Lächeln an. Das heißt, es war eher eine Grimasse – als habe ihr jemand überraschend einen heftigen Schlag versetzt, und noch ehe sie begriff, was geschehen war, verspürte sie einen furchtbaren, unglaublichen Schmerz.

»Vor drei Tagen. Er hat zeitweilig bei mir gewohnt. Es gab einen Brand. Sie haben eine verkohlte Leiche gefunden. Die Beerdigung ist erst am Mittwoch. Seine Eltern sind in Washington, darum warten sie damit noch.«

»Bei dir? Eine verkohlte Leiche? Und wie kommen sie darauf, daß das Nikita ist?« fragte Nika dumpf.

»Komm weg hier«, antwortete Sina, »dann erzähl ich dir alles. Aber nicht zu dir nach Hause«, setzte sie leise hinzu. »Wir müssen ganz allein reden. Verstehst du?«

Nika fragte nicht weiter, warum Sina nicht zu ihr nach Hause wollte, und stieg nicht mit ihr in den vorm Krankenhaustor wartenden schwarzen Mercedes. Sie sagte der Schwester und dem Arzthelfer, sie sei in zwanzig Minuten zurück, und verließ das Krankenhaus, um nicht vom Chauffeur oder den Wachleuten gesehen zu werden, zusammen mit Sina durch ein Loch im Zaun.

»Ach, was für eine beeindruckende Szene – die First Lady der Stadt kriecht durch ein Loch im Zaun. Vorsicht, Madame, zerreißen Sie sich nicht die Strumpfhose, da ist ein Nagel. Nanu, Sie sind ja leichenblaß! Ihre Freundin ist eine kluge Person, ist gleich hergekommen, hat Ihnen alles erzählt. Tut es Ihnen weh, Veronika Sergejewna? Ja, ich sehe es, und wie es Ihnen weh tut! Tja, da müssen Sie durch. Sie haben sich daran gewöhnt, sich selbst zu belügen. Diese schlechte Gewohnheit werde ich Ihnen austreiben. In Ihrer Welt, der Welt der sogenannten normalen, gesunden Menschen, lügen alle. Belügen sich selbst, Fremde und Nahestehende, das Finanzamt und den lieben Gott.«

»Madame, um Christi willen eine milde Gabe für einen armen Krüppel ...«

Nika zuckte zusammen und blickte nach unten. Ein unerträglicher Gestank drang zu ihr hinauf. Am Krankenhauszaun saß ein Bettler, mit Riemen auf einem flachen, vierrädrigen Wagen festgeschnallt. Ein beinloser Stumpf. Das Gesicht schwarz, wie geräuchert. Rote, tief eingefallene Augen, dichte Bartstoppeln. Auf dem Kopf Lumpen – ein alter Verband oder ein Frauenkopftuch. Eine zitternde, mit einem schmutzigen Lappen umwickelte Hand ausgestreckt. Nika nahm Kleingeld aus ihrer Manteltasche und legte es in die Hand.

»Wenn Sie noch lange so sitzen bleiben, dann verlieren Sie früher oder später wirklich Ihre Beine«, sagte sie schnell, »lassen Sie das lieber sein.«

»Schönen Dank«, mümmelte der Bettler und warf die Münzen in eine räudige Pelzmütze neben seinem Wägelchen.

»Was denn, hat er wirklich Beine?« Sina blickte dem Bettler nach, der bereits davonrollte, sich geschickt mit langen Affenarmen vom Boden abstoßend.

»Klar« – Nika nickte zerstreut –, »er zieht sie an und schnallt sie fest. Ach, zum Teufel mit ihm. Wo gehen wir hin? In dieser Stadt kennt mich jedes Kind.«

»Ich weiß einen Ort«, sagte Sina und zwinkerte ihr fröhlich zu, »da erkennt dich bestimmt keiner.«

»Warst du etwa schon mal hier?« fragte Nika erstaunt.

»Nein, noch nie. Ich bin gestern abend angekommen. Aber ich habe einen Riecher für schmuddelige gemütliche Plätzchen.«

Es war eine Pelmenistube hinterm Bahnhofsplatz, ein erstaunlicherweise stehengebliebener Glaspavillon aus den späten Siebzigern. Die Glaswände schienen seit damals nie geputzt worden zu sein.

»Zwei anonyme Briefe. Einer an dich, einer an mich«, sagte Sina geheimnisvoll und legte den Finger auf die Lippen. »Deinen hab ich nicht gelesen, der Umschlag ist versiegelt.«

»Was?« fragte Nika abwesend zurück. Sie hatte den Schock noch immer nicht überwunden.

»In meinem war das Geld für das Flugticket. Mit der Bitte, dich aufzusuchen.«

Es war ein ganz normales Kuvert, ohne Briefmarken und Adresse. In der Ecke standen lediglich zwei Buchstaben: V. J., mit schwarzer Tinte von Hand geschrieben. Beim Anblick dieser beiden Buchstaben, den Initialen ihres Namens, Veronika Jelagina, spürte Nika ihr Herz ängstlich pochen.

Das Kuvert enthielt ein Blatt Papier, der Text war auf einer alten Schreibmaschine getippt.

»Veronika Sergejewna! Ihr alter Bekannter Nikita Rakitin wurde in der Wohnung von Sinaïda Resnikowa tot aufgefunden. Für die Miliz ist es bequemer, Rakitins Tod als Unfall zu betrachten. Aber er wurde ermordet. Den Auftraggeber kennen Sie. Es ist Ihr Mann. Es hängt von Ihnen ab, ob dieser Mord ein ›Unfall‹ bleibt. Ich denke, um Ihrer selbst willen sollten Sie den Vorfall aufklären und sich so schnell wie möglich nach Moskau begeben.« Keine Unterschrift.

Sina, die genüßlich die zweite Portion Pelmeni mit Schmand verspeiste, zog aus ihrer Tasche ein weiteres Blatt Papier, zerknittert und schon ziemlich speckig.

»Das hier war an mich.«

An Sina schrieb der Absender trocken und sachlich, er wies sie Punkt für Punkt an, was sie zu tun habe:

»1. Hier sind siebenhundert Dollar. Das reicht für einen Flug nach Sinedolsk und zurück. Den Rest können Sie behalten.

2. Sie müssen sich mit Ihrer alten Bekannten Veronika Jelagina treffen und Ihr diesen Brief verschlossen und ohne Zeugen übergeben. Sie finden Veronika Sergejewna im städtischen Krankenhaus, in der Chirurgie. Dienstags und donnerstags hält sie von neun bis drei im Zimmer des stellvertretenden Abteilungsleiters Sprechstunden ab.

3. Beide Briefe dürfen unter keinen Umständen in fremde Hände gelangen.

Seien Sie vernünftig und vorsichtig.«

Kein Datum, keine Unterschrift.

Die Briefe waren auf einer uralten Schreibmaschine mit kleiner Schrift getippt worden. Das Farbband war vermutlich nagelneu. Nika bemerkte ein paar Flecke, einige Buchstaben waren zu fett, verschmiert. Das »K« und das »L« waren tiefer gerutscht.

Sachlich und abwesend überlegte sie, daß sie den anonymen Brief Igor Simkin zeigen sollte, dem Chef der Leibwache ihres Mannes. Er könnte Fingerabdrücke sicherstellen. Für alle Fälle.

Sonderbarerweise empfand Nika eine gewisse Erleichterung. Ihren Kopf einzusetzen fiel ihr immer leichter, als sich ihren Gefühlen auszuliefern. Im Moment war ihr einziges Gefühl ein ungeheurer, unglaublicher Schmerz. Der anonyme Brief hatte eine enorme ablenkende Wirkung. Sie sollte sich darauf konzentrieren – das Ganze roch nach Erpressung und Provokation. Von wem und warum? Grischa war eine Berühmtheit, und Berühmtheiten zogen immer alle möglichen Psychopathen an. Aber woher hatte ein Irrer soviel Geld? Die Situation verlangte nach emotionsloser Logik. Um so besser. Das war eine Art örtliche Betäubung.

»Jetzt erklär mir erst mal, ganz in Ruhe und verständlich – was ist eigentlich passiert?« Nika starrte an Sina, an den fröhlichen blauen Augen vorbei auf das trübe Fenster.

»Vor zehn Tagen kam Nikita zu mir und wollte eine Weile bei mir wohnen. Und ich sollte keinem ein Wort davon sagen.«

»Hat er dir erklärt, warum?«

»Natürlich. Er hat gesagt, er muß eine Weile allein sein.«

»Warte mal, er lebte doch in letzter Zeit sowieso allein. Seine Eltern sind seit einem halben Jahr in Washington, die riesige Wohnung ist faktisch leer.«

»Er hat gesagt, er hat eine Schreibkrise, er brauche einen

Tapetenwechsel. So etwas kann ich gut verstehen. Außerdem wollte ich sowieso gerade nach Petersburg, meine Höhle war einen ganzen Monat frei.«

»Vielleicht hat er sich ja vor jemandem versteckt?« fragte Nika leise.

»Ja, vor sich selber. Er hatte eine Schreibkrise!« Sina wurde wütend. »Ich bin doch kein Kriminalist, daß ich ihn ins Verhör nehme! Warum sollte er nicht bei mir wohnen, wenn er das brauchte?«

»Schon gut, weiter.« Nika nickte.

»Na ja, dann kam der Brand. Bei uns fällt dauernd der Strom aus, ich hatte eine Menge Petroleum im Haus, und das wurde verschüttet. Jedenfalls wurde Nikita tot aufgefunden. Bis auf die Knochen verbrannt. Er konnte nur mit Mühe identifiziert werden. Seine Papiere waren unversehrt – Ausweis, Kreditkarte.«

»Wie denn das, bei so einem Brand?« fragte Nika schnell.

Sina stieß einen Pfiff aus und schüttelte tadelnd den Kopf.

»Also, du bist echt stark, Jelagina. Ich hab gedacht, du weinst wenigstens eine Träne um Rakitin, statt dessen sitzt du da wie ein Eisklotz und stellst schlaue Fragen.«

»Ich stehe unter Narkose«, murmelte Nika.

»Ach was, du bist voll da!«

»Ich meine was anderes. Die anonymen Briefe. Ich muß das herausfinden. Danach vergieße ich eine Träne«, sagte Nika leicht gereizt.

»Na schön. Klingt vernünftig. Ganz dein Stil. Du hast dich in den acht Jahren wirklich nicht verändert.«

»Also, warum haben die Papiere den Brand überstanden?«

»Ich hab sämtliche Papiere in einer stabilen Blechdose aufbewahrt. Nikita hat seine dazugelegt. Auf meinen Rat. In meiner Höhle herrscht Chaos, da findet man nichts, der einzig sichere Ort ist diese Blechdose. Na ja, so haben sie mich ausfindig gemacht, die Telefonnummer meiner Petersburger Freunde lag auch da drin. Der Ermittlungsleiter hat mich frühmorgens angerufen, und ich bin gleich nach Hause gefahren. Und da – es war ein Alptraum! Jedenfalls, ich hab Nikita identifiziert.«

»Wie denn, eine verbrannte Leiche?«

»Durch das Kreuz. Erinnerst du dich, Nikita besaß ein goldenes Kreuz, ein Erbstück. Das nahm er nie ab. Aber vor mir haben ihn schon Galina und Tante Nadja identifiziert.«

»Haben sie ihn auch an dem Kreuz erkannt?«

»Woher soll ich das wissen? Hör mal, was soll die Frage? Glaubst du etwa nicht, daß das Nikita war?« Sina kniff die Augen zusammen und sah Nika aufmerksam an.

»Wie kommst du darauf?« Nika hob die Brauen und wandte sich ab.

»Ich wollte es erst auch nicht glauben. Aber wer soll es sonst gewesen sein? Nikita hat allein bei mir gewohnt, und gebrannt hat es mitten in der Nacht. Die Leiche eines Mannes seiner Größe, in seinem Alter, mit seinem Kreuz um den Hals.«

»Sonst nichts weiter, außer dem Kreuz?«

»Was?«

»Hat man dir bei der Identifizierung noch andere Metallgegenstände gezeigt außer dem Kreuz?«

»Nein. Nur das Kreuz und die Kette.«

»Gab es zusätzliche Gutachten?«

»Gutachten? Wozu?« Sina runzelte die Stirn. »War doch alles klar.«

»Na schön. Weiter.«

»Ich bin zu Mama gezogen. Zeitweilig natürlich. Und dann ist dieser komische Typ aufgetaucht. Ein taubstummer Penner. Der hat mir die Briefe gegeben.«

»Ein taubstummer Penner?«

»Na ja. Auf dem Arbat. Ich hab da meine Bilder angeboten, Aquarelle, die ich in Petersburg gemalt habe. Der Rest ist ja verbrannt. Und da kam dieser Typ ...«

»Wie sah er aus?«

»Wie sieht einer aus mit einem Muttermal übers halbe Gesicht? Was fällt einem da schon auf außer dem Muttermal?«

»Eine Menge. Du bist doch Malerin, Sina. Erinnere dich genau – Größe, Alter, Körperbau, Haare, Hände ...«

»Groß, dünn, gebeugt. Trauerränder unter den Fingernägeln. Furchtbar schmutzige Hände. Sie haben gezittert.«

»Und wie war er angezogen?«

»Wie ist ein Moskauer Penner angezogen?«

»Hat es dich nicht gewundert, daß der Brief mit der Maschine geschrieben ist? Woher hat ein Penner eine Schreibmaschine? Und soviel Geld?«

»Das hat natürlich nicht er geschrieben, und das Geld ist auch nicht von ihm. Irgend jemand hat den Penner gebeten, es mir zu bringen.«

»Eine solche Summe?« Nika schüttelte den Kopf.

»Darüber hab ich nicht weiter nachgedacht. Irgendein Penner hat eben den Kurier gespielt und mir den Brief und das Geld übergeben. Das spielt doch keine Rolle, wenn man bedenkt« – sie schniefte und schluchzte plötzlich krampfhaft auf, beinahe wie ein Kind –, »wenn man bedenkt, daß Nikita tot ist.«

»Du hast den Taubstummen nie wieder gesehen?«

»Nein.« Sina seufzte schwer. »Bitte, Herr Kommissar, kann ich jetzt aufhören, die ganzen schrecklichen Einzelheiten zu erzählen? Du hast nicht einmal gefragt, wie es mir geht, was ich mache. Immerhin ist meine Wohnung abgebrannt. Und mein Jugendfreund ist umgekommen. Im Gegensatz zu dir fällt mir das Denken im Moment ziemlich schwer. Ich habe Kummer, verstehst du? Ansonsten ging es mir bis zu Nikitas Tod ganz gut. Ich habe eine Wahnsinnsaffäre mit einem Petersburger, er ist fünfzig, ein genialer Musiker ...«

»Warte« – Nika verzog schmerzlich das Gesicht –, »du hast mir nicht erzählt, wie du Nikita getroffen hast. Hat er dich extra gesucht?«

»Nein. Wir haben uns zufällig getroffen, in einer Pelmenistube. Ich räume gerade ab, und plötzlich sagt so ein Typ zu mir: Hören Sie mal, junge Frau, können Sie mit dem Abwischen nicht ein bißchen warten? Ihr Lappen stinkt ganz furchtbar. Na, ich wollte ihn schon anschnauzen, von wegen, ich wische den Tisch ab, wann's mir paßt, da sehe ich hin, und – du meine Güte: Nikita!«

»Was denn, Sina, du arbeitest als Putzfrau in einer Pelmenistube?« fragte Nika leise.

»Nebenbei.« Sina senkte schuldbewußt kurz den Blick, doch dann lachte sie fröhlich. »Du kennst ja meine Schwäche für Pelmeni. Außerdem brauche ich Anregungen. Da laufen Typen rum – einfach irre. Einer hat mir dreihundert Dollar hingeblättert für ein Aquarellporträt.«

»Sag mal, warum hast du dich nicht an den Ermittlungsleiter gewandt? Warum hast du ihm den Brief nicht gezeigt?« unterbrach Nika sie.

»Fängst du schon wieder an! Ich hab dir gerade erklärt, ich wurde gebeten, darüber zu schweigen. In dem Brief steht eindeutig: Für die Miliz ist es bequemer, den Tod von Nikita Rakitin als Unfall zu betrachten. Überhaupt – es gibt keine Ermittlungen, es wurde gar kein Verfahren eingeleitet. Der Auftraggeber ist zu hoch angebunden, den setzt sowieso keiner auf die Anklagebank.«

Nika fiel auf, daß Sina fast wörtlich den Brief zitierte, den sie eigentlich nicht hatte lesen sollen.

»Wo wohnst du?«

»Im besten Hotel am Platz. Ein Rückflugticket hab ich noch nicht. Wir fliegen doch sowieso zusammen nach Moskau, stimmt's?«

»Ja, natürlich.«

Zu Hause angelangt, wählte Nika, solange ihr Mann noch nicht da war, mehrere Moskauer Telefonnummern. Zuerst ganz mechanisch die der Rakitins – wehmütiges Tuten, niemand nahm ab. Dann blätterte sie mit zitternden Fingern ihr altes Telefonbuch durch und wählte die Nummer von Nikitas Exfrau Galina, wo ihr sofort eine Kinderstimme antwortete – Mascha, Nikitas zwölfjährige Tochter.

»Wissen Sie schon Bescheid wegen Papa? Die Beerdigung ist Mittwoch um elf, auf dem Friedhof Wostrjakowo.«

Die Stimme des Mädchens klang hölzern. Nika konnte sich nicht entschließen, dem Kind irgendwelche Fragen zu stellen.

Russow kam spät nach Hause. Seine Wangen waren gerötet, und er hatte einen ausgezeichneten Appetit.

»Es war ein großer Fehler von dir hierzubleiben«, sagte er und küßte sie schmatzend auf den Mund.

»Nikita Rakitin ist vor drei Tagen umgekommen«, sagte Nika leise.

Das Lächeln wich qualvoll langsam aus seinem Gesicht. Russow schwieg lange, bis es endlich einen ernsten, besorgten, angemessenen Ausdruck zeigte.

»Ja, ich weiß Bescheid. Ehrlich gesagt, ich wollte dich vor der Amtseinführung nicht damit belasten, aber nun hat es dir offensichtlich schon jemand mitgeteilt. Wer eigentlich, wenn es kein Geheimnis ist?«

»Ich wurde aus Moskau angerufen.« Sie hatte noch nicht entschieden, ob sie ihrem Mann Sinas Besuch und die anonymen Briefe verschweigen sollte, sagte aber nun die Unwahrheit und fand, es sei besser so.

»Wer hat dich denn angerufen? Seine Eltern sind doch, soviel ich weiß, in Washington.«

»Mascha.«

»Komisch. Wieso das auf einmal? Und woher hat sie unsere Nummer?«

Nika schwieg. Russow sah sie zärtlich und aufmerksam an, und sie schämte sich ein wenig. Sie hätte ihm lieber gleich die Wahrheit sagen sollen. Obwohl – er hatte mit dem monatelangen Wahlkampf und den Problemen seines bevorstehenden Amtes genug um die Ohren.

»Willst du zur Beerdigung nach Moskau?« fragte er und umfaßte von hinten ihre Schultern.

»Natürlich. Und du?«

»Du weißt doch, ich kann nicht.« Er rieb seine Wange an ihrer und seufzte. »Einfach furchtbar, das Ganze, und so unsinnig. Mit siebenunddreißig …«

»Achtunddreißig«, korrigierte sie.

An diesem Abend verloren sie kein Wort mehr über Nikita. Als sie im Bett lagen, flüsterte er ihr ins Ohr: »Sag mir, mein Glück, wohin bist du heute aus dem Krankenhaus verschwunden?«

»Ich hatte Lust auf einen Spaziergang.«

»Du hättest dem Fahrer Bescheid sagen können. Der Ärmste hat sich Sorgen gemacht. Ach, übrigens, was war das für eine Frau, die da in deine Sprechstunde gestürmt kam?«

»Eine ehemalige Patientin aus Moskau.«

»Und wer ist sie, wenn ich fragen darf?«

»Ach, ich hatte eine Menge Patienten. Du kennst sie nicht.«

»Bist du sicher, daß du zur Beerdigung willst?«

»Das habe ich doch gesagt – natürlich.«

»Das ist nicht mehr Nikita. Nur ein geschlossener Sarg. Ich finde, du solltest da nicht hin. Du bist erschöpft, deine Nerven ...«

»Ich bin in Ordnung, Grischa.«

»Willst du wieder die Starke spielen?«

»Hör auf, Grischa.«

»Schon gut. Hast du schon entschieden, was du zur Amtseinführung anziehst?«

»Ist das so wichtig?«

»Und wie.« Er tastete nach ihrer Hand und preßte sie an seine Wange. »Das blaue Kleid. Das ich dir aus London mitgebracht habe. Ja?«

»Entschuldige, Grischa, ich möchte schlafen, ich bin müde.« Sie rückte von ihm ab, drehte sich zur Wand und murmelte wie im Halbschlaf: »Wann hast du eigentlich Nikita das letztemal gesehen?«

»Das ist lange her.« Russow seufzte. »Bestimmt drei Jahre. Ich erinnere mich nicht genau.«

Sie schwieg. Sie wußte, daß er log.

Der Belorussische Bahnhof erwies sich für Jegorow als Sackgasse. Er konnte nur raten, wohin Oxana und Slawik gefahren waren. Vom Belorussischen Bahnhof gingen viele Züge ab, Rußland war groß.

Hätte Ira ihm die Wahrheit gesagt und ihm den Kasaner Bahnhof genannt, dann hätte er eine winzige Chance gehabt – irgend jemand hätte sich vielleicht zufällig erinnern können.

Fedja wurde von der Intensivstation in ein normales Zimmer verlegt. Und eines Tages paßte Jegorow Grischa Russow im Hof des Ministeriums vor seinem Wagen ab.

»Wohin wurden sie gebracht?« fragte er, Russows Hand fest umklammernd.

»Wer? Wovon redest du?«

»Du hast mich genau verstanden, Russow. Ich will nur eins wissen: Wo sind meine Frau und mein Sohn?«

»Hör mal, Alter, ich verstehe ja, du hast Kummer, deine Frau ist dir weggelaufen. Das tut mir sehr leid, aber entschuldige, wie soll ich dir da helfen?«

»Ist das deine Unterschrift?« Jegorow hielt ihm die offizielle Auskunft über die Gruppe der Astachowa hin.

Russow nickte. »Und? Die Gruppe ›Gesunde Familie‹ trifft sich jetzt im ehemaligen Kino Wostok, in der Nähe der Metrostation Akademitscheskaja. Du kannst gern hingehen und dich davon überzeugen.«

»Dann war das eine andere Gruppe, mit der die Astachowa nichts zu tun hatte. Der Leiter war ein Asiat namens Shanli. Du kennst ihn, Grischa. Ihr habt vor etwa einem Monat im Restaurant ›WEST‹ zusammen gegessen.«

»Du drehst schon total durch, Jegorow. Paß bloß auf, daß sie dich bei der Aeroflot nicht aus gesundheitlichen Gründen entlassen.«

»Spar dir die Mätzchen. Wo sind sie? Bei Shanli waren rund zwanzig Leute. Wahrscheinlich werden sie jetzt alle vermißt. Wer brauchte diese Leute und wozu?«

»Hör zu, Jegorow« – Russow maß ihn mit einem kalten Blick –, »ich schätze unsere Jugendfreundschaft, und es tut mir wirklich leid, daß dein Privatleben so schiefgelaufen ist. Aber ich kann dir absolut nicht helfen.«

»Normalerweise preßt eine Sekte ihren Opfern Geld, Eigentum und Wohnung ab. Aber dein Guru Shanli wollte offenbar etwas anderes. Was genau? Blut? Organe? Kostenlose Arbeitskräfte?«

»Na klar, wenn dir die Frau wegläuft, denkst du natürlich lieber, irgendwelche Bösewichte hätten sie gewaltsam entführt.« Russow lachte spöttisch.

»In Fedjas Blut wurden starke Drogen gefunden. Die Ärzte sagen, der Junge sei nicht nur hypnotisiert, sondern auch mit Elektroschocks behandelt worden. Russow, ich bring dich um, wenn du mir nicht sagst, wohin sie Oxana und Slawik geschafft haben.«

»Hör mal, Iwan, ich bin ein weicher und geduldiger Mensch, aber alles hat seine Grenzen.« Russow schlug die Autotür zu und gab Gas.

Am Abend bekam Jegorow einen Anruf aus dem Krankenhaus: Fedjas Zustand sei erneut kritisch. Wieder verbrachte Jegorow seine Tage im Krankenhaus und fuhr nur zum Übernachten nach Hause.

Eine Woche später mußte er zur Routineuntersuchung zum Betriebsarzt.

»Iwan Pawlowitsch, Sie dürfen vorerst nicht fliegen«, sagte man ihm, »Sie leiden an akuter nervöser Erschöpfung. Ihr Kardiogramm zeigt deutliche Herzrhythmusstörungen, Sie haben sieben Kilo abgenommen. Sie sollten sich ernsthaft um Ihre Gesundheit kümmern.«

»Gut, das werde ich tun«, versprach Jegorow.

»Passen Sie auf, Sie dürfen sich nicht so vernachlässigen, sonst müssen wir Sie womöglich wegen Berufsunfähigkeit vorzeitig pensionieren.«

»Ja, natürlich.«

Jegorow wollte so schnell wie möglich zu Fedja ins Krankenhaus und hatte keine Zeit für Debatten über seine Gesundheit.

Neuntes Kapitel

Die feierliche Amtseinführung fand im pompösesten Gebäude von Sinedolsk statt, in einem Konzertsaal mit tausend Plätzen. Den Bühnenhintergrund zierte ein Mosaik in Gelb und Dunkelrot, eine Komposition aus Ähren, Sensen und Bannern mit Fransen. Die Veranstaltung wurde vom lokalen und vom zentralen russischen Fernsehen live übertragen. Eine der Kameras zeigte das Gesicht des frischgebackenen Gouverneurs ein wenig zu nah – unschön glänzende Schweißtropfen auf der Stirn, ein bleifarbener Teint, der von schlaflosen Nächten zeugte, geschwollene rote Lider. Die Kamera wich sofort zurück, als hätte sie sich verbrannt, und glitt über den Saal. In der ersten Reihe, zwischen einem rundlichen, glatzköpfigen Bankier und einem attraktiven, grauhaarigen Mann in Generalsuniform, saß die Frau des Gouverneurs, Veronika Sergejewna. Geradezu erleichtert verharrte die Kamera auf ihrem Gesicht. Es war wie immer ruhig. Die großen, klaren hellbraunen Augen blickten kalt und traurig in die Kamera. Eine schlanke weiße Hand flog kurz auf und rückte eine Haarnadel im schweren Nackenknoten zurecht.

Der Metropolit betrat die Bühne, ein beleibter Mann mit dichtem, scheckigem Bart. Seine breiten grauen Augenbrauen zogen sich angeekelt zusammen, als die feuchten Lippen des Gouverneurs seine Hand berührten. Russow schwor bei Gott, er werde für das Wohl seines Volkes wirken, ohne sich zu schonen, und kämpfen für das Aufblühen des ihm anvertrauten Gebiets, das doppelt so groß war wie die Schweiz und so arm wie zehn kriegführende afrikanische Provinzen.

Der Gouverneur legte seine mollige, dickfingrige Hand auf den vergoldeten Einband der Heiligen Schrift.

»Ich schwöre«, wiederholte er dumpf.

»Im Namen des Vaters, des Sohnes und des Heiligen Geistes. Amen.« Mit einer ausladenden Bewegung schlug der Metropolit das Kreuz über dem gesenkten runden Kopf, über dem rasierten Stiernacken, flüsterte dabei lautlos, ohne die Lippen zu bewegen: »Verzeih mir, Herr« und verließ mit der seinem Amt angemessenen Würde die Bühne.

Die ersten Takte der neuen russischen Nationalhymne ertönten. Der Saal erhob sich. Russow fuhr sich mit der Zunge über die Lippen.

Ein gewaltiges Stück Sibirien voller toter Bohrtürme, überwuchert von Taiga, windschiefen verwilderten Dörfern, Sonderlagern, versoffenen Kriminellensiedlungen und schwarzweißen Plattenbaustädten, das in seinem kalten Schoß Erdöl, Gold, wertvolle Buntmetalle und strategisch wichtige Rohstoffe barg, war nun in seiner Hand.

Die Hymne verklang. Nach einigen Augenblicken Stille ertönte von den hinteren Reihen vereinzelter Beifall, der sich wie eine Welle fortsetzte und anschwoll. Dieser Beifall galt Russow.

Die versammelten Beamten, dickbauchigen, behäbigen Banditen, Stadtväter, Kriminellen, Besitzer der großen Banken, Direktoren der bankrotten Betriebe und streikenden Gruben, Kohle- und Erdölkönige applaudierten ihrem zuverlässigen Favoriten, begrüßten den rechtmäßigen Thronerben der Region. Manche lächelten.

In der ersten Reihe leuchtete Nikas blasses, großäugiges Gesicht. Ihre Hände trommelten zerstreut auf dem Verschluß ihrer kleinen Handtasche. Das Kinn erhoben, die schmalen Schultern gereckt, stand auch sie, wie alle im Saal, rührte jedoch die schlanken Hände nicht zum Beifall.

Er sah, wie die blaue Ader an ihrem langen Hals pulsierte und wie der Lufthauch, den der Beifall erzeugte, eine leichte Strähne an ihrer Schläfe bewegte. Vergeblich versuchte er, ihren weggleitenden, im Scheinwerferlicht schmelzenden Blick festzuhalten.

Ganz in der Nähe des Konzertsaals stand in einer leeren dunklen Gasse ein alter Saporoshez. Am Steuer saß ein hagerer, gebeugter Mann. Er hatte den winzigen Bildschirm eines akkubetriebenen tragbaren Fernsehers vor sich. Die Antenne taugte nicht viel, das Schwarzweißbild verschwamm und zitterte. Doch der Mann starrte wie gebannt darauf, in die Augen von Veronika Jelagina.

»Sie haben abgenommen, Frau Gouverneur,« murmelte er vor sich hin, »und sehen erschöpft aus. Anstatt sich über den glänzenden Sieg Ihres Gatten zu freuen, haben Sie heute geweint, Madame. Das hat niemand gesehen. Recht so. Weinen sollte man lieber allein. Die Welt ist grausam, Mitleid hat sowieso keiner. Jetzt schauen Sie in die Kamera, mir direkt in die Augen, und überlegen, wie Sie nun weiterleben sollen. Das heißt, eigentlich haben Sie schon eine Entscheidung getroffen. In zwanzig Minuten werden Sie klammheimlich die Feier verlassen, in mein Auto steigen, und dann werde ich, der zufällige Fahrer eines häßlichen Saporoshez, Sie, die Frau Gouverneur, zum Flughafen bringen. Sie haben sich bereits entschieden, auch wenn Sie es sich selbst nicht eingestehen wollen. Sie hassen Sackgassen, Sie suchen hartnäckig nach einem Ausweg, selbst dort, wo ringsum nur dichte Mauern sind. Aber in einer solchen Sackgasse waren Sie noch nie, Madame.«

Die Übertragung wurde durch eine Werbepause unterbrochen. Der Mann im Saporoshez schaltete den Fernseher aus und sah zur Uhr.

»Na, nun wird's eigentlich Zeit«, murmelte er. »Ah, da ist sie ja schon.«

Am Ende der Gasse erschien eine dünne, kleine Gestalt in einem weiten, sackartigen Pullover und mit einem Rucksack auf dem Rücken. Der Fahrer stellte den Fernseher unter den Sitz und deckte einen Putzlappen darüber.

»Sie sind schon hier?« fragte Sina Resnikowa und stieg ins Auto.

»Wie verabredet«, antwortete der Fahrer. »Kommt Ihre Freundin auch nicht zu spät?«

»Nein. Sie ist immer pünktlich.«

Der Gefeierte ließ seinen Blick über den Bankettsaal schweifen: Champagnerflaschen in beschlagenen silbernen Eimern, Kaviarberge, umrahmt von zarten Salatblättern, blaßrosa Spanferkel auf ovalen Platten. Die geladenen Gäste nahmen geschäftig Platz und klapperten mit dem Besteck.

Der Gouverneur nickte zerstreut, lächelte und beantwortete Fragen, ohne seine eigene Stimme zu hören. Als endlich alle Gäste die ihrem Rang entsprechenden Plätze eingenommen hatten, trat eine lange, erwartungsvolle Pause ein. Allen in dem riesigen Saal fiel auf, daß ein Ehrenplatz am Kopf der Tafel, neben dem Gouverneur, leer war. Nur Herr Russow selbst schien die Abwesenheit seiner schweigsamen, stets ruhigen, schönen Frau nicht zu bemerken.

Toasts wurden ausgebracht, erst offizielle, dann ungezwungenere. Gut geschulte Kellner huschten leicht und lautlos wie Gespenster hinter der Tafel hin und her. Die Gesichter röteten sich immer mehr, das Lachen wurde immer lauter.

Ein letztes Mal trat Schweigen ein, als bei gedämpftem Licht zu den Klängen von Tschaikowskis Erster Sinfonie eine gewaltige Torte hereingetragen wurde, verziert mit einem Bohrturm aus Schokolade und Birken aus Zuckerguß mit grellgrünen Geleeblättern.

Zu einem nervösen Geigensolo rammte der Herr Gouverneur gnadenlos ein Messer in das Meisterwerk des Konditors, das Licht flammte wieder auf, der Bohrturm stürzte ein, die Birken zerbröselten, und die nun vollkommen entspannten Gäste stürzten sich auf Obst und Dessert.

Der Gouverneur rauchte, trank bitteren schwarzen Kaffee und beantwortete zerstreut die Fragen der zum herrschaftlichen Tisch zugelassenen Journalisten.

»Grigori Petrowitsch, wo ist denn Ihre Frau?« Erst als jemand diese Frage zum drittenmal stellte, hartnäckig und ungeniert, zuckte er zusammen.

»Wahrscheinlich kurz hinausgegangen«, wiederholte er seine Antwort und wandte sich ab vom Blitzlicht.

Eine kräftige, zwei Meter große Gestalt bahnte sich durch die Menge den Weg zu ihm. Igor Simkin, der Chef seiner Leibwache. Blaß und verschwitzt trat er ganz nah an Russow heran und flüsterte ihm ins Ohr: »Ihre Frau ist soeben nach Moskau geflogen.«

Russow schluckte, leckte sich hastig die trockenen Lippen und verließ den Saal, ohne jemanden anzusehen. Der Chef der Leibwache folgte ihm.

»Gib per Funk durch, sie sollen das Flugzeug umkehren lassen«, befahl der Gouverneur zischend. »Nein, Quatsch, das geht nicht. Kümmere dich darum, daß sie in Moskau empfangen wird. Schick meine Maschine hinterher, damit soll sie von Tuschino zurückfliegen, gleich heute.«

»Sie sollte doch eigentlich erst übermorgen fliegen, mit Ihrer Maschine, statt dessen hat sie heute einen normalen Linienflug genommen«, murmelte der Bodyguard verwirrt.

»Behalt deine Gedanken für dich«, schnauzte der Gouverneur dumpf. »Wer hat sie zum Flughafen gefahren? Wer hat die Tickets gekauft?«

»Das Auto hat in einer Nebenstraße gewartet.«

»Was für ein Auto?«

»Das klären wir gerade. Wir haben schon einen Zeugen. Er sagt, es war ein Saporoshez.«

»Die Nummer hat sich euer Zeuge natürlich nicht gemerkt.«

»Es war dunkel.« Simkin zuckte die Achseln.

»In Moskau empfangen und zurückbringen«, knurrte der Gouverneur, drehte sich abrupt auf dem Absatz um und ging wieder in den Bankettsaal.

»Und wenn ...?« setzte Simkin, der ihm hinterhereilte, verwirrt an.

»Wenn ihr auf dem Flugplatz schlecht wird, sollen sie sie trotzdem nach Tuschino bringen. Medizinische Hilfe bekommt sie dann an Bord meiner Maschine.«

»Aber wenn ihr schlecht wird«, wandte der Chef der Leibwache in scharfem Flüsterton ein, »ist ein Skandal kaum zu vermeiden, fürchte ich.«

Sie standen schon an der Tür zum Bankettsaal.

»Meine Frau ist ein sehr sensibler, verletzlicher Mensch«, sagte der Gouverneur laut in ein Reportermikrofon, »wir haben eine schwere Zeit hinter uns, der Wahlkampf war ja, wie Sie wissen, äußerst angespannt, und meine Frau hat sehr gelitten unter dem Schmutz, mit dem die Konkurrenten und die von ihnen gekaufte Presse uns beworfen haben. Sie Journalisten haben sie keinen Augenblick in Ruhe gelassen, das hat sehr an ihren Nerven gezehrt. Jetzt braucht sie dringend Erholung, womöglich sogar ärztliche Behandlung. Ich beabsichtige, sie zur Kur in die Schweiz zu schicken. Dieser unser Sieg hat sie zu viel gekostet.«

»Wollen Sie damit sagen, Ihre Frau hatte einen Nervenzusammenbruch?«

»Meine Frau ist einfach erschöpft. Aber Sie, Herr Journalist, sollten sich an einen Arzt wenden. Sie leiden eindeutig an gestörtem Taktgefühl.«

Zwei kräftige Bodyguards drängten den dürren Reporter zurück. Er wehrte sich nicht. Er verließ den Bankettsaal und das Gebäude, überquerte rasch den Platz vorm Konzertsaal, bog in eine dunkle Gasse, blickte sich um, und als er sicher war, unbeobachtet zu sein, zog er ein Handy aus der Tasche und wählte eine Moskauer Nummer – den Diensthabenden der Gesellschaftsredaktion seiner Zeitung.

»Schickt sofort jemanden zum Flughafen Domodedowo, zu der Maschine aus Sinedolsk. Russows Frau ist direkt von der Amtseinführung abgehauen und nach Moskau geflogen, vor einer halben Stunde. Schießt so viele Fotos wie möglich, und wenn ihr ein Interview kriegen könntet, das wäre super.«

Die Stewardeß blickte, während sie hin und her lief, immer wieder zu den beiden Frauen in der fünften Reihe. In den anderthalb Jahren, die sie nun flog, sah sie zum erstenmal zwei so unterschiedliche Menschen zusammen reisen und sich unterhalten wie enge Freundinnen.

Das Gesicht der einen kam ihr bekannt vor; sie überlegte krampfhaft, wo sie die gepflegte, schlanke Dame im strengen, sündhaft teuren dunkelblauen Kleid schon mal gesehen hatte. So angezogen stieg selten jemand ins Flugzeug.

»Schnallen Sie sich bitte an«, mahnte sie die beiden Frauen.

»Ja, natürlich.« Die Nachbarin der blaugekleideten Dame nickte und schenkte der Stewardeß ein breites Lächeln. Ihr fehlten die beiden oberen Schneidezähne.

Die habe ich bestimmt noch nie gesehen, konstatierte die Stewardeß. Aber was können die beiden gemeinsam haben?

Die Begleiterin der blauen Dame nannte sie in Gedanken Pennerin. Sie machte den Eindruck, als habe sie mehrere Nächte auf einem Bahnhof oder Flughafen verbracht, ungewaschen und ungekämmt. Klapperdürr, winzig klein, spitze Stupsnase, gewölbte Stirn, schütterer gelber Haarschopf – das alles hatte etwas Häßliches, Verwahrlostes, wirkte aber zugleich auch irgendwie kindlich, rührend.

Sie wirkte, als habe sich jemand einen bösen Scherz erlaubt und das halbwüchsige Mädchen sei eines Morgens als alte Frau aufgewacht. So ging sie nun durchs Leben – ein gealtertes Kind, noch immer in zerrissenen Teenagerjeans, löchrigen Turnschuhen und ausgebleichtem Pullover mit Flicken auf den Ellbogen. Noch ehe das Kindlich-Eckige sich verwachsen hatte, zu rundlichen weiblichen Formen ausreifen konnte, war bereits alles verwelkt, die Zähne ausgefallen, das Haar schütter geworden, um die naiven blauen Augen hatten sich tiefe, grobe Falten gelegt. Sie hatte keine Zeit gehabt zum Erwachsenwerden. Und nicht die Kraft, auf Alkohol, Drogen und zufällige Männerbekanntschaften zu verzichten. Sie mochte keine Zeit vergeuden mit gesundem Schlaf, war zu faul gewesen, sich die Haare zu waschen oder sich wenigstens nach einer fröhlichen Nacht die Zähne zu putzen.

Die Stewardeß schloß, daß die beiden sich aus der Kindheit kannten. Beide stammten aus nicht sehr begüterten kultivierten Familien, waren wahrscheinlich Moskauerinnen, ihrem Idiom nach zu urteilen. Sie gingen zusammen in eine Klasse. Die eine kriegte immer Einsen, die andere immer Vieren. Beide waren hübsch und klug, jede hatte ihre Chance. Aber die Einsenschreiberin hatte außer der Chance auch noch einen Kopf auf den Schultern. Sie hatte einen begehrten Studienplatz bekommen, einen vernünftigen, anständigen Mann geheiratet, studiert, gearbeitet und sich keinen Augenblick gehenlassen. Strengste Diät, jeden Morgen Gymnastik, Cremes, Masken, Vitamine.

Während des Starts saß die Stewardeß in der Nähe der beiden und konnte hören, worüber sie sich unterhielten.

»Sag mal, wo hast du eigentlich diesen Schwulen mit dem Saporoshez aufgegabelt?« fragte die blaue Dame.

»Wie kommst du darauf, daß er schwul ist?« Die Pennerin kicherte.

»Er war geschminkt.«

»Ach was? Das ist mir gar nicht aufgefallen.«

»Du bist mir eine schöne Malerin. Vielleicht war der Penner mit dem Muttermal auch bloß geschminkt?«

»Hör auf! Der Penner war echt, genauso wie das Muttermal. Und der Typ mit dem Saporoshez – wozu sollte ich mir den genauer ansehen?«

»Wo hast du ihn denn nun aufgegabelt?«

»Wir hatten doch besprochen, daß ich ein Taxi bestellen soll. Na ja, da hab ich die Taxis vorm Hotel abgeklappert und jeden gefragt, was eine Tour vom Konzertsaal zum Flughafen kostet. Die haben alle Unsummen verlangt, darauf wollte ich mich schon aus Prinzip nicht einlassen. Bloß der mit dem Saporoshez, der war billig.«

Zehntes Kapitel

Nika war siebenunddreißig, sah aber zehn Jahre jünger aus. Straff, schlank, leicht, keine einzige Falte, reine, glatte Haut. Ziemlich dichte samtschwarze Augenbrauen, die ohne Tusche auskamen und einen reizvollen Kontrast bildeten zu ihrem hellen haselnußbraunen Haar und den hellbraunen Augen, deren Farbe sich je nach Beleuchtung änderte. Im Halbdunkel schienen sie fast schwarz, im hellen Sonnenlicht wurden sie durchsichtig wie Honig. Sie lächelte selten, ihr Gesicht schien zu streng für eine junge Frau, bei der alles in Ordnung war. Doch ihre Augen hatten von Geburt an traurig, furchtlos und wissend gewirkt.

»Dieses Kind hat unmögliche Augen«, hatte Sergej Jelagin gesagt, als er seine gerade eine Woche alte Tochter zum erstenmal sah. Er empfand eine gewisse Scheu vor Säuglingen und wußte nicht, wie er sie anfassen sollte. Das Mädchen kam ihm so zerbrechlich und hilflos vor, und seine eigenen Hände so grob und ungeschickt, daß er das Kind die erste Zeit nur anschaute. Erst nach einem Monat entschloß er sich, seine Tochter auf den Arm zu nehmen. Auf Bitte eines Journalisten. Das sei doch so rührend – der berühmte Dichter und Filmautor und seine Familie: Seine Frau, die junge, wunderschöne Filmschauspielerin Viktoria Rogowa, und das winzige kleine Mädchen mit den riesigen, unmöglichen Augen.

Auf dem Schwarzweißfoto zeigt Viktoria Rogowa ihr berühmtes geheimnisvolles Lächeln. Sergej Jelagin hat den Blick in die Ferne gerichtet und hält das Kind ungeschickt auf ausgestreckten Armen, als wolle er es sich vom Leibe halten. Die winzige Nika blickt direkt in die Kamera. Später sagten viele, die das Foto in der Zeitschrift sahen: Derart riesige und traurige Augen hat eigentlich kein Baby.

Weil der Vater sie so ungeschickt und unbequem hielt, fing Nika an zu weinen.

»Fertig?« fragte der Dichter und Filmautor. »Kann ich sie wieder hinlegen?«

Er gab das Kind Viktoria, und die legte die kleine Nika ins Bett. Nika weinte heftiger, Viktoria sagte: »Sch-sch!«, dann gingen alle in die Küche, Tee und Wein trinken, und redeten bis zum Morgengrauen über Filme und über Poesie.

Wenn das Mädchen zu laut weinte, sprang Sergej auf, griff sich an den Kopf und schrie: »Nun tu doch was, damit sie nicht so schreit! So kann man ja nicht arbeiten!«

»Was kann ich denn tun? Was kann ich schon tun? Mir tun selber die Ohren weh!« schrie Viktoria zurück, schlug erbittert die Kühlschranktür zu, rührte laut klappernd die klumpige Trockenmilch im Topf um, ging mit dem Fläschchen ins Zimmer und stopfte Nika den Gummisauger in den Mund. Gierig trank Nika die künstliche Milch und schlief ein.

Es war das Jahr 1961. Jelagin war eines der lebenden Symbole jener kurzen, eigenartigen Zeit, die gemeinhin als Tauwetterperiode bezeichnet wird. Jeder Gedichtzyklus von ihm war eine Sensation, die Filme nach seinen Drehbüchern liefen mit großem Erfolg. Er hatte alle Allüren eines Genies: schwieriger Charakter, Zerstreutheit, Unberechenbarkeit, Anfälle schwerer Depression, Schaffenskrisen, künstlerische Suche, chaotische Beziehungen, nächtliche Besäufnisse in den berühmten Moskauer Küchen.

Sprach jemand von Sergej Jelagin, dann fiel immer das schöne, geheimnisvolle Wort »Künstlertragödie«. Jelagin habe tragischerweise die hübsche, begabte Schauspielerin Viktoria Rogowa geheiratet, die ihm natürlich nicht ebenbürtig sei. Es hieß, sie sei zu primitiv für ihn.

Jelagin wurde in den populärsten Zeitschriften gedruckt. Auch das war irgendwie tragisch, denn ein wahres Genie wird verfolgt und findet keine Anerkennung.

Die Seele des Genies irrte ruhelos umher, und mit ihr zusammen auch der kräftige, gierige Körper. Es blieb überhaupt keine Zeit und Kraft für die Kunst. Begann eine neue Affäre, behinderte das die Arbeit. Ging eine zu Ende, war das doppelt hinderlich. Die primitive Viktoria verstand ihn nicht und machte ihm Eifersuchtsszenen. Wie sollte er unter diesen Bedingungen kreativ sein?

Allein der Anblick ihres puppenhaften Gesichtchens, der Klang ihrer hohen, ein wenig brüchigen Stimme störte Jelagins Konzentration.

Viktoria fuhr ziemlich häufig zu Dreharbeiten. Dann blieb Sergej allein und war so hungrig, daß er keine Zeile schreiben konnte. Also kam irgendeine junge, hübsche Verehrerin und kochte ihm Essen. Er aß sich satt, wurde schläfrig, und die launische Intuition war dahin.

Die Geburt des Kindes war für beide ein ärgerliches Mißverständnis. Nika kam niemandem gelegen. Viktorias Dreharbeiten platzten – sie hatte von ihrer Schwangerschaft zu spät erfahren. Die Hauptrolle bekam eine andere. Sergej war mit der Tragödie seiner suchenden Seele beschäftigt. Ein Kind? Wozu? Warum?

Es gab natürlich Großmütter und Großväter. Doch die waren noch jung und dynamisch und wollten nicht in Rente gehen, um sich um die kleine Nika zu kümmern. Außerdem waren die familiären Beziehungen unmöglich. Jahrelang redete keiner mit keinem, alle ergingen sich in gegenseitigen Beschuldigungen.

Mit einem Jahr wurde Nika in eine Wochenkrippe gegeben, später in den Wochenkindergarten. Den ganzen Sommer verbrachte sie immer im Sommerhaus des Kindergartens.

»Alle auf die rechte Seite! Hände unter die Wange!«

Nika Jelagina konnte nur auf dem Bauch einschlafen.

»Jelagina! Du sollst auf die rechte Seite liegen!«

»Auf der Seite, nicht auf die«, murmelte Nika in ihr Kissen.

»Ruhe, du Rotznase! Leg dir jetzt hin, wie ich sag!«

Nika zog sich die Decke über den Kopf. Sie wurde ihr heruntergerissen, Nika mußte in der Ecke stehen. Damit sie lernte, wie man mit Erwachsenen redet. Die kleine Klugscheißerin! Glotzt einen mit ihren großen Augen an. Eine wahre Strafe, dieses Kind!

»In Zweierreihen antreten! Nicht zurückbleiben!«

Nika Jelagina konnte nicht in Reih und Glied laufen. Sie blieb zurück oder lief voraus. Sie mochte die schweißige Hand eines anderen Kindes nicht anfassen.

»Jelagina! Stell dich in die Reihe! Oder brauchst du eine Extraeinladung?«

Sie brauchte keine Extraeinladung. Sie wollte nur eines: Nicht angeschrien, in Ruhe gelassen werden.

»Im Chor, alle mitsingen! Alle zusammen, drei, vier! Jelagina, warum singst du nicht mit?«

Sie konnte nicht im Chor singen. Sie konnte es einfach nicht.

Eines Tages kroch sie durch ein Loch im Zaun heimlich hinaus. Sie glaubte, irgendwo dahinten auf dem Gerstenfeld den hellen Kopf ihrer Mama gesehen zu haben. Barfuß rannte sie über den feuchten, stachligen Boden, schlug sich durch die riesigen Ähren wie durch einen Dschungel. Ja, natürlich, Mama war gekommen und wollte Nika nach Hause holen, nach Moskau.

»Was soll das, Kleine?« fragte die hellhaarige fremde Frau erstaunt und schob das vierjährige Mädchen von sich.

Viktoria drehte gerade mit einem berühmten Regisseur einen Film, der noch heute oft im Fernsehen läuft. Ein Liebesdrama unter jungen Geologen.

Gedreht wurde im Ural, und natürlich konnte die Schauspielerin Rogowa, die die Hauptrolle spielte, keinesfalls ihre vierjährige Tochter im Kindergarten bei Moskau besuchen.

Als Nika mit sieben zur Schule kam, war sie bereits so selbständig, daß sie die Eltern nicht mehr störte und keinerlei Aufmerksamkeit mehr verlangte. Sie konnte allein einkaufen und sich ein einfaches Essen kochen – Pelmeni oder Makkaroni. Später hegte sie für den Rest ihres Lebens eine heftige Abneigung gegen Teigwaren.

Wenn ihre Eltern nicht miteinander verkracht waren, versammelten sie jeden Abend Gäste und saßen bis morgens in der Küche. Niemand schickte Nika ins Bett. Sie setzte sich in die Ecke und hörte den Erwachsenen zu. Papa trug Gedichte vor. Dann raunte man in der verrauchten, engen Küche geheimnisvoll: »Genial!« Es wurde Gitarre gespielt und gesungen. Nika schlief im Sitzen ein, was meist einer der Gäste eher bemerkte als die Eltern. Fremde trugen sie ins Bett, legten sie schlafen, strichen ihr übers Haar.

Wenn Papa eine Schreibhemmung hatte, lag er tagelang in Unterhosen und Pantoffeln auf dem Sofa, neben sich einen Aschenbecher voller Zigarettenkippen. Dann durfte man ihn nicht ansprechen. Er brüllte sofort los, und man fühlte sich schuldig an seiner Schreibhemmung. In der Küche sammelten sich Batterien leerer Flaschen.

Die Zeiten häuslichen Friedens wurden immer kürzer, die Kräche dauerten immer länger, manchmal eine Woche, manchmal einen Monat. Dann redeten die Eltern nicht miteinander und luden auch keine Gäste ein.

Darüber vergingen die glücklichen sechziger Jahre, andere Zeiten brachen an, in die die früheren Symbole nicht mehr paßten. Sergej Jelagin bemerkte immer häufiger, daß sein Ruhm Risse bekam. Er geriet in Vergessenheit. Er fiel von einer Schaffenskrise nahtlos in die nächste. Er brachte keine Zeile mehr zustande, und schuld daran waren jeder und alles: seine Frau, seine Tochter, die Epoche, Regen und Sonne, Winter und Sommer.

Viktoria Rogowa bekam immer weniger Rollen angeboten. Inzwischen war ein anderer Typ Frau gefragt.

Im kalten, schneesturmreichen Januar 1975 erwachte Nika eines Nachts vom lauten Zuknallen der Wohnungstür. Das war nichts Besonderes. Die Eltern hatten sich mal wieder gekracht, und einer war gegangen. Nika rückte einen

Stuhl ans Fenster, um zu sehen, wer aus der Haustür kommen würde, Mama oder Papa. Vom dritten Stock konnte sie deutlich erkennen, wie Mama im offenen Mantel, ohne Mütze auf dem Kopf, das Haus verließ und in den weißen Moskwitsch ihres neuen Freundes, Onkel Wolodja Boldins, stieg. Der Moskwitsch fuhr los. Nika schlüpfte wieder ins Bett. Eigentlich war sie an die Kräche ihrer Eltern gewöhnt, aber sie mußte trotzdem weinen. Irgendwann schlief sie ein, das Gesicht im tränennassen Kissen vergraben. Im Schlaf vernahm sie ein eigenartiges Poltern.

Um sieben klingelte der Wecker. Nika öffnete die Augen, sie mußte aufstehen und zur Schule gehen. Auf Zehenspitzen, um Papa nicht zu wecken, verließ sie ihr Zimmer, schlüpfte ins Bad, wusch sich, putzte sich die Zähne. Die Tür zum Zimmer der Eltern war halb offen. Drinnen brannte Licht, die Schreibtischlampe. Arbeitet Papa etwa? dachte Nika erstaunt und blickte ins Zimmer.

Auf dem Fußboden lagen ein umgekippter Hocker und gelbe, weißgesprenkelte Splitter von der Deckenlampe. Ziemlich hoch überm Boden entdeckte Nika nackte Beine. Muskulöse, behaarte Beine. Schwarze Satinunterhosen. Ein weißes Unterhemd. Eine große blaue Kugel, so groß wie ein Kopf, mit kugelrunden Augen darin. Die Augen sahen Nika an. Ein aufgedunsenes Gesicht, eine heraushängende Zunge.

Minutenlang stand Nika da wie gelähmt. Erst als sie den vertrauten großen hellbraunen Leberfleck auf der linken Hand des Mannes entdeckte, schrie sie.

Eine Zeitlang war Sergej Jelagins Selbstmord ein populäres Thema. Im Literaturhaus und im Haus des Films wurden Gedenkveranstaltungen abgehalten.

Beim Sichten der Archive stellte sich heraus, daß an fertiggestellten Gedichten höchstens ein dünnes Büchlein zusammenkam. Vollendete Szenarien gab es drei, alle längst verfilmt. Sonst nichts. Ein paar Notizen, angefangene Vierzeiler, Pläne für nie geschriebene Szenarien.

Natürlich hieß es, schuld an allem sei Viktoria. Er war ein Genie, sie dagegen nur eine hübsche, banale Spießerin. Sie habe ihn nie verstanden. Und die Zeit sei schuld, die Stagnation, die einem Genie die Luft zum Atmen nehme.

Bei der Beerdigung hielt Mamas Freund Wolodja Boldin Nikas Schultern fest umfaßt.

Noch lange sah Nika im Traum die nackten Beine hoch über dem Boden, das Gesicht, das wirkte wie ein einziger aufgeblasener blauer Fleck, und die hervorquellenden toten Augen. Die Erinnerung an den Vater existierte unabhängig von diesem entsetzlichen Bild. Der Vater blickte von mehreren Fotos, die gerahmt und an die Wand gehängt worden waren.

Der vierzigste Tag nach Jelagins Tod fiel mit seinem Geburtstag zusammen. Die Wohnung war gerammelt voll. In der Küche saß Großmutter Serafima, Papas Mutter, streng, jugendlich, mit einem harten, klugen Gesicht. Nika sah sie selten und fürchtete sie ein wenig. Sie wagte nicht, sie Großmutter zu nennen, sondern sagte genau wie Mama immer Serafima Petrowna.

Nach Jelagins Tod machte lange die Legende die Runde, seine Mutter habe die tragische Nachricht so kommentiert: »Das ist ganz seine Art. Das war zu erwarten.«

»Wo ist der Schaumlöffel? Mach noch ein Glas Mayonnaise auf«, sagte sie zu Nika, die ihr in der Küche half. »Wie hältst du denn den Büchsenöffner? Schon gut, bring die Schüssel hier auf den Tisch. Vorsichtig.«

Mama lief mit einer Zigarette im Mund zwischen den Gästen umher, als sei sie ebenfalls Gast und wisse in der fremden Wohnung nicht, wohin mit sich. Gierig nahm sie Beileidsbekundungen entgegen, reichte ihre Hand zum Kuß, schluchzte hin und wieder, um dann plötzlich völlig unangebracht mit weit zurückgeworfenem Kopf lauthals loszulachen. Das Lachen ging nahtlos in Tränen und hysterisches Weinen über.

Gegen Mitternacht, als nur noch die engsten Freunde und Verwandten da waren und wieder mal jemand »Künstlertragödie« sagte, ertönte plötzlich Mamas hohe, weinerliche Stimme: »Eine Tragödie? Wieso denn? Er hat niemanden geliebt außer sich selbst. Er hat mehr getrunken und sich mit Weibern rumgetrieben als geschrieben. Es war ihm völlig egal, was mit dem Kind ist, wenn es sieht ... Die Kleine war allein zu Hause. Jetzt schreit sie im Schlaf. Sie hat einen Schaden für immer weg. Er hat unser Leben ruiniert, ihrs und meins auch ...«

Über Mamas Gesicht flossen Tränen. Der verschmierte grellrote Lippenstift auf ihrem Mund sah aus wie Blut.

Serafima Petrowna stand wortlos auf, griff sich im Flur ihren Pelzmantel und verließ türenknallend die Wohnung.

»Ist das etwa eine Mutter?« rief Viktoria ihr hinterher. »Das nennt sich Mutter?«

»Hör auf, Viktoria.« Onkel Wolodja Boldin wollte sie umarmen, doch sie riß sich los.

»Laßt mich in Ruhe! Ich weiß, ihr denkt alle, ich bin schuld an seinem Tod. Natürlich, ich war ja viel zu primitiv für ihn, ich war seiner Genialität nicht gewachsen. Ich wollte eine normale Familie, ich wollte, daß mein Kind eine normale, gesunde Kindheit erlebt ...«

»Na ja, Sie sind auch nicht gerade ein Engel, Viktoria Nikolajewna«, sagte Papas letzte Freundin, Tante Natascha, in herrischem Baß.

»Mit welchem Recht ist diese Frau hier?« schrie Mama.

»Raus mit ihr! Wehe, sie wagt es, noch einmal die Schwelle meines Hauses zu überschreiten!«

»Wenn das so ist, dann muß auch Wladimir Leonidowitsch gehen«, erwiderte Natascha kaltblütig. »Sie sagen, das Mädchen sei in der Nacht allein gewesen. Wo waren Sie denn, Viktoria Nikolajewna?«

»Das ist gemein«, kommentierte eine hohe Männerstimme laut.

»Ja, ich weiß, ich bin euch allen zuwider! Aber ihr sitzt hier bloß eine Weile rum, seufzt ein bißchen, schwafelt was von Künstlertragödie, und dann geht ihr wieder, zu eurer Frau oder eurem Mann, zu euren Kindern, zu euren Angelegenheiten. Und ich? Wer braucht mich denn noch? Mit fünfunddreißig Witwe! Eine arme Witwe mit Kind! Wovon sollen wir leben? Ich bekomme schon seit drei Jahren keine Filmangebote mehr, am Theater will mich auch keiner. Ich bin Schauspielerin! Das haben zwar alle vergessen, aber ich bin, nebenbei gesagt, ebenfalls begabt. Und was soll ich nun machen? Er hat keine Kopeke hinterlassen, versteht ihr! Keinen Groschen! Das Genie ... Der Teufel soll ihn holen.«

»Widerwärtig!« bellte Tante Natascha. »Sie verhöhnt das Andenken an ihn.«

»Wie kann sie es wagen? Raus mit ihr, raus hier, sofort!« Mamas Schreien war nun ein gellendes Kreischen. Hocker polterten, Schritte eilten über den Flur, krachend fiel die Wohnungstür zu.

»Viktoria, beruhige dich doch, ich bitte dich.«

»Laßt mich in Ruhe! Ich hasse ihn! Was hat er uns angetan? Wofür? Nika, mein Kind, komm her! Nika! Wo ist mein Kind?«

Nika rannte weg, verkroch sich im Wandschrank, kniff die Augen zusammen und hielt sich die Ohren zu, doch

Mamas Geschrei drang trotzdem in ihr Gehirn wie Nadelstiche.

»Nun sucht sie doch! Ich bitte euch, findet sie! Wo ist mein Kind?«

Wolodja Boldins kräftige Arme zogen Nika aus dem Schrank.

»Ruhig, ganz ruhig, meine Kleine, geh zu ihr, sie ist nicht ganz bei sich. Hab Mitleid mit ihr. Hab Geduld. Das vergeht wieder.«

Mama preßte Nikas Kopf an ihre Brust, heftig und schmerzhaft.

»Mein Mädchen, mein Töchterchen, meine Arme du, meine einzige. Keiner braucht uns mehr, jetzt sind wir beide mutterseelenallein.«

Sie nahm Nikas Kopf in ihre zitternden Hände und küßte sie immer wieder auf Stirn und Augen, beschmierte sie dabei mit Lippenstift und hauchte ihr heftigen Alkoholdunst ins Gesicht.

»Viktoria, laß sie los. Das Kind muß schlafen«, brach Onkel Wolodja Boldin das peinliche Schweigen.

»Verzeih ihr, Kleines«, sagte er, als er auf ihrem Bettrand saß und ihr Haar streichelte, »sie hat einen Nervenzusammenbruch. Ich weiß, du schämst dich und ekelst dich. Nichts ist schlimmer, als sich für seine Mutter zu schämen. Aber das geht vorbei. Du wirst es vergessen und verzeihen, das Leben kommt schon wieder ins Lot.«

»Verzeihen ja«, murmelte Nika, »aber vergessen bestimmt nicht.«

»Überleg doch mal, wie ihr jetzt zumute ist.« Onkel Wolodja seufzte. »Versuch sie zu verstehen und einfach Mitleid mit ihr zu haben. Sie ist im Grunde ein guter Mensch, und sie liebt dich sehr. Glaubst du mir das?«

»Nein.«

»Warum nicht?«

»Sie spielt. Sie spielt die ganze Zeit.«

»Urteile nicht so hart, Nika. Das ist dein kindlicher Maximalismus. Sie ist deine Mutter. Die einzige, die du hast und je haben wirst. Im Grunde ist sie ein guter Mensch.«

Elftes Kapitel

Im Grunde ist mein Grischa ein guter Mensch, dachte Nika und blickte unverwandt aus dem Fenster.

Im Flugzeug erlosch das Licht. Der Himmel wurde langsam hell. Sina war eingeschlafen, ihr Mund stand offen wie bei einem Kind. Im Schlaf war ihr Gesicht glatter, ihre Wangen rosig. Sie sah wieder aus wie ein Teenager, als wären die acht Jahre, die ihr Gesicht so schrecklich verändert hatten, nie gewesen.

Sie konnte auf Anhieb einschlafen, in jeder Umgebung, bei jedem Lärm, in der unbequemsten Haltung. Und ebenso augenblicklich erwachte sie, riß die euphorischen blauen Augen auf und rannte los, ohne sich zu waschen, oder griff zum Bleistift.

Sie versuchte nie, ihre Bilder auszustellen oder an Galerien zu verkaufen. Sie brachte es fertig, ein kleines Meisterwerk für einen Spottpreis herzugeben. Auf Bitten verschenkte sie ihre Bilder auch. Sobald ein Bild fertig war, verlor sie das Interesse daran. Einmal hatte Sina vor Nikas Augen ein wundervolles Aquarellstilleben auf dem Tisch ausgebreitet, um darauf Stockfisch zu putzen.

»Bist du verrückt?« schrie Nika, riß ihr das Aquarell weg und schüttelte vorsichtig die Fischreste ab.

»Was ist das?« Sina staunte. »Wann hab ich denn das gemalt?«

»Vor zwei Tagen. Du hast fast zwei Tage an diesem Stillleben gearbeitet. Und es ist sehr gut geworden. Sieh mal, die Zitrone hier auf dem Teller ist richtig echt, und diese Tasse mit dem Sprung ...«

»Red keinen Quatsch. Ich kann doch nicht fast zwei Tage an solchem Mist gemalt haben.« Sina lachte fröhlich. »Hör mal, wo ist denn der Fisch? Das Bier wird schal. Gib mir wenigstens eine Zeitung.«

Hätte sie neben ihrem Talent noch ein wenig gesunden Menschenverstand, Fleiß und Ehrgeiz besessen, dann hätte sie eine renommierte Malerin werden können. Aber »hätte« zählt im Leben nicht, und Sina Resnikowa war genau das geworden, was sie wollte.

Nika und Sina waren seit der ersten Klasse befreundet. Aber eines Tages spürten sie beide, daß sie keine gemeinsamen Themen mehr hatten. Nika tat es weh, mit anzusehen, wie ihre liebste Schulfreundin nicht nur ihr Talent im Feuer nächtlicher Bohemetreffen verbrannte, in Portwein und Wodka ersäufte, sondern auch ihre Jugend, ihre Gesundheit und ihren Charme. Bald fand sich ein formaler Anlaß, die Beziehungen abzubrechen.

Sina bat Nika, ihr dreitausend Rubel zu leihen. Nika wußte genau, daß sie die nicht zurückzahlen würde, gab sie ihr aber trotzdem. Ihr war klar, daß Sina sich deshalb genieren und sich nicht mehr blicken lassen würde. Sina spürte das ebenfalls, bat Nika aber dennoch um das Geld. Sie hätte sich auch mit einer geringeren Summe bescheiden können, wie schon so oft. Nika kaufte einfach für zwei-, dreihundert Rubel ein Bild von Sina, wenn sie sah, daß es der Freundin schlecht ging, daß sie zum Beispiel keine Winterstiefel hatte oder ihr Kühlschrank gähnend leer war. Allerdings wurden die Stiefel nie gekauft, und der Kühlschrank blieb weiterhin leer.

Als Nika Sina die dreitausend gab, wußte sie, daß sie damit ihre einzige Freundin aus ihrem Leben strich. So kam es auch. Sina wohnte am Stadtrand, ohne Telefon – ihre Verbindung war immer einseitig gewesen. Nun rief Sina nicht mehr an. Nika hätte sie über deren Eltern ausfindig machen können, ließ es aber bleiben, aus Angst vor dummen, hastigen Entschuldigungen, kindischen Schwindeleien und der unvermeidlichen beiderseitigen Spannung.

»Leihe einem engen Freund nie Geld, wenn du nicht sicher bist, daß er es zurückzahlt«, hatte Nikas lebenserfahrene Großmutter sie gelehrt, »sonst siehst du weder das Geld noch deinen Freund wieder. Du würdest ihm die Schulden natürlich verzeihen, aber er könnte dir nicht mehr in die Augen sehen. Kein Mensch verzeiht demjenigen, in dessen Schuld er steht.«

Die Lautsprecherstimme teilte mit, daß die Maschine zur Landung ansetzte, und Nika zuckte heftig zusammen, als erwache sie aus einer tiefen Narkose.

Die Flucht von der Amtseinführung, der Flug nach Moskau, früher als geplant – das alles war lediglich eine tiefe Narkose. Nikita war tot, und Nika konnte nicht einfach weiterleben, als sei nichts geschehen.

Nika glaubte keinen Augenblick daran, daß ihr Mann irgendwie mit Nikitas Tod zu tun haben könnte. Sie hatte nicht vor, etwas herauszufinden und aufzuklären. Sie wollte nur eine Weile allein sein. In Moskau, in der leeren Wohnung, ohne fremde Augen und Ohren, könnte sie ihren verdammten, unerträglichen Schmerz ausweinen. Dann würde sie weitersehen.

Sie wandte sich um. Aus dem Halbdunkel blickte sie ein furchtbar magerer Mann um die fünfzig an. Sein Kopf war vollkommen kahl. In dem Alter womöglich die Folge einer

Chemo- oder Strahlentherapie. Krebs, dachte Nika mechanisch, der macht es wohl nicht mehr lange. Der Kahlköpfige schaute weg. Seine Bewegungen offenbarten eine nervöse Hast, als habe er es sehr eilig, selbst hier im Flugzeug. Plötzlich hatte sie das Gefühl, dieses Profil schon einmal gesehen zu haben. Jegorow schloß die Augen und lehnte sich zurück in seinen Sitz. Er mußte unbedingt wenigstens ein paar Minuten entspannen, sonst ging seine Kraft zu Ende.

Vor dem Abflug hatte er sich auf der schmutzigen Flughafentoilette gewaschen. Ein rotznasiger Bengel hatte spöttisch grinsend zugesehen, wie der ältere Mann sich die Schminke vom Gesicht wusch. Gut, daß diesmal Schminke gereicht hatte, daß er nicht noch stinkende Pennerkleider hatte anziehen müssen. Aber der Geruch war wichtig – ein Penner durfte nicht nach Seife riechen.

Wo habe ich das bloß gelesen? Ach ja, natürlich, bei unserem gemeinsamen Bekannten Nikita Rakitin, respektive dem berühmten Schriftsteller Viktor Godunow. In einem seiner Bücher durchschaut die Heldin die Maskerade wegen des Geruchs. Und Sie sind keineswegs dümmer, Veronika Sergejewna. Gut, daß ich einem Bettler für eine Flasche Wodka die stinkende Wattejacke abgekauft hatte. Den Trick mit den festgeschnallten Beinen haben Sie ja auch bemerkt. In Zukunft werde ich vorsichtiger sein.

Die Nacht in Moskau war klar, warm und erstaunlich ruhig. Solche paradiesischen Nächte konnte der Diensthabende des Milizreviers an den Fingern abzählen. Das Revier befand sich in Wychino, einem der häßlichsten Moskauer Außenbezirke. Ein Proletarierbezirk, fünfgeschossige Plattenbauten. Die Bewohner waren arm, tranken, ständig gab es Krach, Randale, Prügeleien, Messerstechereien, kleine Diebstähle.

In den reichen Bezirken im Zentrum hatten die Diensthabenden auch selten mal eine ruhige Nacht, aber bei den vielen Banken, Casinos, Restaurants und rund um die Uhr geöffneten Handelszentren waren die Vorfälle von ganz anderem Kaliber: Mord an einem Bankier, einem Fernsehmoderator, einem Duma-Abgeordneten. Da gab es hinterher beim Bier mit Freunden was zu erzählen.

Hier dagegen, am proletarischen Stadtrand, passierte nie etwas Interessantes. Alles war armselig, schmutzig, alltäglich. Ein Penner hat einem anderen den Schädel eingeschlagen, beide wälzen sich in ihrer Säuferkotze, und du mußt aufklären, wer, wen und warum. Auf die Frage: »Warum hast du ihn erschlagen?« sieht er dich mit trüben, leeren Augen an und murmelt, unterbrochen von betrunkenem Schluckauf: »Na, damit er die Schnauze hält, die Sau, echt mal.« Schönes Motiv.

Oder ein Mann hat seiner Frau die gußeiserne Pfanne über den Schädel gehauen. Das ist in ihrem glücklichen Eheleben früher schon vorgekommen, aber diesmal kam sie ihm hinterher so blaß vor, als sie umfiel, und er meinte, nun habe er seine Schöne wohl umgebracht. Aus Trauer, aus Reue oder aus Angst vor der unvermeidlichen Strafe hat er an der Gasleitung unter der Decke einen Strick befestigt und sich aufgehängt. Ein paar Minuten später kommt seine Schöne wieder zu sich, sieht ihren Gatten in der Schlinge und leert, ohne lange zu überlegen, eine ganze Flasche Essigessenz in einem Zug. Romeo und Julia in Wychino.

Alltagskriminalität eben. Öde, schmutzig und erbärmlich. Mit keinem hat man Mitleid, keiner interessiert sich dafür.

Aber diese warme Mainacht verlief ruhig, Nur eine alte Oma kam ins Revier, setzte sich auf die Bank für die Festgenommenen und wollte nicht wieder gehen. Eigentlich hätte der Diensthabende sie wegjagen sollen, schlimmstenfalls ein Notteam von der Psychiatrie rufen. Die Oma war eindeutig verrückt: Grob angemaltes Gesicht, bunte Plastikperlenketten und Armbänder in zehn Reihen, am Saum des zerrissenen Rocks Fransen von einer alten Tischdecke, auf dem Kopf eine ganze Sammlung billiger Kinderhaarspangen – Blumen und Schleifchen.

»Du solltest nach Hause gehen, Mütterchen«, sagte der Oberleutnant zum wiederholten Mal.

»Ich bestehe darauf, daß sich der alleroberste Chef persönlich um meinen Fall kümmert«, sagte die Alte unerschütterlich und verstummte, starr vor sich hin blickend, die aufgedunsenen rauhen Hände mit dem abblätternden grellroten Nagellack auf dem Schoß gefaltet.

»Welcher Chef?« Der Diensthabende seufzte. »Es ist fünf Uhr morgens. Geh nach Hause, geh schlafen, Mütterchen.«

»Nein, ich warte.«

Raïssa Michailowna Kudijarowa, geboren 1928, Rentnerin, wohnhaft in Moskau, Sredne-Sagorski-Gasse 40, Wohnung 65, registriert in der ambulanten Kreispsychiatrie, was in ihrem Ausweis vermerkt war, erklärte, am zehnten Mai diesen Jahres habe ihr Lebensgefährte Anton, geboren 1962, das Haus verlassen und sei bis jetzt nicht wiedergekommen.

»Wie heißt denn dieser Anton mit Nachnamen?« hatte der Diensthabende gefragt, als er vor drei Stunden die Vermißtenanzeige auf den Tisch bekam.

»Weiß ich nicht. Dafür sind Sie ja die Miliz, daß Sie seinen Nachnamen rausfinden.«

»Vielleicht ist Ihr Lebensgefährte wegen persönlicher Angelegenheiten weggegangen.«

»Ist er nicht. Wohin denn? Und persönliche Angelegenheiten hat er keine, nur unsere Liebe«, erklärte die Alte geduldig.

Nein, er mußte die verrückte Oma so schnell wie möglich loswerden. Aber der Diensthabende spürte, daß er sie nicht so ohne weiteres rauswerfen konnte.

»Wie lange kennen Sie ihn denn schon, Ihren« – der Diensthabende ächzte und verzog das Gesicht – »Lebensgefährten?«

»Sieben Tage.«

»Also erst eine Woche?«

»Sie meinen, das sei zu kurz, um einen Menschen kennenzulernen?« Die Alte blinzelte. »Ich habe genügend Lebenserfahrung, aber Sie sind viel zu jung, mein Lieber, solche Dinge können Sie noch gar nicht beurteilen.«

»Das tue ich auch gar nicht«, beruhigte sie der Diensthabende. »Wo und wie haben Sie sich kennengelernt?«

»In der Apotheke. Er wollte seine Medikamente abholen, und das Rezept war irgendwie nicht in Ordnung. Aber er hat erklärt, daß er die Tabletten unbedingt braucht. Jedenfalls, ich hab ihm geholfen, daß er seine Tabletten kriegte – die Mädchen dort kennen mich. Er war mir so dankbar, so dankbar ... Wir sind zusammen rausgegangen, und dann stellte sich raus, daß er nicht wußte, wo er übernachten sollte, der Arme.«

»Sie haben ihn mit nach Hause genommen?«

»Ich habe ihn sofort geliebt. Auf den ersten Blick. Das können Sie sich gar nicht vorstellen, mein Lieber, so eine erhabene Leidenschaft, solche reinen Gefühle ...«

»Seinen Nachnamen wissen Sie also nicht, aber sein Geburtsjahr, ja?«

»Von ihm. Er hat gesagt, er ist sechsunddreißig.«

»Sie selbst, Verzeihung, Sie sind siebzig, ja? Und er ist also Ihr Lebensgefährte?«

»Warum denn nicht? Schauen Sie mich an, sehe ich etwa so alt aus, wie ich bin?« Die Kudijarowa stand von der Bank auf, drehte den Kopf hin und her, strich sich kokett das Haar glatt. »Meine Seele ist noch ganz jung. Und mein lieber Anton hat das gespürt. Der Liebe, wie ein General in einer Oper von Tschaikowski sagt, der Liebe frönt ein jedes Alter.«

»Na schön«, sagte der Diensthabende. »Und wo wohnt er, der liebe Anton? Haben Sie seine Papiere gesehen?«

»Nennen Sie ihn nicht so. Das ist sehr intim. Für Sie ist er nur Anton.« Die Alte reckte das Kinn und schloß die Augen. Sie trug dicke, grell türkisfarbene Lidschatten. »Er wohnt bei mir, und seine Papiere interessieren mich nicht. Er liebt mich. Und ich untersage Ihnen, erhabene Gefühle mit albernen bürokratischen Formalitäten zu belasten. Hören Sie, warum fragen Sie mich nicht, wie er aussieht? Ich habe den Verdacht, Sie nehmen mich nicht ernst und wollen ihn gar nicht suchen.«

»Gut.« Der Diensthabende seufzte. »Wie sieht er aus?«

»Groß. Sehr schön. Breite Schultern, ein männliches, edles Gesicht. Die Augen so blau wie der Himmel. Das Haar wie reifer Roggen. Er trug eine Hose und einen Pullover, so einen blauen mit Gummibund, und darüber eine schwarze Jeansjacke. Finden Sie ihn, Genosse Milizionär, ich flehe Sie an!« Die Alte rang tragisch die Hände. »Ich spüre es, ihm ist etwas zugestoßen. Er ist so rein, so zutraulich.«

Die Nacht ging zu Ende, und die Alte saß noch immer da. Der Diensthabende hatte sie schon fast vergessen, als sie plötzlich sagte, als denke sie laut: »Schrecklich, wenn Menschen so jung sterben. Besonders so, im Feuer, bei lebendigem Leib. Oder war er schon tot, als der Brand ausbrach? Wissen Sie das?«

Der Diensthabende schreckte hoch. »Was?«

»In unserm Haus hat es gebrannt, im Nachbaraufgang«, erklärte die Alte. »Dabei ist ein junger Mann umgekommen. Er hat bei dieser Hippie-Malerin gewohnt. Sina heißt sie, so eine Kleine, Fixe. Er war eigentlich ganz friedlich, aber dann hat er der Sina die Wohnung abgefackelt. Und ist dabei selber verbrannt, der Ärmste.«

»Wann ist Ihr Lebensgefährte verschwunden? Am zehnten Mai?« Die Schläfrigkeit war wie weggeblasen.

»Genau, am zehnten. Ein paar Stunden vor dem Brand.«

»Sie wohnen Sredne-Sagorski-Gasse 40, ja?«

Dieses Haus war eins der schlimmsten im Revier. Ein ehemaliges Wohnheim, mehr schlecht als recht renoviert und in Apartmentwohnungen umgewandelt. Dort lebte eine Menge halbkriminelles Gesindel. Und genau dort hatte es in der Nacht vom zehnten auf den elften Mai gebrannt. Dabei war eine Person umgekommen. Beim Eintreffen der Feuerwehr war der Leichnam in einem verheerenden Zustand, aber die Identifizierung war dennoch kein Problem gewesen. In einer Blechdose auf dem Fensterbrett lag ein Ausweis auf den Namen Nikita Jurjewitsch Rakitin, geboren 1960. Die Kriminalisten fanden keinerlei Indizien für ein Verbrechen. Es war ein Unfall. Zwar wies die Schläfe des Toten eine Verletzung auf, die von einem schweren stumpfen Gegenstand stammte, doch der Gutachter versicherte, sie sei dem Opfer nicht von einer anderen Person beigebracht worden. Brandursache war verschüttetes Petroleum. Im Haus fiel häufig der Strom aus, darum besaßen die Bewohner Petroleumlampen. Rakitin hatte einen schweren Stromschlag erlitten, der entweder zu seinem sofortigen Tod führte oder aber zu Bewußtlosigkeit – dann erstickte er an den Rauchgasen. Im Fallen war er gegen die Ecke des steinernen Fensterbretts geprallt.

»Hören Sie, mein Lieber« – die Alte hob die Stimme –, »meine Adresse habe ich in der Anzeige angegeben. Die haben Sie wohl gar nicht richtig gelesen?«

»Doch, doch, das habe ich, es ist einfach …«

»Nichts ist hier einfach, junger Mann! Mein lieber Anton verschwand am selben Tag und zur selben Stunde, als das Feuer ausbrach. Das ist ein Zeichen. Das Feuer hat meine Liebe verschlungen.« Die Alte schluchzte theatralisch.

Vielleicht hat ja dein Antossik diesen Rakitin umgebracht, dachte der Diensthabende wehmütig. Verdammt, noch ein Mord im Revier, das hat uns gerade noch gefehlt. Der Diensthabende bekam Zahnschmerzen. Natürlich würde nicht er diesen hoffnungslosen Fall aufklären müssen. Aber die Kriminalisten würden ihm nicht verzeihen, daß er die verrückte Oma nicht rechtzeitig rausgeschmissen hatte. Dabei war sie eigentlich gar nicht so verrückt. Durchaus zurechnungs- und vernehmungsfähig.

Zwölftes Kapitel

Im August 1975, ein halbes Jahr nach Sergej Jelagins Selbstmord, heiratete seine Witwe, die Schauspielerin Viktoria Rogowa, den Kameramann Wladimir Boldin, mit dem sie schon zu Lebzeiten ihres Mannes eine Affäre gehabt hatte.

Nika erstarrte an der Türschwelle, als sie Onkel Wolodja gemütlich in Papas Lieblingssessel sitzen sah. Er war größer als Papa und breitschultriger. Er lief zu Hause nie in Satinunterhosen und ausgeleiertem Unterhemd rum. Er trug ausgewaschene, gut sitzende Jeans und ein kariertes Holzfällerhemd. Alles sauber und gebügelt.

Er wusch und bügelte seine Hemden selbst, brachte seine Anzüge in die Reinigung, nähte Namensschilder an die Bettwäsche und schaffte sie in die Wäscherei. Er trank nicht, rauchte wenig und nur in der Küche. Er kam mit Einkaufstaschen voller Lebensmittel nach Hause, kochte Essen und spülte das Geschirr.

Früher war Jelagins Wohnung immer unordentlich gewesen, alle Wasserhähne hatten getropft, die Lichtschalter waren kaputt, die Türen der Küchenschränke lose. Nun funktionierte alles, nichts tropfte oder wackelte.

Onkel Wolodja stand früh auf, um Nika Frühstück zu machen, bevor sie zur Schule ging. Manchmal kam er auch mittags kurz nach Hause und wärmte Nika das Essen auf. Sie konnte längst alles selbst, kochen, waschen und saubermachen, aber Onkel Wolodja hatte keine eigenen Kinder und kümmerte sich gern um Nika.

Mama war selten zu Hause, sie ging, wenn Nika noch in der Schule war, und kam erst spätnachts zurück, wenn Nika schon schlief.

»Wenn man eine Rolle kriegen will, muß man ständig präsent sein«, sagte sie.

Also fuhr sie jeden Tag zu »Mosfilm« oder ins Gorki-Filmstudio und war »präsent« – schlenderte durch die Flure, schaute bei Dreharbeiten zu, saß in Garderoben herum. Die Abende verbrachte sie im »Haus des Films«, trank in der Kantine Kaffee, warf den Kopf in den Nacken und richtete ihre Frisur, sobald ein alter Bekannter vorbeikam, sprach renommierte Regisseure an.

»Hallo, mein Lieber, wir haben uns ja ewig nicht gesehen! Gut siehst du aus. Was hast du für Pläne? Machen wir einen Film zusammen?«

Anfangs blieben viele stehen, setzten sich zu ihr an den Tisch. Der Trauerflor der durchlittenen Tragödie, der sie umgab, verpflichtete zu Mitgefühl. Doch das war schnell aufgebraucht, übrig blieb nur noch Höflichkeit, und auch die verflüchtigte sich bald. Die alten Bekannten, besonders die Regisseure, gingen Viktoria aus dem Weg. Die Blicke glitten an ihrem schönen Gesicht vorbei, man grüßte sie nur noch mit einem kurzen Kopfnicken, antwortete ihr einsilbig und unwillig. Die Garderobieren und Kantinenfrauen sahen sie schief an. »Da ist sie schon wieder.«

Neben Viktorias Kaffeetasse stand immer häufiger ein Glas – erst Wein, dann Kognak und schließlich Wodka. Das Make-up auf ihrem Gesicht wurde immer dicker, ihre Kleider wurden immer kürzer. Manchmal lachte sie laut über ihre eigenen, ganz und gar nicht komischen Gedanken. Dann verstummten alle in der Kantine und blickten zu ihr hinüber. Eines Tages nach einer Premiere setzte sich ein alter Regisseur zu ihr, in dessen besten Filmen sie einst mitgespielt hatte.

»Soll ich dich nach Hause fahren, Viktoria?«

»Wieso, störe ich etwa jemanden?« Sie sah sich hochmütig um. »Bin ich hier unerwünscht?«

»Nein, Viktoria, darum geht es nicht«, sagte der Regisseur leise, »aber ich glaube, dir geht es nicht gut. Fahren wir nach Hause, ja?«

»Nach Hause?« fragte Viktoria laut zurück, »Zu dir nach Hause? Und deine alte Schreckschraube? Oder ist sie wieder auf der Datscha, wie damals, vor zehn Jahren?«

»Bitte, Viktoria, hör auf.« Der Regisseur versuchte sie vom Stuhl hochzuhieven, aber sie stieß mit dem Ellbogen nach ihm, und zwar so heftig, daß sie dabei alles vom Tisch warf: die Tasse mit dem Rest Kaffee, das leere Glas. Der volle Aschenbecher landete auf ihrem Schoß.

»Hör mal, nimm mich wenigstens für eine Nebenrolle«, sagte Viktoria und betrachtete nachdenklich ihren mit Asche und Kippen übersäten weißen Rock. »Oder als Komparsin. Na komm, sei ein Mensch …«

»Mach ich, Viktoria, unbedingt. Aber jetzt fahren wir nach Hause.« Der Regisseur wischte ihr mit einem Taschentuch Rock und Knie ab.

Sie ging mit ihm hinaus und stieg in seinen Lada.

»Du schickst mir also das Drehbuch, ja?«

»Natürlich, Viktoria. Ich ruf dich an.«

»Wann?«

»Morgen.«

Er fuhr sie nach Hause, brachte sie bis zur Wohnungstür, lehnte aber ihre mit trunkenen Tränen vorgebrachte Bitte ab, noch auf einen Tee mit hineinzukommen. Er übergab sie der mürrischen dünnen Nika und sagte mit einem flüchtigen Lächeln: »Du bist aber groß geworden, Mädchen. Als ich dich das letztemal gesehen habe, da warst du noch so klein und hast im Kinderwagen gesessen. Du bist jetzt zwölf, oder?«

»Vierzehn.«

»Ja? So was, wie die Zeit vergeht! Na dann, tschüß, Mädels.«

»Ich erwarte deinen Anruf, ja? Und das Drehbuch«, rief Viktoria, als die Tür zuschlug.

Er rief nicht an, nicht am nächsten Tag und auch nicht nach einer Woche. Viktoria zuckte bei jedem Telefonklingeln zusammen, stürzte an den Apparat, wobei sie Stühle und Hocker umwarf. Doch jedesmal war jemand anders dran.

»Was ist das für ein Saustall hier?« schrie sie Nika an. »Ich bin doch nicht dein Dienstmädchen! Du hast wohl vergessen, daß deine Mutter Schauspielerin ist und keine Haushälterin!«

Nika stellte schweigend die Stühle wieder auf, fegte und wischte das rissige Linoleum in der Küche.

»Hast du deine Hausaufgaben gemacht? Warum bist du immer so düster? Warum hast du diesen scheußlichen Pulli an? Das sieht zum Kotzen aus.«

Onkel Wolodja war zu Dreharbeiten in Mittelasien. Nika fühlte sich total einsam. Obwohl Mama sich auch vor ihm nicht genierte, sie anzuschreien. Das tat sie überall – auf der Straße, im Laden oder wenn sie zu Besuch waren. Zuschauer waren für Mama sogar ein Ansporn.

»Sieh dich bloß mal an, wie du läufst! Du hast einen Gang wie ein Kerl. Ich schäme mich ja, neben dir zu gehen«, erklärte sie plötzlich und blieb mitten auf einer belebten Straße stehen. »Kannst du mir zuliebe mal aufhören, die Arme zu schwenken? Du bist schließlich ein Mädchen und kein Soldat!« Ihre Stimme wurde immer lauter, die Passanten drehten sich um.

»Nein, nun seht doch bloß mal, wie sie die Gabel hält!« sagte sie zu den Gästen am Tisch. »Man könnte denken, sie wäre im Kuhstall aufgewachsen. Und was sie für ein Gesicht macht! Diese saure Miene verdirbt einem richtig den Appetit. Warum sagst du nichts? Antworte gefälligst, wenn deine Mutter mit dir spricht!«

»Deine Mama ist besorgt um dich, sie möchte, daß du die Allerbeste bist«, erklärten die anderen Nika.

Onkel Wolodja wagte nie, sich einzumischen, Nika in Schutz zu nehmen, denn er wußte, daß jeder Widerspruch nur Öl ins Feuer wäre. Er hatte Mitleid mit Nika, sagte ihr freundliche Worte, streichelte ihr das Haar, erklärte ihr, sie sei ein gutes Mädchen und ohne jede Schuld, Mama mache einfach eine schwere Zeit durch. Aber er war oft unterwegs, und dann war Nika mit Mama allein, und es wurde von Mal zu Mal schlimmer.

»Ich kann diesen Pferdeschwanz nicht mehr sehen!« schrie Mama. »Los, komm her!« Mama kämmte sie, riß heftig an ihrem Haar und türmte es auf ihrem Kopf zu etwas Raffiniertem und, wie Nika fand, furchtbar Häßlichem.

»Kannst du wenigstens ab und zu mal lächeln? Mir vergeht ja die Lust am Leben, wenn ich dein Gesicht sehe.

Wenn du ein normales, fröhliches Kind wärst, hätte dein Vater sich nie aufgehängt!«

Nikas Gesichtsmuskeln versteinerten; sie glaubte, sie könne nie wieder lächeln.

Mama schrie so lange weiter, bis Nika anfing zu weinen. Dann beruhigte sie sich sofort und ignorierte Nika total. Der Boykott dauerte drei Tage bis eine Woche und endete jedesmal mit einer stürmischen Versöhnung. Mama umarmte und küßte Nika und sagte immer wieder: »Mein Mädchen, meine Beste, meine Einzige, du bist mein Leben, du bist mein ganzes Glück ...«

Nika hatte das Gefühl, als sei in der Ecke eine Kamera versteckt und Mamas trockene Augen schielten gierig in das unsichtbare Objektiv.

1976 wollte ein berühmter italienischer Regisseur Tschechows »Kirschgarten« verfilmen. Die Rolle der Ranewskaja sollte eine russische Schauspielerin übernehmen. Zu seinen Kandidatinnen gehörte auch Viktoria Rogowa. Das überraschte alle, bis auf Viktoria selbst.

»Ich hab es immer gewußt, immer ...«, japste sie ins Telefon, als sie sämtliche Bekannten anrief und ihnen die umwerfende Neuigkeit mitteilte.

Sie hörte sofort auf zu trinken. Und zu essen, denn für die Rolle mußte sie in zwei Wochen acht Kilo abnehmen. Sie flatterte durch die Wohnung, trällerte vergessene französische Chansons und russische Romanzen und schrie Nika kein einziges Mal an.

Erfolgreich absolvierte sie Foto- und Kameracasting; die letzte Etappe war die Rollenprobe. Es gab nur noch eine einzige Konkurrentin. Der Italiener lud Viktoria und ihren Mann ins Restaurant ein. Aus zuverlässigen Quellen wußte sie, daß er die Konkurrentin nicht eingeladen hatte.

Mama und Onkel Wolodja machten sich für den Restaurantbesuch fertig, Nika wollte zum Geburtstag ihrer Freundin Sina Resnikowa. Mama war so aufgekratzt, daß sie ganz vergaß, Nika wie üblich zu fragen: »Was ziehst du an?«, sie nicht aufforderte, sich anders zu frisieren, und sie nicht als graue Maus bezeichnete. Sie gab ihr zum Abschied einen Kuß.

Es war ein früher Septemberabend, klar und warm. Nika lief mit einem großen Plüschteddy in einer Plastiktüte die Straße entlang. Sina wurde fünfzehn, hatte aber noch immer ein Faible für Plüschtiere. Nika hielt den Teddy im Arm wie ein Baby und dachte, daß nun endlich alles gut werden würde. Mama würde die Rolle bekommen, und ihre schwere Zeit wäre vorbei. Auf dem Hof vor Sinas Hauseingang überholte sie ein etwa sechzehnjähriger Junge, schlaksig und semmelblond. Er trug einen riesigen Strauß weißer Chrysanthemen, mit den Blüten nach unten, und schwang ihn wie einen Besen.

»Haben Sie das Geschenk für sich selber gekauft?« fragte er und sah sie mit einem idiotischen Lächeln an.

Nika antwortete nicht, zuckte nur hochmütig mit den Schultern. Der Junge lief voraus und riß galant vor ihr die Haustür auf.

»Bitte sehr, Mademoiselle!«

Er machte einen Kratzfuß, verbeugte sich und hob ruckartig den Kopf. Der lange blonde Schopf hüpfte auf und fiel ihm in die Stirn.

»Welche Etage, Lady?«

»Siebte.«

»Ein erstaunlicher Zufall. Ich auch.«

Im Fahrstuhl war ein Spiegel. Nika strich ihr Haar glatt und warf dabei einen Blick auf ihren überraschenden Begleiter. Sein Gesicht war unter den langen blonden Zotteln kaum zu sehen.

Solche albernen Witzbolde kann ich nicht leiden, dachte Nika, und lange Haare bei Jungs auch nicht.

Er ging mit Nika zu Sinas Wohnungstür und klingelte.

»Gleich werden wir einander vorgestellt«, verkündete er geheimnisvoll, »es wird mir eine Freude sein, Sie kennenzulernen, mein Fräulein.«

Sina, den Kopf voller Ringellöckchen, im Minirock und orangeroten Rollkragenpulli, riß die Tür auf.

»Nanu, wieso kommt ihr zusammen?« fragte sie erstaunt. »Wann habt ihr euch denn kennengelernt?«

»Noch gar nicht. Aber wir brennen darauf«, sagte der Junge und gab Sina den Blumenstrauß.

Nika küßte Sina und überreichte ihr den Teddy.

»Danke. Ist der toll!« Sie warf die Blumen auf die Flurkommode und packte das Plüschtier aus. »Ich werde ihn Tschunja nennen.«

»Ich habe übrigens noch ein Geschenk für dich, viel besser als so ein Tschunja«, sagte der Junge wichtigtuerisch. Er holte eine kleine weiße Pappschachtel aus seiner Cordjacke.

»Donnerwetter, Chanel Nr. 5!« Sina stieß einen Pfiff aus. »Wo hast du denn das her, Rakitin?«

»Hab ich Mama aus dem Kreuz geleiert. Du hast übrigens vergessen, uns vorzustellen, Gastgeberin.«

»Nika, darf ich vorstellen, das ist – auch Nika.« Sina klapperte verblüfft mit den Augen, dann lachte sie und konnte nicht mehr aufhören. »Sagt mal, was machen wir denn jetzt? Ihr seid beide Nika. Veronika und Nikita, beide Nika. Namensvettern.«

Der Namensvetter packte Nikas Hand und führte sie hastig an seine Lippen.

»Ich bin glücklich, Sie kennenzulernen, Señorita.« Er lüpfte einen imaginären Hut, schwenkte den Arm und riß dabei eine kleine Skulptur von der Kommode.

»Rakitin, was ist los, bist du etwa betrunken?« fragte Sina, die noch immer lachte.

»Wie kommen Sie darauf, daß ich nicht nüchtern bin?«

»Du machst sonst nie solche Faxen. Du bist doch unser düsterer und rätselhafter junger Mann. Vergessen?«

»Ich bin verschieden.« Nikita warf mit einem schwungvollen Kopfschütteln den Haarschopf zurück und zog die breiten, dunklen Brauen zusammen. »Mit mir ist es nie langweilig.«

»Wo hast du denn den her?« fragte Nika, die sich mit Sina ins Bad zurückgezogen hatte.

»Seine Kinderfrau ist mit meiner Oma befreundet. Wir kennen uns seit dem Krabbelalter. Nur daß er ein Jahr älter ist.«

»Er hatte eine Kinderfrau?« fragte Nika erstaunt.

»Die hat er noch immer. Weißt du, wer sein Papa ist? Der berühmte Rakitin. Der Pianist. Mit sechs war ich übrigens in Nikita verliebt. Meine erste unerwiderte Leidenschaft. Ich hab für ihn Schokolade aufgehoben, und wenn er mit seiner Kinderfrau zu Besuch kam, hab ich mich im Überschwang der Gefühle unterm Tisch verkrochen. Aber das ging vorbei. Dann kam Dimka Ponomarjow.«

»Ich erinnere mich.« Nika lächelte. »Die Liebe hielt ziemlich lange an, ganze drei Monate in der ersten Klasse.«

Am Tisch setzte sich Nikita neben Nika. Er spielte nicht mehr den Clown, er schwieg, starrte auf seinen Teller und stocherte zerstreut in seinem Salat herum. Wenn ihre Schultern oder Knie sich zufällig berührten, wurde er feuerrot und senkte den Kopf.

Die kleine Zweizimmerwohnung war voller Teenager, die ungeduldig darauf warteten, daß die Erwachsenen endlich verschwanden. Dann konnten sie den süßen Wein und die bulgarischen Zigaretten aus ihren Taschen im Flur holen, das Licht ausschalten und die Musik anwerfen. Doch die Großmutter, bewaffnet mit dem Buch »Pionierfeste«, beschäftigte die Kinder ununterbrochen mit Scharaden, Rätseln und fröhlichen Wettspielen. Sie hatte Äpfel an Bindfäden an die Lampe gehängt, die sie um die Wette bis auf den Griebs abknabbern sollten, die Hände auf dem Rücken zusammengebunden. Dann mußten sie mit alten Kissenbezügen in der winzigen Wohnung Sackhüpfen spielen. Der Vorrat an Pionierspielen schien unerschöpflich. Doch schließlich erbarmte sich Sinas Mutter und ging mit der Großmutter zu Nachbarn fernsehen.

Nikita forderte Nika mit finsterem Gesicht zu einem langsamen Tanz auf. Bei ausgeschaltetem Licht wiegten sie sich zu einem Song von Celentano, und alle beide schwiegen, steif wie Holzpuppen.

Viele Jahre später versuchte Nikita in Worte zu fassen, was an diesem ersten Abend in ihm vorgegangen war. Sein Herz hatte geschlagen. Nun, das tat es immer, sechzigmal in der Minute, wie eine Uhr. Aber damals, auf Sinas Geburtstag, raste es – hätte es wirklich die Zeit gemessen, wären nicht wenige Stunden, sondern glatt fünfzig Jahre zusammengekommen.

Er erinnerte sich noch genau, wie heiß die rauhe Stimme des italienischen Sängers sich in seinem Sonnengeflecht niederschlug und wie abrupt eisige Leere über ihn hereinbrach, als der Titel zu Ende war und Nika aus seinen Armen glitt.

Beim nächsten Tanz wurde sie von einem Klassenkameraden aufgefordert, und Nikita ging ins Treppenhaus rauchen, um nicht zu sehen, wie sie mit diesem kräftigen, schwarzhaarigen Fatzke mit den orangeroten Socken tanzte, der natürlich seit langem ein Auge auf sie geworfen hatte und sich anschließend frech aufdrängte, sie nach

Hause zu bringen. Zu dritt liefen sie den nassen abendlichen Boulevard entlang; der Fatzke versuchte dauernd, heimlich Nikas Hand zu nehmen, und Nikita schwatzte ununterbrochen und versuchte, sich zwischen die beiden zu drängen. Es nieselte, unter den Straßenlampen standen gelbe Nebelsäulen. Nika glitt ein rauchgraues Seidentuch vom Hals, Nikita hob es auf und betastete den Rest des Weges die feuchte Seide.

Nika verabschiedete alle beide vor ihrer Haustür. Der Fatzke überlegte nicht lange und lief zum Obus. Nikita tat, als ginge er ebenfalls, drehte eine Runde ums Haus und setzte sich auf eine nasse Bank vorm Eingang. Er mußte erst mal durchatmen. Er wußte nur eines: Er war bis über beide Ohren in dieses Mädchen verliebt und würde ohne sie nicht leben können. Er langte in die Tasche nach seinen Zigaretten. Zusammen mit der Schachtel rutschte auch das Seidentuch heraus. Er preßte sein Gesicht in den kalten dünnen Stoff. Dann rannte er zu einem Telefonautomaten an der Ecke und wählte Sinas Nummer. Sina wunderte sich kein bißchen, als er dringend nach der Wohnungsnummer ihrer Freundin Nika verlangte.

»Aber ich sag dir gleich, Rakitin, das wird nichts. Ihr hat noch keiner gefallen. Ihr laufen dauernd welche nach, aber sie …«

»Danke, Sina, einen schönen Geburtstag noch!«

Kurz darauf klingelte er an der Wohnungstür. Er wußte kaum, was er tat. Er hatte nur einen Wunsch: sie zu sehen, sofort, augenblicklich, obwohl sie sich eben erst getrennt hatten. Als wolle er sich vergewissern, daß er Nika nicht nur geträumt hatte, daß sie nicht auf Nimmerwiedersehen im Hauseingang verschwunden war.

Sein Herz pochte so laut, daß er das Geschrei hinter der Tür nicht gleich wahrnahm und nicht merkte, daß er mit dem Seidentuch und seiner albernen kindlichen Verliebtheit völlig ungelegen kam.

In der Wohnung wartete man auf den Notarzt. Der italienische Regisseur hatte Viktoria und ihren Mann nur ins Restaurant eingeladen, um ihr eine unangenehme Mitteilung zu machen: Die Ranewskaja würde die andere spielen.

Auf der Rückfahrt im Taxi sagte Viktoria keinen Ton. Zu Hause schüttete sie sich, wortlos und als sei ihr Mann gar nicht vorhanden, etwa zwanzig Beruhigungspillen auf die Hand, warf sie sich in den Mund, griff nach dem Teekessel und spülte mit hastigen Schlucken direkt aus der Tülle die Tabletten hinunter.

»Ich will nicht mehr leben!« schrie Viktoria. »Laß mich in Ruhe, du Bastard!«

Onkel Wolodja versuchte, ihr eine schwache Kaliumpermanganatlösung einzuflößen, damit sie erbrach. Sie wehrte sich, sie prügelten sich fast, die rosa Flüssigkeit spritzte nach allen Seiten. Trotz der enormen Menge Tabletten tobte Viktoria wie wild und fluchte unflätig. Just diese Szene spielte sich ab, als Nika nach Hause kam.

Zehn Minuten später klingelte es, doch statt des erwarteten Notarztes stand der lange, weißblonde Nikita Rakitin vor der Tür, Nikas Seidentuch in der Hand.

»Ich bitte dich, geh«, sagte Nika.

»Ist das der Notarzt, Kleines?« rief jemand aus dem Zimmer.

»Nein, das ist für mich«, antwortete Nika, sah Nikita und wiederholte: »Bitte geh. Hier ist ein Unglück passiert.«

»Nika, bring mir schnell eine Schüssel!«

Nika rannte ins Bad, dann mit einer Schüssel ins Zimmer.

»Mamotschka, bitte, ich bitte dich sehr«, hörte Nikita sie sagen.

»Töchterchen, mein Mädchen, verzeih mir, ich kann nicht mehr, ich will nicht mehr leben, ich bringe dir nur Unglück, schreie dich dauernd an, verzeih mir, ich bin eine furchtbare Mutter!«

»Nika, geh raus, sieh nicht her!«

Nika kam aus dem Zimmer und schloß schnell die Tür hinter sich. Von dort drangen Schluchzen und Geschrei.

»Du bist noch hier?« fragte sie leise. »Geh bitte.«

Nikita schüttelte nur finster den Kopf und zog sich die Schuhe aus.

»Laß mich los, du Idiot! Ich will nicht mehr leben! Nimm deine Schüssel weg! Wozu hast du den Notarzt angerufen? Damit sie mich in die Klapsmühle bringen? Ich werde sowieso nicht weiterleben!« kreischte eine Frauenstimme.

Nikita begriff ziemlich rasch, was los war, sah die Tränen über Nikas Gesicht fließen und hörte ihre Mutter wie rasend toben.

»Ich gehe nicht, bevor du aufhörst zu weinen. Was hat sie eigentlich genommen?«

»Elenium. Etwa zwanzig Tabletten«, antwortete Nika mechanisch.

»Keine Angst, sie stirbt nicht. Sie muß ein Abführmittel kriegen. Bullrichsalz.«

»Woher weißt du das?«

»Unsere Nachbarin von gegenüber macht manchmal auch solche Sachen. Meine Oma hat sie schon zweimal wieder zurückgeholt, ganz ohne Notarzt, mit einer Magenspülung. Ich hab ihr dabei geholfen.«

Es klingelte. Das Notarztteam – eine ältere Ärztin mit Köfferchen und ein junger Sanitäter – lief rasch und geschäftig ins Zimmer. Nika wollte hinterher, aber Nikita hielt sie fest.

»Geh da lieber nicht rein.«

Sie wollte empört widersprechen, als aus dem Zimmer

eine unglaubliche Schimpfkanonade ertönte, die selbst Nikita verstörte.

»Komm mit in die Küche. Du brauchst einen Tee.« Er legte den Arm um Nikas Schulter, und überraschend schmiegte sie ihre Wange an seine Hand.

Er setzte sie auf die breite Küchenbank, füllte Wasser in den Teekessel und zündete eine Gasflamme an. Das abgebrannte Streichholz fiel in den Spalt zwischen Herd und Küchentisch. Er bückte sich, um es aufzuheben, und entdeckte mehrere weiße Tabletten. Sechs Stück. Auf dem Küchentisch lagen zwei leere kleine Eleniumschachteln, jede faßte höchstens acht Tabletten.

»Wieviel hat sie genommen, sagst du?«

»Etwa zwanzig.«

»Zehn. Nur zehn. Nicht der Rede wert.« Er hielt ihr die Tabletten und die leeren Schachteln hin. »Hier, zähl nach. Wie bist du im Rechnen?«

Nika lächelte schwach. Aus dem Zimmer drang noch immer Geschrei.

»Was ist sie denn von Beruf?« fragte Nikita und setzte sich neben sie auf die Bank.

»Schauspielerin. Sie hat jahrelang keinen Film mehr gedreht, und nun hatte sie eine Rolle in Aussicht.« Sie erzählte ihm von dem italienischen Regisseur, brach aber ab, als die Ärztin, der Pfleger und Onkel Wolodja aus dem Zimmer kamen.

»Sind Sie sicher, daß Sie sie nicht ins Krankenhaus bringen lassen wollen?« fragte die Ärztin mürrisch.

»Ganz sicher. Sie haben doch gesagt, es besteht keine Lebensgefahr.«

»Ich würde sie trotzdem für eine Woche mitnehmen. Sie haben doch Kinder.« Sie nickte hinüber zur Küche, wo Nika und Nikita einträchtig auf der Bank saßen.

»Vielleicht kommt so etwas ja nicht wieder vor?« fragte Onkel Wolodja unsicher. »Vielleicht sieht sie ein, daß das nicht geht ...«

»Sie wird gar nichts einsehen.« Die Ärztin schüttelte den Kopf. »Wissen Sie, ich hab schon genug solche Dämchen erlebt. Hysterie plus absolute Hemmungslosigkeit. Denen würde ich am liebsten die Peitsche verschreiben.«

Beim Wort »Peitsche« sprang Nika, die bis dahin mit gesenktem Kopf zugehört hatte, auf und sagte laut: »Daß Sie sich nicht schämen! Sie sind schließlich Ärztin. Meine Mama macht eine Tragödie durch. Sie wissen doch überhaupt nichts über sie!«

Die Ärztin sah Nika mitleidig an, verließ wortlos mit dem Sanitäter die Wohnung und zog leise die Tür zu. Onkel Wolodja setzte sich an den Küchentisch und zündete sich eine Zigarette an.

»Wie geht es ihr?« fragte Nika leise.

»Sie schläft. Sie haben ihr ein Beruhigungsmittel gespritzt.«

»Ein Beruhigungsmittel? Sie hat doch schon so viel Elenium geschluckt!« Nika war erschrocken.

»Gar nichts hat sie geschluckt. Die Tabletten waren in ihrer Tasche. Zehn Stück. Wo die anderen abgeblieben sind, weiß ich nicht. Aber die Ärztin hat gesagt, sie hat überhaupt nichts geschluckt außer Wasser.«

»Hier sind die anderen.« Nikita zeigte ihm die sechs Tabletten, die er in einen Kognakschwenker geschüttet hatte. »Ich hab sie hinterm Herd gefunden.«

»Die hat sie also fallen lassen«, sagte Onkel Wolodja gleichgültig.

»Aber Sie haben es doch selbst gesehen, Sie haben gesagt, Sie haben es gesehen«, flüsterte Nika.

»Was ich gesehen habe, war eine Vorstellung mit Zirkuseinlage.« Onkel Wolodja lachte bitter, drückte die Zigarette aus und reichte Nikita die Hand. »Machen wir uns bekannt, junger Mann.«

Dreizehntes Kapitel

Zorn und Verwirrung waren verraucht, und Russow hatte seine Anordnungen wegen Nikas plötzlicher Abreise zurückgenommen. Wirklich, was sollte der Blödsinn? Sie auf dem Flughafen abfangen, aufhalten, zurückbringen! War er denn noch bei Trost?

Das heißt, natürlich hatte er sie abholen lassen; als sie aus dem Flugzeug stieg, wartete an der Gangway ein Wagen. Russow wußte, daß Nika ruhig und komfortabel in ihre Moskauer Wohnung gefahren war. Allerdings hatte man ihm berichtet, daß zusammen mit ihr eine komische zerlumpte Person aus dem Flugzeug gestiegen war – er hatte bereits die nötigen Anweisungen erteilt, um ihre Identität festzustellen.

Diese Idioten waren total unfähig. Kurz vor der Amtseinführung war eine Frau in Nikas Sprechzimmer gestürmt, und die Wachleute hatten sie nicht aufgehalten. Vielleicht wirklich eine frühere Patientin aus Moskau? Nika sagte doch immer die Wahrheit. Das war ihre Hauptschwäche. Und für Schwächen hatte Russow von Kindesbeinen an einen untrüglichen Riecher.

Dann war Nika zusammen mit dieser Patientin abgehauen, spazierengegangen, wie sie sagte. Doch offenbar hatten sie das Krankenhausgelände nicht durch das Tor verlassen, denn die beiden verschwanden spurlos. Auch das hatten die Wachleute verpennt. Und der Saporoshez? Wo kam der her? Wo war er geblieben? Wieso hatte er seine Frau zum Flughafen gefahren? Wieso trampelte überhaupt jemand in Russows Privatleben herum und hinterließ dreckige Spuren?

Am widerwärtigsten aber waren die höhnischen Blicke der niederen Chargen, wenn er, der Gouverneur, Anweisungen erteilte, die seine Frau betrafen. Sie war schließlich der einzige Mensch auf der Welt, dem er bedingungslos vertraute. Er hatte niemanden außer ihr.

Gut, entschied Russow, ich muß mich beruhigen, ich muß mich beherrschen. Bis jetzt ist nichts Schlimmes passiert. Nika macht Sperenzchen, daran bin ich einfach nicht gewöhnt. Das ist noch nie vorgekommen.

Natürlich war es unschön von ihr, einfach von der Amtseinführung zu verschwinden. Aber irgendwie auch verständlich. Erstens war sie erschöpft, mit den Nerven am Ende, und zweitens ziemlich erschüttert über Rakitins Tod. So ungern er sich das auch eingestand, doch so war es nun mal.

Eine andere an ihrer Stelle hätte sich an der Schulter ihres liebenden Gatten ausgeweint und wieder beruhigt. Das konnte Nika nicht. Mit Gefühlsäußerungen war sie sehr eigen. Außenstehende hielten sie für einen kühlen Verstandesmenschen. Sie genierte sich, auch nur einen Augenblick einem anderen zur Last zu fallen, jemanden mit ihren Problemen zu behelligen.

Das war ihrer verrückten Mama zu verdanken. Nika war eine ideale Partnerin zum Zusammenleben geworden. Sie war überzeugt, daß ihr niemand etwas schuldig sei, und deshalb dankbar für die einfachsten Zeichen von Fürsorge und Aufmerksamkeit. Aber das mußte man erst einmal erkennen. Russow hatte das erkannt, er war ein Menschenkenner.

Niemand, nicht einmal Rakitin, ahnte, daß man ihr nur über den Kopf streichen mußte, und schon fiel die Eiskruste von ihr ab. Schon damals, als sie noch jung waren, hatte diese eigenartige Kombination von äußerlicher eisiger Selbstbeherrschung und innerer zärtlicher, leidenschaftlicher Hitze ihn verrückt gemacht, und so war es noch heute.

Nika besaß alles – Stärke und Schwäche, unbeschwerte, umwerfende Weiblichkeit und einen harten, männlichen Intellekt. Als er das zarte, schlanke Mädchen mit den erwachsenen Augen zum erstenmal sah, schien sie unerreichbar für ihn, den Provinztolpatsch. In ihm gab es einen Knacks – plötzlich war der Mechanismus des uralten Jagdinstinkts eingeschaltet.

Sie war achtzehn, er zweiundzwanzig. Im gemütlichen abendlichen Eßzimmer der Rakitins, in dem wie stets mindestens ein Dutzend Gäste versammelt waren, warf er immer wieder verstohlene Blicke auf den langen, schlanken Hals, das hochmütig gereckte Kinn, die hohe, blasse Stirn und das glatte, straff nach hinten gekämmte und zu einem dicken kurzen Zopf geflochtene mittelblonde Haar.

Dieses Mädchen, verkündete er sich selbst, wird meine Frau. Er behielt recht. Sie wurde seine Frau. Allerdings nicht gleich, sondern erst nach neun langen Jahren. Aber er konnte warten und hartnäckig sein, um sein Ziel zu erreichen. Und vor allem – er irrte sich nie. Niemals.

Grischa Russow wußte, daß der Sohn des berühmten Pianisten Nika Jelagina seit seinem sechzehnten Lebensjahr liebte, er hatte gehört, daß sie angeblich sogar schon kirchlich getraut waren, was Nikitas religiöse Oma organisiert hatte, und daß niemand sich die beiden getrennt vorstellen konnte. Doch Russow, der schweigsame, ein wenig komplexbeladene Bursche aus Sibirien, ganz zufällig in das gastfreundliche Haus der Rakitins geraten, sah sie bereits getrennt, die beiden zärtlichen Turteltäubchen Nika und Nikita. So klar und deutlich, daß er die Augen zukniff, heftig schluckte und sich die Lippen leckte. Eine Gewohnheit aus seiner Kindheit: Speichel schlucken und sich die Lippen lecken. Sein Verhältnis zum Leben war von krampfhafter kulinarischer Genußsucht bestimmt.

Der künftige Gouverneur bemühte sich zunächst eifrig um Sina Resnikowa. Sie war Nikas beste Freundin und wohnte seit einem heftigen Konflikt mit ihren Eltern bei Nika.

Nika und Nikita liefen langsam den leeren Gogol-Boulevard entlang und blieben zurück. Sina, die es immer eilig hatte, stürmte voran. Der Wind brauste ihr in den Ohren und ließ ihr helles Haar, grellgelb wie Kükenfedern, flatternd auffliegen, so daß es aussah, als sei ihr kleines, kindliches Gesicht von goldenen Strahlen umgeben.

Gleich am ersten Abend erfuhr Russow, daß Nika Jelagina seit ihrem sechzehnten Lebensjahr allein lebte. Sie war Vollwaise. Eine schöne Zweizimmerwohnung im Zentrum von Moskau, zweites Studienjahr Medizin, nachts Hilfspflegerin in der Unfallklinik, auf der Intensivstation. Sie mußte sich ihren Lebensunterhalt selbst verdienen.

Als Russow nach Nikas Eltern fragte, verfinsterte sich die Miene des fröhlichen Plappermauls Sina.

»Reden wir nicht darüber, ja? Nika hat mich gebeten, mit Fremden nicht darüber zu reden.«

»Ja, klar.« Russow lächelte gutmütig. »Ich bin natürlich noch ein Fremder. Aber nicht mehr lange.« Seine kräftigen weißen Zähne blitzten in der Dunkelheit auf. Er schluckte, leckte sich die Lippen und legte den Arm um Sinas Schultern. Sie hatte spitze Knochen wie ein Küken.

»Wieso bist du da so sicher?«

»Ich bin ein prima Kerl, Sina. Das werdet ihr bald sehen.«

Russow schüttelte unwillig den Kopf, um die unangenehmen Erinnerungen zu verscheuchen, und zündete sich eine

Zigarette an. Er saß in seinem neuen Gouverneursbüro, an einem klaren Maimorgen 1998. Vor ihm auf dem Tisch lagen mehrere druckfrische Morgenzeitungen. Mit farbigem Marker waren die Überschriften der Artikel hervorgehoben, auf die sein Pressesekretär ihn besonders hinweisen wollte.

Auf einmal merkte er, daß er stumpfsinnig auf ein Foto in einer widerlichen, aber ungeheuer beliebten Moskauer Tageszeitung starrte. Eine Großaufnahme von Nika vor dem Flughafengebäude. Doch nicht sie interessierte ihn jetzt, sondern die Frau neben ihr. Sie war fast einen Kopf kleiner als Nika und mager wie ein verhungerter Teenager. Auf ihrem dünnen Kükenhals saß ein zerzauster, hellhaariger Kopf. Sie hatte Nika untergehakt und entblößte beim Lächeln ihre Zahnlücken.

Er lehnte sich in den weichen Ledersessel zurück und saß ein paar Sekunden mit geschlossenen Augen da – sein Gesicht wirkte erstarrt und tot, wie eine Wachsmaske. Eines der Telefone auf dem Tisch schrillte. Russow zuckte heftig zusammen, öffnete die Augen, griff aber nicht nach dem Hörer. Er wußte, gleich würde seine Sekretärin im Nebenzimmer abnehmen.

»Natascha, ich bin in den nächsten zwanzig Minuten für niemanden zu sprechen«, sagte er schnell in die Gegensprechanlage.

»In Ordnung, Grigori Petrowitsch«, antwortete eine angenehme Frauenstimme. »Möchten Sie vielleicht einen Kaffee?«

»Später.«

Er schaltete die Gegensprechanlage aus, stand abrupt auf, lief im Zimmer auf und ab, zündete sich eine Zigarette an und drückte sie gleich wieder aus. Seine Hände zitterten leicht.

Viktoria mochte es, wenn um sie Leidenschaften tobten, wenn man Angst um sie hatte und sich Sorgen machte. Sie war eine echte, geborene Schauspielerin, und ihre überschüssige Verstellungsenergie ergoß sie wie kochendes Wasser über ihre Angehörigen.

Auf das Elenium folgte eine Schlinge, aus zwei alten Strumpfhosen geknüpft und befestigt an dem Haken, an dem die Deckenlampe hing. Die Schlinge und den darunter stehenden Hocker fand Nika vor, als sie aus der Schule kam. Mama stand im Abendkleid mit der Schlinge um den Hals auf dem Hocker und sah Nika an. Die Lampe über ihr schwankte bedrohlich.

Ohne zu überlegen griff Nika zur Schere – die zum Glück auf Mamas Schminktisch lag – schnappte sich einen Stuhl, sprang darauf und zerschnitt den Strick.

Viktoria, noch immer auf dem Hocker stehend, begann wie wild zu schluchzen. »Warum hast du das getan? Aus Angst, du würdest dich schuldig fühlen? Das hast du nur deinetwegen getan. Alles machst du nur für dich.«

»Bitte komm da runter«, sagte Nika und verließ das Zimmer.

Danach ging es ihr sehr schlecht. Der Strick und der Hocker erinnerten sie an ein anderes Bild, das kein Theater gewesen war, keine Farce.

»Als ob sie mich verhöhnen wollte«, sagte Nika am Abend zu Nikita, als sie zusammen auf einer Bank auf dem Hof saßen. »Ich erinnere mich noch sehr gut an Papas Tod. Wozu diese Vorstellung?«

»Meinst du nicht, daß sie extra gewartet hat, bis du aus der Schule kommst, und sich den Strick erst um den Hals gelegt hat, als sie dich hörte?«

»Ich bin sogar sicher, daß es so war.«

»Komm doch mit und übernachte bei uns«, schlug Nikita vor und küßte sie auf die Schläfe. »Ich will nicht, daß du zu diesem Horror zurückgehst. Dein Filmstar ist bestimmt schon total betrunken.«

»Nein. Das ist mir peinlich. Außerdem muß ich morgen in die Schule.«

»Papa fährt dich hin.«

»Dann müßte er extra um sieben aufstehen, und überhaupt ...«

»Was – überhaupt?«

In Wirklichkeit hätte sie nichts lieber getan, als mit zu ihm fahren. Aber sie tat es nicht. Sie wußte zwar, daß Mama ihre Vorstellung ohne Zuschauer nicht wiederholen würde, doch sie hatte trotzdem Angst.

Sie wußte, Nikitas Eltern würden sich freuen, sie würde bei Oma Anja im Zimmer schlafen, und die Oma, eine richtige Märchenoma, wie Nika sie sich als Kind immer gewünscht hatte, würde ihr wieder ein Kapitel aus ihrer Familiengeschichte erzählen. Anschließend würden all die Leutnants und Hofdamen der letzten Zarin durch ihren Traum huschen, schnell und lautlos wie in einem Stummfilm. Auch der Held des Ersten Weltkriegs, der Oberst des Medizinischen Dienstes, Vikenti Rakitin, ein strenges, aber gar nicht furchteinflößendes Gespenst – er hatte aus Eifersucht seine Frau erstochen, genau an dem Tag, als in Sarajevo Erzherzog Ferdinand getötet wurde. Der Krieg brach aus, der Eifersüchtige wurde begnadigt und ging an die Front. Sein Zwillingsbruder Iwan verlor fast das gesamte Vermögen der Familie beim Roulette und erschoß sich. Die jüngere Schwester der Zwillinge, Valentina, eine sagenhafte Schönheit, heiratete mit Vierzig einen dreißigjährigen reichen Schweizer, nachdem sie sich einen gefälschten Paß gekauft hatte, um mit ihrem Mann gleichaltrig zu sein. Ihre Nachkommen besaßen ein enormes Vermögen und lebten in einem Schloß bei Bern.

In Nika hatte die Oma eine dankbare Zuhörerin. Die Familie kannte alle diese Legenden längst auswendig, Nika dagegen hörte atemlos zu. Für Oma Anja und Nikitas Eltern gehörte sie bald zur Familie, als Nikitas Braut. Nur die alte Kinderfrau Nadja begegnete ihr mit Mißtrauen.

»Dieses Mädchen hat unmögliche Augen«, sagte sie. »Die Augen eines Erwachsenen, der verraten wurde und nun niemandem mehr vertraut und nicht verzeihen kann.«

»Seit wann bist du denn Hellseherin, Nadja?« fragte Oma Anja ärgerlich. »Ja, das Mädchen hatte eine schreckliche Kindheit. Besser gesagt, überhaupt keine. Ich habe ihren Vater gekannt und auch ihre Mutter gesehen. Beide keine schlechten Menschen, begabt, aber solche Menschen dürften keine Kinder haben. Das Mädchen braucht dringend Liebe und Wärme, und sie ist dankbar für jede Kleinigkeit, ein gemeinsames Teetrinken in der Familie ist für sie ein Fest.«

Oma Anja hatte recht. Noch nie und nirgendwo hatte Nika sich so wohl und geborgen gefühlt wie bei den Rakitins. Sie hatte Freude an den normalsten Dingen. In der Familie herrschte ein ruhiger Ton, niemand hob je die Stimme. Vorm Schlafengehen wurde sie von Oma Anja bekreuzigt und auf die Stirn geküßt. Nikitas Kindheit erschien ihr als unvorstellbares Paradies, auf das sie, das in den Kindergarten abgeschobene Mädchen, das niemand brauchte, nun einen kurzen Blick werfen durfte.

Manchmal machte es ihr Angst, daß sie Nikita so sehr liebte und er sie ebenso. Vor dem Hintergrund des Alptraums zu Hause kamen Liebe und Glück ihr beinahe blasphemisch vor. Zu tief saß das Schuldgefühl in ihrer Seele.

Als Kind war sie an allem schuld gewesen: an den Schaffenskrisen ihres Vaters, daran, daß es regnete und Mamas

Frisur verdarb, daran, daß ihre Schuhe zu klein geworden waren und das Geld für neue fehlte, daran, daß sie immer so düster aussah und einen unmöglichen Gang hatte. Auch am Selbstmord des Vaters trug sie einen großen Teil Schuld – wie sollte ein Genie arbeiten können in einem Haus, in dem ein kleines Kind rumrannte und lärmte?

Mit sechzehn verstand Nika, daß ihre ganze verhängnisvolle Schuld ein grausamer Mythos war. Aber nichts ist langlebiger und einleuchtender als grausame Mythen.

Nika war sich klar darüber, daß ihre Mutter sich allmählich um den Verstand trank. Onkel Wolodja war immer seltener zu Hause, seine Dienstreisen dauerten immer länger. Sie ahnte, daß er eine andere Frau hatte und nur aus Mitleid nicht endgültig wegging.

Einen Monat nach der Geschichte mit dem Strick riß Viktoria das Fenster auf, kletterte aufs Fensterbrett und erklärte: »Ich will nicht mehr leben.«

Im Zimmer saßen Nika, Onkel Wolodja und Nikita. Viktoria schrie und tobte, wehrte sich aber nicht, als man sie herunterholte und das Fenster schloß.

»Macht euch keine Sorgen um sie« – Nikita lachte bitter –, »wenn man das wirklich vorhat, wählt man einen günstigeren Moment.«

Dann kam wieder eine Szene mit Tabletten – diesmal lagen sie in der Toilette. Manchmal spielte Viktoria zur Abwechslung nicht Selbstmord, sondern Herzanfall. Hinterher schämten sie sich vor den Ärzten, mußten sich entschuldigen und rechtfertigen.

Onkel Wolodja ließ einen Psychiater ins Haus kommen.

»Sie haben sie grenzenlos verzogen.« Der Arzt schüttelte den Kopf. »Egoismus und schlechter Charakter werden nur dann krankhaft, wenn die Angehörigen das fördern. Ich vermute, sie hat jederzeit dankbare Zuschauer.«

»Vielleicht gibt es ja irgendwelche Medikamente?« fragte Nika zaghaft.

»Ignorieren Sie ihr Theater einfach. Was sie braucht, ist Strenge, nicht Mitleid. Sie haben sie verzogen. Sie sind schuld.«

Daran also auch, dachte Nika wehmütig.

1977 beendete Nikita die Schule und begann ein Studium an der Lyrik-Sektion des Gorki-Literaturinstituts.

Ein Jahr später machte Nika ihr Abitur. Sie war gut in der Schule und konnte durchaus auf ein ausgezeichnetes Zeugnis hoffen. Von den Prüfungen hing viel ab. Nika wollte ans Erste Medizinische Institut, und dort gab es eine harte Konkurrenz. Sie hatte einen schweren Sommer vor sich – erst die Abiprüfungen, gleich danach die Aufnahmeprüfungen.

Zum Lernen ging Nika in die Bibliothek oder zu Nikita, aber es blieben ja noch die Abende und Nächte. Zu Hause hatte sie keine Ruhe. Länger als eine Woche hielt es Viktoria nicht aus ohne Szenen. Die Selbstmordspektakel wurden zur Gewohnheit. Und alle halbe Stunde griff sie sich ans Herz.

Nikita schlug Nika vor, zu ihnen zu ziehen.

»Ab und zu bei euch übernachten ist das eine, aber zu euch ziehen, das ist was anderes«, sträubte sich Nika.

»Früher oder später bleibt dir sowieso nichts anderes übrig.«

»Oma Anja wird es kaum gefallen, wenn ich einen ganzen Monat bei ihr im Zimmer schlafe.«

»Oma und Nadja bleiben den ganzen Sommer auf der Datscha. Und meine Eltern fahren in drei Tagen für einen Monat nach Bulgarien.«

»Und sie werden wissen, daß wir beide allein in der Wohnung sind?«

»Sie ahnen auch so, daß wir beide uns nicht nur küssen.«

Nikita grinste. »Allerdings hat Oma Anja gesagt, wir müssen uns trauen lassen.«

»Wie?«

»Weißt du, für Oma sind Standesamt und sonstige sowjetische Ämter unwichtig. Für sie sind Leute verheiratet, wenn sie getraut sind.«

Onkel Wolodja hatte nichts dagegen, daß Nika zu Nikita zog. Für die Prüfungszeit wollte er den Streß mit Viktoria allein auf sich nehmen.

Der schwerste Sommer wurde für Nika der allerglücklichste. Diese Kostprobe künftigen Ehelebens gefiel ihr durchaus. Sie bestand die Aufnahmeprüfungen am Ersten Medizinischen Institut und wurde immatrikuliert.

Oma Anja kam für ein paar Tage von der Datscha in die Stadt, und sie fuhren zu dritt nach Otradnoje. Bereits zuvor hatte sie eine antike Goldbrosche zum Juwelier gebracht und daraus zwei Eheringe mit einem kleinen rechteckigen Saphir anfertigen lassen.

Der Kirchenvorsteher war ein alter Bekannter von ihr und ließ sich deshalb überreden, ihre Personalien nicht im Kirchenbuch festzuhalten. Über offiziell registrierte kirchliche Rituale wurde nämlich die Kreisverwaltung informiert, und diese setzte ihrerseits die Komsomol- und Parteiorganisation der Arbeitsstelle oder Bildungseinrichtung der Betroffenen davon in Kenntnis.

Zuerst wurde Nika getauft. Taufpatin war Oma Anja. Dann wurden sie und Nikita in der menschenleeren Kirche hinter verschlossenen Türen getraut.

Überglücklich, eine riesige Torte und eine Flasche Tokaier unterm Arm, fuhren sie zu Nika nach Hause.

Nika ging ins Zimmer. Ihre Mutter lag in einem alten Steppmorgenrock auf dem Bett, das Gesicht zur Wand gedreht.

»Mama«, sagte Nika, »steh auf, trink wenigstens mit uns Tee. Immerhin hab ich die Aufnahmeprüfungen bestanden.«

Mama rührte sich nicht. Nika setzte sich auf den Sofarand, berührte ihre Schulter. Intensiver Alkoholgeruch schlug ihr entgegen.

»Wieviel hat sie denn getrunken?« fragte sie Onkel Wolodja.

»Höchstens zweihundert Gramm.« Er zeigte auf eine Halbliterflasche Wodka, die noch mehr als halbvoll war.

»Schläft sie schon lange?«

»Rund drei Stunden. Ich hab nicht auf die Uhr gesehen.«

»Mama, wach auf!« Nika versuchte sie umzudrehen, erstarrte plötzlich und griff nach dem Arm ihrer Mutter – sie fühlte keinen Puls.

»Den Notarzt, schnell!« rief sie. Onkel Wolodja stürzte zum Telefon. Nika drehte ihre Mutter auf den Rücken und machte eine Mund-zu-Mund-Beatmung. Nikita drückte mit beiden Händen fest auf den Brustkorb. Sie hörten erst auf, als das Notarztteam hereinkam.

Der Arzt stellte den Tod fest.

»Sie ist schon mindestens eine Stunde tot. Vermutlich Alkoholvergiftung«, sagte er und verzog das Gesicht vor dem heftigen Alkoholdunst.

»Sie hat nur ganz wenig getrunken«, sagte Onkel Wolodja langsam.

»Aber ihr hat's wohl gereicht.« Der Arzt betrachtete die angebrochene Flasche, hielt sie gegen das Licht und kratzte am Etikett. »Manchmal erwischt man eben minderwertigen Wodka. Das wird die Obduktion zeigen.«

Seine monotone Stimme klang ruhig und alltäglich. Nika stand reglos mitten im Zimmer und starrte vor sich hin. Ihre Augen wirkten wie riesige schwarze Löcher. Nikita senkte den Kopf und drehte mechanisch seinen Ehering.

Oma Anja hatte sich mit der Größe der Ringe ein wenig verschätzt – Nikas war zu groß, und Nikita bekam seinen nur mit Mühe auf den Finger. Jahre später, als seine Hände gröber und die Fingergelenke dicker geworden waren, ließ sich der Ring nicht mehr abziehen. Nikita versuchte es auch gar nicht. Er trug ihn weiter, trotz allem.

Vierzehntes Kapitel

»Ich habe Ihnen doch gesagt, mein Anton hatte keine persönlichen Angelegenheiten außer unserer Liebe!« Raïssa Kudijarowa sah Hauptmann Leontjew mit irren Augen an und schrie so, daß sie Speichel sprühte.

»Das war doch gar nicht meine Frage.« Der Hauptmann wischte sich rasch mit dem Taschentuch das Gesicht ab. »Ich will wissen: Hat Ihr Lebensgefährte in den sieben Tagen irgendwann die Wohnung verlassen?«

»Nein, das habe ich doch gesagt!«

»Das heißt, er war die ganze Zeit Tag und Nacht bei Ihnen?«

»Tag und Nacht! Das ist erhabene Leidenschaft, das verstehen Sie nicht.«

»Na schön, und Sie selbst, haben Sie die Wohnung auch die ganze Zeit nicht verlassen?«

»Doch, natürlich habe ich das! Wir mußten doch was essen! Mein lieber Anton hat mir Geld gegeben, und ich bin einkaufen gegangen.«

»Kann er währenddessen hinausgegangen sein?«

»Wozu?«

»Na ja, ich weiß nicht, aber sieben Tage eingesperrt zu sein, das ist doch für einen gesunden Mann …«

»Er war nicht eingesperrt! Wir haben uns geliebt!«

Bei einer Haussuchung wurde in ihrer Wohnung ein ganzes Waffenarsenal gefunden: eine Kalaschnikow, eine TT-Pistole, beide nagelneu, eine Schachtel Patronen, eine Packung Plastiksprengstoff. Außerdem in einer Kaffeebüchse ein weißes Pulver mit charakteristischem Geruch – eine starke synthetische Droge. Und in einem Briefumschlag mit LSD getränkte Papierstreifen.

Die Kudijarowa hatte die Angewohnheit, vom Müll alles mitzunehmen, was ihr gefiel: Kleidung, bunte Plastetüten, ausländische Dosen, Shampooflaschen, Bruchstücke kaputter Möbel.

Als die Kriminalisten unter einem Haufen stinkender Lumpen die Waffen hervorholten, zuckte die Kudijarowa nicht einmal mit der Wimper.

»Gehört das Ihnen?«

»Ja.« Sie nickte.

»Wissen Sie, was das ist?«

»Ja. Eine Pistole und eine Maschinenpistole.«

»Wie sind Sie zu den Waffen gekommen?«

»Die hab ich gefunden.«

»Wo? Wann?«

»Im Müllcontainer!

»In welchem genau?«

»Als ob ich das noch wüßte!«

»Wissen Sie, daß der Besitz von Schußwaffen strafbar ist?«

»Sie sollten lieber meinen Anton suchen, statt in fremden Sachen rumzuwühlen, das sage ich Ihnen.«

»Also, Bürgerin Kudijarowa, fangen wir noch mal von vorn an, schön der Reihe nach. Wo und wann haben Sie den Bürger Anton kennengelernt?«

»Am zweiten Mai diesen Jahres. In der Apotheke«, wiederholte die Alte ungerührt, wie auswendig gelernt, zum zehntenmal. »Sie wollten ihm seine Medikamente nicht verkaufen.«

»Raïssa Michailowna, am zweiten Mai war die Apotheke geschlossen«, sagte der Hauptmann leise und staunte selbst, daß ihm das erst jetzt eingefallen war.

»Hier, ich habe es im Kalender markiert.« Die Kudijarowa pikte mit dem Finger auf einen Wandkalender mit einer Japanerin im bunten Kimono. Der Kalender war zwar für 1995, aber auf der Seite für Mai aufgeschlagen – der zweite war mit einem dicken roten Herz eingekreist.

»Haben Sie das selbst markiert?«

»Ja« – die Kudijarowa senkte den Blick –, »das habe ich. Das war der glücklichste Tag in meinem Leben.«

»Na schön.« Der Hauptmann nickte. »Weiter – was war dann?«

»Dann kam die Liebe.« Die Alte seufzte traurig. »Das verstehen Sie nicht.«

Sie wurde nicht festgenommen. Immerhin gab es noch eine schwache Hoffnung, daß ihr Anton zurückkam, um seinen Kram abzuholen. Hauptmann Leontjew beschloß, das Haus für alle Fälle beobachten zu lassen.

In der Apotheke kannte man die Kudijarowa. Die Alte verbrachte relativ viel Zeit dort, und man jagte sie nicht fort.

»Aber nein, das ist völlig ausgeschlossen«, wehrte die Leiterin der Apotheke lebhaft ab, »man kann doch nicht auf Bitten eines psychisch kranken Menschen Medikamente ohne Rezept verkaufen. Es geht doch vermutlich um Psychopharmaka?«

»Wie kommen Sie darauf?« fragte Leontjew.

»Weil nur ein psychisch kranker Mensch ein Gespräch mit der Kudijarowa anfängt. Jemand, der genauso ist wie sie. Ich meine, ein ernsthaftes Gespräch.«

»Gut, danke.« Der Hauptmann lachte bitter und dachte:

Stimmt, man muß schon verrückt sein, um ernsthaft mit so einer Alten zu reden. Und man muß doppelt verrückt sein, um sich in diesen aussichtslosen Fall zu stürzen, der gestern noch gar keiner war.

In diesem Haus, im Nachbaraufgang, hatte es einen Unfall gegeben. Keiner war auf die Idee gekommen, dahinter etwas Kriminelles zu vermuten. Im Haus fiel häufig der Strom aus. Fast in jeder Wohnung gab es Kerzen und Petroleumlampen. Die Feuerwehrleute hatten versichert, der Brand sei durch verschüttetes Petroleum ausgebrochen. Der Tote hatte einen schweren Stromschlag erlitten, das Bewußtsein verloren, war beim Sturz mit der Schläfe gegen eine Ecke des Fensterbretts geprallt und bis auf die Knochen verbrannt.

Aber an den »sauberen« Unfalltoten hatte sich auf einmal dieser unselige liebe Anton gehängt, obendrein mit Waffen und Drogen im Gepäck.

Der Teufel mußte Leontjew geritten haben, beim Staatsanwalt einen Durchsuchungsbefehl zu erwirken für die Wohnung der Kudijarowa, die eine Vermißtenanzeige erstattet hatte wegen ihres jungen Lebensgefährten Anton, was an sich schon der reine Schwachsinn war – diese Oma und ein Lebensgefährte!

Im Haus Nummer vierzig in der Sredne-Sagorski-Gasse war die Miliz Stammgast. Hier passierte ständig was – Brände, Überschwemmungen, Gasexplosionen, Stromausfälle; dauernd wurde jemand erschlagen, erstochen, aus dem Fenster geworfen.

Apartmentwohnungen: direkt hinter der Eingangstür eine winzige Sanitärzelle mit Dusche und Toilette. Dort befand sich auch das Waschbecken, das zugleich als Spüle diente. Ein Zimmer von acht Quadratmetern; nur ein einziges Fenster.

In diese Wohnzellen stopften Wohnungsspekulanten einsame alte Leute und Alkoholiker. Das nannte sich Umzug von groß in klein mit Wertausgleich. Der »Wertausgleich« war schnell vertrunken und aufgegessen, und dann nahmen die Mieter alle möglichen Leute bei sich auf: kleine kaukasische Händler, Zigeuner, billige Prostituierte mit ihren Kunden. Oder sie vermieteten ihre Kämmerchen als Lager für minderwertigen Wodka mit Markenetikett, für Drogen oder Waffen. Hier fand man also immer etwas Interessantes.

Im Gegensatz zu den anderen Mietern hatte Raïssa Kudijarowa nie jemanden aufgenommen und keinen Lagerraum vermietet. Das war zuverlässig bekannt, nicht nur durch die Nachbarn, sondern auch durch den zuständigen Milizionär. Wenn in ihrer Wohnung plötzlich ein Mann aufgetaucht war, noch dazu ein junger, dann tratschte darüber bestimmt die ganze Etage und der ganze Aufgang.

Doch die Nachbarn versicherten einhellig, in der Wohnung der Kudijarowa habe es nie einen Mann gegeben. Weder einen jungen noch einen alten. Bei der Anordnung der Hausflure war es ziemlich schwierig, unbemerkt ein und aus zu gehen. Höchstens durch Zufall. Aber ihn hatte auch niemand gehört. Die Wände waren so dünn, daß selbst ein leises Hüsteln fünf Wohnungen weiter drang. Angenommen, der liebe Anton hatte die ganze Zeit nicht gehustet, nicht geniest und auch nicht geredet. Angenommen, er hatte sich lautlos fortbewegt wie ein Schatten. Er war überhaupt ein Gespenst, die schwerelose Frucht der erotischen Phantasie einer verrückten Alten. Doch die Waffen und die Drogen waren keine erotische Phantasie. Irgend jemand mußte die schließlich bei der Kudijarowa versteckt haben – die hatte sie ja nicht wirklich auf dem Müll gefunden.

Na schön, sagen wir, die hat ihr jemand zur Aufbewahrung gegeben. Nicht Anton, sondern jemand Realeres.

Realer, aber ebenso verrückt wie die Kudijarowa selbst – da hatte die Apothekerin ganz recht. Doch woher hatte ein psychisch Kranker fabrikneue Waffen? Und solche Mengen Drogen? Auch auf dem Müll gefunden?

Es gab noch eine Variante. Die Kudijarowa war gar nicht so verrückt. Sie wollte sich ein paar Hunderter verdienen und hatte dafür die Waffen und die Drogen bei sich verwahrt. Aber wieso zum Geier dann die Anzeige bei der Miliz?

Und schließlich – was hatte das alles mit dem Feuer im Nachbaraufgang zu tun, das just in der Nacht ausbrach, als der liebe Anton verschwand? Und mit dem umgekommenen Schriftsteller? Alles nur Zufall?

Beide Wohnungen, die von der Kudijarowa und die von der Resnikowa, lagen im obersten, im vierten Stock. Neben dem Fenster der Kudijarowa war eine Feuerleiter – über die konnte man durchaus hinunter auf die Straße gelangen. Oder aufs Dach.

Neben dem Fenster der Resnikowa verlief das Regenrohr, das mit ziemlich stabilen Schellen an der Wand befestigt war. Derselbe Effekt: Man konnte runter oder aufs Dach. Schlimmstenfalls gelangte man in fünf Minuten von einer Wohnung in die andere, ohne den Flurnachbarn zu begegnen. Auch von unten wurde man sicher kaum bemerkt. Beide Fenster gingen auf eine Ödfläche, die unmittelbar hinter dem Haus begann, eine langjährige, stockende Baustelle. Da war nachts kein Mensch.

In Hauptmann Leontjews Kopf kreisten immer neue Varianten, eine absurder als die andere. In solchen Fällen tröstete er sich mit den Worten des großen Sherlock Holmes: Bei der Untersuchung eines Verbrechens gibt es eine Methode, die nie versagt. Wenn man alle unmöglichen Erklärungen ausschließt, dann ist das, was übrigbleibt, die Antwort auf die Frage, egal, wie verrückt es klingt.

Als Russow die ruhige, ausgeglichene Stimme seiner Frau im Hörer vernahm, wurde ihm ein wenig wohler.

»Wie fühlst du dich, Nika?«

»Alles in Ordnung, Grischa. Verzeih mir, ich habe mich flegelhaft benommen. Bin weggelaufen, ohne dir was zu sagen. Danke, daß du einen Wagen zum Flughafen geschickt hast.«

»Nein, du mußt mir verzeihen. Ich bin im Moment zu sehr mit meinen eigenen Problemen beschäftigt. Ich verstehe, daß du nach dem, was passiert ist, nicht einfach auf einem Bankett Champagner trinken kannst, als sei nichts geschehen. Wann kommst du zurück? Gleich nach der Beerdigung? Oder bleibst du noch ein paar Tage in Moskau?«

»Ich weiß noch nicht. Ich ruf dich an.«

»Fühlst du dich nicht einsam in der leeren Wohnung?«

Sie wollte antworten: Ich bin nicht allein. Sina Resnikowa ist bei mir. Erinnerst du dich an sie? Doch statt dessen sagte sie: »Nein, Grischa. Im Gegenteil. Ich bin jetzt gern eine Weile allein.«

»Ja, natürlich. Ich liebe dich sehr, Nika. Ich habe schon Sehnsucht.«

»Na, dafür hast du jetzt gar keine Zeit.«

Sie verabschiedeten sich zärtlich. Vor ihr auf dem Couchtisch lag eine druckfrische Zeitung. Gestern auf dem Flughafen war ein Reporter der Regenbogenpresse aufgetaucht. Sie hatte an seiner Jacke eine Plastikkarte mit dem Namen seines Blattes gesehen und ihm ein Interview verweigert, sich aber nicht vor der aufdringlichen Kamera verstecken können.

Schon im Flugzeug hatte Sina gefragt, ob sie mitkommen könne zu Nika – ihre eigene Wohnung war ja abgebrannt, wer weiß, wie lange sie noch bei ihrer Mutter wohnen müßte. Wenn sie also ein paar Tage bei Nika bleiben könne, würde sie sich sehr freuen. Zumal sie sich acht Jahre nicht gesehen hätten, und nun auch noch dieser Schmerz. Ihr gemeinsamer Schmerz.

»Ja, natürlich. Grischa kommt in nächster Zeit kaum nach Moskau.«

Als das Flugzeug gelandet war, hatte Nika einen schwarzen Mercedes auf die Gangway zufahren sehen.

»Die holen mich ab. Du solltest lieber mit dem Taxi zu mir fahren.«

Sina hatte nicht widersprochen und keine Fragen gestellt. Irgendwie war es für beide selbstverständlich, daß Russow von ihrer Begegnung nicht erfahren sollte.

Allerdings waren sie zusammen aus dem Flugzeug gestiegen und sofort auf den Reporter mit der Kamera gestoßen.

Früh am Morgen war Nika extra zum Kiosk gelaufen. Sie betrachtete ihr Foto und dachte, daß wahrscheinlich auch ihr Mann gerade diese Zeitung vor sich auf dem Tisch liegen hatte. Nun wußte er, daß sie zusammen mit Sina Resnikowa nach Moskau geflogen war. Er würde erraten, daß sie die angebliche frühere Patientin war, die sich Zutritt zu ihrer Sprechstunde verschafft hatte.

Auf eine direkte Frage hätte sie ihm geantwortet, hätte ihm alles erzählt, auch von den anonymen Briefen. Doch er fragte nicht. Und sie erzählte nichts – das war ohnehin nichts fürs Telefon.

Aber warum eigentlich nicht? Am Telefon fiel das Lügen viel leichter. Ihr jedenfalls. Grischa konnte ihr inzwischen auch direkt ins Gesicht lügen, ganz aufrichtig, mit solcher Liebe und Zärtlichkeit, daß man gern ein vertrauensseliges Dummchen wäre.

Als ihr mit zwanzig zum erstenmal Grischas besonderer Blick aufgefallen war, hatte sie bei sich nur spöttisch gelacht und gedacht: Ich gefalle dir? Ja, das habe ich schon bemerkt. Das tut natürlich gut, aber was weiter?

Weiter konnte nichts sein. Seit sie fünfzehn war, liebte sie Nikita Rakitin. Und er liebte sie. Trotzdem kam irgendwie kein richtiges Eheleben zustande.

Nika hatte immer ihre eigene Kindheit vor Augen, ihren Vater und ihre Mutter, und fürchtete nichts so sehr, wie schuld zu sein an einer Schaffenskrise, auch wenn die bei Nikita nur selten vorkamen und lediglich von Erschöpfung herrührten.

Nikita, verwöhnt von Mutter, Großmutter und Kinderfrau, hatte kaum eine Vorstellung davon, was Alltag bedeutete. Nika wußte das sehr viel besser und hatte Angst, ohne genau sagen zu können, wovor eigentlich.

Sie lebten zwar zusammen, aber in zwei Haushalten. Früher oder später wäre daraus vermutlich eine normale Ehe geworden, denn sie liebten sich wirklich sehr.

Grischas Auftauchen blieb anfangs ziemlich unbemerkt. Mit der Zeit ging er sowohl bei den Rakitins wie auch bei Nika ein und aus, erst als zufälliger Gast, dann als Freund von Sina und schließlich nur so. Er hatte die Gabe, immer im rechten Augenblick zur Stelle zu sein.

Hätte damals jemand zu ihr gesagt: Dieser düstere provinzielle Schweiger, der Sohn eines hohen Tiers aus Sibirien, das wird mal dein Mann – wäre sie entsetzt gewesen und hätte wahrscheinlich gelacht. Wer? Grischa? Nie im Leben!

Übrigens war er keineswegs einfältig. Er studierte immerhin Psychologie. Und eine eigene Wohnung in Moskau besaß er auch.

Er kam nie mit leeren Händen, in seiner schicken ausländischen Tasche waren immer diverse Delikatessen aus einem Parteiladen. Sobald im Haus irgendwas kaputtging, reparierte er es, still und schnell. Bei einer Party fand Nika ihn einmal in der Küche an der Spüle vor – beim Abwaschen. Auf die Idee wäre Nikita nie gekommen.

Einmal ging die Mischbatterie im Bad kaputt, und am nächsten Tag brachte Grischa eine neue, Importware, und baute sie ein. Nikita hatte mit seinen dreiundzwanzig Jahren keine Ahnung, was ein Schraubenschlüssel war, wieviel man dem Verkäufer im Sanitärgeschäft zustecken mußte, damit er eine anständige Mischbatterie unterm Ladentisch hervorholte, und warum eine ausländische besser war als eine einheimische.

Das alles waren Kleinigkeiten, aber im Unterschied zu Nikita wußte Nika genau, wie wichtig sie waren.

Nikita wurde ein bekannter Dichter. Seine Gedichte erschienen relativ selten in Zeitschriften, weil sie als ideologisch zweifelhaft galten, fanden aber dafür im Samisdat große Verbreitung. Junge Damen tippten sie auf der Schreibmaschine ab und lernten sie auswendig. Nikita lächelte die jungen Damen zerstreut an. Dieses Lächeln bedeutete nichts weiter, aber Nika mißfiel es zunehmend.

Eines Tages verwickelte ihn eine bildhübsche Verehrerin seines Talents in ein ausführliches Gespräch über den Akmeismus. Das war auf einer Silvesterfeier bei Bekannten, und Nikita war so ins Gespräch vertieft, saß so lange mit der jungen Dame in der Ecke, Kopf an Kopf, über ein Buch gebeugt, daß viele dieses rührende Bild bemerkten und bedeutungsvolle Blicke in Nikas Richtung warfen. Nika stand auf und ging, ohne ein Wort. Grischa folgte ihr.

Nikita besann sich ziemlich schnell und rannte Nika nach, konnte sie aber nicht einholen, denn Grischa hatte sofort ein Taxi angehalten.

»Erklär mir, was ist passiert?« fragte Nikita sie zu Hause.

»Nichts«, antwortete Nika.

»Aber warum bist du auf einmal gegangen, klammheimlich, ohne mir was zu sagen?«

»Ich hatte Kopfschmerzen. Ich wollte dich nicht rausreißen.«

»Woraus?«

»Aus dem interessanten Gespräch.«

»Was? Mit wem?«

»Schon gut, spielt keine Rolle. Reden wir nicht mehr darüber.« Nika ärgerte sich über sich: Sie mußte total bescheuert sein, wenn sie ernsthaft eifersüchtig war auf jede junge Dame, mit der er in der Ecke saß und sich verquatschte.

Nikita arbeitete nach dem Studium als Sonderkorrespondent bei einer großen Jugendzeitschrift und war ständig unterwegs. Grischa kam fast täglich vorbei, erkundigte sich, was Nika gegessen hatte, füllte ihr den Kühlschrank, wußte immer im voraus, wann Zucker, Salz und Streichhölzer zu Ende gingen, brachte ihre Stiefel zur Reparatur, besorgte ihr französisches Lieblingsparfüm, und zwar nicht zum Geburtstag, sondern einfach so, weil der Flakon leer war. Und das alles wortlos, wie selbstverständlich.

Nach außen hin wirkte das Ganze wie ein banales Dreiecksverhältnis, aber Nika und Nikita kamen nie auf die Idee, es von außen zu betrachten. Nikita war dummerweise überhaupt nicht eifersüchtig und geradezu kindlich vertrauensselig. Er vertraute Nika, und er vertraute Grischa.

Nika gewöhnte sich mit der Zeit an Grischas freundschaftliche Aufmerksamkeit.

»Warum heiratest du nicht, Grischa?« fragte sie ihn einmal.

»Ich warte auf dich«, antwortete er.

Sie lachte, überzeugt, daß er scherzte.

Doch immer öfter spürte sie, wenn sie mit ihm allein war, eine gewisse Spannung. Immer länger und vielsagender wurden die Gesprächspausen, immer hartnäckiger suchte er ihren Blick, und einmal griff er nach ihrer Hand und küßte hastig und gierig ihre Finger, mit einem Gesicht, das sie lieber nicht gesehen hätte. Noch nie, niemals hatte Nikita so ein Gesicht gemacht.

Um Rakitin scharten sich junge Damen, Liebhaberinnen der Poesie. Obendrein war er attraktiv, charmant und ungeheuer geistreich. Sein Erfolg wuchs, und schon wurden die Nika so schrecklich vertrauten Worte geraunt: Genie und Künstlertragödie.

»Hat Rakitin immer noch seine Doktorsche?« hörte sie bei einem Dichterabend zufällig jemanden fragen. »Weißt du, das ist die ewige Tragödie des Künstlers, alle Dichter hatten komischerweise immer banale, stumpfsinnige Frauen an ihrer Seite.«

»Ach, hör bloß auf.« Die zweite junge Dame schüttelte den Kopf. »Was versteht eine Notärztin schon von Poesie?«

Die jungen Damen hatten es nicht für nötig gehalten, sich umzusehen.

Grischa faßte zärtlich nach Nikas eiskalter Hand. Er sagte kein Wort, sah sie nur unverwandt zärtlich an und streichelte behutsam ihre Hand.

Nach dem Studium arbeitete Nika in einem Notarztteam und war ständig mit Schmutz, Schmerz und Brutalität konfrontiert. Manchmal hätte sie sich nach einem Vierundzwanzigstundendienst gern an eine warme, zuverlässige Schulter gelehnt. Aber Nikita war entweder nicht da oder saß in seinem Zimmer und schrieb – Grischas warme Schulter dagegen war immer verfügbar.

Eines Tages kam es zum erstenmal zu einem schlimmen Streit zwischen ihr und Nikita. Noch heute, Jahre später, mochte Nika nicht daran denken, wie und warum sie sich getrennt hatten. Sie hatten beide unrecht, und der formale

Anlaß erwies sich als so erbärmlich, daß es unmöglich war, alles in Ruhe zu besprechen und zu klären.

Nika ging ohne ein Wort. Nikita hielt es nicht für nötig, sich zu rechtfertigen. Selbstverständlich war Grischa sofort zur Stelle.

»Haben dir die Schaffenskrisen deiner Eltern nicht gereicht? Du hattest keine richtige Kindheit, und jetzt läßt du dir auch deine Jugend verderben. Noch ein Genie verkraftest du nicht«, sagte der vernünftige Grischa und wischte ihr die Tränen ab. »Du wirst immer nur die kostenlose Beilage zu seinem Talent und seinem Ruhm sein. Du wirst Teil seiner Küche sein, im direkten und im übertragenen Sinn. Du wirst ihn bekochen, schwere Einkaufstaschen schleppen und ihm die Wäsche waschen. Und er wird deine Gefühle, deine Gedanken und deine Gewohnheiten beobachten und zu Papier bringen. Ihm ist ganz egal, wer an seiner Seite ist. Für ihn sind alle Menschen entweder potentielle literarische Gestalten oder Zuhörer. Du wirst schuld sein an seinen Schaffenskrisen, und wenn auf die Krise eine Zeit der Inspiration folgt, wirst du seiner Arbeit im Wege stehen. Dann wird er ein neues Objekt für seine künstlerischen Beobachtungen brauchen.«

So offen sprach Grischa zum erstenmal mit ihr. Nika hörte ihm zu und konnte es nicht glauben, beschimpfte sich, daß sie ihm zuhörte, und ärgerte sich über Nikita. Das schlimme war, daß sie sich alle diese Dinge auch selbst hätte sagen können, es aber nie gewagt hatte. Grischa formulierte klipp und klar ihre unterbewußten Ängste und angestauten Kränkungen.

Nikita rief nicht an und ließ sich nicht blicken. Inzwischen wurde sie schwer krank. Grischa war die ganze Zeit bei ihr, flößte ihr löffelweise Grapefruitsaft mit Honig ein und putzte die Wohnung wie eine geübte Hausfrau.

Er blieb über Nacht, schlief bescheiden auf dem alten, durchgelegenen Sofa im Nachbarzimmer. Manchmal wachte Nika mitten in der Nacht auf, und er war da, setzte sich auf den Bettrand, legte ihr die Hand auf die Stirn, strich ihre Decke glatt, fragte, ob sie etwas trinken wolle, wie sie sich fühle und ob sie etwas dagegen habe, wenn er eine Weile bei ihr sitzen bliebe, denn er könne nicht schlafen.

Sie hatte nichts dagegen. Sie war ihm sehr dankbar. Ohne es zu merken, gewöhnte sie sich – noch nicht an ihn, an Grischa Russow persönlich, aber an seine stille, warme Gegenwart in ihrem Leben.

Grischas Hand glitt von ihrer Stirn auf die Wange, seine Lippen berührten ihren Hals und flüsterten, das Fieber sei gesunken und sie habe heute kaum gehustet. Nika gewöhnte sich an seine Hände, seine Lippen, an seinen Geruch, an seinen warmen Atem und hatte auch nichts dagegen, als er eines Tages still und geschäftig zu ihr unter die Decke schlüpfte und flüsterte: »Verzeih mir, ich kann nicht mehr, ich liebe dich so sehr, ich werde noch verrückt.«

Anschließend verspürte sie Leichtigkeit und Leere, ein Schwindelgefühl wie beim Karussellfahren.

Später stellte sich heraus, daß Nikita im Polarkreis gewesen war, um eine Reportageserie über die Marine zu schreiben. Wieder zurück, kam er sofort zu ihr, aber sie wollte ihn nicht sehen und erklärte, es sei alles aus.

Dann erfuhr sie, daß eine Frau namens Galina, eine üppige Brünette, eine Kommilitonin von Grischa, ein Kind von Nikita Rakitin erwartete. Man teilte ihr sogar mit, in welchem Monat diese Galina war, und sie rechnete aus, daß ihr lieber Nikita nach ihrem schlimmen Streit, als sie mit hohem Fieber und schrecklichem Husten im Bett lag, keine Zeit verloren hatte.

Sie spürte beinah körperlich, wie das Rückgrat ihres

Schicksals, ihres ganzen künftigen Lebens zerbrach. Aber um nichts in der Welt hätte sie den ersten Schritt getan; sie konnte nicht einfach zum Hörer greifen und Nikita anrufen. Selbst wenn er anrief, antwortete sie nur spitz und widerwillig, obwohl sie sich dabei für ihren eiskalten, falschen Ton verfluchte. Innerlich zitterte sie und hatte weiche Knie, doch von ihren Lippen kamen nur fremde, böse, sarkastische Worte.

»Wir sollten endlich heiraten«, sagte Grischa immer wieder.

Sie zögerte ihre Antwort hinaus. Endgültig ja sagte sie erst, als feststand, daß sie schwanger war. Das Kind war von Grischa.

Die Frau namens Galina hatte längst ein Mädchen geboren. Nikitas Tochter. Nika begriff, daß wirklich alles zu Ende war.

Mit Grischa führte sie eine gesunde, normale Ehe. Er machte eine hohe Beamtenkarriere, verdiente gut, brachte alles Geld nach Hause, war ein wunderbarer Vater für den kleinen Mitja. Ein idealer Ehemann. Ein richtiger Schutzwall.

Er sah sie noch immer so zärtlich an wie früher, interessierte sich für alle ihre Probleme, wußte ihre Schuh- und Konfektionsgröße, wußte, welche Cremes und welches Shampoo sie benutzte, und wenn er in seinen Beamtenangelegenheiten ins Ausland fuhr, brachte er ihr und Mitja immer eine Menge Dinge mit, die nicht bloß gut und teuer waren, sondern sinnvoll und nützlich. Er hatte eine unfehlbare Ader für alles, was die öden und komplizierten Dinge des Alltags betraf, und Nika sagte sich oft, wäre sie bei Nikita geblieben, würde das alles jetzt auf ihren Schultern lasten. Sie hätte kaum ihre Doktorarbeit verteidigen und so viel arbeiten können.

Nach drei Jahren erfuhr sie zufällig, daß Grischa sie hin und wieder mit seiner Sekretärin betrog, aber das nahm sie ziemlich gelassen hin. Wenn Nikita ein hübsches Gesicht nur angesehen hatte, war sie innerlich explodiert, doch wenn Grischa manchmal erst gegen Morgen nach Hause kam und nach fremdem Parfüm roch, machte ihr das nichts aus. Na und? Welcher hohe Beamte vergnügte sich nicht ab und zu mit seiner Sekretärin?

Ihr Leben verlief ruhig und bequem.

Eines Tages erschien Nikita unangemeldet zum Feierabend auf ihrer Arbeitsstelle. Er teilte ihr mit, er habe sich von seiner Frau scheiden lassen, sagte, er könne ohne sie, Nika, nicht leben, und sie erwiderte, das sei ihr inzwischen egal.

Grischa war gerade auf einer Dienstreise in Finnland, Mitja mit seiner Kinderfrau auf der Datscha. Ohne es recht zu merken, landeten sie in Rakitins leerer Wohnung. Ohne Worte und Erklärungen stürzten sie sich aufeinander.

Doch dann sah sie, wie schmutzig die Wohnung war: In der Spüle stapelte sich das Geschirr, in der Küche liefen Kakerlaken herum. Nikitas Eltern, seine Oma und die Kinderfrau waren auf der Datscha, und Nikita schrieb und nahm nichts um sich herum wahr.

Die Zeitschrift hatte einen neuen Chefredakteur, mit dem Nikita nicht auskam, also hatte er gekündigt. Außerdem hatte er die Komsomol- und Produktionsreportagen satt – er arbeitete an einem Roman über den Bürgerkrieg, den vermutlich niemand drucken würde.

Er las ihr daraus vor, der Roman war großartig, aber während sie zuhörte, dachte sie, daß all diese ausgedachten Menschen ihm wichtiger waren als sie und daß die Ereignisse in seinem Roman ihn bereits gegen das Ernste, Reale, das vor einer halben Stunde erst geschehen war, abschirmten.

Außerdem stellte sie sich die großen erstaunten Augen ihres Sohnes Mitja vor und das ihr unbekannte Mädchen Mascha, über das Nikita nicht ein Wort verloren hatte, als existierte es gar nicht.

»Was macht eigentlich deine Tochter?« fragte sie Nikita in einer Pause zwischen zwei Kapiteln.

»Sie wächst«, antwortete er. »Sie ist mir sehr ähnlich. Also weiter – zehntes Kapitel …«

Es ist schon alles richtig, dachte sie, ich habe richtig und vernünftig gehandelt.

»Vielleicht solltest du hierbleiben?« fragte er mit vom Vorlesen heiserer Stimme. »Und überhaupt, Schluß mit dem Theater.«

»Stimmt, Schluß damit«, sagte sie hart, »das hat alles keinen Sinn. Man kann nicht zweimal in denselben Fluß steigen.«

»Hör auf zu lügen. Du liebst ihn nicht. Du bist meine Frau, nicht seine, und ich lasse dich nicht weg.« Nikita preßte sie so fest an sich, daß sie sich nicht wehren konnte.

Aber schließlich ging sie doch. Sie versuchte zu vergessen, wiederholte wie ein Automat immer wieder, daß man nicht zweimal in denselben Fluß steigen könne – sagte es zu Nikita, wenn er anrief, und zu sich selbst.

Etwa ein halbes Jahr später rief er mitten in der Nacht an, furchtbar aufgeregt, und bat sie zu kommen.

»Mascha wohnt jetzt bei uns. Heute Morgen ist sie auf einen Baum geklettert und runtergefallen, dabei hat sie sich das Bein an einem Eisenzaun aufgerissen. Wir waren im Krankenhaus, sie wurde genäht, aber jetzt ist das Bein angeschwollen, und sie hat neununddreißig Fieber.«

Nika kam sofort. Das Kind hatte eine Blutvergiftung. Beim Wort »Krankenhaus« begann das Mädchen erschrocken zu weinen. Nika tat alles Nötige und blieb bis zum

Morgen bei den Rakitins. Anschließend kam sie eine Woche lang jeden Tag und versorgte die Wunde.

»Na gut – ein Kind, das ist heilig«, lautete Grischas gönnerhafter Kommentar, sonst sagte er nichts, aber Nika spürte, wie gereizt er war.

Danach sahen sie sich nicht mehr, doch tief in Nikas Innerem saß eine sinnlose, vergebliche Hoffnung. Sie versuchte mit Macht, dagegen anzukämpfen, redete sich ein, das sei Irrsinn, verrückt, das müsse sie sich aus dem Kopf schlagen. Das Leben floß ruhig und vernünftig dahin. Man konnte nicht zweimal in denselben Fluß steigen. Selbst dann nicht, wenn man am Ufer vor Einsamkeit einging wie ein Fisch auf dem Trockenen.

Fünfzehntes Kapitel

»Fedja schläft«, sagte der Arzt, »und zwar noch mindestens fünf Stunden. Er hatte heute wieder einen Anfall. Wir mußten ein starkes Beruhigungsmittel spritzen und ihn an den Tropf hängen. Überhaupt hat sich sein Zustand seit Ihrem letzten Besuch verschlechtert.«

»Heißt das, sein Zustand ist wieder so schlimm, daß er in Todesgefahr schwebt?«

»Nein, das habe ich nicht gesagt. Er kann noch lange leben. Die Frage ist nur …« Die kalten leuchtendblauen Augen saugten sich an seinem Gesicht fest. »Ich will Ihnen das jedesmal sagen, kann mich aber nie dazu entschließen. Ich glaube, Sie sollten sich mal von einem Onkologen untersuchen lassen. Ich kann Ihnen einen ausgezeichneten Spezialisten empfehlen.«

»Danke. Nicht nötig.«

»Wie Sie meinen. Ach ja, wo waren Sie eigentlich, wenn

es kein Geheimnis ist? Ich habe bei Ihnen angerufen, aber Sie waren nicht da. Waren Sie verreist?«

»Wie kommen Sie darauf?«

»Normalerweise sind Sie abends nach zehn immer erreichbar.«

»Wahrscheinlich war was mit dem Telefon.«

»Wahrscheinlich«, stimmte der Doktor ihm zu, obwohl Jegorow ihm ansah, daß er ihm nicht glaubte.

»Wollten Sie mir mitteilen, daß Fedja einen Anfall hatte?«

»Nein. Ich sagte doch schon, den Anfall hatte er heute früh. Es geht um etwas anderes. Fedja sagt dauernd irgendwelche unverständlichen Worte.«

»Moment mal« – Jegorow lief rasch von einer Ecke in die andere und knöpfte zerstreut den Kittel zu, den er sich über die Schulter geworfen hatte –, »das will ich genauer wissen.«

»Na ja, eigentlich nichts Besonderes.« Der Arzt zuckte die Achseln. »Er hat eben ein paar Worte gemurmelt. Ohne jeden Sinn.«

»Was?« Jegorow knöpfte den Kittel bis zum Hals zu und sofort wieder auf, riß dabei einen Knopf ab und gab ihn dem Arzt, der ihn wortlos in die Tasche steckte. »Nichts Besonderes?« Jegorow hob die Stimme. »Er hat schließlich vier Jahre lang geschwiegen. Nur omm gebrummt und sonst nichts. Sie haben mir erklärt, er würde nie wieder sprechen. Und nun spricht er seit fünfzehn Tagen wieder, klar und deutlich.«

»Klar und deutlich?« Der Arzt lächelte herablassend. »Irgendwas von Gelber Schlucht, Stadt der Sonne. Fieberphantasien.«

»Das haben Sie damals auch gesagt und behauptet, die Worte seien ihm zufällig rausgerutscht und hätten nichts zu bedeuten, von Wiederherstellung könne keine Rede sein.

Höchstens, wenn sich das wiederholen sollte, dann vielleicht. Und nun hat es sich wiederholt!«

»Wieder Gelbe Schlucht und Stadt der Sonne. Begreifen Sie doch endlich, es hat sich nichts geändert, im Gegenteil. Seit Ihrem letzten Besuch geht es ihm wesentlich schlechter. Übrigens, vor einigen Wochen waren Sie mit einem gewissen Rakitin hier. Schreibt der zufällig Krimis?«

»Wie kommen Sie darauf?« fragte Jegorow, der sich rasch abgewandt hatte.

»Er sieht dem Schriftsteller Viktor Godunow sehr ähnlich.«

»Nein, er ist kein Schriftsteller. Er ist mein Freund und kannte Fedja schon als Baby, darum hat er ihn besucht.«

»Ein paar unserer Ärzte und Schwestern haben ihn gesehen, und alle haben gesagt, er sieht aus wie der Schriftsteller Viktor Godunow, darum frage ich. Damals, als Sie mit Ihrem Freund Rakitin hier waren, hat Fedja das von der Gelben Schlucht und der Stadt der Sonne gemurmelt, und Sie waren beide sehr erschüttert. Verstehen Sie mich recht, ich möchte nicht, daß Sie sich vergebliche Illusionen machen. Sie sind selbst äußert erschöpft und krank. Überlegen Sie doch, wenn Ihnen etwas passiert, was Gott verhüte, dann ist Fedja ganz allein. Niemand außer Ihnen braucht ihn.«

»Ich verstehe.« Jegorow nickte und zog einen Geldschein aus der Tasche. »Danke, Doktor. Ich bitte Sie sehr, wenn er wieder anfängt zu sprechen, rufen Sie mich sofort an, zu jeder Tages- und Nachtzeit.«

»Auf jeden Fall.« Der Arzt steckte routiniert das Geld ein.

Jegorow ging hinaus in den nassen Krankenhauspark und sog den Geruch frischen Lindenlaubs ein. Der Arzt konnte denken, was er wollte – Fedja hatte wieder gesprochen, also war er auf dem Weg der Besserung. Daran zweifelte Jegorow nun nicht mehr.

Was habe ich von Ihrer grausamen Wahrheit, Doktor? Warum sagen Sie mir immer wieder, daß mein Kind ein hoffnungsloser Fall ist, daß sein Verstand nicht wiederkommt und er jeden Augenblick sterben kann, dachte Jegorow, während er die nasse Allee entlanglief. Ich will Ihre Wahrheit nicht hören. Sie hätten mir lieber was vorlügen sollen, dann hätte ich die letzten vier Jahre besser überstanden. Zum Onkologen soll ich gehen? Ich bin sicher, Ihr Spezialist findet bei mir irgendwas Scheußliches und deutet mir taktvoll an, daß ich bald sterben werde.

Gesundheit brauchte Jegorow jetzt so nötig wie noch nie. Und Geld. Die Rente, die er von der Aeroflot bekam, war sehr gering. Er hatte einige Ersparnisse, noch vom Verkauf der Datscha, doch die schmolzen mit jedem Tag dahin. Ansonsten besaß er außer seiner Wohnung lediglich den dunkelvioletten Lada. Vor ein paar Jahren hatte er überlegt, ob er die alte Blechbüchse nicht verkaufen sollte, dann aber beschlossen, damit noch zu warten. Jetzt konnte er ein Auto gut gebrauchen, besonders ein so altes, unauffälliges.

Hin und wieder flammte in ihm ein boshaftes Feuer auf: Wäre es nicht vernünftiger, er verzichtete auf seine Pläne und griff zu simpler Erpressung, holte aus dem Hauptschuldigen eine Summe heraus, von der er und Fedja viele Jahre leben konnten?

Wäre Nikita nicht umgekommen, hätte Jegorow diese Variante vielleicht für das sinnvollste gehalten. Doch Rakitins Tod hatte in ihm etwas geweckt, das er längst tot gewähnt hatte. Jegorow wollte Rache. Die Gerechtigkeit wiederherstellen. So viel Böses konnte, durfte nicht ungestraft bleiben.

Nein, er wünschte seinem Hauptfeind nicht öffentliche Entlarvung, Gericht und Gefängnis. Selbst der Tod erschien ihm als zu milde Strafe. Für Grischa Russow sollte die Welt zusammenbrechen, genau so wie damals für Jegorow.

»Du denkst, du hast eine Familie?« murmelte er, während er am Krankenhauszaun entlangschritt, in Gedanken Russows selbstzufriedenes Gesicht vor sich. Du irrst. Du hast niemanden. Der einzige Mensch auf der Welt, der dir etwas bedeutet, dem du vertraust, den du liebst wie dich selbst, wird dein Richter und dein Henker sein.

Nika suchte in ihrem Notizbuch nach der Nummer ihres ehemaligen Kommilitonen Petja Lukjanow. Petja arbeitete am Institut für Gerichtsmedizin.

»Nika! Wieso bist du plötzlich in Moskau? Ich hab dich gestern im Fernsehen gesehen, in den Nachrichten. Sie haben die Amtseinführung gezeigt. Du warst ständig in Großaufnahme zu sehen. Gratuliere, Frau Gouverneur. Ich hab ja immer gewußt, daß dein Grischa es mal weit bringen wird. Ist was passiert?«

»Wie kommst du darauf?«

»Du würdest niemals einfach so anrufen.« Petja lachte. »Heutzutage ruft keiner mehr einfach so an. Wie lange haben wir uns nicht gesehen?«

»Hundert Jahre.«

»Genau. Hundert Jahre. Also, was ist passiert?«

»Ein Bekannter von mir ist tot, Nikita Rakitin«, begann Nika.

»Bekannter ist gut!« Petja pfiff in den Hörer. »Das war doch deine erste Liebe. Alle bei uns im Institut lesen seine Bücher. Ich bin ganz stolz, daß ich ihn kenne. Sag bloß, er ist wirklich tot? Ermordet?«

»Wieso gleich ermordet? Angeblich war es ein Unfall. Ein Brand.«

»Solche Unfälle kennen wir. Aber ich verstehe nicht – dein Grischa hat doch so viele Beziehungen, wieso rufst du ausgerechnet mich an?«

»Eben wegen Grischas Beziehungen. Ich möchte mich nicht an den stellvertretenden Generalstaatsanwalt wenden. Er kümmert sich sowieso nicht selber darum, er reicht den Fall bloß an seine Stellvertreter weiter und die wiederum an niedere Chargen, und am Ende erfahre ich gar nichts. Der einzige Effekt wäre, daß die Sache Wellen schlägt und die Gerüchteküche zum Brodeln bringt. Für einige wäre die Geschichte ein gefundenes Fressen, die Journalisten würden angelaufen kommen ...«

»Schon gut, Jelagina. Ich verstehe. Wann wurde die Leiche gefunden?«

Nika erzählte ihm kurz, was sie wußte.

»Gut. Ich rufe dich in anderthalb Stunden zurück.«

Nika legte auf und hörte, wie in der Küche etwas zu Boden fiel.

»Hör mal, bei dir bricht man sich ja alle Knochen«, sagte Sina fröhlich. Sie stand barfuß mitten in der Küche. Der Fußboden war mit Zucker und Porzellansplittern übersät. »Entschuldige, mir ist die Zuckerdose runtergefallen. Übrigens hast du nichts zu essen im Haus. Der Kühlschrank ist leer. Ich hol uns schnell was zum Frühstück, ja?«

»Tu das.« Nika nickte. »Gleich über die Straße ist ein Supermarkt.«

»Wo sind denn deine Zimmermädchen, Lakaien und Kammerdiener? Die Chefin ist gekommen, und die zucken sich gar nicht.«

»Ich möchte niemanden herbestellen. Ich werde mich hier nicht lange aufhalten«, entgegnete Nika finster und fegte Zucker und Splitter auf. Sina ging sich anziehen.

Die Tür schlug zu. Nika warf den Müll in den Eimer, und

ihr fiel ein, daß sie Sina nicht gesagt hatte, sie solle Zucker mitbringen. Von allein dachte sie bestimmt nicht daran, und dann müßten sie den Kaffee ungesüßt trinken.

Nika lief auf den Balkon. Sie wohnten im dritten Stock, nicht allzuweit oben. Sina müßte sie auf jeden Fall hören, wenn sie rief.

Der Balkon ging hinaus auf die Gasse. Nika sah, wie Sina um die Hausecke gelaufen kam. Von oben wirkte sie winzig.

Nika wollte warten, bis Sina auf der anderen Straßenseite war. Sina rannte, ohne nach links und rechts zu sehen, in eine Lücke zwischen den Autos. Als sie die gegenüberliegende Bordsteinkante fast erreicht hatte, raste ein riesiger grüner Jeep heran. Er machte in voller Fahrt einen eigenartigen Schlenker, Bremsen quietschten, und im nächsten Augenblick gellte ein schriller Schrei in Nikas Ohren, und es wurde dunkel ringsum. Einen weiteren Augenblick später begriff Nika, daß sie selbst es war, die schrie, und daß es dunkel war, weil sie die Augen zugekniffen hatte.

Sie mußte die Augen öffnen, aber sie konnte es nicht, ihre Gesichtsmuskeln waren wie verkrampft. Sie mußte hinuntersehen. Doch dazu hatte sie nicht die Kraft.

Sie rannte ins Zimmer und so, wie sie war, in Bademantel und Pantoffeln, aus der Wohnung und die Treppe hinunter, ohne an den Fahrstuhl zu denken.

»Guten Tag, Veronika Sergejewna! Meinen Glückwunsch, ich habe Sie gestern gesehen …«, rief ihr die Concierge hinterher.

Nika nickte im Laufen, schlug die Tür zu, rannte über den Hof und blieb wie angewurzelt stehen, als sie um die Ecke bog und die Gasse vor ihr lag.

Autos und Fußgänger, grauer, kalter Nieselregen. Keine Menschenmenge, die sich normalerweise immer ansammelt, wenn …

»Dein Mann ist ein Mörder«, vernahm sie hinter sich ein heiseres Flüstern, zuckte heftig zusammen, trat auf eine Bananenschale und wäre beinahe hingefallen. Jemand hielt sie am Ellbogen fest.

Eine hochgewachsene, dürre alte Frau mit Strohhut, dunkler Brille und grell geschminkten Lippen.

»Was haben Sie gesagt?« fragte Nika und versuchte, die Augen hinter der Brille zu erkennen. Aber es war Spiegelglas. Sie sah nur ihr eigenes Gesicht, langgezogen und weiß, mit riesigen Augen.

Die Alte hielt sie noch immer fest. Nika riß sich los und bemerkte die sorgfältig lackierten Nägel der krummen grauen Finger und außerdem Narben auf dem linken Handrücken, sechs Stück, seltsame Narben, kreisrund und gleich groß. Verbrennungen, registrierte Nika mechanisch, wie von ausgedrückten Zigaretten. Solche hat Grischa auch. Da hat er mit elf trainiert, Schmerz zu ertragen. Ein Dummerjungenstreich.

»Ich habe gesagt, diese Mörder rasen wie die Verrückten.« Die Alte zeigte auf die andere Straßenseite. »Was haben Sie denn verstanden?« Sie hatte eine tiefe, fast männliche Stimme. Sie flüsterte, dumpf, hastig und irgendwie sehr nervös.

Vielleicht einfach eine Verrückte? dachte Nika und wandte sich von dem seltsamen, pergamentartigen Gesicht mit dem grell geschminkten Mund ab.

»Nichts. Alles in Ordnung.«

»Überhaupt nichts ist in Ordnung, meine Liebe«, widersprach die Alte streng. »Die Welt ist grausam, niemand hat Mitleid. Sehen Sie es sich an, sehen Sie nur! Ist natürlich kein schöner Anblick.«

Nika blickte in die Richtung, in die der knochige Finger zeigte, und entdeckte eine überfahrene schwarzweiße Katze.

Ist überhaupt ein Verbrechen geschehen? fragte sich Hauptmann Leontjew. Was außer den Waffen und den Drogen in der Höhle der Alten läßt mir keine Ruhe? Lauter Zufälle, keine Logik, kein Motiv. Wirklich, warum rege ich mich so auf? Die Sredne-Sagorskaja vierzig steckt bis obenhin voller Dreck. Zwei nagelneue Knarren, hundert Gramm Stoff und ein Umschlag mit LSD-Streifen – na und, was ist das schon? Was hat das mit der Leiche des Schriftstellers zu tun?

Andrej Leontjew hatte das Einsatzteam geleitet, das in der Nacht vom Zehnten zum Elften am Brandort war. Als der Hauptmann die Papiere durchblätterte, die in einer Blechdose auf dem Fensterbrett erhalten geblieben waren, und die Personalien des Toten ins Protokoll aufnahm, begriff er nicht gleich, warum ihm das Gesicht auf dem Ausweisfoto so bekannt vorkam.

Rakitins Eltern weilten im Ausland. Zur Identifizierung wurde die Exfrau des Toten geholt. Sie kam zusammen mit Rakitins alter Kinderfrau. Beide Frauen erklärten, der Tote sei Nikita Rakitin. Beide verstanden zunächst nicht, wie er in dieses Haus geraten war. Doch als sie den Namen der Wohnungsinhaberin erfuhren, war alles klar: Beide kannten Sinaïda Resnikowa seit langem und hielten es im Prinzip für möglich, daß Rakitin eine Weile bei ihr gewohnt hatte.

Bald kam auch die Resnikowa selbst, die erklärte, daß Rakitin tatsächlich in ihrer Abwesenheit bei ihr gewohnt habe. Auch sie identifizierte den Toten.

Doch erst danach identifizierte Hauptmann Leontjew ihn wirklich, das heißt, er begriff, wer bei diesem Brand umgekommen war.

Als die Leute des Einsatzteams, vom Brandort zurückgekehrt, im Büro saßen, Tee tranken, rauchten und sich unterhielten, entdeckte der Hauptmann plötzlich auf dem Tisch von Oberleutnant Wanja Kaschin ein grellbuntes Taschenbuch mit einem albernen Bild auf dem Umschlag. Er nahm es in die Hand und betrachtete das Foto des Autors. Natürlich – darum war ihm das Gesicht auf dem Ausweisfoto so bekannt vorgekommen!

»Wanja, ist dir wenigstens klar, wessen Leiche wir da heute haben?« fragte der Hauptmann und gab ihm das Buch zurück.

»Wieso?« Wanja horchte auf.

»Der Schriftsteller Viktor Godunow ist tot«, sagte Leontjew bedächtig und steckte sich eine Zigarette an.

»Wie kommen Sie denn darauf, Hauptmann? Der Tote ist doch« – Wanja klapperte mit den Augen –, »das ist doch Nikita Jurjewitsch Rakitin, 1960 geboren.«

»Wen liest du denn da gerade, du Blödmann?«

Wanja nahm das Taschenbuch in die Hand, sah sich den Umschlag an, dann das Foto des Autors und las langsam, Silbe für Silbe: »Viktor Godunow. ›Der Triumphator.‹ Na und?«

»Rakitin ist sein richtiger Name.« Der Hauptmann seufzte. »Godunow ist ein Pseudonym. Gefällt dir das Buch?«

»Ja.« Wanja nickte heftig. Es ist klasse. Ich hab gestern bis nachts um zwei gelesen.«

»Nun wird er nichts mehr schreiben. Er ist tot.«

»Stimmt. Und?«

»Ach, nichts.« Leontjew winkte ab.

Der Hauptmann erinnerte sich noch gut, wie er vor rund zwei Monaten zum erstenmal auf ein Buch von Godunow gestoßen war. An einem Bücherstand vor der Metro lagen

Taschenbücher in grellbunten Umschlägen aus. Jedesmal, wenn Leontjew sich wieder einmal einen Krimi gekauft und die ersten Seiten überflogen hatte, sagte er sich: Nie wieder!

Er war seit seiner Kindheit ein Bücherwurm. Er saß mit einem Buch beim Essen, in der Metro; selbst auf die Toilette ging er nie ohne, sehr zum Verdruß seiner Familie. Aber er konnte nun mal nicht wahllos alles lesen.

»Nehmen Sie Godunow«, riet ihm eines Tages die Verkäuferin.

»Haben Sie ihn gelesen?« fragte der Hauptmann und betrachtete ein Taschenbuch mit dem Titel »Die Sackgasse«. Der Umschlag zeigte einen kahlgeschorenen Finsterling mit MPi und im Hintergrund eine nackte Frau in erotischer Verrenkung.

»Ja. Von denen hier« – das Mädchen nickte angewidert zum Ladentisch – »ist er der einzige, den ich lesen kann.«

Sie wirkte klug und gebildet. Der Hauptmann glaubte ihr und bereute es nicht. Er verschlang den Roman in zwei Nächten.

Eine Woche später stieß er auf einen weiteren Roman von Godunow und las ihn ebenfalls in ein paar Nächten.

Der Schriftsteller Viktor Godunow war also Nikita Rakitin, der auf so unsinnige Weise in einer maroden Bruchbude umgekommen war. In die er vermutlich geraten war, weil er irgendwelche Probleme hatte.

Leontjew rief im Verlag an, stellte sich vor und fragte, ob es möglich sei, Rezensionen zu den Büchern von Viktor Godunow einzusehen.

»Wieso, wird nun etwa doch weiterermittelt?« erkundigte sich eine Frauenstimme erstaunt. »Ich denke, es war ein Unfall?«

»Über die Einleitung von Ermittlungen wird noch entschieden«, brummte der Hauptmann unbestimmt.

Vor ihm auf dem Tisch lag der Beschluß des Staatsanwalts, dem zufolge der Tod von Nikita Rakitin ein Unfall war und es keinerlei Anhaltspunkte für ein Verbrechen gab, also keinen Anlaß für die Einleitung eines Verfahrens.

»Können Sie morgen vorbeikommen, so gegen drei? Da ist der Pressechef des Verlags da, er hat alle Unterlagen.«

Der Hauptmann bedankte sich und legte auf. Eine halbe Stunde später brachte man ihm das Ergebnis der Gutachten zu den Waffen und den Drogen, die in der Wohnung der Kudijarowa beschlagnahmt wurden.

Die Herstellernummern der Waffen waren sorgfältig abgefeilt, alle Fingerabdrücke abgewischt. Allerdings gab es zahlreiche, relativ deutliche Abdrücke auf der Kaffeebüchse, in der sich die hundert Gramm der synthetischen Droge befunden hatten. Sie waren bereits durch den Computer gejagt worden. Nach Meinung des Experten stammten sie von einem gewissen Anton Jewgenjewitsch Sliwko, 1962 geboren. 1983 war Sliwko wegen vorsätzlichen Mordes zu zehn Jahren Haft verurteilt worden, 1993 wurde er entlassen, er lebte im Dorf Powarowka im Gebiet Moskau.

»Sehr schön«, murmelte der Hauptmann, »nun müssen wir diesen Sliwko suchen, ob wir wollen oder nicht.«

Wie konnte ich nur auf die Idee kommen, Grischa könne der Schuldige sein? Nika stand noch immer wie angewurzelt im Nieselregen an der Kreuzung und sah der Alten mit dem Strohhut nach. Warum trägt sie einen Strohhut und eine dunkle Brille? Warum muß ich dauernd an den Blödsinn in diesem gemeinen anonymen Brief denken? Ich kann mich nicht damit abfinden, daß Nikita tot ist. Ich glaube es nicht. Aber warum will ich unbedingt einen Schuldigen finden? Grischa ist ein guter Mensch. Er ist mein Mann. Der Vater meines Kindes. Das ist doch Verrat. Ich habe nicht das Recht …

»He, was ist los? Bist du übergeschnappt?« Sina kam mit zwei Einkaufstüten über die Straße gerannt. »Was machst du hier? Und wieso in Bademantel und Pantoffeln?«

»Das Auto«, sagte Nika und schluckte den Kloß in ihrem Hals hinunter, »der grüne Jeep. Du siehst nicht nach links und nicht nach rechts, wenn du über die Straße rennst. Du hättest den Überweg nehmen können.«

Sina packte Nikas Arm und zog sie in den Hof.

»Sie haben eine Katze überfahren, die Schweine«, sagte sie nachdenklich, als sie die Haustür öffnete. »Bitte, Nika, hör auf.«

»Womit?«

»Du weinst.«

»Ich? Tatsächlich.«

»Hör mal, hast du etwa gedacht, der Jeep hätte mich überfahren?«

»Ja.«

»He, Jelagina, wir beide haben uns acht Jahre nicht gesehen! Und auf einmal hast du solche Angst um mich? Wenn mir in den acht Jahren was passiert wäre, hättest du es wahrscheinlich nicht mal erfahren. Ich bin beinahe eine Pennerin. Drogensüchtig, Tellerwäscherin in einer Pelmenibude. Und du« – sie stieß einen Pfiff aus und warf einen vielsagenden Blick an die Fahrstuhldecke –, »du bist eine Frau Gouverneur ...«

Der Fahrstuhl hielt, die Tür ging auf. Davor stand Nikas Nachbarin aus der Wohnung gegenüber, die Frau eines stellvertretenden Ministers, eine üppige sechzigjährige Dame. Offensichtlich hatte sie Sinas letzte Worte im Fahrstuhl gehört. Sie starrte Nika und Sina ein paar Sekunden lang an und rührte sich nicht von der Stelle, so daß die beiden nicht aussteigen konnten.

»Guten Morgen, Veronika Sergejewna, ich gratuliere Ihnen

und Grigori Petrowitsch. Sie sind also in Moskau? So schnell? Ach ja, Grigori Petrowitsch hat ja ein eigenes Flugzeug. Gut, daß Sie da sind, wissen Sie, morgen findet eine Versammlung des Hauskomitees statt, es geht um die Sanitäranlagen. Sie sind doch hoffentlich nicht krank, Veronika Sergejewna? Sie sehen schlecht aus.« Gierig musterten die kleinen Äuglein Nika, den Bademantel, die Pantoffeln, das über die Schultern fallende, ungekämmte Haar. Dann blitzten sie Sina an, saugten sich an deren ramponierten Turnschuhen fest.

»Gestatten Sie«, sagte Sina ruppig. Die Nachbarin besann sich, trat einen Schritt zurück und schüttelte ihr wie ein Sahnebaiser auftoupiertes, wasserstoffgebleichtes Haar.

»Veronika Sergejewna, ist mit Ihnen alles in Ordnung? Ich habe Sie gegrüßt, und Sie haben mir nicht geantwortet.«

»Vorsicht, die Türen schließen!« flötete Sina mit Automatenstimme.

»Was?« Die Nachbarin wurde puterrot.

»Meine Dame, Sie hören doch, die Türen schließen. Beeilung, keine Maulaffen feilhalten! Das ist der letzte Lift für heute. In welche Etage wollen Sie?«

»In die erste«, hauchte die Nachbarin verwirrt und stieg in den Fahrstuhl.

»Gute Fahrt!« Sinas Hand glitt zwischen die sich schließende Tür und drückte auf die Eins.

»Also, du bist wirklich rotzfrech, Sina«, Nika lachte unter Tränen. »Noch genauso rotzfrech wie in der ersten Klasse.«

In der Wohnung stellte Sina die Einkaufstüten auf den Küchentisch und packte aus: eine Pappschachtel mit französischem Camembert, abgepackten zartrosa Räucherlachs und bernsteingelben Stör, eine Packung Orangensaft, Brötchen, Butter, ein Päckchen Tchibo, eine Tüte Zucker.

»He, erstarrst du schon wieder zur Salzsäule, Frau Gouverneur? Hol wenigstens Teller aus dem Schrank. Sag mal, erzählst du mir jetzt endlich, was damals zwischen dir und Nikita passiert ist? Ihr konntet doch nicht leben ohne einander.«

»Eigentlich nichts weiter.« Nika verzog das Gesicht. »Es hat sich eben so ergeben.«

»Unsinn.« Sina schüttelte den Kopf. »Angefangen hat es damit, daß Manuskripte deines Vaters verschwunden waren. Dann hast du entdeckt, daß in Nikitas Gedichten immer wieder Zeilen von Sergej Jelagin vorkamen. Unveröffentlichte.«

Nika zuckte zusammen. »Woher weißt du das?«

»Und dann«, fuhr Sina fort und öffnete die Camembertschachtel, »dann hast du Nikita maschinengeschriebene Seiten gezeigt, auf denen neue Verse von ihm vermischt waren mit geklauten Zeilen aus den Entwürfen deines Vaters, und er wurde sehr nervös, zog sämtliche Schreibtischschubladen raus und kippte dir den Inhalt vor die Füße, und darunter fand sich ein dickes grünes Heft. Das aus deiner Wohnung verschwunden war und nach dem du lange vergebens gesucht hattest.«

»Bitte hör auf.« Nika ließ sich schwer auf einen Hocker fallen. »Hör auf, du tust mir weh.«

Sina beschrieb ausführlich, in allen Einzelheiten den entscheidenden Streit, an den sich Nika um keinen Preis erinnern wollte.

»›Das hättest du wirklich besser verstecken können!‹ hast du zu Nikita gesagt und bist türenknallend gegangen«, erzählte Sina weiter, als hätte sie Nika nicht gehört, und versuchte, den weichen Camembert zu schneiden. »Vielleicht sollten wir ihn lieber mit dem Löffel essen? Läßt sich überhaupt nicht schneiden, der blöde Käse, man schmiert bloß das ganze Messer ein. Also – in Wirklichkeit hat Nikita diese Gedichte gar nicht geschrieben. Er war selber baß erstaunt, wie das grüne Heft in seinen Schreibtisch gekommen war. Weißt du, wie die Sache wirklich war?«

»Das ist lange her«, sagte Nika kaum hörbar, »und jetzt spielt es keine Rolle mehr, wie es wirklich war.«

»Erzähl mir bloß nicht, das ist dir egal. Also, hör zu. Zwei Idioten haben eine Art poetischen Cocktail gemixt. Es sah aus wie ein Spiel. Woher ich das weiß? Ganz einfach: Die beiden Idioten waren Grischa und ich. Das heißt, die Idiotin war ich, wie sich dann herausstellte. Von deinem lieben Gatten kann man das nicht behaupten. Angefangen hat es mit einer Wette. Ich hab behauptet, einen echten Dichter könne man mühelos an ein paar Zeilen erkennen, und er hat gesagt: Quatsch, kein Mensch weiß, was echte Dichtung ist. Jeder einigermaßen gebildete Mensch kann, wenn er sich anstrengt, ein Dutzend passable Zeilen zustande bringen. Ich wußte bloß nicht, daß die Zeilen, die Grischa angestrengt hervorbrachte, nicht von ihm stammten, sondern von deinem Vater. Er hat sie ja auswendig aufgesagt, der Mistkerl. Ich dachte, er hätte sie selber gedichtet. Und ich hab ihm mit Nikitas Versen geantwortet, die ich auch auswendig kann. Ich selber hab nie Gedichte geschrieben, dein Grischa dagegen schon. Er hat sich sogar am Literaturinstitut beworben, im selben Jahr wie Nikita, ist aber durch die Aufnahmeprüfung gefallen.«

»Sag mir bitte, warum erzählst du mir das alles?«

»Nur so.« Sina zuckte die Achseln. »Wir beide sitzen doch hier bei einem Gedenkfrühstück. Und für wen? Für Nikita Rakitin. Die Geschichte von eurem Streit hab ich erst vor kurzem erfahren, als wir uns zufällig in meiner Pelmenibude wiedergetroffen haben. Ich wußte ja die ganze Zeit nicht, was zwischen euch passiert war. Ihr wolltet beide nicht darüber reden. Aber ich bin neugierig. Er hat dir übrigens nicht verziehen, daß du sofort geglaubt hast, er sei ein Dieb. Wenn du das glauben konntest, meinte er, hast du ihn nie geliebt. Wenn du dich erinnerst, hielt er es nicht einmal für nötig, sich zu rechtfertigen. Nur eins ist rätselhaft: Wer hat eigentlich diese lustige poetische Mixtur abgetippt, auf jeder Seite mit Nikitas Namen versehen, dir zugesteckt und das Heft deines Vaters sorgfältig in Nikitas Schreibtisch verstaut?«

»Du willst sagen, das kann nur Grischa gewesen sein?« fragte Nika langsam.

»Das habe ich nicht gesagt.« Sina lachte spöttisch. »Jedenfalls kann es nur einer von uns beiden gewesen sein. Ich war's nicht, das steht fest. Und was Grischa angeht – du kennst deinen Mann besser als ich. Oder nicht? Na ja, die Geschichte ist lange her, vielleicht sollte man sie vergessen. Er hat dich schließlich schrecklich geliebt. Grischa, meine ich. Mit mir hat er ausschließlich deinetwegen angebändelt. Übrigens war ich deswegen ein bißchen gekränkt. Nur so, als Frau.«

»Erinnerst du dich sonst noch an irgendwelche Einzelheiten aus dem Gespräch mit Nikita?« fragte Nika ziemlich ruhig.

»Schwierig«, bekannte Sina seufzend, »das Gespräch war lang und sehr emotional.«

»Du hast gesagt, er hatte eine Schreibkrise«, sagte Nika nachdenklich, »er ist bei dir eingezogen, weil er zum Arbeiten einen Tapetenwechsel brauchte, ja?«

»Ja, genau so.«

»Hatte er einen Computer dabei?«

»Selbstverständlich. Ein nagelneues Notebook.«

»Und nach dem Brand, war da noch irgendwas übrig von dem Notebook?«

»Ach, hör doch auf!« Sina winkte ab. »Was soll denn da übriggeblieben sein, bei dem Feuer?«

»Irgendwas. Das Plastikgehäuse ist natürlich geschmolzen, aber das Gerät kann nicht restlos verbrannt sein.«

»Da war nichts«, flüsterte Sina erstaunt, »nichts, was aussah wie die Überreste eines Notebooks.«

Igor Simkin, Chef der Leibwache des Sinedolsker Gouverneurs, saß schon seit zehn Minuten im Sessel, rauchte und wartete geduldig darauf, daß sein Chef geruhte, von seinen Papieren aufzusehen.

Na, du schnappst wohl langsam über, mein Lieber, dachte Simkin und beobachtete, wie sein Chef irgendeinen Quatsch las, jetzt geht dir einer ab, du fühlst dich mächtig groß und wichtig und läßt mich hier schmoren. Du meinst, weil du mich bezahlst, hast du mich mit Haut und Haar gekauft, deshalb muß ich abends um elf, nach einem vollen Arbeitstag, brav und geduldig warten, bis du mir endlich deine gnädige Aufmerksamkeit widmest, ja? Kapierst du nicht, daß aus meiner Gereiztheit bald heimlicher Haß wird, ein gesundes Gefühl, gegen das du dann nichts mehr ausrichten kannst?

»Ja, ich höre«, sagte Russow endlich erschöpft.

»Wir haben ihn, Grigori Petrowitsch.«

»Wen?«

»Na, den mit dem Saporoshez, der Veronika Sergejewna zum Flughafen gefahren hat.«

Russow erstarrte, nur seine Augen irrten hin und her. Simkin klopfte sich eine Zigarette aus seiner Schachtel, zündete sie gemächlich an, wischte unsichtbare Tabakkrümel vom Tisch, schwieg noch eine Weile und sagte schließlich sehr leise, hastig und lässig: »Wir waren auf dem Flughafen, Informationen einholen über die Passagiere des bewußten Fluges. Darunter war, wie vermutet, Sinaïda Resnikowa, auf dem

Platz neben Ihrer Frau. Dann hab ich mich für alle Fälle noch auf dem Parkplatz umgesehen und den Saporoshez gefunden. Solche alten Karren gibt's ja kaum noch. Nach einer Stunde kam der Besitzer. Wir haben seine Personalien festgestellt: Konstantin Wladimirowitsch Sudartschenko, wohnhaft in Sinedolsk. Wir beschlossen erst mal, ihn in Ruhe zu lassen, keinen Staub aufzuwirbeln. Über die Verkehrspolizei erfuhren wir, daß Sudartschenko vor kurzem eine Vollmacht ausgestellt hat auf einen gewissen Iwan Pawlowitsch Jegorow, geboren 1957 in Sinedolsk, gegenwärtig wohnhaft in Moskau. Adresse und Personalien haben wir. Und das Interessanteste: Jegorow stand ebenfalls auf der Passagierliste.«

»Finden Sie die Stewardeß«, quetschte Russow nach einer Pause hervor.

»Schon geschehen.« Simkin nickte. »Sie erinnert sich gut an Veronika Sergejewna und die Resnikowa. Die beiden saßen nebeneinander und haben sich fast den ganzen Flug über unterhalten. Jegorow saß in der Nachbarreihe und hat nach den Worten der Stewardeß weder mit Ihrer Frau noch mit der Resnikowa Kontakt aufgenommen.«

»Ah-ha«, sagte Russow gedehnt, »sonst noch was?«

»Nein, das ist alles.« Simkin zuckte die Achseln. »Sagen Ihnen diese Namen etwas, Grigori Petrowitsch?« fragte er gleichgültig.

»Ja ... Nein. Unwichtig«, murmelte Russow.

»Irgendwelche Anweisungen in bezug auf Sudartschenko? Ich hab für alle Fälle noch in Erfahrung gebracht, daß er ein entfernter Verwandter von Jegorow ist. Arbeitet als Ingenieur im Kombinat. Verheiratet, zwei Kinder.«

»Schön, gut.« Russow verzog das Gesicht.

»Also keine Anweisungen in bezug auf Sudartschenko?« vergewisserte sich Simkin. »Genauere Informationen über diesen Jegorow einholen? In Moskau?«

»Nicht nötig.«

Im Büro klingelte leise das Handy.

»Du kannst gehen, Igor.« Russow winkte ihn ungeduldig hinaus und sagte in den Hörer: »Ja, bitte!«

Hättest dich wenigstens mal bedanken können! Mann, bist du nervös, dir zittern ja die Hände, dachte Simkin und schloß leise die Tür hinter sich.

»Wieder drei Leichen«, sagte ein schwerfälliger Baß am Telefon zu Russow, »die sterben wie die Fliegen. Bald ist keiner mehr übrig. Wir bräuchten neue.«

»Wo soll ich die denn hernehmen?«

»Bald ist keiner mehr da zum Arbeiten.«

»Sie sollen ein bißchen schonend umgehen mit denen, die da sind. Besseres Essen, wärmere Kleidung.«

»Ob man die füttert oder nicht, die machen's eh nicht lange. Wir brauchen eine frische Lieferung. Die letzte ist lange her. Und noch was. Haben deine Leute den Kerl gefunden, der am Fluß das Papier verloren hat?«

»Ja, schon alles geklärt.«

»Ja? Wer war denn dieser Fotograf?«

»Ach, nur ein kleiner Journalist aus Moskau.«

»Das Problem ist also erledigt? Bist du sicher?«

»Ganz sicher.«

»Na schön. Also, sieh zu, daß du neue Leute ranschaffst. Sonst steht die Mine heute oder morgen still.«

»Gut, ich denk drüber nach.«

»Aber ein bißchen fix, Mann!« Ein paar Sekunden blieb Russow noch mit dem tutenden Hörer am Ohr sitzen.

Niemand durfte sich erlauben, so mit dem Boß des Gebiets Sinedolsk zu reden. Niemand – bis auf den anderen Boß: das Kriminellenoberhaupt Spely.

»Kommen Sie herein, nehmen Sie Platz. Darf ich kurz Ihre Papiere sehen?« Die Cheflektorin des Verlags »Kaskad«, Soja Anatoljewna Astachowa, eine kräftige, jugendlich wirkende Rothaarige, empfing Hauptmann Leontjew nicht übermäßig freundlich.

»Soja Anatoljewna, ich habe Sie gestern gebeten, mir Rezensionen und andere Veröffentlichungen über Viktor Godunow herauszusuchen.«

»Wollen Sie den Mörder unter den Kritikern und Journalisten finden?« fragte die Lektorin spöttisch.

Dieser Ton mißfiel dem Hauptmann. Er hatte zumindest elementare Freundlichkeit erwartet. Auf mehr konnte er vorerst nicht hoffen. Formal war noch kein Ermittlungsverfahren eingeleitet, er hatte also keinerlei Handhabe für eine Vernehmung der Verlagsmitarbeiter.

»Mich interessiert die Persönlichkeit des Toten«, sagte er so sanft wie möglich, »und wo der Mörder zu suchen ist, das werden die Ermittlungen zeigen.«

»Aber soweit ich weiß, wird doch gar nicht ermittelt. Rakitin starb infolge eines Unfalls.«

»Die Umstände des Todes von Rakitin werden gerade operativ geklärt«, sagte der Hauptmann schnell.

»Das hier ist also ein Verhör?« vergewisserte sich die Lektorin ohne das geringste Lächeln.

»Ich hole lediglich operative Informationen ein.« Der Hauptmann lehnte sich entspannt im Sessel zurück.

Die Lektorin klopfte nervös eine Zigarette aus der Schachtel. Leontjew ließ sein Feuerzeug schnippen und holte ebenfalls seine Zigaretten hervor. Eine Weile schwiegen sie. Schließlich sagte die Astachowa nachdenklich und friedfertig: »Nikita Jurjewitsch war ein sehr verschlossener

Mensch. Wir haben kaum miteinander geredet. Er brachte seine Diskette mit dem fertigen Buch, dann holte er sich die Korrekturen ab. Guten Tag – guten Weg, das war alles.«

»Wann haben Sie ihn zum letztenmal gesehen?«

»Das ist lange her. Über einen Monat. Er hat sich das Geld für eine zusätzliche Auflage abgeholt.«

»Das Honorar wurde ihm in der Buchhaltung ausgezahlt?«

»Ja, wie es Vorschrift ist«, knurrte die Astachowa, und Leontjew war klar, daß sie keine Lust hatte, über die Autorenhonorare zu reden. Na schön. Dann lassen wir das erst mal beiseite.

»Arbeitete er an einem neuen Roman?«

»Ja, wahrscheinlich.«

»Wahrscheinlich?« Leontjew war aufrichtig erstaunt. »Gab es denn keinen Vertrag?«

»Wir hatten keinerlei Vorvertrag.«

»Aber Sie planen doch Ihr Verlagsprogramm im voraus. Sie müssen doch wissen, ob ein Autor an einem neuen Buch arbeitet und wann er damit fertig ist, wenigstens ungefähr.«

»Ja, das ist die übliche Praxis. Aber bei Rakitin war das anders«, sagte die Dame schnell. Ein bißchen zu schnell. Offenbar ein weiterer wunder Punkt, registrierte Leontjew. Na schön, dann wechseln wir eben das Thema, sagte er sich und fragte: »Soja Anatoljewna, sagen Sie bitte, was ist schlecht am Namen Rakitin?«

»Sie möchten wissen, warum Nikita Jurjewitsch ein Pseudonym angenommen hat?«

»Ja. Natürlich nur, wenn es kein Geheimnis ist.«

»Das ist kein Geheimnis.« Die Lektorin seufzte müde und sah auf die Uhr. »Wir haben schon einen Autor Nikita Rakitin, er erscheint in derselben Reihe. Darum haben wir

Nikita Jurjewitsch vorgeschlagen, ein Pseudonym zu wählen. Aber wieso fragen Sie? Bei uns schreiben fast alle Autoren unter einem Pseudonym.«

»Der andere Nikita Rakitin auch?«

Die Cheflektorin wurde flammendrot, was selbst unter der dicken Puderschicht auffiel, aber nur einen kurzen Augenblick. Sie warf den Kopf in den Nacken und schüttelte ihr gepflegtes leuchtendrotes Haar.

»Ja. Das ist ebenfalls ein Pseudonym.«

Das Gespräch glich mehr und mehr einem Gang über ein Minenfeld. Leontjew wechselte erneut das Thema.

»Wer las als erster das Manuskript eines neuen Buches?«

»Wir haben immer zwei Ausdrucke gemacht, den einen bekam ich, den anderen der Geschäftsführer. Aber worauf wollen Sie eigentlich hinaus? Unter den Mitarbeitern des Verlages hatte Rakitin keine Feinde. Der Tod eines so erfolgreichen Autors ist für uns ein großer Verlust.«

»Ja, ich verstehe.« Der Hauptmann nickte. »Ich will auf gar nichts hinaus. Doch der Kreis derer, die über Rakitin Auskunft geben können, ist sehr klein. Wie Sie zu Recht schon bemerkten, war Nikita Jurjewitsch sehr verschlossen. Zudem lebte er allein. Von seiner Frau ist er seit sieben Jahren geschieden, seine Eltern sind noch nicht aus dem Ausland zurück, und außerdem wird es sehr schwierig sein, mit ihnen zu sprechen. Sie haben immerhin ihren einzigen Sohn verloren.«

»Er hatte ein gutes Verhältnis zu seiner Tochter«, sagte die Lektorin schnell.

»Woher wissen Sie das?«

»Er brachte sie ab und zu mit in den Verlag. Das Mädchen wohnte oft bei ihm. Das weiß ich deshalb, weil sie manchmal bei ihm ans Telefon ging. Ich will damit nur sagen, so ganz allein war er nicht. Wahrscheinlich gab es auch eine Frau. Ein unverheirateter junger Mann, interessant, ja, ich würde sagen attraktiv, obendrein ein berühmter Schriftsteller. Selbstverständlich gab es da eine Frau. Soviel ich weiß, geschah der Brand ja auch nicht in seiner Wohnung, sondern in der einer Bekannten, bei der er wohnte. Sagen Sie, ganz unter uns … Ich weiß, Sie dürfen mir das nicht sagen, Ermittlungsgeheimnis und so weiter, aber trotzdem: War es doch Mord?«

Eben noch hatte der Hauptmann eine geschlechtslose Amtsperson vor sich gehabt, die heroisch die hochsensiblen Firmengeheimnisse schützte und alle Kraft aufbot, um nichts Überflüssiges auszuplaudern. Diese plötzliche Offenbarung simpler weiblicher Neugier wirkte äußerst sonderbar. Bisher hatte die Astachowa geredet wie ein Roboter, nun aber klangen aus ihrer Stimme richtig menschliche Töne, und sie lächelte sanft, wohl zum erstenmal während des ganzen Gesprächs.

»Das überprüfen wir gerade«, sagte der Hauptmann mit breitem Lächeln. »Ach ja, was ist mit dem Pressematerial? Wir könnten natürlich auch selbst alles heraussuchen, was über Viktor Godunow erschienen ist, aber wir möchten ungern unnötig Zeit verlieren.«

»Ach, wissen Sie, es ist gar nicht so viel erschienen.« Auf diese Frage war Soja Anatoljewna offensichtlich nicht vorbereitet.

»Aber Sie haben doch einen Pressechef, der alle Veröffentlichungen verfolgt. Vielleicht sollte ich Sie nicht länger bemühen und lieber mit ihm sprechen?«

»Er ist nicht da. Ich gebe Ihnen seine Handynummer. Reden Sie selbst mit ihm.«

Als Leontjew die Tür hinter sich geschlossen hatte, griff die Astachowa zum Telefonhörer, hielt ihn eine Weile in der

Hand und warf ihn zurück auf die Gabel. Sie stand auf, ging zum Fenster, sah dem straffen, stattlichen Hauptmann nach und wandte sich erschrocken ab, als sie den Eindruck hatte, er würde sich jeden Moment umdrehen. Dann nahm sie eine Zigarette aus der Schachtel und schnipste eine Weile vergebens mit dem Feuerzeug – ihre Hände zitterten.

»Dieser Idiot«, murmelte sie und schüttelte den Kopf. »Mein Gott, was ist er für ein Idiot! Ich hab ihn gleich gewarnt.«

Als die Zigarette endlich brannte, tat sie einen gierigen Zug, trat entschlossen zum Schreibtisch, griff zum Telefon und wählte eine Nummer, doch nach der Vorwahl war immer besetzt.

Über zwei Stunden waren bereits vergangen, und Petja Lukjanow hatte noch immer nicht zurückgerufen. Nika wählte seine Nummer.

»Weißt du was, Jelagina«, sagte er nach einer langen Pause leise, »ich werde mich in diesen Fall nicht einmischen. Und du solltest es auch lassen.«

»Was?« fragte Nika verständnislos.

»Deine erste Liebe wurde eingeäschert.«

»Wie? Wann?«

»Heute nacht. Aus Versehen. Schluß, aus. Ich kann nicht darüber reden. Jedenfalls nicht am Telefon.«

»Wir sollten uns treffen.«

»Ich habe zwei Kinder.«

»Ich weiß. Aber darfst du dich deshalb nicht mit einer alten Studienfreundin treffen? Wenn du was Gefährliches erfahren hast, kipp es einfach bei mir ab. Ich sehe dann weiter.«

»Gut. Entschuldige. Ich weiß, das ist unmännlich. Sag, wo und wann. Vielleicht in der ›Amerikanischen Bar‹ auf dem Majakowskiplatz?«

»Sehr klug.« Nika lächelte in den Hörer. »In anderthalb Stunden.«

Das war tatsächlich klug. In einem Restaurant bestand die Gefahr, auf einen von Russows zahlreichen Bekannten zu treffen. Außerdem war nicht ausgeschlossen, daß die Gespräche am Tisch mitgeschnitten wurden – vom FSB, vom Innenministerium oder von irgendwelchen Banden. Die »Amerikanische Bar« dagegen war ein eher bescheidener, lauter Ort.

Als Nika eine Stunde später mit ihrem kleinen dunkelblauen Toyota auf den Sadowoje-Ring einbog, bemerkte sie überrascht, daß sie von einem grauen Mercedes verfolgt wurde.

»Na Mahlzeit«, murmelte sie, wechselte in die rechte Spur und fuhr langsamer, »das hat mir gerade noch gefehlt.«

Sie wartete, bis der Mercedes nahe genug heran war, bremste scharf und stieg aus. Der Mercedes stoppte ebenfalls. Darin saßen zwei junge Männer, Stassik und Kostik von der Leibwache ihres Mannes. Die beiden, die sie vom Flughafen abgeholt hatten.

»Was soll das, Jungs?« fragte sie ärgerlich durch die offene Scheibe. »Wieso beschattet ihr mich?«

»Befehl von Grigori Petrowitsch.« Kostik zuckte mit den massigen Schultern.

»Aufgehoben«, erklärte Nika energisch.

»Was ist aufgehoben?« fragten sie im Chor.

»Der Befehl von Grigori Petrowitsch.«

»Das dürfen wir nicht, Veronika Sergejewna.« Stassik seufzte. »Aber keine Angst, wir belästigen Sie nicht.«

Ohne etwas darauf zu erwidern, ging Nika zu ihrem Auto, holte ihr Handy aus der Tasche und wählte Russows Sondernummer, unter der er immer selbst abhob.

»Nika, mein Mädchen, wo bist du?« fragte er, kein bißchen erstaunt über ihren Anruf.

»Grischa, sag deinen Gorillas, sie sollen mich in Ruhe lassen. Das gefällt mir nicht.«

»Was hast du denn, mein Sonnenschein? Warum bist du so nervös?«

»Mit mir ist alles in Ordnung. Pfeif die Bodyguards zurück.«

»Ich denke gar nicht daran.«

»Wie soll ich das verstehen, Grischa?«

»Du bist jetzt die Frau eines Gouverneurs, da ist eine Leibwache obligatorisch. Warum bist du eigentlich so ungehalten? Stören sie dich? Oder hast du ein Rendezvous?« Er lachte kurz, aber es klang ziemlich verkrampft und gekünstelt.

»Ja, Grischa. Ich habe ein Rendezvous.« Nika seufzte.

»So, mit wem denn?«

»Ach, mit einem alten Studienfreund«, sagte Nika so beiläufig wie möglich, »du wirst dich kaum an ihn erinnern.«

»Wieso? Ich erinnere mich sehr gut an alle deine Kommilitonen, zu denen du noch Kontakt hast. Also, mit wem hast du ein Rendezvous?«

Ich darf den Namen nicht nennen – aber auch nicht lügen. Das erfährt er sofort. Durchaus möglich, daß das Telefon zu Hause abgehört wird. Mein Gott, was soll das alles, dachte Nika und gurrte zärtlich ins Telefon: »Oh, Grischa, ich hab's furchtbar eilig, ich komme noch zu spät. Küßchen!«

Solche Töne schlug sie sonst nie an, das war nicht ihr Stil. Sie fand es widerlich, sich so zu verstellen.

»Warte, wir sind noch nicht fertig«, Russows Stimme wurde schärfer, »steig zu den Jungs ins Auto, wir reden unterwegs weiter. Also, mit wem hast du ein Rendezvous?«

Er weiß, mit wem ich mich treffe und wo, er weiß, worüber ich mit Petja reden will, womöglich bekommt er heute abend schon einen Ausdruck des mitgeschnittenen Gesprächs per Fax. Was denn, denke ich etwa, mein Mann hätte Nikita umbringen lassen? Denke ich das wirklich? Glaube ich dem häßlichen anonymen Brief? Das alles durchzuckte blitzartig ihren Kopf, dann sagte sie ganz ruhig, ohne falsches Gurren und Zittern in der Stimme: »Ich treffe mich mit Petja Lukjanow. Erinnerst du dich an ihn?«

»Natürlich. Das ist doch der, der Pathologe geworden ist, oder?

»Ja. Entschuldige, daß ich mich so aufgeregt habe. Ich habe mich einfach noch nicht an die Rolle der Frau Gouverneur gewöhnt und bin furchtbar erschöpft. Na ja, du verstehst schon.«

»Ich liebe dich, meine Süße. Sei ein kluges Mädchen. Schone deine Nerven und paß auf dich auf.«

Sie erwartete, daß er nach Sina fragen würde, aber das tat er nicht, und von sich aus zu sagen: Ach ja, ich hab dir noch gar nicht erzählt ... – dazu hatte sie einfach nicht die Kraft. Sie nahm ihre Tasche aus dem Toyota, stieg in den Mercedes und lächelte Stassik und Kostik freundlich an.

»Zur ›Amerikanischen Bar‹ auf dem Majakowskiplatz. Schnell, wenn's geht. Und einer von euch bringt dann bitte den Toyota in die Garage.«

Hauptmann Leontjew wollte sich noch einmal ausführlich mit der Inhaberin der abgebrannten Wohnung unterhalten. Ihr erstes Gespräch war kurz und unergiebig gewesen.

Am Tag nach dem Brand war Sinaïda Resnikowa sofort aus Petersburg zurückgekommen und hatte ohne Zögern den Leichnam ihres Jugendfreundes identifiziert. Auf die Frage, warum Nikita Rakitin, der eine eigene Dreizimmerwohnung im Stadtzentrum von Moskau besaß, in ihre winzige Höhle gezogen war, hatte die Resnikowa in belehrendem Ton erklärt, kreative Menschen bräuchten eben manchmal einen Tapetenwechsel. Mit dieser Erklärung hatten sich alle zufriedengegeben. Was soll's, es war ein Unfall, wozu weiter in Details rumstochern? Schriftsteller hatten eben ihre Macken. Doch nun wollte der Hauptmann dringend mit der Resnikowa sprechen. Aber sie war verschwunden.

Leontjews Hausapparat klingelte.

»Andrej, sofort zu mir, schnell«, forderte sein Chef, Oberstleutnant Saïdow, ihn auf.

Oberstleutnant Saïdow behelligte seine Untergebenen nicht wegen Kleinigkeiten. Der freundliche, kontaktfreudige, in Moskau geborene Aserbaidshaner lavierte sich, so gut er konnte, durch die komplizierte Welt der Beziehungen zwischen Miliz und Mafia. Jeder wußte, daß er einige Flecke auf der Weste hatte, aber nicht mehr, als es seine Stellung vertrug.

Schmiergelder nahm Saïdow vorsichtig und mit Verstand; natürlich deckte er Landsleute, die zweifelhafte Geschäfte betrieben, aber möglichst taktvoll und zurückhaltend. Nie kränkte er grundlos seine Untergebenen. Im großen und ganzen war er also ein guter Mensch und ein erträglicher Chef.

Ein fleischiger Dickwanst mit prächtiger schneeweißer Mähne und pechschwarzen Breshnew-Brauen, thronte Saïdow in seinem Sessel wie ein Sultan. Er gab sich mürrisch und offiziell.

»Kommen Sie herein, Kollege Leontjew. Sie haben offenbar viel Freizeit, ja?« sagte Saïdow, ohne den Hauptmann anzusehen und ohne ihm einen Platz anzubieten, und drückte energisch die eben erst angezündete Zigarette aus. »Sie betreiben private Ermittlungen?«

»Inwiefern?«

»Warum warst du im Verlag?«

Der Hauptmann setzte sich und steckte sich eine Zigarette an.

»Anwar Saïdowitsch, ich befasse mich mit einem Fall von unerlaubtem Waffenbesitz. Ich fahnde nach einem gewissen Anton Jewgenjewitsch Sliwko, verurteilt wegen Mordes ...«

»Sei still und hör zu!« Saïdow schlug mit der flachen Hand auf den Tisch. »Bei wem wurden die Waffen und die Drogen gefunden? Bei dieser, wie hieß sie noch?«

»Kudijarowa«, soufflierte der Hauptmann.

»Richtig. Bei der Kudijarowa. Was zum Teufel willst du dann von diesem Sliwko? Der existiert nicht. Die alte Nymphomanin spinnt. Sie ist verrückt, das hat sie amtlich. Waffen und Drogen wurden bereits beschlagnahmt. Einsperren können wir die verrückte Oma später immer noch. Also, warum machst du solchen Wind?«

»Und die Fingerabdrücke, Anwar Saïdowitsch? Die Fingerabdrücke auf der Büchse sind identisch mit denen von Anton Jewgenjewitsch Sliwko, verurteilt wegen Mordes ...«

»Vor fünfzehn Jahren«, erinnerte ihn Saïdow. »Er hat seine Haft redlich abgesessen.«

»Natürlich. Aber er ist verschwunden.«

»Und woher weißt du, daß er existiert? Aus den Worten der Alten? Vielleicht ist dein Sliwko längst tot, und die verrückte Oma hat ihn nur geträumt.«

»Und die Fingerabdrücke auf der Büchse mit den Drogen waren auch nur ein Traum?« erkundigte sich der Hauptmann finster.

»Hör mal, spiel hier nicht den Ahnungslosen! Sag mir klipp und klar, Leontjew: Was soll das Ganze?«

»Ich vermute, daß Nikita Rakitin ermordet wurde. Dieser Unfall sieht aus wie inszeniert, und zwar von einem Profi. Und dieser Profi könnte Anton Sliwko gewesen sein.«

»Ach, vermute, was du willst ...« Saïdow seufzte schwer. »Man hat mir heute deinetwegen ziemlich die Hölle heiß gemacht, Leontjew. Was hat dich bloß veranlaßt, im Verlag rumzuschnüffeln?«

»Was heißt hier rumschnüffeln? Ich hielt es für notwendig, mit einem Mitarbeiter des Verlages zu sprechen, in dem die Bücher des Opfers erscheinen. Im Rahmen der operativen Information.«

»Wenn das mit deinem Schriftsteller wirklich ein Auftragsmord war, dann ist das ein ganz anderes Kaliber. Sag bloß, das ist dir nicht klar?«

»Nein.«

»Jemand aus dem Verlag hat im Ministerium angerufen, bei Tschuritschenko persönlich, und zwar ziemlich aufgebracht. Was soll das, da kommt so ein kleiner Hauptmann her und verhört die Cheflektorin. Tschuritschenko hat sofort Erkundigungen eingezogen und erfahren, daß es überhaupt keinen Mordfall gibt. Na, daraufhin hat er mich heute früh natürlich runtergeputzt wie einen Schuljungen. Hast du mich jetzt verstanden, Andrej? Oder brauchst du noch Erklärungen?«

»Ich habe verstanden.« Leontjew nickte. »Wissen Sie, Anwar Saïdowitsch, ich glaube, wir sollten beim Staatsanwalt einen Obduktionsbeschluß erwirken.«

»Hast du nicht genug unaufgeklärte Fälle? Wo mischst du dich da ein? Und vor allem – wozu?«

»Das habe ich doch gesagt. Ich habe Grund zu der Annahme, daß Rakitin ermordet wurde. Ich denke, daß aufgrund neuer Umstände ein Ermittlungsverfahren eingeleitet werden muß. Und vor allem muß eine Obduktion durchgeführt werden.«

»Was denn für neue Umstände?« Saïdow runzelte die Stirn.

»Steht alles in meinem Bericht. Der Bericht liegt auf Ihrem Tisch.«

»Was wir beide hier aufführen, sieht aus wie ein schlechter Film.« Der Oberstleutnant zündete sich eine Zigarette an und lehnte sich im Sessel zurück. »Der böse Chef steckt mit der Mafia unter einer Decke und hindert den Helden, seinen Untergebenen, die Verbrecher zu entlarven. Aber das hier ist kein Film, Andrej. Ich bin kein Bösewicht, und wenn die Sache mit dem Schriftsteller wirklich ein Auftragsmord war, dann bin ich ganz auf deiner Seite. Dann müssen wir den Mörder und den Auftraggeber suchen. Wir müssen! Aber ich weiß, daß wir keinen von beiden finden werden. Und du weißt das auch. Allein die professionelle Inszenierung spricht für sich. Wenn wir jetzt Wellen machen, dann werden vielleicht aufgrund neuer Umstände tatsächlich Ermittlungen eingeleitet, worauf du ja mit aller Macht aus bist. Aber alles, was dabei rauskommen wird, ist ein weiterer unaufgeklärter Fall in unserer Statistik. Willst du das? Ich nicht. Unser Kreis liegt auch so bei einer Aufklärungsrate von maximal vierzig Prozent. Was sollen wir mit einem weiteren unaufgeklärten Fall, und dann noch mit so einem Brocken? Wem nützt das? Wem wird davon besser? Dem toten Schriftsteller? Wir sind hier nicht im Kino, Andrej. Hier gibt's keine Bösewichte und keine Helden. Nur die übliche Schlamperei.«

»Schlamperei?«

»Genau.« Saïdow nickte. »Die Leiche deines Schriftstellers wurde heute nacht eingeäschert.«

»Eingeäschert? Aber die Eltern kommen erst heute, wieso

wurde er bereits eingeäschert? Das ist doch unmöglich ohne die Einwilligung der Angehörigen!«

»Bei uns ist alles möglich.« Saïdow krauste die Brauen. »Er war als ›ohne Angehörige‹ registriert, irgendein Hornochse im Leichenschauhaus hat da was verwechselt, na ja, eben der übliche Saustall.«

»Anwar Saïdowitsch, verstehe ich Sie richtig – Sie verbieten mir, operative Informationen in bezug auf die Waffen und Drogen zu sammeln?«

Saïdow schwieg lange. So lange, daß der Hauptmann schon dachte, sein Chef sei eingeschlafen. Er hatte den Kopf tief gesenkt, die Augen verschwanden unter den buschigen Brauen. Schließlich sagte er langsam und teilnahmslos, ohne aufzusehen: »Ach, sammle doch, wenn's dir Freude macht.«

Als Leontjew die Tür öffnete, hörte er seinen Chef noch murmeln: »Aber ich fürchte, viel Freude wird dir das nicht bringen. Und mir auch nicht.«

Siebzehntes Kapitel

»Hallo, Nika. Schön, dich zu sehen. Zwar aus einem schrecklichen Anlaß, aber es ist mir trotzdem eine Freude, dich anzuschauen.« Petja Lukjanow umarmte Nika und küßte sie.

Als Student war er klapperdürr gewesen, hatte eine runde Vorkriegsbrille auf der langen, dünnen Nase getragen, seidige, schulterlange kastanienbraune Locken, Breeches mit Lederflicken auf den Knien, eine uralte halbmilitärische Joppe und einen dunkelgrünen Filzhut. Er hatte ausgesehen wie ein intellektueller Anarchist.

Nun stand vor Nika ein großer Dicker im soliden dunkelgrauen Anzug, mit fast vollständig grauem, raspelkurzem Haar, einem akkuraten runden Bärtchen und einer ganz normalen Brille – getönte Gläser in einer teuren italienischen Fassung.

Ohne die regelmäßigen Absolvententreffen hätte Nika Petja Lukjanow nicht erkannt.

»Sag mal, warum bleibst du eigentlich völlig unverändert? Hast du vielleicht wie Dorian Gray auf dem Dachboden ein Bild versteckt, das an deiner Stelle altert?«

Sie folgten dem Oberkellner an einen Ecktisch und studierten lange die Speisekarte.

»Hör mal, gibt's hier bestimmt keine Wanzen unterm Tisch?« fragte Petja besorgt, den Blick auf die Speisekarte gerichtet.

»Eigentlich nicht.« Nika zuckte die Achseln. »Aber wenn du Angst hast, schwatzen wir jetzt nur ein bißchen und machen dann einen Spaziergang über den Boulevard.«

»Und dein Chauffeur mit den Ringerschultern fährt im Schrittempo neben uns her?«

»Nein. Der wartet an der Ecke. Was ist denn mit dir los, Petja?« Sie bemerkte Schweißperlen auf seiner Stirn.

Der Kellner kam.

Petja schreckte hoch. »Für mich irgendwelche Meeresscheusale, die machen nicht dick. Und einen trockenen Weißwein.«

»Bitte zweimal Muschelsalat, frisches Gemüse, zweimal Großgarnelen in Knoblauchsauce und eine Flasche Weißwein nach Ihrem Geschmack.«

»Und zu den Garnelen? Reis oder Pommes frites?«

»Für mich nichts.« Petja schüttelte entschieden den Kopf. »Ich versuche gerade abzunehmen.«

Der Kellner nickte verständnisvoll und sah Nika fragend an.

»Für mich bitte auch keine Beilage.«

Als der Kellner gegangen war, wischte sich Petja mit einem Papiertaschentuch die Stirn ab, dann warf er Nika einen schnellen Blick zu.

»Mir tut es sehr leid um den Schriftsteller Godunow. Ich bin natürlich kein Experte, aber ich finde, als Autor war er einer der besten. Doch noch mehr tut es mir leid um Nikita Rakitin, den Jungen, der dich jeden Tag vom Institut abgeholt hat. Ich weiß selbst nicht, warum ich mich so gut an ihn erinnere. Wahrscheinlich, weil ich ihn ein wenig beneidet habe.«

»Beneidet?«

»Ich habe einmal seine Augen gesehen, als du ihm über den Hof entgegenkamst. Er hatte die Gabe zum Glücklichsein. Verstehst du, was ich meine? Unglücklich sein kann jeder. Die meisten Menschen fühlen sich sicherer, wenn sie Schwierigkeiten oder Probleme haben. Die einen brauchen das als Antrieb, die anderen als Rechtfertigung. Glücklichsein dagegen ist unbequem, unanständig. Man könnte ja für betrunken gehalten werden oder einfach für einen Idioten. Nur wenige sind nicht aus Dummheit oder im Suff glücklich, sondern vom Kopf her. Dazu braucht man nicht nur Verstand, dafür braucht man auch Talent, um zu erkennen, was für ein wunderbares und im Grunde zufälliges Geschenk das Leben ist. Jedes Leben, auch das des allerletzten Penners und Wermutbruders. Das klingt bestimmt komisch aus dem Mund eines Mannes, der jeden Tag in Leichen rumwühlt, oder?«

»Nein.« Nika schüttelte den Kopf. »Gerade aus deinem Mund klingt das ziemlich überzeugend.«

Der Kellner kam, und während er Teller und Besteck verteilte, rauchte Petja schweigend und sah an Nika vorbei, durch seine getönten Brillengläser gleichsam abgeschottet von der Welt.

»Petja, wenn du Angst hast, daß wir belauscht werden – also, das glaube ich kaum«, sagte Nika, als der Kellner gegangen war.

»Nicht direkt Angst« – Lukjanow zuckte die Achseln –, »aber trotzdem möchte ich darüber lieber nicht in der Öffentlichkeit reden. Ich bin ein Feigling geworden, Nika. Es ist beschämend für einen Mann, das zuzugeben, aber es nicht zugeben und geheimnisvoll tun ist noch beschämender.«

»Du bist irgendwie so nervös. Erschöpft?«

»Meine Toten sind ein friedliches Völkchen, da geht's anders zu als in deiner Unfallchirurgie.«

»Tut es dir leid, daß du in die Gerichtsmedizin gegangen bist? Ich weiß noch, im ersten Studienjahr bist du im Anatomiesaal ganz blaß geworden.«

»Im letzten Studienjahr wurde ich noch viel blasser. Aber nicht in der Anatomie. Je tiefer ich in die Medizin eindrang, desto klarer wurde mir, daß ich nichts weiß.«

»Du warst einer der besten in unserem Jahrgang. Du wärst ein guter Diagnostiker geworden.«

»Das bin ich auch. Meine Fehlerquote ist relativ gering. Und an meinen Fehlern ist noch niemand gestorben. Dafür bekomme ich jeden Tag die Fehler von anderen zu sehen. Weißt du, was mich am meisten schafft? Nicht die zertrümmerten Schädel und zerstückelten Körper, nicht der in meinem Beruf alltägliche Horror. Da ist wenigstens alles klar, da war eben ein Mörder am Werk. Dafür wird er sich zu verantworten haben, das heißt, wenn man ihn findet. Mich schaffen die Toten, die Glück hatten. Die sorgfältig und gewissenhaft behandelt wurden, mit neuester Technik und teuersten Präparaten, nach allen Regeln der Kunst. Und dann trotzdem mit fünfunddreißig gestorben sind.«

»Aber Petja, was soll das? Die Medizin ist nicht allmächtig. Gegen Fehler und Unfälle ist niemand gefeit. Und in der Onkologie, da hilft sowieso nichts ...«

»Weißt du, Nika, ich muß dir was Schlimmes sagen. Im sechsten Studienjahr begriff ich auf einmal, daß fast alle Gebiete der Medizin abstrakte, tote Wissenschaften ohne jeden praktischen Sinn sind. Und das sehe ich heute Tag für Tag bestätigt. Was schaust du mich so an? Keine Angst, ich bin nicht verrückt geworden bei meinen Toten.«

»Petja, meine Unfallchirurgie ist keine abstrakte, tote Wissenschaft.«

»Ich weiß, Nika, du bist eine gute Ärztin. Weil du klug bist und verantwortungsbewußt. Plus Wissen und Erfahrung. Du arbeitest mit den Händen und mit dem Kopf, du würdest niemals einen Schnupfen mit einer Pferdedosis Sulfonamide und Glucocorticoide behandeln.«

»Sag bloß, so was ist dir schon untergekommen?«

»Auf Schritt und Tritt. Erst gestern wurde bei mir eine Frau eingeliefert, zweiunddreißig, zwei kleine Kinder. Ich gehe die Krankengeschichte durch und stelle fest – sie war überhaupt nicht krank. Ich sehe mir den Totenschein an und begreife: Da wurde ein völlig gesunder Mensch einfach so zugrunde gerichtet. Natürlich nicht böswillig und ohne jede Gewinnsucht. Sie hatte eine simple Neurose. Sie lebte mit ihrer Schwiegermutter in einer Einzimmerwohnung. Sie hätte einfach mal Erholung gebraucht, einen Tapetenwechsel. Aber dafür hatte sie weder Zeit noch Geld, außerdem waren die Kinder ja noch klein. Und dann der naive Glaube an den guten Onkel Doktor, der alle heilt und gesund macht. Nur geriet sie nicht an einen guten Onkel Doktor, sondern an eine dumme Gans. Die verschrieb ihr ohne jede weitere Untersuchung, ohne die simpelsten Labortests einen Haufen Psychopharmaka und Hormonzeug.

In gewaltigen Dosen. Es kam zu starken Wassereinlagerungen im Gewebe, aber die Ärztin sagte nur: ›Alles in Ordnung, meine Liebe. Sie nehmen nur ein bißchen zu.‹ Dabei gingen bereits die Nebennieren zum Teufel. Ich habe sie obduziert, und weißt du, das war schlimmer als das zerstückelte Opfer eines Irren. Viel schlimmer, glaub mir. Wenn ich sehe, wie ein junger, gesunder Organismus von innen zerstört wurde, und zwar nicht durch Gift, nicht durch Schwefelsäure, sondern durch harmlos aussehende Tabletten, die man in jeder Apotheke rezeptfrei kaufen kann. Ohne diese Idiotin in der Kreispoliklinik hätte sie noch fünfzig Jahre leben können.«

»Na schön, und was schlägst du vor?«

»Ich weiß es nicht. Ich erzähle es dir nur. Mir tut die Frau leid. Sie war jung und schön. Ein Dummchen natürlich und zum Teil selbst schuld. Sie hätte doch wissen müssen ... Obwohl, nein, hätte sie natürlich nicht. Ich alter Trottel kann mir einfach das Mitleid nicht abgewöhnen. Es geht mir an die Nieren. Aber damit hab ich noch niemanden aus dem Jenseits zurückgeholt.«

»Du hättest eben doch praktischer Arzt werden sollen, Petja. Dann könntest du wenigstens hin und wieder jemanden aus dem Jenseits zurückholen.«

»Schon gut, Nika, hör nicht hin, was ich rede. Ich fühl mich einfach elend. In meinem Bericht hab ich nämlich alles wie immer ganz vage formuliert, um die Kollegin nicht in die Pfanne zu hauen. Aber wie viele Leben wird sie noch zerstören? Ihr geht das Ganze am Arsch vorbei, sie ahnt nicht mal, was sie angerichtet hat. Und ich fühle mich total scheiße. Weißt du, wenn diese Geschichte nicht gewesen wäre, hätte ich mich vielleicht nie entschließen können, dir etwas über deinen Nikita zu erzählen.«

»Du hast mir noch gar nichts erzählt«, erinnerte ihn Nika.

»Wir haben doch ausgemacht, nicht hier. Nur eins kann ich dir schon hier und jetzt sagen: Er wurde ermordet. Das war kein Unfall, das war ein Auftragsmord, professionell inszeniert und ausgeführt.«

»Moment mal – also gab es doch eine Obduktion?« fragte Nika kaum hörbar und trank gierig einen Schluck Mineralwasser.

»Nein«, Petja schüttelte den Kopf, »und es wird auch keine mehr geben.«

»Aber woher weißt du dann …?«

»Ich habe doch gesagt – nachher. Nicht hier.« Petja verstummte. Der Bodyguard Kostik steuerte auf ihren Tisch zu, ein Mobiltelefon in der Hand.

»Verzeihen Sie, Veronika Sergejewna, Sie haben das Telefon im Auto gelassen, und eben kam ein Anruf von Grigori Petrowitsch, er möchte Sie dringend sprechen.«

»Nika, mein Sonnenschein«, vernahm sie die ein wenig erregte Stimme ihres Mannes, »entschuldige, daß ich dich störe. Mitja hat angerufen.«

»Ist etwas passiert?« fragte Nika erschrocken. Der Sohn verwöhnte sie relativ selten mit Anrufen aus der Schweiz.

»Nein, alles in Ordnung. Er hat bloß Sehnsucht. Bald fangen ja seine Prüfungen an. Da hab ich mir gedacht: Vielleicht solltest du hinfahren? Du könntest in einem ruhigen Hotel in der Nähe der Schule wohnen, dich ein bißchen erholen und deinen Sohn sehen.«

»Gut, Grischa. Ich denke drüber nach. Danke, daß du angerufen hast.«

»Grüß Petja Lukjanow von mir. Sag ihm, ich erinnere mich noch gut an ihn.«

»Ja, mach ich. Küßchen.«

Sie klappte das Handy zu und gab es dem Bodyguard.

»Behalten Sie es lieber, Veronika Sergejewna. Sie werden

ja noch eine Weile hier sitzen.« Er warf einen Blick auf die unangerührten Speisen. »Wer weiß, wer noch anruft.«

»Gut, Kostja.« Nika nickte und steckte das Telefon in ihre Handtasche. »Danke.«

Bis der Bodyguard das Restaurant verlassen hatte, schwiegen sie, Petja versuchte konzentriert, mit der Gabel eine Garnele zu zerteilen.

»Einen schönen Gruß von meinem Mann«, sagte Nika und steckte sich eine Zigarette an.

»Ach ja? Wann hast du ihm denn von unserem Treffen erzählt?«

»Ich habe auf dem Weg hierher mit ihm telefoniert.«

»Ehrlich gesagt, dein Grischa war mir nie sympathisch«, sagte Petja nachdenklich und schob sich eine Garnelenhälfte in den Mund.

»Du hast ihn doch höchstens zweimal gesehen. Auf unserer Hochzeit und dann noch mal, als er mit war auf unserem Absolvententreffen, vor fünf Jahren. Übrigens soll ich dir ausrichten, daß er sich sehr gut an dich erinnert.«

Über Lukjanows Gesicht huschte ein Schatten. Sein Blick erstarrte für einen Moment. Wieder schien er sich mit seinen getönten Brillengläsern von der Außenwelt abzuschotten.

»Ich nehme an, ich muß dich nicht extra bitten, ihm nichts von unserem Gespräch zu erzählen? Entschuldige bitte noch einmal, aber ich riskiere wirklich einiges.« Sein Mundwinkel zuckte in einem angedeuteten Lächeln.

»Selbstverständlich nicht, Petja. Ihm nicht und auch sonst niemandem.«

Als sie endlich die kalt gewordenen Garnelen aufgegessen, anschließend noch einen Kaffee getrunken hatten und das

Restaurant verließen, dämmerte es bereits. Der Himmel war nun wolkenlos, es war ein klarer, stiller Abend.

»Veronika Sergejewna!« Einer der beiden Bodyguards sprang aus dem Auto und kam auf sie zugestürzt.

»Nicht so hektisch, Kostik!« Nika schüttelte den Kopf. »Bleib sitzen, entspann dich. Wir schlendern noch ein bißchen über den Boulevard. In einer Dreiviertelstunde bin ich am Auto.«

»Na, das ist ja ein Leben«, seufzte Petja, »wird dir diese Fürsorge nicht zuviel?«

»Früher hatte ich keine Leibwache. Aber für die Frau eines Gouverneurs ist das obligatorisch.« Nika lachte spöttisch. »Na ja, es ist ziemlich lästig.«

»Also, was deinen Nikita angeht ...« Petja sprach jetzt sehr leise und schnell. Nika mußte ihn unterhaken und ganz dicht neben ihm gehen. »Das Wichtigste habe ich schon gesagt. Es war ein Auftragsmord. Wer den Auftrag gegeben hat und warum, das weiß ich nicht. Der Leichnam galt laut Dokumenten als ohne Angehörige und wurde im Schnellverfahren eingeäschert. Formal ist alles sauber. Na ja, fast.«

»Sauber? Eine Einäscherung ohne Einwilligung der Angehörigen? Und wieso im Schnellverfahren? Das ist doch ein unglaublicher Verstoß gegen das Gesetz. Morgen kommen seine Eltern, für sie wird das ein zusätzlicher Schock – ich bin sicher, das werden sie nicht auf sich beruhen lassen. Sie sind orthodox und hätten einer Einäscherung nie zugestimmt.«

»Man wird ihnen sagen: ›Verzeihung, ein Versehen. Wären Sie in Moskau gewesen – aber es war ja kein Angehöriger da, niemand hat den Leichnam im Laufe von drei Tagen angefordert, und Kühlkammern sind knapp.‹ Ein erschöpfter, hilfloser Typ in der Registratur, ein betrunkener Leichenwäscher, Chaos in den Papieren, allgemeine

Schlamperei. Keiner ist schuld. Die übliche Praxis. Bei der Verschleierung von inszenierten Auftragsmorden.«

»Übertreibst du da nicht, Petja? Vielleicht war es wirklich nur die übliche Schlamperei?«

»Wär im Prinzip möglich«, Petja nickte, »aber nicht in dem Leichenschauhaus, in das Nikita gebracht wurde. Dort ist alles auf höchstem Niveau, die Arbeitskräfte hat man sorgfältig ausgewählt. Auch wenn es von außen aussieht wie der übliche postsowjetische Saustall. Erinnerst du dich an den Fall der Bande von Mördern und Wohnungsspekulanten?«

»Ja, ich habe davon gehört. Sie haben alte Leute, Behinderte und alleinstehende Trinker umgarnt, sich von ihnen eine Generalvollmacht ausstellen lassen und sie ins Jenseits befördert. Soweit ich weiß, hingen da auch Ärzte mit drin, die haben das Clonidine besorgt. Aber die wurden doch eingesperrt. Und was hat das mit dem Leichenschauhaus zu tun?«

»Stimmt, die wurden eingesperrt, aber nicht alle. Es gab ein paar Leute im Leichenschauhaus, die aufgrund angeblicher Fehler in den Papieren oder wegen Platzmangels in den Kühlkammern die Körper der Opfer vorzeitig einäscherten. Auf dem Totenschein stand entweder akutes Herzversagen oder Hirnschlag. Bei einer Obduktion aber hätte man eine Vergiftung festgestellt. Und diese versehentlichen Einäscherungen gehen weiter. Nur die Auftraggeber sind jetzt andere.«

»Moment mal, das verstehe ich nicht. Die meisten Auftragsmorde heutzutage laufen doch ohne jede Inszenierung. Man engagiert einen Scharfschützen oder sprengt ein Auto in die Luft, und weder der Vollstrecker noch der Auftraggeber werden je gefunden. Die Aufklärungsrate ist verschwindend gering.«

»Trotzdem ist ein Unfall manchmal besser. Bei einem Auftragsmord ist der Kreis der Verdächtigen in der Regel rasch ermittelt, es ist bloß schwer, die Schuld einer bestimmten Person nachzuweisen. Aber zum Kreis der Verdächtigen zu gehören ist äußerst unangenehm. Besonders, wenn man kein Krimineller ist, sondern ein rechtschaffener, hochgestellter Staatsdiener. Das schadet dem Ruf, führt zu unguten Gerüchten und aufdringlichen Journalistenfragen und ist schließlich ein Trumpf in der Hand von Mißgünstigen und Konkurrenten. Also inszeniert man lieber einen Unfall. Das ist zwar teurer und komplizierter, aber dafür sicherer.«

»Du meinst, das war bei Nikita der Fall?«

»Ich könnte ja glauben, daß der Schriftsteller Godunow durch fahrlässigen Umgang mit einer defekten Elektroleitung umgekommen oder bei einem Brand erstickt ist – wäre der Leichnam nicht ausgerechnet in dieses Leichenschauhaus gebracht und dann noch aus Versehen eingeäschert worden. Du glaubst mir nicht?!« Petja blieb abrupt stehen, nahm die Brille ab und starrte Nika aus hellgrauen Augen verwirrt an.

»Doch, doch, ich glaube dir jedes Wort«, beruhigte sie ihn.

Plötzlich überkam sie eine zähe, bedrückende Gleichgültigkeit. Sie stellte sich die geschäftigen Männer im Leichenschauhaus vor, die von einem ebenso geschäftigen Mann Geld bekommen hatten, damit sie den entstellten, verkohlten Körper von Nikita Rakitin – alles, was von ihrer ersten und im Grunde einzigen Liebe übriggeblieben war – beseitigten. Angenommen, sie konnte ohne Rücksicht auf ihr eigenes Leben die Verantwortlichen entlarven, etwas beweisen. Was würde das ändern?

»Ich verstehe dich«, sagte Petja leise. »Du denkst jetzt,

daß du ihn sowieso nicht zurückholen kannst. Ich bin schon still. Du führst ein sicheres, geordnetes Leben: Ein Mann, ein Sohn, viel Geld, eine fürsorgliche Leibwache. Du solltest nicht Privatdetektiv spielen. Wenn du deine Nase da reinsteckst, rettet dich auch keine Leibwache.«

Achtzehntes Kapitel

»Wie – eingeäschert?!« Rakitin blickte in das runde, liebenswürdige Gesicht der Frau im Leichenschauhaus und spürte, daß er jeden Moment mit den Fäusten auf diese lockenköpfige lächelnde Zicke losgehen würde.

»Nicht doch, Juri, reg dich nicht so auf.« Olga Rakitina legte ihre eiskalten Finger auf die Hand ihres Mannes.

»Ein Platz in der Kühlkammer hat seinen festen Preis. Kommt ein Verstorbener von einem Bestattungsinstitut, überweist das den Betrag an uns. Kommt er von der Miliz oder mit dem Unfallwagen, behalten wir ihn nur auf besondere Anordnung des Staatsanwalts. Liegt keine vor, setzen wir uns mit den Angehörigen in Verbindung und besprechen mit ihnen Bedingungen und Dauer der Aufbewahrung des Leichnams. Soweit mir bekannt ist, waren Sie im Ausland. Außer Ihnen hatte der Verstorbene keine nahen Angehörigen. Ich wiederhole noch einmal, ich spreche Ihnen meine Entschuldigung aus. Die Urne bekommen Sie im Nikolo-Archangelski-Krematorium.«

»Aber das kann nicht sein! Sehen Sie noch einmal in Ihren Papieren nach, Sie irren sich bestimmt! So etwas gibt es in keinem Land der Welt, das ist doch Barbarei, jemanden ohne Einwilligung der Angehörigen einzuäschern.«

»In den Papieren steht es schwarz auf weiß. Das habe ich

bereits mehrmals überprüft. Die Verwaltung spricht Ihnen eine offizielle Entschuldigung aus.«

»Was zum Teufel soll ich mit Ihrer Entschuldigung? Wie konnte das passieren? Wie? Wo ist Ihr Vorgesetzter?!«

Rakitin schrie nicht. Seit drei Tagen streikten seine Stimmbänder. Er brachte nur ein heiseres Flüstern heraus.

Als er in Washington den Anruf aus Moskau bekam, sein einziger Sohn Nikita sei tot, bei einem Brand umgekommen, glaubte er es zuerst nicht.

»Das kann nicht sein«, sagte er kalt und ruhig.

»Juri Petrowitsch, ich habe es selbst gesehen«, sagte die weinende Galina, Nikitas Exfrau.

»Was hast du gesehen? Du hast doch selbst gesagt, da war nur noch eine verkohlte Kruste, kein Gesicht mehr. Und warum war er in einer fremden Wohnung?«

»Er hat bei Sina Resnikowa gewohnt. Erinnern Sie sich noch an sie? Ich weiß nicht, warum, aber er hatte sie gebeten, bei ihr wohnen zu dürfen. Als ich das Kreuz sah, da wußte ich – es ist Nikita. Und seine Papiere lagen auch da ...«

»Wir kommen morgen, ich werde das klären. Ich bin sicher, das ist ein idiotisches Mißverständnis.«

Trotz dieser Überzeugung verspürte Rakitin ein heftiges Stechen im Herzen, sobald er den Hörer aufgelegt hatte. Er legte sich eine Nitroglycerin unter die Zunge und schloß die Augen. Er durfte diesen Horror nicht in sich hineinlassen. Noch war nichts bekannt. Erstens müßte dann jemand von einer offiziellen Instanz anrufen, von der Staatsanwaltschaft oder vom Innenministerium. Zweitens sollte sich Nikita übermorgen melden und Bescheid sagen, für wann er die Tickets gebucht hatte – das hatten sie vor zwei Wochen besprochen.

»Jura, was ist los? Warum schläfst du nicht? Warum sitzt du im Dunkeln?«

Seine Frau stand an der Tür, gegen den Rahmen gelehnt. Er konnte zwar im Dunkeln ihre Augen nicht sehen, erkannte jedoch an ihrer Stimme: Sie spürte etwas.

»Hat nicht eben das Telefon geklingelt?« Sie schaltete die Stehlampe ein und setzte sich Rakitin gegenüber auf die Liege. »Kam der Anruf aus Moskau? Mit wem hast du gesprochen?«

»Verstehst du, Olga«, flüsterte er sanft, stand aus dem Sessel auf und ließ sich neben ihr nieder, »eine ganz blöde Geschichte. Aber reg dich bitte nicht auf. Ich wollte dich nicht wecken. Ich bin sicher, das Ganze ist Unsinn, ein Mißverständnis.«

»Juri, spar dir die lange Einleitung. Du weißt doch, das regt mich nur noch mehr auf.«

Rakitin verzog wegen der bitteren Nitroglycerintablette das Gesicht und sagte hastig: »Galina hat eben angerufen. Sie hat gesagt, in einer fremden Wohnung sei ein verkohlter Leichnam gefunden worden, nein, nicht in einer fremden, in der Wohnung von Sina Resnikowa. Erinnerst du dich an das Mädchen, die Malerin? Und das sei angeblich unser Nikita. Absoluter Unsinn« – er lachte nervös –, »Galja war schon immer hysterisch und eine Panikmacherin.«

»An Sina Resnikowa erinnere ich mich sehr gut«, antwortete Olga ruhig, »aber wieso Sina, wieso in ihrer Wohnung? Nikita sollte doch am ersten Juni herkommen, zusammen mit Mascha.« Sie griff zum Telefon und wählte die Nummer ihrer Moskauer Wohnung. Rakitin hörte mit ihr zusammen das lange Tuten.

»Nicht zu Hause. Natürlich, in Moskau ist es jetzt elf Uhr vormittags. Er ist schon weg. Jura, hast du irgendwo Galinas Nummer?«

Rakitin ging in sein Arbeitszimmer und kam mit einem dicken Telefonmerker zurück.

In der Wohnung von Nikitas Exfrau wurde fast sofort abgehoben.

»Mascha!« rief Olga. »Wo ist Mama? Sie hat uns gerade angerufen.«

»Sie ist nicht da. Sie hat nicht von zu Hause angerufen.« Die Stimme des Mädchens klang eigenartig dumpf.

»Warum bist du denn nicht in der Schule, Kind? Du bist doch nicht etwa krank?«

»Oma, weißt du schon Bescheid? Hat Mama es dir gesagt?«

»Was denn, Mascha? Daß Papa und du am ersten Juni kommt? Natürlich weiß ich das.«

»Ich kann es dir nicht sagen, Oma, ich kann nicht«, murmelte das Mädchen, als rede es plötzlich im Fieber.

Rakitin saß neben seiner Frau und hörte jedes Wort. Er nahm ihr den Hörer aus der Hand.

»Hallo, Mascha, hör mir zu. Das ist nicht wahr, das mit Papa.«

»Was denn, Opa, ihr wißt es schon?«

»Bist du allein? Was machst du gerade?«

»Nichts. Ich kann nichts machen. Kommt ihr bald, du und Oma?«

»Ja, Mascha. Sehr bald. Und dann finden wir heraus, was wirklich passiert ist.«

»Alle sagen, das war Papa. Aber ich glaube es nicht.«

»Richtig so, Mascha. Natürlich, das ist ein Irrtum, und bald wird sich alles klären.«

»Das habe ich auch zu Mama gesagt, aber sie schreit: Er wurde ermordet, er wurde ermordet!«

»Blödsinn! Wer soll ihn ermordet haben? Warum?«

»Mama sagt, sie ist an allem schuld. Weißt du, sie ist in

eine dumme Geschichte reingeraten, sie hat unterschrieben, daß sie sich einen Haufen Geld geborgt hat, und dafür sollte sie Arbeit bekommen. Aber dann hat sich herausgestellt, daß das Banditen waren. Sie haben das Geld zurückverlangt und sie bedroht. Aber Mama hatte sich ja gar kein Geld geliehen, sie hat nur den Zettel unterschrieben. Sie haben dauernd angerufen, einmal waren sie sogar bei uns zu Hause. Und vor der Schule stand ein Auto, sie haben gesagt, wenn Mama zur Miliz geht, dann würden sie mich vor ihren Augen vergewaltigen und umbringen.«

»O Gott, Mascha, das hat dir Mama alles erzählt? Oder woher weißt du das?«

»Ich hab gehört, wie Papa und Mama in der Küche darüber geredet haben. Sie war bei Papa und hat ihn um Hilfe gebeten. Aber so viel Geld … Selbst wenn Mama die Wohnung verkauft und Papa sein ganzes Honorar gegeben hätte, wäre das immer noch zuwenig gewesen. Jedenfalls, Papa hat ihr nichts versprochen, aber nach ein paar Tagen hat er das Geld wohl doch beschafft. Da ließen sie uns in Ruhe. Und nun so was …«

»Wann war das, Mascha?«

»Vor einer ganzen Weile. Im Februar. Opa, erzähl das aber bitte nicht weiter. Mama hat furchtbare Angst.«

Rakitin hörte wie erstarrt seiner Enkelin zu und bemerkte nicht, daß seine Frau ihn mit vollkommen glasigen Augen ansah und reglos wie eine Statue dasaß, die Hände ordentlich auf dem Schoß gefaltet.

»Olga«, sagte er, als er aufgelegt hatte, »wir fliegen morgen nach Moskau. Nein. Heute schon. Olga, hörst du mich?«

Er berührte ihre Schulter, strich ihr über die Wange. Sie starrte weiter mit glasigen Augen vor sich hin.

»Olga! Sag doch was!« Er rüttelte sacht an ihrer Schulter. Sie fiel wie eine Puppe auf die Liege.

Der zehn Minuten später eintreffende Notarzt erklärte, es handele sich um einen »psychogenen Schock«, eine hypokinetische Reaktion. Nichts Ernstes, aber sie brauche ein paar Spritzen und zwei, drei Tage absolute Ruhe.

»Wenn der traumatisierende Faktor nicht beseitigt werden kann, wie in Ihrem Fall«, sagte der Arzt, »dann besteht die Gefahr eines Selbstmordversuchs. Die Kranke scheint nur völlig apathisch und kraftlos, aber allein gelassen, ohne Aufsicht, könnte sie versuchen, Hand an sich zu legen. Ich rate Ihnen, Ihre Frau in einer Klinik unterzubringen.«

Eine Klinik lehnte Rakitin ab. Er bat ihre Haushaltshilfe Joy, ein paar Tage bei ihnen zu wohnen. Er rief in der Uni an, erklärte die Situation und nahm aufrichtige Worte des Beileids entgegen.

»Heute Nacht ist für Sie ein Fax aus Moskau gekommen. Auf russisch«, sagte die Sekretärin der Musikfakultät. »Ich rufe gleich jemanden von den Slawisten, damit er es Ihnen vorliest.«

Kurz darauf las ihm Slawistikprofessor Jeremy Wood vor: »Sehr geehrter Juri Petrowitsch! Mit tiefem Bedauern teilen wir Ihnen mit, daß Ihr Sohn Nikita Jurjewitsch Rakitin am zehnten Mai dieses Jahres durch einen Unfall ums Leben gekommen ist. Leitender Untersuchungsführer der Staatsanwaltschaft des Südöstlichen Verwaltungsbezirks G. K. Konowalow.«

»Das ist ein Irrtum«, flüsterte Rakitin, »das kann nicht sein.«

»Verzeihung, was?« fragte Jeremy. »Könnten Sie bitte etwas lauter sprechen?«

Aber Rakitin konnte nicht lauter sprechen. Seine Stimme versagte. In den nächsten Tagen konnte er nur flüstern.

Nach drei Tagen kam Olga wieder zu sich. Von dem Fax erzählte er ihr nichts.

Im Flugzeug gab es russische Zeitungen. Rakitin blätterte eine nach der anderen durch und stieß unvermittelt auf ein Foto seines Sohnes. Auf der letzten Seite einer Jugendzeitung wurde in der Rubrik »Besondere Vorkommnisse« mitgeteilt, in der Sredne-Sagorski-Gasse habe es in der Nacht vom zehnten zum elften Mai einen Brand gegeben, dabei sei der berühmte Krimiautor Viktor Godunow umgekommen. Die Miliz erklärte, Godunows Tod sei ein Unfall gewesen. In der Wohnung war eine Elektroleitung defekt.

Rakitin sah kurz zu seiner Frau hinüber und legte rasch die Zeitung weg.

In Scheremetjewo holte sie ein alter Freund und Nachbar, Ilja Berstein, mit seinem alten Lada ab.

»Ich habe Nikita sehr lange nicht gesehen«, sagte er, »aber eines Nachts, kurz nach den Maifeiertagen, habe ich über mir seltsame Geräusche gehört. Als ob jemand Möbel rückte. Und Schritte. Dann war alles still. Nach etwa zwanzig Minuten waren da wieder Schritte, aber andere. Offenbar mehrere Personen. Damals habe ich nicht weiter darauf geachtet, aber jetzt kommt mir das verdächtig vor. Die Miliz hat sich die Wohnung gar nicht angesehen und auch die Nachbarn nicht befragt. Wie es aussieht, glauben alle an einen Unfall. Sie forschen nicht einmal nach, warum er eigentlich aus seiner Wohnung abgehauen ist.«

»Abgehauen?« fragte Olga.

»Genau.« Der Nachbar nickte. »So wie ich Nikita kenne, und ich kenne ihn seit seiner Geburt, würde er niemals aus freien Stücken und bei klarem Verstand aus seinem eigenen Zuhause in eine fremde Höhle ziehen. Er braucht seinen Komfort, seine gewohnte Umgebung, besonders jetzt, wo er so viel schreibt. Und seinen Computer, ohne den kann er doch neuerdings gar nicht mehr leben.«

Rakitin bemerkte dankbar, daß Ilja von seinem Sohn in der Gegenwart sprach.

In der Wohnung herrschte relative Ordnung. Keinerlei Spuren eines Einbruchs, einer Durchsuchung oder eines Kampfes, jedenfalls nicht auf den ersten Blick. Rakitin warf seinen Koffer ab und rief gleich die Staatsanwaltschaft an. Dort teilte man ihm freundlich mit, der Leichnam seines Sohnes befinde sich im Leichenschauhaus des zweiundzwanzigsten Krankenhauses, und diktierte ihm die Adresse.

Ilja erbot sich, sie hinzufahren. Ohne sich erst umzuziehen und einen Tee zu trinken, machten sie sich sofort auf den Weg. Eine Dreiviertelstunde später erfuhren sie, daß der Leichnam bereits eingeäschert sei. Sie hatten keine Kraft, sich mit der kaltblütigen Angestellten des Leichenschauhauses anzulegen, und es hätte auch keinen Sinn gehabt.

»Sie müssen seine Kleidung und Wertsachen abholen und dafür quittieren«, sagte sie, griff zum Telefon und gab rasch einen Nummerncode durch. Ein paar Minuten später erschien ein finsterer Riese im grünen Kittel und legte wortlos eine winzige Plastetüte mit einem braunen Kunstlederschildchen auf den Tisch.

Darin lagen eine antikes goldenes Kreuz und ein Stück von einer Goldkette. Das Kreuz war verbogen und anscheinend angeschmolzen.

Das Kreuz hatte einmal Sergej Sokownin gehört, Nikitas Urgroßonkel. Ein eindeutiges Erkennungszeichen. Nikita nahm das Kreuz nie ab – deswegen waren seine Eltern sogar mehrmals in die Schule bestellt worden.

Olga preßte die Hand um das Kreuz. Ihr Mann unterschrieb an der Stelle, auf die der violette Fingernagel zeigte. Dann ging ihm flüchtig durch den Kopf, daß noch ein weiterer Gegenstand, von dem Nikita sich nie trennte, bei dem Brand unversehrt geblieben sein müßte. Er wollte danach fragen, unterließ es aber.

Der Stoff in der Kaffeebüchse gehörte zu einer neuen Generation von Designerdrogen, hieß Psilocybin und war in Rußland ziemlich selten.

Im Drogendezernat erfuhr Leontjew, daß es bislang aufgrund der geringen Verbreitung keine Informationen über die Quellen gebe.

Wie viele synthetische Drogen wirkt Psilocybin schnell und heftig und macht sofort abhängig. Nach einer Woche regelmäßigen Konsums entwickelt sich leichter Schwachsinn, in Gehirn und Zentralnervensystem kommt es zu unumkehrbaren Veränderungen. Bei der geringsten Überdosierung kann augenblicklich der Tod eintreten. Psilocybin ist gut in Wasser löslich, noch besser in Alkohol. Eine Dosis von zehn Milligramm kann als schnell wirkendes Gift verwendet werden.

»Hundert Gramm Psilocybin, das sind rund tausend Dollar«, sagte der Drogenexperte.

Ein gängiger Vorschuß für einen Killer, überlegte Leontjew. Wenn der Killer nur einmal eingesetzt werden sollte und überdies an der Nadel hing, dann war er vermutlich nicht mehr am Leben. Also hatte es gar keinen Sinn, weiter nach Anton zu suchen? Ein Profikiller hätte sich nicht im Nachbaraufgang einquartiert oder zumindest dort keine Waffen und Drogen aufbewahrt. Ganz versunken in diese Gedanken, hätte Leontjew beinahe seine Station verpaßt. Er sprang im letzten Augenblick aus der Metro und rannte los, obwohl er sich gar nicht beeilen mußte. Rakitins Exfrau Galina Rakitina erwartete ihn um halb fünf, und es war gerade vier. In der stillen Gasse bremste er seine Schritte und zwang sich zur Ruhe, um sich auf das bevorstehende Gespräch zu konzentrieren.

Eine hochgewachsene, ziemlich üppige Brünette öffnete ihm. Ein großer, grell geschminkter Mund, hervorquellende feuchte Augen.

»Er wurde ermordet«, verkündete sie laut und feierlich, sobald der Hauptmann eingetreten war, »das weiß ich ganz genau.«

»Warum glauben Sie das?« fragte Leontjew, zog den Mantel aus und hängte ihn auf.

»Mit Glauben hat das nichts zu tun. Kommen Sie herein. Ich erzähle Ihnen gleich alles.«

In der Wohnung herrschte ideale, nahezu sterile Sauberkeit. Kein einziges Staubkorn. Offensichtlich war hier erst kürzlich renoviert worden; es gab wenig Möbel, aber alles war neu, praktisch und bequem, echtes Holz. Der Hauptmann registrierte mechanisch, daß die Exfrau des berühmten Schriftstellers, allein lebend und arbeitslos, keineswegs Not litt.

»Ziehen Sie bitte Pantoffeln an«, sagte die Hausfrau erschrocken, als er den hellen, lackierten Wohnzimmerfußboden betrat.

»Ja, natürlich, Entschuldigung.« Der Hauptmann ging wieder in den Flur, zog die Schuhe aus und schlüpfte in weiche Pantoffeln, von denen etwa zehn Paar in einem Filzbeutel im Flur hingen.

Wie im Museum, dachte er und setzte sich in einen Samtsessel neben einem kleinen Couchtisch.

»Geraucht wird bei uns nicht«, sagte die Hausherrin, obwohl er gar keine Anstalten machte, seine Zigaretten vorzuholen.

Sie ließ sich ihm gegenüber nieder, musterte ihn mit einem kühlen, abschätzigen Blick, dann seufzte sie tief, und ihr Gesicht bekam plötzlich einen traurigen, ja kläglichen Ausdruck. In den vorquellenden großen Augen glitzerten Tränen.

»Das ist ein solcher Kummer«, flüsterte sie. »Sie wissen ja, wir sind seit langem geschieden, aber wir standen uns noch immer sehr nahe.«

»Ja, ich verstehe.« Der Hauptmann nickte. »Sagen Sie, Galina Nikolajewna, wann haben Sie Nikita Jurjewitsch das letztemal gesehen?«

»Ich bitte Sie sehr, mich nicht zu unterbrechen«, flüsterte sie hastig und hob abwehrend den molligen Arm. »Zuerst erzähle ich Ihnen alles, was ich weiß, und dann können Sie Ihre Fragen stellen. Das ist mir lieber.«

»Bitte. Ich höre.«

»Ich bin studierte Psychologin, beherrsche zwei Fremdsprachen, Englisch und Französisch, und finde trotzdem keine Arbeit«, begann sie, und ihre Stimme klang nun betont ruhig, was unterschwellige Hysterie verriet. »In dieser schrecklichen Zeit werden Profis nicht gebraucht. Aber ich habe ein Kind. Haben Sie Kinder?«

»Nein.«

»Aber Sie verstehen mich sicher trotzdem. Also. Ich habe mich lange qualvoll bemüht, eine anständige Arbeit in meinem Beruf zu finden. Jedesmal vergeblich. Vor drei Monaten bekam ich plötzlich ein Angebot, das mir durchaus seriös erschien und vor allem zuverlässig und dauerhaft. Es ging um die Gründung einer Firma, das heißt einer GmbH. Immobilienhandel. Mir wurde nicht nur eine Stelle angeboten, sondern eine Beteiligung, das heißt, ich sollte einen Teil der Aktien erwerben, und zwar zu äußerst günstigen Bedingungen. Natürlich besaß ich die nötige Summe nicht – wie auch. Aber es gab eine Variante, die ich akzeptabel fand.« Ihr monotoner, scheinbar ruhiger Ton drohte jeden Augenblick in Schluchzen umzuschlagen.

»Verzeihen Sie, Galina Iwanowna«, unterbrach sie der Hauptmann vorsichtig. »Ich würde doch gern erfahren, wann Sie Nikita Jurjewitsch das letztemal gesehen haben.«

»Sie sollen mich nicht unterbrechen!« Die Hysterie schien kaum noch zu unterdrücken, ihre Stimme hatte nun einen unangenehm schrillen Unterton. »Begreifen Sie denn nicht, wie schwer das alles für mich ist? Ich weiß nicht, wohin mit mir, das ist ein furchtbares Trauma. Bitte lassen Sie mich ausreden. Und dann stellen Sie Ihre Fragen.«

»Gut, wenn Ihnen das leichter fällt. Ich höre, Galina Iwanowna.«

»Also, ich bekam ein günstiges Angebot. Statt das Geld einzuzahlen sollte ich nur ein Papier unterschreiben, daß ich den Betrag bei einer anderen Firma geliehen hätte, und mit dieser Quittung sollte mein Aktienanteil beglichen werden. Man erklärte mir, das sei eine reine Formalität für irgendwelche offiziellen Instanzen. Die Quittung war nur ein Blatt Papier, nicht einmal notariell beglaubigt. Die Leute, die mir das Angebot unterbreiteten, wirkten vertrauenerweckend. Ich bin immerhin Psychologin und kann Menschen beurteilen.«

»Geht es vielleicht etwas konkreter? Was waren das für Leute? Wo und wie haben Sie die kennengelernt? Namen, Telefonnummern?«

»Sie haben immer mich angerufen. Meine Daten sind bei einer Arbeitsvermittlung erfaßt.«

»Das heißt, niemand hat Ihnen diese Leute empfohlen?«

»Also wissen Sie, wenn man auf eine Empfehlung wartet, dann bleibt man bis ins hohe Alter arbeitslos.« Sie zuckte empört mit den Schultern. »Heutzutage muß man nach jeder Chance greifen.«

»Moment mal«, unterbrach Leontjew, »Sie haben also

völlig Unbekannten einen Schuldschein unterschrieben, obwohl Sie sich in Wirklichkeit gar kein Geld geliehen hatten? Wie hoch war denn die Summe?«

»Fünfzigtausend Dollar. Hören Sie, wie heißen Sie noch ...«

»Andrej Michailowitsch.«

»Also, Andrej Michailowitsch, entschuldigen Sie, aber stellen Sie mich bitte nicht als Idiotin hin. Das Ganze wirkte sehr seriös. Ich reichte eine Bewerbung ein, füllte einen Fragebogen aus, wurde eingestellt und bekam einen Vorschuß ausgezahlt, fünfhundert Dollar. Erst danach unterschrieb ich den Schuldschein. Verstehen Sie doch, das war eine reine Formalität. Mir wurde versichert, niemand würde dieses Geld je von mir verlangen. Und ich war damals so fertig von der Arbeitssuche, ich war total am Ende. Wissen Sie, was es für jemanden mit meinem Niveau, mit meiner Qualifikation, mit meiner beruflichen Erfahrung ...«

»Na schön« – dem Hauptmann riß der Geduldsfaden –, »haben Sie denn noch irgendwelche Unterlagen?«

»Nein. Die hat alle Nikita mitgenommen. Ich hatte eine Kopie des Schuldscheins, den Fragebogen, eine ganze Menge Papiere. Unterbrechen Sie mich nicht, jetzt komme ich zum Wichtigsten. Nach ein paar Tagen bekam ich einen Anruf: Ich wurde sehr grob aufgefordert, das Geld zurückzuzahlen. Selbstverständlich versuchte ich sofort, mich mit den Leuten in Verbindung zu setzen, aber sie waren verschwunden. Ihre Telefone waren tot – ich hatte zwei Mobiltelefonnummern, aber da hörte ich immer nur: Der gewünschte Teilnehmer ist zur Zeit nicht erreichbar. Und die Drohungen gingen weiter. Das war ein solcher Alptraum, das kann ich Ihnen gar nicht beschreiben! Männer in einem Jeep fingen an, meine Tochter zu verfolgen.«

»Haben Sie sich an die Miliz gewandt?«

»Natürlich nicht.«

»Warum nicht?«

»Eine naive Frage, ehrlich. Wer wendet sich denn heutzutage an die Miliz? Da sitzen doch auch nur Banditen.«

»Danke für die Blumen.« Der Hauptmann lachte spöttisch.

»Ich rede ja nicht von Ihnen. Aber jeder weiß doch ... Was Mascha und ich alles durchgemacht haben! Drohbriefe, endlose Anrufe. Sie kamen sogar zu uns nach Hause. Sie hätten diese Männer sehen sollen!«

»Haben Sie die Drohbriefe noch?«

»Die hat auch Nikita mitgenommen. Er war der einzige, an den ich mich wenden konnte. Immerhin ist Mascha seine Tochter. Und wissen Sie, er hat das Ganze tatsächlich schnell geregelt. Jedenfalls wurden Mascha und ich in Ruhe gelassen.«

»Wie hat er es denn geregelt?«

»Keine Ahnung. Natürlich mußte ich mir von ihm eine Menge unschöner Worte anhören, und erst hat er mir auch nichts versprochen, aber nach ein paar Tagen rief er an und sagte, es sei alles in Ordnung.«

»Und Sie haben sich nicht dafür interessiert, wie er das Problem gelöst hat?«

»Natürlich habe ich das. Was meinen Sie denn? Ich wußte schließlich, daß er eine solche Summe nicht flüssig hatte. Aber er hat mir nichts erklärt. Und dann ist er nach Antalya geflogen. Für eine Woche, hat er gesagt. Danach habe ich ihn nicht mehr gesehen.«

»Moment mal – nach Antalya? Wann?«

Die Wohnungstür klappte, und kurz darauf stand ein etwa zwölfjähriges Mädchen auf der Wohnzimmerschwelle. Der Hauptmann hatte Rakitin nie lebend gesehen, bemerkte aber sofort, daß Mascha ihrem Vater verblüffend ähnlich sah. Ein schmales, ein wenig langgezogenes Gesicht, helles Haar, große graue Augen.

Der weite Jeansoverall war ihr mindestens vier Nummern zu groß und sah an der dünnen Mädchenfigur ziemlich komisch aus. Die klobigen, gestreiften Plateauschuhe wirkten wie Hufe. Der Hauptmann fand diese aktuelle Teenagermode – wie nannten sie sich? Rapper? Raver? – irgendwie absurd, besonders bei einem dünnen, schmächtigen Mädchen.

»Wo willst du hin mit den Schuhen?« fragte Galina geschäftig. »Zieh dir Pantoffeln an, wasch dir die Hände und mach dir die Suppe warm.«

»Guten Tag, Mama.« Mascha warf die Schuhe ab, kam herein und setzte sich in einen Sessel. »Guten Tag«, begrüßte sie Leontjew mit einem Kopfnicken und warf ihm unter dem langen Pony hervor einen raschen, aufmerksamen Blick zu.

»Mascha, was habe ich gesagt? Hier hast du nichts zu suchen. Der Mann ist von der Miliz. Das Gespräch ist nichts für dich. Geh dir die Hände waschen, dann iß was und mach deine Hausaufgaben.«

»Ja, Mama, gleich. Sie sind wegen Papa da?« wandte sie sich an den Hauptmann.

»Ja. Ich heiße Andrej Michailowitsch.«

»Sehr angenehm. Mascha Rakitina.« Das Mädchen lächelte schwach. »Sie versuchen also doch, die Sache aufzuklären?«

»Mascha!« Galina hob die Stimme. »Du störst, verschwinde.«

»Verzeihen Sie, Galina Iwanowna, wenn Sie nichts dagegen haben, würde ich gern auch mit Mascha sprechen«, mischte Leontjew sich ein.

»Sie sind also von der Miliz?« fragte Mascha nachdenklich. »Kann ich mal Ihren Ausweis sehen?«

»Mascha!« schrie Galina empört. »Raus mit dir, sofort! Wie benimmst du dich?«

»Sie benimmt sich vollkommen richtig.« Leontjew lächelte und reichte Mascha seinen Dienstausweis.

»Danke, Andrej Michailowitsch.« Das Mädchen studierte den Ausweis aufmerksam und gab ihn Leontjew zurück. »Alle sagen, es war ein Unfall.«

»Noch ist das nicht restlos klar.«

»Wird es auch nie sein.«

»Nein, das ist doch einfach unmöglich!« Galina explodierte. »Was mischst du dich ein? Das ist ein Erwachsenengespräch!«

Mascha ignorierte das, blieb sitzen und starrte weiter den Hauptmann an. Er begriff, daß sie um eine wichtige Entscheidung rang.

Schließlich stand sie wortlos auf, verließ das Zimmer, und als sie nach ein paar Minuten zurückkam, reichte sie Leontjew einen großen, dicken Umschlag.

»Hier, sehen Sie sich das an.«

Der Hauptmann zog einen dünnen Stapel Farbfotos heraus. Sie zeigten einen schwarzen Jeep und daneben drei muskulöse Banditen aus verschiedenen Blickwinkeln. Die Aufnahmen wirkten wie mit versteckter Kamera gemacht, wobei es dem Fotografen vor allem auf die Gesichter angekommen war.

Auf den letzten beiden Fotos erkannte Leontjew Galina neben einem älteren, dicken Mann. Ein großes, sympathisches Gesicht, rotes Bärtchen, ein Kranz aus welligem rotem Haar um eine glänzende rosa Halbglatze. Sie standen vor einem nagelneuen kleinen Lada. Auf dem einen Foto küßte der Mann Galina galant die Hand. Auf dem anderen unterhielten sie sich – dieses Foto war offenkundig gemacht worden, um das Gesicht des Mannes möglichst groß und deutlich en face zu erwischen.

»Die hier mit dem Jeep, die standen vor der Schule, dann sind sie langsam neben dem Bürgersteig hergefahren, als ich nach Hause ging. Später kamen sie in unsere Wohnung. Sie sagten zu Mama, sie würden mich vor ihren Augen vergewaltigen und umbringen, wenn sie das Geld nicht zurückzahlt. Und der Dicke mit dem Lada, der hat Mama den Schuldschein abgeschwatzt. Papa hat die Filme und die Fotos zusammen mit den Papieren mitgenommen und gesagt, ich dürfe niemandem je erzählen, daß ich diese Leute fotografiert habe. Aber für alle Fälle habe ich mir auch Abzüge gemacht, und nun sind sie ganz nützlich, sehen Sie.«

»Von wo hast du denn die Fotos geschossen?« fragte Leontjew leise.

»Aus dem Küchenfenster. Ich hab die Vorhänge vorgezogen und nur einen schmalen Spalt gelassen. Sie haben nichts bemerkt.«

»Ein Irrenhaus!« schrie Galina plötzlich und griff sich an den Kopf.

Die ganze Zeit hatte sie schweigend dagesessen. Die Fotos waren für sie ebenso eine Überraschung wie für den Hauptmann.

»Ich wußte, daß es so enden würde«, sagte sie, die Stimme wieder etwas gedämpft und noch immer die Hände gegen die Schläfen gepreßt. »Ich habe Nikita so oft gewarnt!«

»Verzeihung, wovon reden Sie?« fragte der Hauptmann irritiert.

»Wissen Sie, Nikita hat ihr jedes Kapitel, das er geschrieben hat, laut vorgelesen, direkt vom Computer«, sprudelte sie hastig hervor. »Er hat sie buchstäblich mit seinen Krimis gefüttert. Mascha hat oft bei ihm gewohnt, sie war seine erste und wichtigste Zuhörerin. Und außerdem haben sie dauernd diese idiotischen Logikspiele gespielt. Ich habe immer gesagt, das ist schädlich, ich weiß das besser, ich bin schließlich Psychologin. Er dachte sich für sie ein kurzes Sujet aus, eine ausweglose Situation, und Mascha suchte nach einer Lösung. Er hat das Kind gezwungen, sein Leben zu riskieren, zwar nur im Spiel, nur mit Worten, aber trotzdem, das ist doch furchtbar schädlich für die kindliche Psyche! Mein Gott, wenn die Banditen nun bemerkt hätten, daß Mascha sie fotografiert? Entschuldigen Sie ...« Galina stand abrupt auf und lief aus dem Zimmer. Sie weinte, bekam Wimperntusche in die Augen, und schwarze Rinnsale flossen ihr übers Gesicht.

Neunzehntes Kapitel

Felix Viktjuk, ein beleibter Sechzigjähriger, war immer galant. Er küßte jeder Dame die Hand, begrüßte jeden Mann mit kräftigem Händedruck, sah seinem Gesprächspartner offen und freundlich in die Augen und lächelte stets sanft, aufmunternd, mitfühlend, begeistert – je nachdem.

Der studierte Jurist hatte vorzeiten in einer kleinen Anwaltskanzlei angefangen. Schäbige Tische, ein staubiger Gummibaum auf dem Fensterbrett, vorm Fenster die Beine der Passanten und lautes Schimpfen, weil diese Beine dauernd in die riesige, sommers wie winters unausrottbare Pfütze traten.

Die Kanzlei lag in einem Souterrain in einer stillen Gasse im Zentrum von Moskau. Sie hatte nur wenige Klienten, die Fälle waren in der Regel langweilig und brachten kaum etwas ein, das Kollektiv war klein, aber äußerst streitsüchtig. Dünner schwarzer Tee mit Lebkuchen aus dem benachbarten Bäckerladen, körbeweise staubige Papiere, schwarze Ärmelschoner, die Klägerinnen Omas aus den umliegenden Gemeinschaftswohnungen. Eine ganz besondere, unausrottbare Papiermilbe, von der man Hautausschlag bekam, Hämorrhoiden vom vielen Sitzen, eine frühe Glatze (verursacht durch das väterliche Erbe oder durch schlichte Trostlosigkeit), ein weiches Bäuchlein – alles in allem war Viktjuk mit vierzig schon so gut wie alt.

Früher einmal hatte er von einer glänzenden Anwaltskarriere geträumt. Aber sein kleiner, verfetteter Leib mit den schmalen Schultern, sein leises Falsett und seine matten, farblosen Augen hatten nichts Glänzendes. Das einzig Glänzende an ihm war seine Glatze, ansonsten war alles an ihm matt und farblos, selbst sein Geruch: irgendwie säuerlich, ungesund; ein Greisengeruch.

Niemand war von ihm angetan, am wenigsten er selbst. Daß dieser stille, schüchterne Mann im Gerichtssaal flammende, überzeugende Reden hielt, war einfach unvorstellbar.

Vermutlich hätte Viktjuk bis ans Ende seiner Tage in der maroden Kanzlei vor sich hin vegetiert, bei miserablem Gehalt und dünnem Tee mit Lebkuchen. Aber es kam anders.

Neben der Kanzlei lag ein herrenloser, heruntergekommener Raum, der der Wohnungsverwaltung gehörte und Rote Ecke oder Leninzimmer genannt wurde.

Unter staubigen Porträts von Staats- und Parteifunktionären und Plakaten mit Brandschutz- und anderen Sicherheitsvorschriften fanden Mieterversammlungen statt, nachts saßen der Klempner und der Elektriker hier bei einer Flasche Wodka.

Eines Tages im heißen, schwülen Sommer 1987 vernahm der Anwalt, als er am Abend seine Kanzlei verließ, hinter der Tür leises, melodisches Summen und schaute neugierig in den Raum.

Auf dem zerkratzten Linoleum saßen etwa zehn Personen im Kreis, hauptsächlich ältere, häßliche Frauen, doch

Viktjuks erfahrener Blick bemerkte sogleich auch ein paar junge und ziemlich hübsche. Statt Kleidung trugen sie weiße Laken. In der Mitte des Kreises thronte ein schlitzäugiges, plattgesichtiges Geschöpf mit kahlrasiertem Schädel.

»Und jetzt ganz langsam die Arme heben«, sagte das Geschöpf mit hoher, brüchiger Stimme, »die Augen schließen und wiederholen: Der große Dsan ruft mich ins Reich der ewigen Wahrheit. Mein Begleiter ins Reich der Wahrheit, mein Licht und meine Freude ist der Guru …«

»Mein Licht und meine Freude ist der Guru«, echoten alle zehn Personen.

»Die Arme runter, einatmen, jetzt nicht mehr atmen. Keiner atmet«, kommandierte der plattgesichtige Guru.

Viktjuk bemerkte erstaunt, daß tatsächlich niemand atmete. Er zählte im stillen. Zehn Sekunden, zwanzig, eine Minute …

»Ausatmen!« kiekste der Asiat unvermittelt, und Viktjuk zuckte überrascht zusammen, als er bemerkte, daß auch er selbst auf Kommando die Luft angehalten hatte. »Schnell, alle hinlegen!« befahl der Asiat, und Viktjuk spürte plötzlich, daß ihm die Beine einknickten. Er hätte sich rasend gern auf das schmutzige Linoleum gelegt, stehen zu bleiben kostete ihn einige Anstrengung. Die Neugier gewann die Oberhand. Durch den Türspalt sah er sich den Asiaten genauer an. Nichts Besonderes. Eine abstoßende Visage.

Der Asiat stand auf und erwies sich als ziemlich klein und krummbeinig. Langsam schritt er den Kreis ab. Alle zehn Personen lagen mit geschlossenen Augen da. »Das Licht und die Freude« ging zu einer der jungen Frauen, kniete sich hin und glitt mit den Händen über ihren Körper, über ihre kräftige hohe Brust. In der staubigen Stille ertönte deutlich Stöhnen und zärtliches Flüstern: »Ich liebe den Guru. Nimm mich, Guru!«

So ein Schweinehund, dachte Viktjuk spöttisch, wie macht er das bloß?

»Wir öffnen die kosmischen Chakren«, kommentierte der Asiat in heiserem Falsett seine ungehörigen Manipulationen. Er war so damit beschäftigt, die junge »Schwester« zu begrapschen, daß er den matten, neidischen Blick, der ihn vom Türspalt aus durchbohrte, nicht gleich bemerkte. Als er ihn wahrnahm, runzelte er nur leicht die Stirn und wandte sich sofort ab.

Du Hundesohn, weißt du eigentlich, daß es dafür einen Paragraphen gibt? fragte der Anwalt ihn in Gedanken. Sexuelle Nötigung …

Doch nach kurzem Überlegen war ihm klar, daß er sich etwas vormachte. Der Asiat verstieß gegen keinen Paragraphen. Die jungen Frauen waren volljährig und besuchten den Kurs des Guru aus freien Stücken. »Nein«, murmelte Viktjuk verwirrt, »irgendeinen Paragraphen gibt es dafür. Unerlaubte Heilpraktiken, Betrug. So was ist doch nicht normal …«

Seine Verwirrung war durchaus verständlich. In diesem Raum geschah etwas Unmögliches und vollkommen Gesetzwidriges, und zwar ganz offen, die Tür war nicht einmal abgeschlossen. Aber formaljuristisch gab es dagegen keine Handhabe.

Viktjuk war ein ausgesprochener Materialist. Er glaubte nicht an jenseitige Kräfte oder Bioströme, nicht einmal an die gute alte Hypnose. Als gebildeter und neugieriger Mensch hatte er einiges über indische Yogi, tibetische Lamas und den Voodoo-Kult auf Haiti gelesen.

Die Voodoo-Anhänger glaubten nicht nur an die physische Auferstehung von Toten, sie praktizierten sie im Alltag, nutzten sie sogar zu wirtschaftlichen Zwecken.

Dafür braucht man erstens einen Todeskandidaten, zweitens einen Kugelfisch, den man in der Sonne trocknen und zu Pulver zermahlen muß. Hat man keinen Kugelfisch zur Hand, tut es auch eine Kröte bufo marinus, die man allerdings vor dem Trocknen eine Nacht lang in einem verschlossenen Glas aufbewahren sollte, zusammen mit einem gefräßigen Egel. Der Egel nagt lange und schmerzhaft an der Kröte, und ihre Drüsen sondern vermehrt wertvolles Bufotoxin ab.

Außerdem braucht man noch die Gallenblase eines toten Maultiers, weißes Talkum, schwarzes Pulver sowie diverse Kräuter. Das fertige Pulver mischt man in Speisen oder Getränke, oder man bläst dem Zombiekandidaten einfach eine Handvoll davon ins Gesicht. Der stirbt ganz normal, wird von seinen Angehörigen beweint und begraben, taucht aber plötzlich wieder auf – lebendig, aber nicht ganz.

Das war im Grunde die vernünftigste Art von Mord. Das Opfer wurde nicht einfach vernichtet, nein – nach seinem Tod konnte der nutzlose tote Körper noch so etwas wie einen idealen Diener abgeben, der nichts kostete und treu ergeben war.

Doch was Viktjuk jetzt beobachtete, erschien ihm noch viel unglaublicher. Ganz ohne Kugelfische oder Kröten wirkte der kleine Krummbeinige Wunder; er hätte die Menschen auf dem Fußboden um den kleinen Finger wickeln können, sie benutzen, wozu er wollte.

Wenn der Guru es verlangt hätte, wären sie auf die Straße gerannt und hätten die nächste Sparkasse ausgeraubt oder ihm ihre sämtliche bewegliche und unbewegliche Habe überschrieben.

Viktjuk befaßte sich sein Leben lang mit Juristerei und hielt sich für einen gebildeten, erfahrenen Mann. Er wußte, daß man das Gesetz umgehen konnte, aber das war schwierig und mühselig, zudem barg es immer das Risiko, erwischt zu werden. Nun sah er, es gab eine Art von Betrug, bei dem das Risiko faktisch gleich Null war.

Später, als der Krummbeinige sein guter Freund geworden war, reagierte er auf dessen Gerede von Karma, Chakren und Astralen nur mit skeptischem Lächeln.

»Das Licht und die Freude«, mit weltlichem Namen Kim Shanli, gebürtiger Koreaner, war einer der ersten Moskauer Emissäre der großen koreanischen Sekte »Maya, Licht und Freude«, die sich vor Jahren von Reverend Mun abgespalten hatte und seitdem selbständig agierte. An ihrer Spitze stand ein lebender Gott, ein ehemaliger Zirkusartist, der zweimal wegen Vergewaltigung verurteilte Sej Bon Dsan, ein achtzigjähriger Millionär. Die Kirche »Licht und Freude« hatte ihren Hauptsitz in Seoul, mehrere große Büros in Europa und in den USA und rund dreihunderttausend Anhänger in der ganzen Welt; Rußland war für sie bislang noch Neuland.

Kim Shanli, einer der Apostel von Sej Bon, wurde als Pionier in das barbarische Land geschickt, um Anhänger zu werben und erste Kontakte zu Behörden zu knüpfen. Er sprach leidlich Russisch – sein Großvater stammte aus Brjansk.

Der kleine koreanische Missionar mit einem Viertel russischen Blutes glaubte nicht an Mystik. Er ordnete sich die Menschen mühelos unter, indem er ihre ewigen, unausrottbaren Schwächen ausnutzte. Er war ein zynischer Verstandesmensch.

»Zuerst muß man sie mit Liebe attackieren«, sagte Shanli. »Ich umgarne jeden mit zärtlicher väterlicher Liebe, ich lasse ihn nicht zu sich kommen. Man muß jedem erst einmal einreden, daß er etwas Besonderes ist, daß er eine Menge verborgener Vorzüge hat. Ich sage jedem das, was er schon immer hören wollte. Er ist ausgehungert nach einem freundlichen Wort, und ich füttere ihn damit bis zum Abwinken. An meinen Worten zu zweifeln würde für ihn bedeuten, an sich selbst zu zweifeln. Ich gewöhne ihm das Denken ab, und er ist glücklich. Weil ich ihm dieses Glück schenke, kommt er wieder zu mir, bald kann er nicht mehr leben, ohne ständig versichert zu bekommen, daß er außergewöhnlich ist, auserwählt. Dann gehen wir an die Lösung seiner vordringlichsten Probleme. Der Mensch ist doch im Grunde ein Tier. Denken ist für ihn eine schwere Plackerei. Ich nehme ihm das Denken ab. Und er ist glücklich. Er scheut sich nicht mehr, zu leben wie ein Tier: Gras zupfen, mit leeren Augen in den Himmel starren, muhen und an nichts denken.«

Shanlis Gedanken waren kein bißchen originell, und hätte der Skeptiker Viktjuk nicht mit eigenen Augen beobachtet, wie erfolgreich der Guru seine unverschämt banale Theorie in die Praxis umsetzte, hätte er den krummbeinigen Asiaten für einen leeren Schwätzer gehalten. Aber er hatte es gesehen, und mit seinen sechzig Jahren war ihm plötzlich aufgegangen, wie erschreckend simpel es in diesem komplizierten Leben zuging.

Man mußte nicht begabt sein, nicht klug, gebildet, erfolgreich oder schön, man mußte sich nicht krummlegen, um etwas zu erreichen. Es genügte, einer Handvoll Hoffnungssuchender zu versprechen, man würde sie glücklich machen, ihre seelischen und körperlichen Gebrechen heilen, sie nicht nur vor den gegenwärtigen Problemen schützen, sondern auch vor allen künftigen einschließlich der nahenden Apokalypse, und im Ergebnis dieser schlichten psychologischen Manipulationen bekam man ergebene, zu allem bereite Sklaven, über die man nach Herzenslust verfügen konnte. Die Geschichte der Menschheit strotzt vor Gerissenen, die Tausenden, ja Millionen Menschen das Hirn vernebelten.

Ende der achtziger Jahre wurde Moskau von den verschiedensten Wahrheitsaposteln überschwemmt. Die Sekten, einheimische und importierte, gingen grob und geradlinig vor. Weiße Bruderschaft Gottesmutter-Zentrum, Aum Shinrikyoe, Muns Vereinigungskirche, die Kirche des letzen Vermächtnisses von Wissarion, Ronald Hubbards Scientology und viele andere.

Der stille Jurist aus der Kreiskanzlei begann sich ernsthaft damit zu beschäftigen. Er konnte sich nicht genug wundern, wie leicht es war, vom Leben alles zu bekommen, was man nur wollte. Normale Menschen, psychisch gesund, gebildet, verheiratet, waren bereit, einfach so, nur für ein paar Streicheleinheiten und das Versprechen, vom süßen Kuchen künftigen Glücks ein Stück abzubekommen, jedem Dahergelaufenen ihren gesamten Besitz zu überschreiben, ihre Familie zu verlassen, zu hungern, tagelang nicht zu schlafen, sich unter spezielle Geräte zur Gehirnwäsche zu legen, das heißt, eine sogenannte Initiation zu absolvieren, aufzubrechen in unbewohnte Taiga, nackt herumzulaufen, von früh bis spät irgendwelchen Quatsch nachzubeten und nicht zu denken, über nichts nachzudenken.

Allein die »Aum-Sekte« gewann in Rußland fünfzigtausend Anhänger mitsamt deren Besitz. Geld ist nur Schmutz, darum muß man es rasch loswerden und alles, was man besitzt, dem großen Vater und Lehrer übergeben.

Der amerikanische Science-fiction-Autor, Anhänger des berühmten Satanisten Crowley, der mittelmäßige Schriftsteller, aber begabte Scharlatan Lafayette Ronald Hubbard, hatte recht, als er erklärte: »Wenn du richtig reich werden willst, mußt du eine neue Religion stiften.«

Und wer will nicht reich werden?

Anfang der neunziger Jahre strömten Leute, die ihren Teil vom großen Kuchen abbekommen wollten, nach Rußland. Im Fernsehen sah man zu monotoner Musik einen barfüßigen fetten Japaner mit grobem, aufgedunsenem Gesicht, Zickenbart und ungewaschenen Zotteln im roten Pyjama einen leeren Strand entlanglaufen. Das war Asahara, ein verrückter Krimineller und Terrorist. Die genaue Summe, die der Zuständige kassiert hat, um diesen Clip ins Fernsehen zu bringen, ist bis heute unbekannt.

Im Kreml drückte ein anderer verrückter Krimineller, Sexualstraftäter und Milliardär im strengen schwarzen Anzug, der Koreaner Mun, die Hand von Michail Gorbatschow, und seine hübsche, rundliche Frau tuschelte vertraulich mit Raïssa Gorbatschowa. Wieviel hat derjenige kassiert, der dieses herzliche Treffen organisierte? Wieviel ein anderer für die Präsentation von Ronald Hubbards Buch im Kreml? Dem bescheidenen Juristen Viktjuk wurde ganz schwindelig, wenn er sich nur ungefähr die Summen ausmalte.

In Moskaus Schulen wurden neue Kurse eingeführt, zum Beispiel »Die Kunst, ein Mensch zu werden«, nach der Methode des okkulten Zentrums »Univer« (geleitet von einem gewissen Jean Gaver, einem kriminellen Pädophilen, der sich als Franzose ausgab). Auch daran hat irgend jemand gut verdient.

Nicht weniger aktiv waren einheimische »lebende Götter«, diverse Wissarions und Jungfrauen Maria Jesu, doch die ausländischen verfügten über bessere Möglichkeiten. Sie hatten in ihren freien Ländern bereits ein solides Kapital angehäuft und konnten die russischen Verfechter der Gewissensfreiheit großzügig schmieren.

Diese Futterkrippe war gerade erst im Entstehen, und man mußte flink sein. Der Koreaner, liebenswürdig und kontaktfreudig, wie es sich für einen Missionar gehört, freundete sich gern mit dem erfahrenen Juristen an und brachte ihn bald mit dem Mann zusammen, der ihn förderte – dem stellvertretenden Bildungsminister Grigori Russow.

Russow war einer der aktivsten Verfechter der Gewissensfreiheit, im Kampf für die Auferstehung des Glaubens in der heidnischen postsowjetischen Gesellschaft scheute er keine Anstrengung. Er unterstützte großangelegte Werbekampagnen in Presse und Fernsehen, förderte die Verbreitung religiöser Lehren unter Schülern und Studenten, organisierte Auftritte von Missionaren in der Moskauer Universität, überredete Schuldirektoren zur Einführung neuer Pflichtkurse, um die nach Spirituellem dürstenden russischen Kinder mit den Lehren diverser neuer Messiasse vertraut zu machen.

Dank seiner Bemühungen gingen Mun und Asahara im Kreml ein und aus – 1991 und 1992 organisierte Russow für Asahara freundschaftliche Begegnungen mit dem Sekretär des Sicherheitsrates, Oleg Lobow, mit Rußlands Vizepräsident, Alexander Ruzkoi, mit dem Vorsitzenden des Obersten Sowjets, Ruslan Chasbulatow, und anderen wichtigen Persönlichkeiten. Auf den schönen Farbfotos mit lächelnden Gesichtern und historischem Händedruck ist Russow nicht zu sehen. Er blieb immer hübsch im Schatten des lauten Ruhmes der »fahrenden Götter« und bildete sein bescheidenes Grundkapital. Das sich später in der Tat als sehr bescheiden herausstellte.

Viktjuk, der viel zu lange in der Kreiskanzlei gesessen hatte, überhäufte den stellvertretenden Minister mit neuen Vorschlägen. Zum Beispiel überzeugte er Russow davon, daß es gut wäre, eine eigene Privatdetektei zu eröffnen, die sich speziell um Fälle kümmern sollte, bei denen Leute in Sekten gingen. Man müsse doch schließlich den Unglücklichen helfen, deren Angehörige – Frauen, Männer, Kinder – eines Tages spurlos verschwanden, und zwar samt ihrem

Besitz, ihren Ersparnissen, manchmal sogar mitsamt der Wohnung. Juristisch waren sie ja machtlos. Alles geschah freiwillig, es gab kein Verbrechen, und darum suchte die Miliz die Verschwundenen in der Regel nicht einmal.

Russow fand die Idee vielversprechend, und so zog der alte Jurist bald aus seiner scheußlichen Kanzlei in eine schöne Villa in einer Seitengasse des alten Arbat. Nun hatte er ein eigenes Büro, und statt dünnen schwarzen Tees mit Lebkuchen gab es Menüs im Restaurant.

Bald lagen in allen Moskauer Anwaltskanzleien Werbezettel der Privatdetektei »Garantija«, an die jetzt die Anwälte gegen ein kleines Entgelt die Opfer totalitärer Sekten verwiesen.

Auf diese Weise hatte man sowohl die Sekten unter Kontrolle als auch jeden, der sich für deren Tätigkeit interessierte. Kraft ihrer Befugnisse als Privatdetektive und Insider verschafften sich die Leute von »Garantija« Einblick in die Vermögensverhältnisse der »lebenden Götter« und versprachen ihnen Schutz gegen jede Einmischung von außen.

Doch irgendwann nahm die Tätigkeit einiger Wahrheitslehrer eine gefährliche Richtung. Der neugierige Viktjuk hatte erfahren, daß der Moskauer Ableger der Aum-Sekte eine eigene Wachgesellschaft eingerichtet hatte, geleitet von einem Russen im Rang eines Obersten aus der Truppe von General Korshakow. Asahara bekam Zugang zum geheimen technisch-physikalischen Institut MIFI, das Kader für die russische Kernindustrie ausbildete. Außerdem unterhielt Aum Shinrikyo freundschaftliche Kontakte zu Veteranen der berühmten Alpha-Truppe und anderer Spezialabteilungen, und Aum-Anhänger wurden auf einem Übungsplatz des Innenministeriums im Schießen, Nahkampf und Bombenlegen ausgebildet.

Viktjuk analysierte die gesammelten Informationen und

seine eigenen unguten Gefühle und sprach darüber mit Russow, der ihm widerwillig zustimmte, daß es Zeit sei, die Detektei »Garantija« dichtzumachen und sich überhaupt allmählich von den Wahrheitslehrern zu distanzieren.

Nur drei Monate später, am 20. März 1995, erschütterte die Nachricht vom Saringas-Attentat in der Tokioter U-Bahn die Welt. Keiner weiß, ob die wichtigen Leute im Kreml, die mit dem Terroristen Asahara so gut Freund waren, nach diesem Ereignis ruhig schlafen konnten – Russow jedenfalls mußte ein paar Wochen lang Schlafmittel nehmen.

Viktjuk erwartete keine Dankbarkeit. Er war bescheiden und wollte nur eines: für Russow weiterhin nützlich und unentbehrlich bleiben, ein enger Freund und guter Ratgeber.

Russow machte eine glänzende politische Karriere und stieg immer höher auf, Viktjuk blieb sein Freund und Berater. Aber er hatte nicht die Absicht, sich auf Russow allein zu beschränken. Wer weiß, wie das Leben sich noch einmal wendete?

Von den Missionaren der neuen Spiritualität hatte Viktjuk die Kunst gelernt, allen zu gefallen, vom ersten Augenblick an Sympathie und Vertrauen zu gewinnen. Jedem Gesprächspartner sagte er genau das, was dieser hören wollte, und zwar auf eine Weise, daß niemand, und sei er noch so klug und selbstkritisch, auf die Idee kam, Viktjuk der Unaufrichtigkeit zu verdächtigen.

Nicht etwa, weil Viktjuk jeden Menschen durchschaute, nein, das konnte er nicht, der kleine sechzigjährige, rothaarige Dickwanst mit den Hämorrhoiden und dem Hexenschuß. Der Trick bestand in etwas anderem. Viktjuk wußte genau, daß jeder Mensch, unabhängig von Geschlecht, Bildungsgrad und materiellem Wohlstand, sich weit mehr für sich selbst interessierte als für seinen Nächsten. Man mußte also jedem die Möglichkeit geben, über sich zu reden. Mochte der Nörgler ruhig nach Herzenslust nörgeln, der Angeber angeben, der Schwindler schwindeln. Auf den ersten Blick keine Kunst, möchte man meinen, aber versuche mal einer, im bösen Alltag allen und jedem zu gefallen, jeden glauben zu machen, deine Aufmerksamkeit und Sympathie sei vollkommen uneigennützig. Doch genau das verlangte Viktjuks Arbeit – Vertrauen und Sympathie. Er war einfach verpflichtet, allen zu gefallen, denn die Ware, mit der er seit drei Jahren handelte, war wohl das Abstoßendste von allem, was man für Geld kaufen konnte.

Der lebensfrohe, beleibte Viktjuk handelte mit dem Tod. Nein, er selbst krümmte niemandem ein Haar, er tat keiner Fliege etwas zuleide. Er war Vermittler, Bevollmächtigter, Berater und, nebenbei bemerkt, erfinderischer Ideengeber.

Die Dienste, die er anbot, umfaßten nicht nur die Suche nach einem Vollstrecker und dessen vorherige Überprüfung, die Verhandlungen mit ihm, die Übergabe des Geldes und der Informationen über das potentielle Opfer. Zum Katalog seiner Dienstleistungen gehörten auch Erpressung, Einschüchterung und das Sammeln von Belastungsmaterial.

Russow war noch immer sein enger Freund und ständiger Klient. Von Viktjuk stammte die großartige Idee mit dem Schuldschein über fünfzigtausend Dollar. Er war der Mann, den Mascha Rakitina mit versteckter Kamera auf dem Hof neben einem nagelneuen hellen Lada dabei fotografiert hatte, wie er ihrer Mutter galant die Hand küßte.

Zwanzigstes Kapitel

Am 5. Juli 1983 verletzte Anton Jewgenjewitsch Sliwko, geboren 1962, Russe, wohnhaft: Gebiet Moskau, Dorf Powarowka, Krasnaja-Straße 7, seine Bekannte Xenija Terentjewna Iljuschina, geboren 1939, wohnhaft: Stadt Klin, Gebiet Moskau, Kolchosnaja-Straße 12, Wohnung 3, mit drei Messerstichen, von denen einer tödlich war.

Er unternahm keinerlei Versuch, die Spuren der Tat zu verwischen, und entwendete keine Wertgegenstände aus der Wohnung der Toten. Sliwko legte den Leichnam aufs Bett, bedeckte ihn mit einem Laken, verließ das Haus, lief zur Bahnstation, stieg in den Vorortzug, fuhr in sein Dorf, ging nach Hause, wusch sich und legte sich schlafen. Auf die Frage seiner Mutter, woher das Blut an seiner Kleidung stamme, antwortete er: »Ich habe Xenija umgebracht.«

Er wurde sofort verhaftet. Er leugnete seine Schuld nicht, erklärte, er sei betrunken gewesen und habe die Iljuschina aus Eifersucht getötet.

Die Nachbarn erklärten, Sliwko habe die alleinstehende Bibliothekarin Xenija Iljuschina häufig besucht, er sei der Lebensgefährte dieser Frau gewesen, die vom Alter her seine Mutter hätte sein können.

Laut psychiatrischem Gutachten war Sliwko zurechnungsfähig und litt nicht unter auffälligen psychischen Störungen. Er betrieb keinen Alkoholmißbrauch. Vom Armeedienst war er wegen eines Geburtsschadens freigestellt worden.

Sliwko war ein stiller, unauffälliger junger Mann. Er hatte eine Zimmermannslehre absolviert und arbeitete im Kolchos. Das einzig Sonderbare an ihm war sein Hang zu Frauen, die mindestens zwanzig Jahre älter waren als er. Gleichaltrige Mädchen interessierten ihn nicht.

Die Affäre mit der Iljuschina, behauptete er, war die erste große Liebe seines Lebens. Er hatte der Bibliothekarin Hand und Herz angetragen, doch sie wies ihn ab. Gekränkt und eifersüchtig, stürzte er sich mit den Fäusten auf die Geliebte, dann geriet ihm ein Küchenmesser in die Hand.

Vor Gericht zeigte Sliwko aufrichtige Reue, in der Strafkolonie verhielt er sich ruhig und unauffällig, verstieß nie gegen die Vollzugsregeln. Er saß die ganzen zehn Jahre friedlich ab.

Von einem alten Archivfoto blickte ein verschreckter, verwirrter Junge Hauptmann Resnikow an. Sliwko wirkte mit seinen einundzwanzig wie höchstens siebzehn: dünner Hals, weicher, willenloser Mund. In seinem Gesicht lag etwas Klägliches, ja Krankhaftes. Solche Menschen wurden in der Haft meistens gebrochen.

Doch manchmal war es auch umgekehrt, manchmal weckte die Haft in einem schwachen, stillen Jungen das zähe kleine Raubtier, das dann zu einem gefährlichen großen Tier heranwuchs. Zum Beispiel zum Auftragsmörder.

Natürlich reichten Fotos nicht aus für eine solche Diagnose. Die Fotos, die kurz vor der Entlassung gemacht worden waren, zeigten einen erschöpften, nicht sonderlich gesunden Mann. Das Lager hatte unauslöschliche Spuren hinterlassen. Ein Ausdruck von ängstlichem Argwohn, scharfe frühe Falten, graue Ringe unter den Augen, fest zusammengepreßte Lippen. Doch in den fünf Jahren in Freiheit konnte Sliwko sich total verändert haben, womöglich war er inzwischen wohlgenährt und gepflegt, hatte sich neue Schneidezähne machen und einen Bart wachsen lassen.

Im Dorf Powarowka fand Hauptmann Leontjew unter der angegebenen Adresse – Krasnaja-Straße 7 – eine mit Brettern vernagelte, halbverfallene Hütte und einen mit

Unkraut und Brennesseln überwucherten Hof vor. Sliwkos Mutter war vor sieben Jahren gestorben; sie hatte die Freilassung ihres Sohnes nicht mehr erlebt. Die Nachbarn erinnerten sich, daß Anton 1993 eines Tages aufgetaucht sei, rund zwei Monate in dem Haus gewohnt habe und dann spurlos verschwunden sei.

»Vielleicht hat Soja ihn in Moskau untergebracht?« mutmaßte eine alte Angestellte in der Kreismeldestelle.

»Pah, die Soja braucht den so nötig wie ein Hund ein fünftes Bein!« Ein Opa in Wattejacke, der im Büro saß und rauchte, offenbar ein Besucher der Angestellten, lachte skeptisch.

»Wieso denn nicht, er ist immerhin ihr Blutsverwandter. Und sie hat bestimmt einen Haufen Geld.«

»Leute, die Geld haben, die geben's für sich aus, nicht für andere«, bemerkte der Opa zu Recht. »Die Soja, diese Zicke, die war noch kein einziges Mal am Grab ihrer Schwester. Und da meinst du, die kümmert sich um ihren Neffen?«

»Als er noch klein war, hat sie das jedenfalls getan«, erinnerte sich die Frau. »Vielleicht tut sie's ja auch jetzt. Sie hat doch keine eigenen Kinder.«

»Soja Anatoljewna Astachowa ist Anton Sliwkos leibliche Tante«, erklärte der Revierbeamte, »sie lebt seit langem in Moskau. Sie ist seine einzige nahe Verwandte.«

»Wir müssen uns treffen und reden. Sie müssen dringend nach Moskau kommen.«

»Was? Sind Sie verrückt? Ich kann im Moment nicht, ausgeschlossen. Wenn es so dringend ist, warum setzen Sie sich dann nicht ins Flugzeug und kommen her?«

»Nach allem, was passiert ist, tue ich das lieber nicht.«

»So? Was ist denn passiert?«

»Das wissen Sie genau! Ein Unfall. Ein Brand. Und es gab eine Leiche. Dabei hatte ich Sie gewarnt.«

»Wovor? Was für eine Leiche? Wovon reden Sie? Ich glaube, Sie sollten sich mal ausruhen. Nehmen Sie Urlaub, fahren Sie nach Spanien oder nach Griechenland.«

»Hören Sie auf. Spielen Sie vor mir nicht den Ahnungslosen. Sie sind bei mir gewesen.«

»Moment, jetzt erklären Sie mir erst mal, was los ist! Wer ist bei Ihnen gewesen?«

»Ein Milizhauptmann.«

»Name?«

»Andrej Michailowitsch Leontjew. Vom operativen Dienst des Südöstlichen Bezirks.«

»Aha, ich verstehe.«

»Gar nichts verstehen Sie. Überhaupt, das ist nichts fürs Telefon.«

»Dann müssen Sie herkommen. Eine andere Alternative gibt es nicht.«

»Es gibt in der Tat keine Alternative. Vor allem für Sie. Sie haben diese Suppe eingebrockt. Ich habe Sie gewarnt, aber Sie wollten nicht auf mich hören. Übrigens, wissen Sie vielleicht, wo Anton ist?«

»Ich fürchte, Sie sind einfach mit den Nerven runter. Was für eine Suppe? Und woher soll ich wissen, wo Ihr Neffe ist?«

»Einer Ihrer Männer hat sich vor einem Monat mit ihm getroffen und dann noch ein paarmal. Anton hat gesagt, er würde bald Geld haben, viel Geld, man habe ihm einen Job angeboten.«

»Aber überlegen Sie doch mal: Ihr Neffe ist krank. Er ist drogensüchtig, er hat zehn Jahre gesessen. Was für einen Job soll ihm mein Mann angeboten haben? Und wie kommen Sie überhaupt darauf, daß das einer von meinen Leuten war?«

»Ich hab ihn erkannt. Er hat bei ›Garantija‹ gearbeitet. Ich habe Anton nämlich beobachtet, als seine Stimmung sich plötzlich so rapide veränderte. Sie sagen ja selbst: Er ist krank. Ich bin für ihn verantwortlich, deshalb muß ich wissen, was mit ihm vorgeht, mit wem er sich trifft, was für ein Job ihm da angeboten wird. Ich habe niemanden außer Anton. Also, wo ist er?«

»Seien Sie nicht so hysterisch. Ich habe verstanden, dieses Gespräch ist wirklich nichts fürs Telefon.«

Soja legte auf und griff nach den Zigaretten. Sie hatte schon lange geahnt, daß man sich mit diesem Mann besser nicht einließ. Er war so selbstsicher, daß es schon an Dummheit grenzte. Aber Russow hatte ihr bisher immer geholfen.

Vor einiger Zeit hatte sie sich mit alternativer Medizin befaßt, und das war für eine diplomierte Ärztin ziemlich gefährlich. Wahrsagerinnen, Hexen und Wunderheiler konnten sich immer herausreden, wenn etwas schiefging. Ein Arzt mit Diplom dagegen trug die volle Verantwortung.

Eines Tages geriet Soja Astachowa, teils dank Russows Aktivitäten, teils durch ihre eigenen kühnen Experimente, sehr dicht an die Grenze, wo die alternative Medizin endet und die trockenen, gnadenlosen Paragraphen des Strafgesetzbuches beginnen.

»Ich habe Sie gewarnt«, sagte sie zu Russow, »das nimmt noch ein böses Ende. Sie können sich da irgendwie rauswinden, aber ich? Was wird aus mir? Daß Sie Bescheid wissen: Ich werde Sie nicht decken.«

»Warum denn so finster, Soja? Es gibt einen wunderbaren Ausweg. Sie wechseln einfach den Beruf.«

»Und was soll ich werden, wenn ich fragen darf?«

»Cheflektorin eines Buchverlags«, erwiderte er, ohne zu zögern.

»Was sagen Sie?« Sie verschluckte sich vor Überraschung und griff, zum erstenmal im Leben, mechanisch nach einer Zigarette. Sie zog sie aus der Packung, die auf dem Tisch lag, und zündete sie an, herzlich belacht von Russow.

»Na sehen Sie, Soja! Schon werden Sie ein anderer Mensch. Sie mit einer Zigarette in der Hand – das schien mir undenkbar. Als Cheflektorin kann ich Sie mir dagegen durchaus vorstellen. Sie haben immerhin zwei Bücher geschrieben, sogar echte Bestseller. Sie haben eine Menge Leute davon überzeugt, daß fasten, auf dem Kopf stehen und seinen eigenen Urin trinken sehr gesund ist. Und da sagen Sie, Sie verstehen nichts von Literatur?«

Die Astachowa glaubte, er wolle sie verspotten, doch er fuhr ungerührt fort: »Formal gehört mir der Verlag nicht. Ich bin nur einer der Gründer und besitze einen kleinen Anteil daran. Aber ich habe eine Menge Geld investiert, darum möchte ich eine Person meines Vertrauens auf einem verantwortlichen Posten im Verlag haben. Die Gelegenheit ist günstig. Es gab einen Konflikt zwischen dem Geschäftsführer und dem Cheflektor, die Stelle ist gerade vakant.«

»Als ob die da ausgerechnet auf mich warten.«

»Doch, das tun sie, Soja. Voller Ungeduld. Die Einzelheiten besprechen wir später. Hauptsache, ich habe Ihr prinzipielles Einverständnis. Und noch eins« – er berührte mit den Fingerspitzen sanft ihre Hand –, »erzählen Sie niemandem mehr, Sie verstünden nichts von Literatur.«

Sie trat ihren neuen Posten an und überzeugte sich bald, daß Russow recht gehabt hatte. Natürlich gab es auch Probleme und Konflikte, aber im großen und ganzen war Soja Astachowa mit ihrem neuen Beruf sehr zufrieden. Sie verdiente damit nicht weniger als vorher, im Gegenteil. Und vor allem hatte die neue Tätigkeit nichts Gefährliches und Zweideutiges. Die Astachowa war Russow aufrichtig dankbar.

Doch vor zwei Monaten hatte sie ein äußerst merkwürdiges Gespräch mit Russow gehabt. Er hatte sie ins Restaurant eingeladen und zwischen mariniertem Neunauge und in Weinlaub gebackenem Flußkrebs gefragt: »Soja Anatoljewna, was meinen Sie, welcher Autor ist zur Zeit am populärsten?«

Sie zählte ein halbes Dutzend Namen auf und versah jeden mit einem ausführlichen Kommentar.

Russow pickte sich einen Namen heraus. »Was für ein Typ ist Viktor Godunow?«

»Ein Intellektueller. Ein Profi, aber mit großen Ambitionen. Ja – was weiß ich noch über ihn?« Sie berührte nachdenklich mit der zweizinkigen Gabel den harten Panzer des Flußkrebses. »Er ist geschieden und hat eine zwölfjährige Tochter. Warum interessiert er Sie plötzlich?«

»Wissen Sie, es ist folgendes«, sagte Russow bedächtig, »ich möchte ein Buch veröffentlichen. Eine Autobiographie. Und ich brauche jemanden, der den Text bearbeitet. Wie heißt das doch gleich?« Er schnippte mit den Fingern, doch ihm fiel der Begriff nicht ein.

»Sie brauchen einen Ghostwriter«, sagte die Astachowa, »aber wie kommen Sie auf Godunow? So etwas machen normalerweise Journalisten oder Pressereferenten.«

»Ich möchte aber, daß das für mich ein Schriftsteller übernimmt. Ein renommierter Profi. Von denen, die Sie aufgezählt haben, sagt mir Godunow am meisten zu.«

»Nein, bloß nicht Godunow«, sagte die Astachowa hastig und nahm einen Schluck Mineralwasser, »jeder andere, aber nicht er.«

»Warum denn nicht?« Russow kniff die Augen zusammen und legte den Kopf schief. »Jeder braucht Geld. Ich werde gut zahlen. Dreimal soviel, wie er für seinen letzten Roman bekommen hat.«

Woher wissen Sie denn, wieviel er für seinen letzten Roman bekommen hat? wollte die Astachowa fragen, besann sich jedoch. Ihr ging auf, daß Russow bluffte. Er wußte bestens Bescheid über Godunow und hatte bereits alles beschlossen. Von ihr wollte er etwas ganz anderes. Keine Information und schon gar nicht ihre Meinung. Aber was dann?

»Grigori Petrowitsch, sind Sie sicher, daß er sich darauf einläßt? Bei seiner Popularität, bei seinen Ambitionen als Ghostwriter zu fungieren …«

»Ich bin sicher.« Russow lächelte breit. »Er wird seine Ambitionen schon zügeln.«

»Ich kann nur wiederholen, Godunow ist der denkbar ungeeignetste Kandidat.« Sie beugte sich über den Tisch und sprach sehr leise weiter: »Hören Sie, Grigori Petrowitsch, in der Biographie jedes Politikers, auch in Ihrer, gibt es Dinge, die nicht unbedingt publik werden sollten. Angenommen, er willigt ein, könnte er etwas ganz anderes schreiben, als Sie wollen. Und tun Sie bitte nicht so, als verstünden Sie nicht, wovon ich rede.«

»Ich verstehe sehr gut, Soja. Sie sind eine kluge Person. Genau diese Möglichkeit wollte ich mit Ihnen besprechen.«

»Da gibt es nichts zu besprechen. Was Sie sich da in den Kopf gesetzt haben, könnte zu ernsthaften Unannehmlichkeiten führen, nicht nur für Sie, auch für mich. Ich bezweifle nicht, daß Sie eine Möglichkeit finden werden, Godunow zu zwingen, den ›Neger‹ für Sie zu spielen. Ich kenne Sie gut genug. Aber ich kenne auch Godunow. Er könnte urplötzlich Ihrer Kontrolle entgleiten. Könnte Dinge ausbuddeln, seine Nase in Angelegenheiten stecken, die …«

»Also, folgendes, Soja«, unterbrach Russow sie mit leichtem Stirnrunzeln, »mein Entschluß steht fest. Von Ihnen erwarte ich nur eines: Rückendeckung. Daß Godunow für mich arbeitet, darf niemand wissen, bis der Text fertig ist. Eben für den Fall, daß er, wie Sie es ausdrücken, plötzlich meiner Kontrolle entgleiten sollte. Ich bin sicher, das wird nicht geschehen, er wird genau das schreiben, was ich verlange, aber zusätzliche Vorsicht schadet nie.«

Leider hatte Soja Astachowa recht behalten. Russow hatte Godunow beseitigen müssen. Zwar hatte er keine Mühen gescheut, einen Unfall zu arrangieren, doch nun stellte dieser Hauptmann bohrende Fragen, und morgen sollte sie noch einmal vernommen werden. Das Ganze war äußerst unangenehm. Erstens war Soja Astachowa die einzige, die Bescheid wußte und somit für Russow eine reale Gefahr darstellte. Zweitens hatte der Verlag einen seiner besten Autoren verloren, und drittens ...

»Wo ist nur mein Anton?« murmelte sie und zündete endlich die Zigarette an, die sie schon die ganze Zeit in der Hand gehalten hatte.

Sie hatte ernsthafte Gründe, sich um ihren Neffen zu sorgen. Er hatte zehn Jahre wegen Mordes gesessen. Er nahm Drogen. Er war psychisch und sexuell gestört. Und dieser Unglückliche war das einzige lebende Wesen auf der Welt, das die kinderlose, einsame Soja Astachowa liebte wie ein eigenes Kind.

Ein unauffälliger asphaltgrauer alter VW parkte in der Nähe eines großen Schuhgeschäfts in der Krasnaja Presnja. Der Fahrer, ein beleibter älterer Mann mit rotem Haarkranz um eine rosa Halbglatze, löste den Sicherheitsgurt, öffnete die Tür und wollte aussteigen, hielt jedoch plötzlich inne und dachte nach.

Der Rückspiegel zeigte eine zerfurchte Stirn, die Augen wirkten vollkommen glasig, leer und durchsichtig. Wäre zufällig ein Bekannter von Viktjuk vorbeigekommen, er würde ihn nicht gleich erkannt haben: Felix Viktjuk war so düster gestimmt wie noch nie.

Er kam nun bereits zum zweitenmal hierher. Im McDonald's sollte er sich mit dem Mann treffen, für den er einen Umschlag mit fünftausend Dollar in der Aktentasche hatte. Doch der Mann kam nicht, rief nicht einmal an.

Viktjuk bezweifelte nicht, daß der Auftrag erledigt worden war. Er hatte die Leiche mit eigenen Augen gesehen. Sie war zwar schwer zu identifizieren gewesen, aber Größe, Alter, Körperbau sowie Papiere und persönliche Gegenstände belegten, daß es sich um Nikita Rakitin handelte.

Der Killer war eine zweifelhafte, äußerst unzuverlässige Person. Drogensüchtig, sexuell abartig. Seinen Vorschuß hatte er umgehend in Drogen und Waffen umgesetzt, obwohl er letztere in dieser Menge gar nicht brauchte. Der infantile Psychopath hatte einfach Spaß daran, er kaufte sich die Schießeisen genauso lustvoll und sinnlos, wie ein kleiner Junge sich im Laden auf Spielzeug stürzt. Na ja – Hauptsache, das Kind hatte Freude daran.

Der Tod des renommierten Autors Viktor Godunow war laut offiziellem Bericht die Folge eines Unfalls. Er hatte einen Stromschlag erlitten, anschließend war ein Feuer ausgebrochen – alles war bestens gelaufen. Viktjuk brannte darauf zu erfahren, wie der Mörder seinen Job erledigt hatte.

Daß er zur verabredeten Zeit nicht erschien, überraschte den Menschenkenner Viktjuk sehr. Er war sich sicher gewesen, daß der Mann umgehend sein Honorar kassieren würde. Er hatte den Vorschuß fast vollständig ausgegeben und war bereits auf den Geschmack des großen Geldes gekommen (und das waren fünftausend Dollar für ihn allerdings). Was also konnte ihn am Erscheinen gehindert haben?

Beim erstenmal, vor zwei Tagen, als Viktjuk bei feinem Nieselregen an einem Tisch auf der Straße anderthalb Stunden auf den Vollstrecker gewartet hatte, hatte er überlegt, daß es wohl vernünftig wäre, sich mit seinen Leuten im Leichenschauhaus in Verbindung zu setzen und eine »versehentliche« Einäscherung zu bestellen.

Viktjuk bekam Sodbrennen von dem Cheeseburger mit Pommes und redete sich zu, nicht vorzeitig nervös zu werden. Der Junge vergnügte sich bestimmt mit irgendeiner Oma, er mochte doch alte Omas, das war seine Abartigkeit. Oder er hatte zuviel Drogen genommen. Jedenfalls sah Viktjuk vorerst keinen Grund zur Besorgnis.

Das einzige, was er fürchtete, war die Einleitung eines Ermittlungsverfahrens. Der Tote war eine prominente Persönlichkeit gewesen, außerdem sollten in ein paar Tagen seine Eltern aus Amerika zurückkommen. Wer weiß, was denen alles einfiel? Vielleicht verlangten sie irgendwelche zusätzlichen Gutachten, wandten sich an verschiedene Instanzen? Er wußte ja noch immer nicht, auf welche Weise Rakitin getötet worden war, deshalb sollte er vorsichtshalber dafür sorgen, daß der Unfall auch ein Unfall blieb und keine Anzeichen für einen gewaltsamen Tod gefunden wurden.

Er bezahlte noch am selben Tag die Einäscherung und beruhigte sich erst einmal. Doch das Verschwinden des Killers machte ihm immer mehr Sorgen. Der Junge war wie vom Erdboden verschluckt.

Einundzwanzigstes Kapitel

»Kommen Sie schon wieder wegen Rakitin?« Soja Astachowa hob erstaunt die Brauen, als Hauptmann Leontjew in ihr Büro kam. »Entschuldigen Sie, ich habe viel zu tun.«

»Nein. Ich komme aus einem ganz anderen Grund.« Ohne eine Einladung abzuwarten, setzte sich Leontjew in einen Sessel.

»Sehr interessant.« Die Cheflektorin lachte spöttisch. »Womit kann ich dienen?«

»Soja Anatoljewna, wann haben Sie Ihren Neffen Anton Sliwko das letztemal gesehen?«

Das mußte man ihr lassen: Sie beherrschte sich großartig. Der Hauptmann würde gar nicht bemerkt haben, welchen starken Eindruck die Frage auf sie gemacht hatte, hätte er ihr ins Gesicht gesehen. Aber sein Blick fiel auf ihre Hände. Sie preßte die Finger so heftig zusammen, daß die Gelenke ganz weiß wurden. Die lackierten Nägel bohrten sich in die Handfläche, so daß er fürchtete, jeden Moment würde Blut fließen.

»Wieso, worum geht es denn?« fragte sie gleichgültig.

»Es geht darum, daß Sliwkos Fingerabdrücke auf einer Büchse mit hundert Gramm der äußerst starken Droge Psilocybin gefunden wurden. Ich denke, Ihnen als Medizinerin muß ich nicht erklären, was das ist. Außerdem wurde in der Wohnung, in der Sliwko sich eine Woche lang aufhielt, Waffen entdeckt. Drogen und Waffen gehören Ihrem Neffen. Und er selbst ist verschwunden.«

»Was für eine Wohnung? Was für eine Wohnung?« fragte die Astachowa hastig und fast im Flüsterton.

»In einem Haus in Wychino. Die Wohnungsinhaberin ist eine ältere, psychisch kranke Frau. Ihr Neffe wohnte als intimer Freund bei ihr. Allerdings nicht lange. Nur sieben

Tage. Dann verschwand er offenbar in so großer Eile, daß er die Waffen und die Drogen dort ließ.«

»Wychino?« fragte die Astachowa bedächtig.

Einen Augenblick lang tat sie dem Hauptmann leid. Ihr glattes, gepflegtes Gesicht wurde unter der dünnen Puderschicht aschgrau.

»Ja, Soja Anatoljewna. Genau in dem Haus, in dem Viktor Godunow bei einem Brand umkam. Und Ihr Neffe ist ausgerechnet in dieser tragischen Nacht verschwunden. Also, wann haben Sie ihn das letztemal gesehen?«

»Wen?« Sie starrte den Hauptmann stumpf an und blinzelte hastig, als habe sie plötzlich einen nervösen Tick.

»Soja Anatoljewna, geht es Ihnen nicht gut?«

»Ich bin in Ordnung«, sagte sie ganz langsam, »entschuldigen Sie. Ich mache mir nur Sorgen um meinen Neffen. Er ist sehr krank. Psychisch krank. Sie wissen natürlich, daß er zehn Jahre wegen Mordes gesessen hat.«

»Und was hat er danach gemacht?«

»Gearbeitet.«

»Wo?«

»Zu Hause. Bei sich zu Hause. Ich habe ihm eine Einzimmerwohnung gekauft.« Ihre Stimme klang dumpf und monoton, wie ein Tonband, das zu langsam lief. »Anton hat gestrickt.«

»Entschuldigung, was hat er?«

»Er hat gestrickt. Zuerst per Hand, dann mit der Maschine. Ich habe ihm eine japanische Strickmaschine gekauft. Er hat sehr schöne Pullover, Jacken und Kleider gestrickt. Diesen Pullover hier auch.«

»Hat er Drogen genommen?«

»Hin und wieder.«

»Was heißt hin und wieder? Sie sind doch Ärztin, Soja Anatoljewna. Ist Ihr Neffe drogenabhängig oder nicht?«

»Nein.«

»Na schön. Das sei mal dahingestellt. Wann haben Sie ihn zum letzenmal gesehen?«

»Vor zwei Wochen.«

»Wo? Unter welchen Umständen? Erzählen Sie mir das bitte möglichst genau.«

»Ich habe ihm Wolle hingeschafft. Sehr feine italienische Wolle, dunkelblau. Er sollte ein Kostüm für mich stricken. Es ist wichtig, daß er ständig beschäftigt ist. Ich habe ihn für seine Arbeit bezahlt. Er fühlte sich gebraucht. Das ist eine richtig kreative Sache, glauben Sie mir. Er hat sich da ernsthaft reingekniet, ich hab ihm Modezeitschriften gebracht, und er hat selbst neue Schnitte entworfen. Hören Sie, wie heißen Sie noch mal?«

»Andrej Michailowitsch.«

»Also, verehrter Andrej Michailowitsch, mein Neffe Anton hat mit Rakitins Tod nichts zu tun. Ein purer Zufall.«

»Was genau ist Ihrer Meinung nach Zufall?«

»Sie wissen genau, was. Er hatte eine krankhafte Neigung zu alten Frauen. Gerontophilie, das ist eine Krankheit, verstehen Sie? Er konnte einfach nichts dagegen tun.«

»Moment mal, Soja Anatoljewna, nun regen Sie sich doch nicht so auf«, sagte der Hauptmann so sanft wie möglich. »Daß Sliwko an Gerontophilie litt, ist mir bekannt ...«

»Gar nichts ist Ihnen bekannt, überhaupt nichts verstehen Sie!« schrie sie. »Lassen Sie den Jungen in Ruhe!«

»Waren Sie häufig bei ihm?« fragte Leontjew, als die Astachowa sich wieder ein wenig beruhigt hatte.

»Einmal in der Woche auf jeden Fall. Ich habe ihn nie ohne Aufsicht gelassen.«

»Zu wem außer Ihnen hatte er noch Kontakt? Hatte er Freunde, Bekannte?«

»Nein.«

»Was denn, überhaupt niemanden?«

»Er hatte Angst vor Menschen. Nach dem, was er durchgemacht hat, bekam er ernsthafte Kommunikationsprobleme.«

»Und seine Neigung zu alten Frauen? Sie haben doch eben selbst gesagt ...«

»Ich habe gar nichts gesagt! Anton hat zu Hause gesessen und gestrickt. Ich habe sehr streng auf ihn geachtet, ich habe ihn mehrmals täglich telefonisch kontrolliert.«

»Der junge Mann hat also tagelang in völliger Einsamkeit zu Hause gesessen und Pullover für Sie gestrickt?«

»Ich erkläre Ihnen doch, Anton ist krank. Das Stricken ist eine Art Behandlung, eine Arbeitstherapie. Und was die Einsamkeit angeht – ich sah einfach keinen anderen Ausweg. Er ist sehr labil, hat einen schwachen Charakter. Ich befürchtete schlechten Einfluß.«

»Woher bekam er die Drogen?«

»Welche Drogen?«

Ihr Gesicht war erdgrau, ihre Augen völlig erstarrt. Er fürchtete, sie könne jeden Moment in Ohnmacht fallen.

»Soja Anatoljewna, ich sehe, es geht Ihnen wirklich nicht gut. Wir sollten unser Gespräch erst einmal verschieben.«

»Ja«, hauchte sie.

Auf dem Weg vom Verlag setzte sich Leontjew in ein kleines Straßencafé und bestellte ein Wurstsandwich und eine Tasse Kaffee.

Eine krankhafte Neigung zu alten Frauen, überlegte der Hauptmann. Sliwko kann durchaus in dem bewußten Haus in Wychino gewesen sein. Ein Zufall, aber durchaus plausibel. Doch Sliwko war obendrein der Neffe der Astachowa – ziemlich viele Zufälle.

Interessant war, daß sich die Astachowa bei ihrem ersten Gespräch verhalten hatte, als sei der Tod von Viktor

Godunow für sie ohne Bedeutung. Sie hatte es nicht einmal für nötig gehalten, wenigstens anstandshalber eine gewisse – nun ja, Betroffenheit zu äußern. Das war natürlich ihre Privatangelegenheit, sie kann ja zu Rakitin gestanden haben, wie sie wollte. Aber Godunows Bücher hatten ihrem Verlag einen beträchtlichen Gewinn gebracht. War ihr das auch egal?

Beim ersten Gespräch hatte sie sich nicht adäquat verhalten, ihr ganzes Verhalten schien auszudrücken: Das ist mir gleichgültig, das geht mich nichts an. Doch wenn dem so war, warum dann der Beschwerdeanruf beim Ministerium?

Die Astachowa weiß oder ahnt etwas. Womöglich hat sie selbst damit zu tun, vielleicht nicht mit dem Mord, aber mit den Ursachen, mit dem komplizierten Netz von Motiven.

Heute hat sie einen echten Schock erlitten. Nicht weil ihr geliebter Neffe verschwunden ist – das war ihr nicht neu. Wenn sie ihn ständig kontrolliert hat, weiß sie davon schon seit einer Weile. Aber von ihm hat sie soeben erfahren, daß ihr Neffe zur selben Zeit am selben Ort war, an dem Rakitin umgekommen ist. Hat sie begriffen, daß ihr Neffe angeheuert wurde, um Rakitin zu töten? Und weiß sie, von wem und warum?

Inzwischen haßte Viktjuk diesen McDonald's-Imbiß regelrecht. Immer, wenn er herkam, nieselte es. Er war mit Anton draußen verabredet, an einem der Ecktische. Heute war der letzte der drei vereinbarten Tage. Und noch immer keine Nachricht von Anton.

Überhaupt, wenn man der Wahrheit ins Auge sah, war bei diesem verdammten Auftrag von Anfang an etwas schiefgelaufen. Viktjuk stellte fest, daß er langsam abergläubisch wurde, was wohl am Alter lag oder an seinem neuen Beruf. Der Tod war doch ein seltsames Ding. Ein Sprichwort sagte: Wem der Strick beschieden ist, der ertrinkt nicht. Ein Vermittler und ein Profikiller waren nur dann Spitze, wenn sie ein Gefühl dafür hatten, wem der Strick beschieden war und wem das Ertrinken.

Man sollte meinen, es gelte die simple, brutale Formel: Ist ein Mord erst einmal in Auftrag gegeben, dann ist das Opfer so gut wie tot, dann schützen ihn auch keine Leibwächter, kein gepanzerter Wagen, keine kugelsichere Weste und kein Helm.

Sobald der Vollstrecker den Vorschuß kassiert hat, folgt der Tod dem Opfer auf Schritt und Tritt. Heute oder morgen zertrümmert ihm eine Kugel den Schädel, explodiert ein neben ihm geparktes Auto oder er trinkt eine Tasse Kaffee, die ihm seine bewährte Sekretärin ins Büro bringt, und greift sich anschließend ans Herz, schnappt nach Luft und ist kurz darauf tot.

Doch das Leben, besser gesagt, der Tod, schoß mitunter unglaubliche Kapriolen, als wolle er Viktjuks Professionalismus verhöhnen. Er durchdachte alles bis ins kleinste, studierte gründlich Gewohnheiten, Lebensweise, Geschmack und Neigungen des potentiellen Opfers, doch dann geschah etwas, das man unmöglich vorhersehen konnte.

In dem Augenblick, da der Schuß fiel, mußte das Objekt niesen, bewegte ruckartig den Kopf, und die Kugel des Scharfschützen flog einen Millimeter an seinem Ohr vorbei. Ein Sonntagsfahrer rammte die Stoßstange des geparkten Wagens voller Sprengstoff, und die Explosion erschütterte die Umgebung zu einem Zeitpunkt, da das Opfer dreißig Meter vom Auto entfernt war, Splitter und Detonationswelle verletzten Dutzende Personen, das Zielobjekt aber erhob sich ohne den geringsten Kratzer vom Bürgersteig. Oder das

Opfer fiel aus unerfindlichen Gründen eine Sekunde vor dem Schuß plötzlich hin, und die für ihn bestimmte Kugel zerschmetterte eine Schaufensterscheibe. Hatte die Kugel ihr Ziel verfehlt, mußte am anderen Tag eine Explosion her; war die Tasse mit dem vergifteten Kaffee vom Tablett gerutscht, mußte das Opfer überfahren werden – das war für Viktjuk zum Axiom geworden. Nicht weil der Betroffene nach dem mißglückten Attentat Gefahr witterte und Vorsichtsmaßnahmen traf, sondern wegen der Regel vom Strick und dem Ertrinken.

Als der Schriftsteller Godunow nach dem mißglückten Anschlag auf dem Leningrader Prospekt plötzlich spurlos verschwunden war, nachdem er sogar noch alles, was der Auftraggeber beiseite geschafft haben wollte, aus seiner Wohnung geholt hatte und dabei den Killern erneut knapp entkommen war, hatte Viktjuk zum erstenmal eine unangenehme Kälte im Brustkorb verspürt. Irgend etwas stimmte nicht mit diesem Godunow.

Viktjuk hatte sich wie immer gründlich mit der Biographie der Zielperson beschäftigt. Nach seinem Ermessen hätte es keinerlei Schwierigkeiten geben dürfen. Der Schriftsteller hatte keine Bodyguards, fuhr kein gepanzertes Auto, konnte nicht schießen, hatte seine letzte Prügelei in der Kindheit absolviert, war schutzlos, zudem zerstreut und so vertrauensselig, daß es schon an Dummheit grenzte. Der klassische Intellektuelle. So einen zu erledigen war ein Kinderspiel. Und dann das!

Als der vertrottelte Intellektuelle plötzlich spurlos verschwand, gerieten alle in Panik. Die drei gedungenen Profikiller wollten nicht zugeben, daß sie es vermasselt hatten, und erklärten, das Opfer sei ebenfalls ein Profi, das habe seine blitzschnelle, sichere Reaktion bewiesen. Russow brüllte am Telefon und verlangte Unmögliches. Auch Viktjuk selbst war nervös. Egal, auf wen er die Schuld schob, verantwortlich für den Auftrag war letzten Endes er. Viktjuk überprüfte beharrlich und in aller Stille sämtliche verfügbaren Adressen, wo Rakitin untertauchen konnte. Es waren nicht viele. Mit Sicherheit versteckte er sich nicht bei seiner Geliebten, der Journalistin Tatjana Wladimirowa. Auch nicht bei seiner Exfrau – er würde sein eigenes Kind nicht in Gefahr bringen. Wer kam noch in Frage? Seine alte Kinderfrau? Wohl kaum.

Während Viktjuk noch grübelte, kam Russow ein glänzender Gedanke. Er rief mitten in der Nacht aus Sinedolsk an, ruhig, konzentriert, ohne das heisere Zittern in der Stimme, und nannte ihm eine Adresse: Wychino, Sredne-Sagorski-Gasse 40.

»Erklär mal«, bat Viktjuk.

»Er braucht jemanden, der ihm einerseits nahesteht und zuverlässig ist und den andererseits keiner kennt. Das heißt jemanden, den er lange nicht gesehen hat, dem er aber hundertprozentig vertraut. Ich bin im Kopf alle durchgegangen. Sinaïda Resnikowa ist eine Freundin aus der Kindheit, eine alleinstehende Malerin. Sie haben sich rund fünf Jahre nicht gesehen, kennen sich aber von klein auf. Das muß jedenfalls überprüft werden.«

Viktjuk verlor keine Zeit und schickte einen seiner obdachlosen Agenten nach Wychino. Er erfuhr umgehend, daß sich bei der Malerin ein blonder junger Mann einquartiert hatte, genau so einer wie auf dem Foto, das der Obdachlose unter den Nachbarn der Malerin rumzeigte. Für eine Flasche erzählten sie ihm genau, wie Sina mit dem Mann, der eine Tasche dabeihatte, nach Hause gekommen und anschließend weggefahren sei.

Viktjuk rief sofort die Killer an, um ihnen die angenehme Neuigkeit zu übermitteln. Aber sie konnten nirgends mehr hinfahren, auch nicht für zusätzliche fünftausend Dollar.

Die Nachricht vom Tod der drei Profis verdarb sowohl Viktjuk als auch Russow endgültig die Laune. Da überlegte der erschöpfte, zermürbte Viktjuk krampfhaft, warum ihm die Adresse in Wychino so bekannt vorkam. Wo und von wem hatte er schon mal von der Sredne-Sagorski-Gasse gehört?

Normalerweise wählte Viktjuk seine Mitarbeiter mit Bedacht, überprüfte jeden einzelnen sorgfältig, doch er verschmähte niemanden, nicht einmal Obdachlose. Man mußte flexibel und für jeden Auftrag gerüstet sein. Häufig setzte er zum einmaligen Gebrauch ziemlich finstere Typen ein, die ein Opfer rasch und ohne nachzudenken im Hausflur mit einem Dutzend Messerstiche erledigten.

Einen perfekten Mord zu organisieren ist gar nicht so einfach, deshalb ranken sich so viele Mythen und Legenden um die Institution des Profikillers. Als Indizien für einen Auftragsmord gelten zum Beispiel ein Kontrollschuß in den Kopf und eine am Tatort zurückgelassene Waffe. In Wirklichkeit ist der finale Kopfschuß für den einen tatsächlich eine Art Visitenkarte, ein anderer aber schießt vielleicht bloß nicht gut genug, um sein Opfer gleich mit dem ersten Schuß zu töten.

Was die Waffen angeht, so benutzt ein Profi in der Regel ganz spezielle Waffen. Davon gibt es nur wenige, und die wichtigsten Quellen dafür sind der Miliz bekannt. Warum also eine solche Spezialanfertigung am Tatort liegenlassen? Ist es nicht vernünftiger, sie zu beseitigen, damit sie nie gefunden wird?

Es heißt, es gebe spezielle geheime Schulen und Ausbildungslager, für die ehemalige Afghanistan-Soldaten, Tschetschenien-Veteranen, pensionierte Offiziere von Miliz und FSB, ehemalige Angehörige von Spezialeinheiten und Sportler angeworben würden. Die existieren zwar tatsächlich, aber sie überleben nie lange, ebensowenig wie ihre Organisatoren. Eine Organisation, und sei sie noch so geheim, ist immer leichter aufzuspüren als ein Privatmann, darum ist es gefährlich und unvorteilhaft, einen Killer aus einer Spezialtruppe zu engagieren. Ein guter Experte erkennt anhand der Spuren, wo der Schütze sein Handwerk gelernt hat, und von da führt die Ermittlung bald zum Killer und zu dessen Lehrern, die häufig zugleich seine Vermittler sind.

Viele Mythen erweisen sich bei genauerer Betrachtung also als haltlos.

Viktjuk gab nie etwas auf Mythen, er ging kreativ an sein Geschäft heran. Jemand, der auf den ersten Blick völlig untauglich schien, war manchmal genau der Richtige.

Ein halbverrückter Drogensüchtiger, der zehn Jahre wegen Mordes abgesessen hatte, der Neffe einer langjährigen Bekannten von Russow, lechzte nach Taten; ganz besonders reizte ihn der romantische Beruf des Killers. Russows Leute hatten Viktjuk diesen Anton schon vor einem Monat zur Bearbeitung übergeben. Viktjuk hatte sich den Jungen wie üblich erst einmal angesehen, sich ein paarmal mit ihm getroffen, ihm auf den Zahn gefühlt. Anfangs hatte Anton ihn nicht sonderlich interessiert. Eine unangenehme Schwäche, trübe Augen, eine gewisse Unterwürfigkeit – Viktjuk war sicher: Der kommt nicht in Frage. Dennoch hielt er die Verbindung aufrecht, gab Anton seine Telefonnummer.

Und nun dieser Zufall! Endlich fiel Viktjuk wieder ein, warum ihm die Adresse Sredne-Sagorski-Gasse 40 so bekannt vorkam. Genau in diesem Haus versteckte sich Anton bei einer verrückten Oma vor den wachsamen Augen seiner besorgten Tante. Hatte sich verkrochen wie in einer Höhle und wagte sich nicht hervor, aus Angst, die Tante könnte ihn finden und wieder an das demütigende Strikken setzen. Doch eines Nachts hatte er Viktjuk angerufen, ihm die Adresse genannt, wo er zu finden sei, und dummdreist gefragt, wann Viktjuk endlich einen richtigen Männerjob für ihn habe.

Wie zum Ausgleich für den Mißerfolg gab das Schicksal Viktjuk und Russow nun eine glänzende neue Chance. Selbst wenn der Irre keine professionelle Inszenierung zustande bringen sollte, würde das Ganze doch nicht nach Auftragsmord aussehen.

Schließlich lief die Sache sogar besser als geplant, denn wenn die Profis den Auftrag erledigt hätten, würden jetzt garantiert Ermittlungen laufen. Daran war niemandem gelegen. Und gespart hatten sie auch noch – ganze zwanzigtausend.

Was also beunruhigte Viktjuk so? Na schön, Anton war verschwunden. Aber der Auftrag war erledigt. Die Leiche eingeäschert. Keinerlei Spuren. Das gesamte für Russow so gefährliche Material – Disketten, Kassetten, Filme – war verbrannt. Zum Teufel mit Anton – er war drogensüchtig, Wegwerfmaterial. Womöglich hatte er sich mit Psilocybin vergiftet. Dieses Dreckzeug hatte er ja in rauhen Mengen gekauft.

Die Crux war nur, daß ein Auftrag erst dann als erledigt galt, wenn der Vollstrecker sein Honorar kassiert und über seine Arbeit Rechenschaft abgelegt hatte. Erst danach bekam auch Viktjuk den ihm zustehenden Anteil. Solange Anton nicht auftauchte, hing er also in der Luft.

Russow hatte Viktjuk seinen Konflikt mit dem renommierten Schriftsteller nur sehr vage erklärt. Seine Frau Nika war mal mit Rakitin verlobt gewesen, und nun wolle der sich angeblich an Russow rächen, weil der ihm die Braut weggenommen hätte, und sammle Belastungsmaterial gegen ihn. Warum gerade jetzt? Ganz einfach: Früher war Nikita Rakitin ein Niemand gewesen. Nun aber, als einer der populärsten Krimiautoren Rußlands, wollte er seinen Ruhm zu niederen Zwecken ausnutzen.

An die Geschichte von Liebe und heimtückischer Rache glaubte Viktjuk kaum, aber das mit dem Belastungsmaterial – o ja, davon konnte man jede Menge finden.

Rakitin war gewissermaßen ein doppelter Auftrag. Ein paar Monate vor dessen Beseitigung hatte Viktjuk die glänzende Operation mit dem Schuldschein geplant und umgesetzt. Ein voller Erfolg, wie nicht anders zu erwarten. Viktjuk hatte alles genau berechnet, die subtilsten psychologischen Nuancen berücksichtigt. Russow hatte ihm mitgeteilt, nun sei alles in Ordnung. Doch knapp zwei Monate später erklärte er, Godunow betreibe sein finsteres Geschäft weiter.

Wenn Viktjuk ehrlich war, hing ihm die Geschichte mit dem Schriftsteller zum Halse heraus. Er wollte endlich sein Geld. Sein Gehirn und seine Zeit waren dafür zu viel wert, mehr, als Russow zahlte. Und nun saß Viktjuk im Auto und rang um eine Entscheidung.

Wenn er Russow einfach mitteilte, Anton sei erschienen und habe das Geld kassiert? Er könnte ihm erzählen, der Junge habe sehr schlecht ausgesehen, sei bis obenhin voll Drogen gewesen und habe kein klares Wort herausgebracht. Wie sollte Russow das überprüfen? Gar nicht. Er würde in nächster Zeit nicht aus seinem Sinedolsk rauskommen, als frischgebackener Gouverneur hatte er alle Hände voll zu tun.

Viktjuk stieg schließlich doch aus dem Auto und ging gemächlich hinüber zu McDonald's. Diesmal nahm er lieber keinen Cheeseburger, sondern beschränkte sich auf ein Glas Tee. Er hatte sich gerade hingesetzt, da klingelte sein Handy.

»Kannst du zu mir nach Hause fahren?« fragte Russows heisere Stimme.

»Wieso?«

»Die Resnikowa ist gerade dort. Allein. Ich möchte, daß du sie mal gründlich abtastest.«

»Lohnt es sich denn?« spöttelte Viktjuk.

»Laß das. Deine schlüpfrigen Witzchen sind hier fehl am Platz. Die Resnikowa hat Rakitin bei sich wohnen lassen. Womöglich hat er ihr einiges erzählt, ihr vielleicht Disketten, Kassetten und Filme gegeben. Sie war in Sinedolsk und hat meine Frau abgeholt, ihretwegen ist Nika von meiner Amtseinführung abgehauen, und nun wohnt sie bei mir, in meiner Wohnung, und hetzt Nika gegen mich auf.« Russow war offenkundig nicht zu Scherzen aufgelegt. Sobald es um seine kostbare Gattin ging, wurde er panisch und verlor die Kontrolle über sich.

»Moment mal, wie kann sie sie aufhetzen? Wer ist sie denn für deine Frau?«

»Sie sind seit der ersten Klasse befreundet. Durch die Resnikowa haben sich Nika und Rakitin kennengelernt.«

»Na und?«

»Es gefällt mir nicht, wie Nika sich verhält. Irgend jemand erzählt ihr Gemeinheiten über mich. Das kann nur die Resnikowa sein.«

»Mit anderen Worten, du glaubst, deine Frau hat einen Verdacht?« hakte Viktjuk nach. In solchen Dingen war er für Klarheit.

»Nein!« schrie Russow. »Red keinen Schwachsinn!«

»Hör zu, brüll mich nicht an«, sagte Viktjuk leise. Er hatte es satt, wie Russow mit ihm umging. Noch vor kurzem war er vollkommen von Russow abhängig gewesen, doch inzwischen hatte er selbst genug Macht und Beziehungen, um im Fall des Falles auch ohne dessen erlauchte Protektion auszukommen.

»Entschuldige. Ich bin furchtbar erschöpft. Ich bin nervös.« Russow spürte, daß er den Bogen überspannt hatte. Viktjuk war schließlich der einzige Mensch in Moskau, dem er vollkommen vertrauen konnte, an den er sich mit jedem noch so heiklen Auftrag wenden konnte. Die treuen Wachhunde Kostik und Stassik zählten nicht. Sie waren lediglich stumpfsinnige Vollstrecker.

»Schon gut. Ich verstehe«, sagte Viktjuk sanfter, »ich soll mich also um die Resnikowa kümmern?«

»Nicht kümmern. Nur überprüfen. Darin bist du doch gut. Geh einfach hin, sag, du kommst von der Haustechnik, von einer Versicherung, von der Gesellschaft für Barmherzigkeit – was weiß ich. Schwatz ein bißchen, trink einen Tee mit ihr.«

»Meinst du, sie bietet mir einen an?«

»Ganz bestimmt. Sie schwatzt gern.«

»Mag ja sein. Aber wenn deine Frau zu Hause ist? Oder im unpassendsten Moment reinplatzt?«

»Das laß meine Sorge sein. Ich sag meinen Jungs, sie sollen sie nicht aus den Augen lassen. Du mußt nur sofort losfahren, sobald ich dir Bescheid gebe. Red mit ihr über neue Literatur und dann über Rakitin, das heißt, über Godunow. Na ja, du machst das schon.«

»Moment mal, was genau soll ich eigentlich rausfinden?«

»Was weiß die Resnikowa? Was hat Rakitin ihr erzählt oder übergeben? Was will sie von meiner Frau? Warum war sie in Sinedolsk?«

»Stop, stop!« unterbrach Viktjuk ihn gereizt. »Halt mal die Luft an und überleg in Ruhe, was für einen Schwachsinn du da redest. Jemand, den sie überhaupt nicht kennt, kommt zu ihr – warum sollte sie offen zu mir sein?«

»Aber was soll ich denn machen?« Aus dieser Frage klang eine so bodenlose, so hysterische Hoffnungslosigkeit, daß Viktjuk unwillkürlich spöttisch lächeln mußte und dann ganz sanft und mitfühlend sprach, wie mit einem kranken Kind: »Was du machen sollst? Du sollst dich vor allem beruhigen. Dich zusammennehmen. Warum die Panik? Der Auftrag ist erledigt, es gibt keine Spuren, alles ist verbrannt, die Leiche genauso wie Disketten und Kassetten. Deinen Anton habe ich ausgezahlt, er war zwar total zugedröhnt, bis obenhin voll Drogen, aber das ist nicht unser Problem. Es ist alles in Ordnung, Grischa. Bleib ganz ruhig und mach keinen Streß.«

»Er war also da und hat sich das Geld geholt?« fragte Russow heiser.

»Aber natürlich.« Viktjuk lächelte in den Hörer.

Im Leichenschauhaus nachzufragen, warum der Leichnam des verunglückten Schriftstellers mit so seltsamer Hast eingeäschert worden war, hatte keinen Sinn. Hauptmann Leontjew war sicher, daß ihm das nichts einbringen würde außer einer weiteren Rüge von seinem Chef. Aber er hatte unter seinen inoffiziellen Agenten einen Mann, der ihm eine gewisse Klarheit verschaffen konnte. Natürlich nur, wenn man gehörig Druck auf ihn ausübte.

Vor einigen Jahren hatte Leontjew einen netten, stillen Jungen angeworben, der der Beteiligung an einer Vergewaltigung verdächtigt wurde. Die Sache war ziemlich faul. Eine leichtfertige junge Dame, die mit Drogen dealte, wollte ihre Kunden reinlegen, und als die sie am Arm packten, inszenierte sie eine hübsche Vorstellung mit blauen Flecken, zerrissenem BH und einer phantasievollen Anzeige bei der

Miliz. In derartigen Fällen ist niemand im Recht, alle sind schuldig, der Ausgang ist also offen.

Leontjew erfuhr, daß einer der Beschuldigten im Leichenschauhaus arbeitete, sah ihn sich genauer an und stellte an ihm eine ganze Reihe wertvoller Eigenschaften fest: Kontaktfreudigkeit, ein schwaches Nervenkostüm, Drogenabhängigkeit und schließlich die besondere, widerliche Feigheit tief in den Augen, die für so verantwortungsvolle Dinge wie Spitzeldienste enorm wichtig ist. Der Hauptmann beschloß, dem Jungen ein bißchen entgegenzukommen: Er behandelte ihn nicht als Mittäter, sondern als Zeugen. Aus schierer Dankbarkeit unterschrieb der Junge das kostbare Papier.

»Ich, Alexander Iwanowitsch Barsukow, verpflichte mich aus freien Stücken, die Organe für Innere Angelegenheiten bei der Überführung krimineller Elemente zu unterstützen. Ich verpflichte mich, meine Zusammenarbeit mit den Justizorganen nirgends, niemals und unter keinen Umständen publik zu machen. Zum Zwecke der Konspiration wähle ich den Namen Barsuk[2], mit dem ich meine Mitteilungen unterschreiben werde. Datum, Unterschrift.«

Vor einiger Zeit war Alexander Barsukow Medizinstudent gewesen, und gar kein schlechter, doch ab dem zweiten Studienjahr hing er fest an der Nadel. So fest, daß es ruchbar wurde, und zwar nicht nur wegen seiner zerstochenen Venen und seiner vergrößerten irren Pupillen, sondern auch wegen der Morphiumampullen, die aus einem verschlossenen Medikamentenschrank im zweiundzwanzigsten Krankenhaus verschwanden, wo der stille Student Alexander nach dem Unterricht jobbte.

Ein Strafverfahren wurde nicht eingeleitet, aber Alexander flog aus dem Krankenhaus, das heißt, nicht ganz.

[2] Barsuk – russ. Dachs.

Er bekam eine Stelle im Leichenschauhaus. Dort wurden nach dem Skandal mit den Wohnungsspekulanten gerade Leute gebraucht.

Leontjew beobachtete, wie Barsuk zusammen mit zwei Freunden aus einem schwarzen Wolga stieg und in die Pizzeria neben der Metro ging. Bei den Informationen, die er von Barsuk bekam, ging es meist um kleinere Drogendeals; Barsuk war im Grunde nicht viel nütze. Vermutlich würde Leontjew wieder einmal ein paar Stunden mit einem öden, sinnlosen Gespräch vertun, in dem er außer Klagen über die Ungerechtigkeit der Welt nichts Interessantes zu hören bekäme.

Der Hauptmann war in Uniform. Er betrat das Café, bestellte einen scharfen Krautsalat, eine Pizza mit Schinken und ein Glas Tee und setzte sich seelenruhig an Barsuks Nachbartisch. Er wählte seinen Platz so, daß Barsuk ihn bemerken mußte, aber nicht gleich, sondern wie zufällig, im Spiegel. Er sollte ruhig ein bißchen nervös werden, vielleicht machte ihn das gesprächiger.

Barsukow war in netter Gesellschaft: zwei junge Zuhälter. Die Jungs verschlangen mit viel Appetit gebackene Hähnchenschnitzel mit Bratkartoffeln und erörterten laut und ungeniert ihre Eindrücke von Neuzugängen, die sie offenkundig gerade persönlich auf ihre Berufstauglichkeit geprüft hatten.

»Ich hab der Semmelblonden noch was in den Wodka getan, so 'n indisches Gras, das macht die Weiber scharf. Weil, die konnt sich partout nich entspannen, die wär beinah abgehaun«, erzählte einer lachend.

»Sag mal, is die noch minderjährig?« fragte der andere, der mit einem abgebrochenen Streichholz in seinem Zahn herumstocherte.

»Ach, weiß der Geier«, sagte der erste nachdenklich, »jedenfalls is die klasse, die bringt glatte hundert Bucks.«

»Na, gleich hundert ...« Der zweite runzelte die Stirn. »Was meinst du, Alexander, geht die Semmelblonde für hundert weg?«

»Wieso nich.« Barsuk nickte mit Kennermiene. »Die is schon, also echt ...« Er hob zu einem mitreißenden Bericht über seine Erlebnisse an, doch plötzlich verschluckte er sich, mußte husten, und seine Freunde hieben ihm auf den Rücken. Seine Augen füllten sich vom Husten mit Tränen und konnten sich nicht vom Spiegel losreißen, aus dem ihn Hauptmann Leontjew freundlich anlächelte.

Eine halbe Stunde später saßen beide auf einer Bank in einem stillen Hof.

»Was soll das? So geht das nicht!« Barsuk war empört. »Sie hätten anrufen können, ich bin ja immer bereit, aber so, wenn die Jungs dabei sind ... Die bringen mich doch um, und dann haben Sie auch nichts davon, wenn die mich kaltmachen.«

»Eines Tages erwischt's dich sowieso, früher oder später.« Der Hauptmann zuckte die Achseln. »Wir leben alle nicht ewig.«

Barsuks rundliches Gesicht wurde lang. So hatte dieser Bulle noch nie mit ihm geredet. Was will er von mir? dachte er alarmiert.

»Was ist los, haben Sie schlechte Laune?« fragte er, bemüht, unterwürfig zu lächeln und Leontjew in die Augen zu sehen. »Na los, fragen Sie schon. Ich bin immer bereit.«

Leontjew hatte keine schlechte Laune – aber Barsuks Unterhaltung mit seinen Zuhälterfreunden hatte ihm ziemlich den Appetit verdorben.

»Immer bereit, sagst du?« Leontjew hob die Brauen. »Na, dann mal los, du junger Pionier! Wer hat dafür gezahlt, daß die Leiche des Schriftstellers Godunow aus Versehen eingeäschert wurde?«

Barsuks Augen blitzten auf und irrten umher, und Leontjew begriff: Er wußte etwas. Vielleicht nicht alles, aber immerhin.

»Welcher Schriftsteller? Bei uns war ein Schriftsteller? Wie hieß er?« ratterte Barsuk heiser los. »Als ob ich Bücher lese! Ich hab keine Zeit zum Lesen, woher soll ich den kennen?«

»Stimmt, du liest keine Bücher« – der Hauptmann nickte –, »aber wenn in eurer stillen Einrichtung eine Berühmtheit liegt, dann spricht sich das rum. Der Schriftsteller Viktor Godunow. Aber das ist ein Pseudonym. Die Leiche hieß anders: Nikita Rakitin. Wer hat die Einäscherung bezahlt? Wer außer den Angehörigen hat sich für die Leiche interessiert?«

»Über das Leichenschauhaus kann ich nicht reden«, stöhnte Alexander und verzog leidend das Gesicht. »Ich kann nicht, fragen Sie mich, wonach Sie wollen, aber nicht nach dem Leichenschauhaus.«

»Was zitterst du denn so, Barsuk? Ist dir kalt? Wir können uns auch auf dem Revier unterhalten. Ich könnte dich auf der Stelle festnehmen – Paragraph 230: Konsum von Betäubungsmitteln oder Mißbrauch von Psychopharmaka. Zwei bis fünf Jahre. Ist dir das lieber? Wir könnten noch den 233er dazunehmen: Widerrechtliche Herausgabe beziehungsweise Fälschung von Rezepten für Betäubungsmittel.«

Barsuk fing an zu weinen.

»Ich hab nicht gefragt, wie er heißt«, schniefte er, »so ein kleiner Runder, um die sechzig. Roter Bart und Halbglatze.«

»Der hier?« Leontjew zog rasch ein vergrößertes Foto aus der Tasche.

»Ja, der.« Alexander nickte sofort.

»Hast du den schon öfter im Leichenschauhaus gesehen?«

»Das zweitemal. In der ganzen Zeit erst das zweitemal.«

»Wer ist das?«

»Ich sag doch, das weiß ich nicht. Er fährt einen Volkswagen, asphaltgrau.«

»Mit wem hat er sich bei euch getroffen?«

»Das hab ich nicht mitbekommen. Er war allein da, sich die Leiche ansehn. Ich hatte gerade Schichtschluß. Er hat sich die Leiche angekuckt und ist wieder gegangen. Ich hab ihn noch in sein Auto steigen sehen.«

»Woher weißt du dann, daß er die Einäscherung bezahlt hat?«

»Genau kann ich das nicht sagen. Ich weiß nur, daß der kleine Dicke ein ›Disponent‹ ist. Normalerweise zahlen die eben. Vor einem halben Jahr hab ich ihn mal in Kuklatschows Büro gehen sehen. Damals war Kuklatschow derjenige, der die Schmiergelder nahm, aber er wurde umgebracht. Wer das heute macht, keine Ahnung.«

Zweiundzwanzigstes Kapitel

Die Autorin zweier Bücher über gesunde Ernährung und richtige Lebensweise, Erfinderin origineller Methoden zum Kampf gegen das Rauchen und Trinken, Soja Astachowa, rauchte eine nach der anderen. Und nicht nur das. Vor ihr auf dem verdreckten Tisch stand eine Wodkaflasche, auf einem Teller lagen dicke Scheiben fetter Wurst.

Die Cheflektorin des größten russischen Verlags »Kaskad« war stockbetrunken. Sie saß in einem alten Frotteebademantel und zerschlissenen Pantoffeln allein in ihrer teuren, schönen Küche, kippte ein Glas nach dem anderen, kaute dazu Wurst und weinte. Anders wurde sie mit ihrer Trauer, ihrer Wut und ihrer Angst nicht fertig. Sie wußte sehr gut, daß kein autogenes Training, keine Meditation, kein Heilfasten, keine eiskalten Wassergüsse, kein stundenlanges Yoga, und was es sonst noch an gesunden Prozeduren gab, ihr helfen konnten. So elend hatte sie sich noch nie gefühlt.

In fünfzig Jahren hatte sie natürlich einiges durchgemacht. Das Leben war nie sanft mit ihr umgegangen. Geboren wurde sie in einem armseligen Dorf bei Moskau in einer windschiefen Blockhütte. Als Kind wurde sie von ihrem betrunkenen Vater verprügelt, als junges Mädchen verlassen von dem Mann, den sie liebte. Aber Soja gab nicht auf. Sie wußte, sie mußte stark und gesund sein, mußte mit dem Kopf durch die Wand, um in diesem hundsgemeinen, erbarmungslosen Leben ihren Weg zu machen.

Das gelang ihr auch. Sie bestand die Aufnahmeprüfung am Medizinischen Institut der Moskauer Universität, heiratete einen Moskauer. Sie blieben zwar nur anderthalb Jahre zusammen, aber Soja bekam das Wohnrecht in Moskau und ein Zimmer in einer Gemeinschaftswohnung, und mehr hatte sie von ihrer Heirat eigentlich auch nicht gewollt. Dann verteidigte sie ihre Doktorarbeit, schrieb zwei Bücher über gesunde Ernährung und begann endlich Geld zu verdienen. Richtiges Geld.

Was dieser erfolgreiche Weg sie gekostet hatte, spielte keine Rolle mehr. Sie hatte etwas aus sich gemacht, aus dem Nichts, aus einer gehemmten, ungebildeten dicken Dorftrine, deren grobe Hände allenfalls Kühe melken und einen Schweinestall ausmisten konnten.

Was war ich früher, und was bin ich heute – sagte sie sich jedesmal, wenn sie ihre ältere Schwester Ljudmila in Powarowka besuchte.

Ljudmila war acht Jahre älter als Soja, hätte aber vom Aussehen her gut und gern ihre Mutter sein können. Keine

Zähne mehr, die Haare zu einem dünnen grauen Knoten gebunden, trübe, müde Augen. Sie hatte früh geheiratet, den Taugenichts Shenka Sliwko aus ihrem Dorf. Nicht weil sie ihn liebte, sondern aus Angst, sonst gar keinen mehr abzubekommen.

Shenka Sliwko trank seit seinem vierzehnten Lebensjahr, mit fünfundzwanzig war er Alkoholiker. 1962 kam Anton zur Welt, ein schwächliches Siebenmonatskind. Ljudmila legte mit heißem Wasser gefüllte Wodkaflaschen ins Bettchen – ein Frühchen brauchte vor allem Wärme.

Soja hatte bereits die achte Klasse hinter sich und besuchte die Medizinische Fachschule. Sie kümmerte sich gern um den kleinen Anton. Er war komisch und zärtlich. Sein erstes Lächeln galt ihr, Soja. Sie war dabei, als er sich zum erstenmal auf seine wackligen Beinchen erhob und die ersten zaghaften, unsicheren Schritte machte.

Ljudmila sorgte sich mehr um ihren Mann als um ihren kleinen Sohn. Was sollte sie denn anfangen ohne Mann? Und daß er trank – ach, alle tranken. Er schlug seine Frau? Na und, das war normal. Er schlug sie, also liebte er sie. Er brachte kein Geld nach Hause? Na und, machte Geld etwa glücklich?

»Was denn sonst? Was bedeutet Glück für dich, Ljudka?« fragte die fünfzehnjährige Soja ihre ältere Schwester.

»Na ja«, Ljudmila hob die vollen, runden Schultern und seufzte tief, wie eine alte Frau, »daß alle gesund sind, daß es keinen Krieg gibt und daß ich mir nächstes Jahr zu den Maifeiertagen ein Silastikkleid kaufen kann, rosa mit schwarzer Borte.«

Zu den Maifeiertagen im nächsten Jahr mußte Shenka unbedingt im See baden. Das Wasser war noch kalt, Shenka bekam einen Wadenkrampf und ertrank. Ljudmila heulte einen Monat lang wie eine Wölfin bei Vollmond. Dann beruhigte sie sich und lebte fortan still vor sich hin, zog Anton groß, buddelte im Gemüsegarten, versorgte ihre alte Kuh.

Soja hatte inzwischen die Fachschule beendet und sich am Medizinischen Institut der Moskauer Universität beworben. Erst beim dritten Anlauf wurde sie genommen. Zwei Jahre mußte sie noch als Schwester in einem Krankenhaus arbeiten. Doch als sie dann den Studienplatz hatte, begann sie sich nach einem geeigneten Mann umzuschauen, einem Moskauer. Das erwies sich als ziemlich schwierig.

Wenn sie schön gewesen wäre oder wenigstens hübsch, hätte die Sache anders ausgesehen, aber das war sie nun mal nicht. Sie war groß, drall, breitschultrig und hatte grobe Gesichtszüge und mattes, farbloses Haar. Trotzdem – schon ganz andere hatten sich einen Moskauer geangelt. Man mußte nur irgend etwas Besonderes haben, wenn nicht Schönheit, dann Charme, wenn nicht Klugheit, dann Schläue.

Was Charme anging, so wußte Soja ehrlich nicht, was das sein sollte. Klug und schlau aber war sie zweifellos. Und außerdem zupackend. Wenn sie bemerkte, daß ein Moskauer Kommilitone sich für sie interessierte, dann ließ sie ihn nicht wieder los.

Soja roch nicht nach teurem Parfüm – sie roch nach Wohnungssuche, und diese gefährliche Ausdünstung witterten die sensiblen Moskauer Mütter und Väter sofort.

Soja war eine mittelmäßige Studentin; die Medizin interessierte sie nicht, und das verstärkte das Problem. Hätte sie zum Beispiel engagiert über ein berufliches Thema reden, ihre Bildung demonstrieren können, würde das die Herzen wachsamer Moskauer Eltern vielleicht erweicht haben. Aber das funktionierte nicht. Über alles außer der Wohnungsfrage sprach sie nur widerwillig und ohne Enthusiasmus. Nur wenn von Quadratmetern die Rede war, leuchteten ihre Augen auf, wurde ihr Gesicht lebhaft.

Soja bemühte sich mit aller Kraft, attraktiver zu werden, sie jobbte neben dem Studium, kaufte bei Schwarzhändlern Importklamotten und teure Kosmetik und versuchte abzunehmen, probierte diverse Diäten und Gymnastik aus, holte sich aus der Bibliothek Bücher und Zeitschriften über gesunde Ernährung und Fastenkuren, über frische Gemüsesäfte und Quellwasser.

Sie las das alles mit großem Interesse, machte sich Notizen, verglich, analysierte, probierte verschiedene originelle neue Methoden aus und schaffte es, ohne gesundheitliche Probleme, ohne Schwäche und Schwindelanfälle, in einem einzigen Monat zwölf Kilo abzunehmen. Sie wurde attraktiver, reckte die Schultern, hob stolz den Kopf und bemerkte, daß Kommilitonen und Dozenten sie plötzlich mit anderen Augen sahen.

Die mittelmäßige Studentin aus der Provinz, die auf der Jagd war nach dem Moskauer Wohnrecht, befaßte sich nun mit einem ernsthaften Thema, entwickelte Forscherdrang und wurde zu einer interessanten Gesprächspartnerin für ihre Hauptfeindinnen – die Moskauer Mütter.

Die Mütter erörterten mit ihr gern Dinge wie Übergewicht, den optimalen Verzehr von Fetten, Eiweiß und Kohlenhydraten, die richtige Kombination von Nahrungsmitteln. Endlich fand sich auch eine, die sich entschloß, die Tür ihrer Einzimmerwohnung für Soja Astachowa zu öffnen. Sie lebte mit ihrem Sohn allein und wünschte sich für ihr schwächliches, kränkliches Kind genau so eine Frau – kräftig, gesund, ohne schädliche Gewohnheiten, ohne intellektuelle Ansprüche und Launen. Eine, die gesund und schmackhaft kochte, ihren Mann sauberhielt und nie vergaß, wer sie einmal gewesen und wer sie geworden war und wem sie dafür dankbar zu sein hatte.

Die Wohnung war nicht besonders und der junge Ehemann

eine totale Niete. Einen Kopf kleiner als Soja, mit vierundzwanzig schon kahlköpfig, betatschte er nachts Sojas kräftigen Körper mit schlaffen, schweißigen Pfoten – zu mehr war der Ärmste nicht imstande. Dummerweise erwachte in Soja etwas, das sie nie vermutet hätte: Ihr gesunder Körper und ihr gesunder Geist verlangten nach Liebe, nach starken, echten männlichen Liebkosungen, nicht nach hilflosem schweißigem Gefummel.

Inzwischen hatte sie ihr Diplom verteidigt und eine Assistentenstelle am Institut für Ernährungswissenschaft bekommen. Vor ihr lag der Doktorgrad, und ihr Betreuer schlug ihr vor, sich auf dem Feld der populärwissenschaftlichen Literatur zu versuchen und ein Buch über gesunde Ernährung zu schreiben.

Soja erinnerte sich nur ungern daran, wie sie sich ihre rechtmäßigen hauptstädtischen Quadratmeter erkämpft hatte – nur wenige, aber ihre eigenen. Das entscheidende letzte Gefecht mit der Schwiegermutter, der Umzug und die Renovierung hinderten sie jedoch nicht, ihr Buch über gesunde Ernährung fertigzustellen. In dieser populärwissenschaftlichen Abhandlung verwertete sie kühn Erfahrungen mit Hausmitteln, Grundlagen des indischen Yoga und die Lehren tibetischer Mönche, schrieb über radikale Abhärtungsmethoden und widmete ein ganzes Kapitel der Naturkosmetik, der Pflege von Haut und Haar. Sie wußte aus eigener Erfahrung, daß dieses Thema jede Frau interessierte.

Die erste, nicht sehr hohe Auflage war sofort vergriffen. In einigen medizinischen Fachzeitschriften erschienen kritische, unfreundliche Rezensionen, in der vielgelesene Zeitschrift »Gesundheit« gar ein heftiger Verriß.

Anfangs war Soja entsetzt und erschrocken – unnötigerweise, wie sich dann herausstellte. Die kühnen, alternativen Methoden zur Gesunderhaltung, die sie in ihrem

Buch vorstellte, wurden breit diskutiert. Sie wurde in zahlreiche Kulturhäuser eingeladen, um Vorträge zu halten, und gebeten, einen Kurs zur gesunden Lebensweise zu leiten.

Was war ich früher, und was bin ich heute, dachte Soja, als sie wieder einmal in ihrem Vaterhaus am Tisch saß, ihr gegenüber die geradezu unanständig gealterte Ljudmila.

Das rosa Kleid mit der schwarzen Borte, allerdings nicht aus Silastik, sondern aus französischem Jersey, das Soja ihr mitgebracht hatte, war zu klein. Ljudmila trug inzwischen Größe zweiundfünfzig.

»Hier setz ich was rein, und hier laß ich die Borte ein Stück raus«, tröstete sich Ljudmila.

Anton kam aus der Schule. Er hatte sich gestreckt, sein Gesicht wirkte klug, beinahe erwachsen. Soja fiel zum erstenmal auf, daß der Junge hübsch wurde, ja schön. Groß, schlank, breite, männliche Schultern, ordentlich gekleidet, sogar mit einigem Chic, das Haar nicht lang und zottelig wie bei den anderen Dorfjungen, sondern kurz geschnitten und gescheitelt. Nichts an ihm war bäurisch grob. Ein schmales, städtisches Gesicht, angenehme Hände, keine Schaufeln wie bei seiner Mutter und seinem Vater.

Wir beide sind von derselben Art, stellte Soja im stillen fest, ich sollte öfter herkommen, ihn vielleicht auch in den Ferien zu mir nehmen.

Sie wußte bereits, daß sie nie eigene Kinder haben würde. Bei der letzten ihrer fünf Abtreibungen war etwas schiefgegangen.

Na ja, dachte sie gelassen – wie hätte ich mit einem Kind Karriere machen sollen? Aber ich habe ja meinen Neffen. Was kann Ljudmila dem Jungen hier auf dem Dorf schon geben? Wenn ich erst eine schöne Dreizimmerwohnung habe, dann nehme ich ihn zu mir, lasse ihn studieren, mache einen Menschen aus ihm.

Zu einer schönen Dreizimmerwohnung brachte Soja es erst 1982. Und dann mußte sie sich an ihr zweites Buch setzen. Genau in dieser Zeit kam ihre Schwester Ljudmila nach Moskau geeilt und erzählte ihr mit hysterisch überkippender Stimme, Anton habe jemanden getötet, und zwar nicht irgend jemanden, sondern seine Geliebte, die zwanzig Jahre älter war als er.

»Hilf mir, Soja! Tu irgendwas! Sonst sperren sie ihn doch ein!«

Soja machte sich Vorwürfe, daß sie den Jungen aus den Augen gelassen, ihn nicht rechtzeitig nach Moskau geholt hatte. Doch dann, als sie den ersten Schock überwunden hatte, kam sie zu dem vernünftigen Schluß, daß ein Verwandter, der ein Mörder war, dem Ruf von Frau Doktor Astachowa nicht eben dienlich wäre. Bei ihrem derzeitigen schwierigen Stand im Kollegenkreis alte Verbindungen wiederaufzunehmen und sich für einen Mörder einzusetzen wäre äußerst riskant.

Anton wurde zu zehn Jahren verurteilt. Soja Astachowa tröstete sich damit, daß sie nach seiner Entlassung versuchen würde, ihre Schuld wiedergutzumachen.

Sie hatte sich inzwischen gänzlich von der Schulmedizin verabschiedet. Ihre Berufskollegen verstanden und begrüßten das nicht und veröffentlichten weiterhin Schmähschriften gegen sie.

Soja beschäftigte sich tiefgründig mit verschiedenen Methoden langfristigen Fastens, schrieb über Paul C. Bragg und Pamela Sheldon, überzeugte sich und andere davon, daß man mit gewöhnlichem Urin alles heilen könne, vom Schnupfen bis zu Krebs. Intensiv widmete sie sich auch dem gerade in Mode gekommenen Thema Unterwassergeburt und unterhielt enge Kontakte zu einem berühmten Professor, der sogenannte »spirituelle Geburtshelfer« ausbildete.

Mit ihm zusammen agitierte sie werdende Mütter, zu Hause zu entbinden, in der Badewanne, die Nabelschnur nicht durchzutrennen, bevor sie von selbst vertrocknete, das Neugeborene dreimal täglich mit eiskaltem Wasser zu übergießen, es an einem Bein fünfzehnmal im Uhrzeigersinn und fünfzehnmal in die Gegenrichtung kreisen zu lassen und es immer, bei jeder Temperatur, nackt zu lassen.

Das neue Buch von Doktor Astachowa wurde ein Bestseller.

Einmal besuchte sie ihren Neffen im Straflager im Gebiet Tambow, aber dann hatte sie so viel zu tun, daß sie es nie schaffte, sich loszueisen, obwohl Anton sie in Klagebriefen ständig darum bat. Sie fuhr auch nicht zu ihrer Schwester, obwohl es der immer schlechter ging. Nicht weil die Schwester ihr gleichgültig gewesen wäre, nein – sie hatte einfach keine Zeit.

Immer mehr Frauen wollten die neue, originelle Geburtsmethode ausprobieren. Es entstanden mehrere inoffizielle Gruppen, die werdende Mütter und Väter auf die Unterwassergeburt vorbereiteten. Frauen im siebten, achten Monat standen bis zu einer Stunde auf dem Kopf, fasteten und meditierten. Die Mutigsten tranken auch ihren eigenen Urin. Die Kursgebühren war enorm. Interessanterweise waren die meisten Frauen gebürtige Moskauerinnen mit technischer oder geisteswissenschaftlicher Hochschulbildung.

Im stillen staunte Soja über die Leichtgläubigkeit der Moskauer Mütter und Väter. Eine der Gruppen leitete sie nicht ohne Vergnügen selbst. Die Teilnehmer saßen im Schneidersitz oder im Lotossitz im Kreis und hörten ihr mit angehaltenem Atem zu, gehorchten jedem Wort und jeder Geste. Manchmal platzte sie innerlich fast vor Lachen, die einfache Dorftrine in Frau Doktor Astachowa, wenn schwangere Moskauer Intellektuelle sich mit aller Kraft bemühten, sich mit dem rechten Fuß hinterm linken Ohr zu kratzen.

Die Unterwassergeburt sollte im Idealfall vom glücklichen Vater betreut werden, ohne jede Hilfe von Außenstehenden. Aber dazu konnten sich nur wenige entschließen. Die meisten Paare waren bereit, eine beträchtliche Summe an einen sogenannten »spirituellen Geburtshelfer« zu zahlen, der dabeisein und helfen sollte.

Damit konnte man recht gut verdienen. Soja selbst konnte leider nicht als »spiritueller Geburtshelfer« auftreten: Ein ausgebildeter Arzt durfte nur in extremen Notfällen eine ambulante Entbindung vornehmen, denn wenn etwas passierte, wurde er strafrechtlich zur Verantwortung gezogen. Mit anderen Worten, das einzige, was jemanden hindern konnte, Hausgeburten zu betreuen, war ein medizinischer Fach- oder Hochschulabschluß.

Die Ausbildung der »spirituellen Geburtshelfer« mußte von den Teilnehmern bezahlt werden, für die Seminare wurden Pensionen oder Kurhäuser gemietet. Abschlußzeugnisse wurden nicht ausgestellt. Die Telefonnummer jedes Absolventen wurde in eine Liste eingetragen, der frischgebackene »spirituelle Geburtshelfer« durfte sich auf Doktor Astachowa und den berühmten Professor berufen, die ihn ihrerseits als ausgewiesenen Spezialisten an Interessierte empfahlen.

Die medizinische Öffentlichkeit reagierte auf die modischen Experimente relativ lasch – hin und wieder ein kritischer Artikel, eine Reihe unangenehmer Fernsehsendungen. Aber das hatte nur einen gegenteiligen Effekt, sorgte für Reklame.

»Was tun Sie nur, Soja?« fragte ihr ehemaliger wissenschaftlicher Betreuer sie bei einer zufälligen Begegnung. »Passen Sie bloß auf, Sie könnten ernsthaften Ärger bekommen.«

Der Ärger ließ nicht lange auf sich warten. Einer der ausgewiesenen Spezialisten hielt, in Gedanken versunken, ein Neugeborenes zu lange unter Wasser und ertränkte es aus Versehen. Er bemühte sich zwar redlich, den Eltern einzureden, ihr Kind habe eben so ein Karma gehabt – aber davon wollten sie nichts hören. Vor Gericht gehen konnten sie allerdings nicht. Schließlich hatte niemand die Gebärende gezwungen, in die Wanne zu steigen und sich einem x-beliebigen anzuvertrauen. Aber es gab unangenehmes Gerede. Und dann folgte lawinenartig ein Vorfall auf den anderen: Sepsis, Nabelverschlingung, Querlage, zu schmales Becken. Von solchen Dingen hatten die »spirituellen Geburtshelfer« noch nie gehört; sie öffneten der Gebärenden fleißig die Chakren und reinigten den Astralleib.

In einer regnerischen Oktobernacht wurde eine Gebärende mit dem Krankenwagen in eine Moskauer Entbindungsklinik eingeliefert. Der Notarzt hatte sie in komatösem Zustand aus der Wanne geholt, zwei tote Zwillinge im Bauch. Ähnliches war auch früher schon vorgekommen, aber folgenlos geblieben. Schuld waren immer die Opfer selbst. Ein »spiritueller Geburtshelfer« hatte eben eine rein spirituelle Funktion, er war auf Wunsch der Klienten zu deren moralischer Unterstützung anwesend.

Die medizinische Öffentlichkeit reagierte mit sarkastischer Häme: Tja, was tun, wenn irgendwelche dummen Puten Scharlatanen vertrauen? Doch diesmal war die »dumme Pute« die Frau eines hochrangigen Beamten, und die Unterwassergeburt hatte ein Schüler der Astachowa betreut.

Überdies brach zur gleichen Zeit in Moskau auch noch eine Diphteriewelle aus, befördert durch den neumodischen Verzicht auf Schutzimpfungen, und natürlich fanden sich Widerlinge, die daran erinnerten, daß Doktor

Astachowa an der Spitze der Anti-Impfkampagne gestanden hatte.

Soja spürte immer deutlicher, daß sie ihr einträgliches neumodisches Steckenpferd aufgeben mußte. Die professorale Leuchte spürte das ebenfalls und verschwand nach Amerika. Soja konnte sich nicht entschließen, ihrem Beispiel zu folgen. Sie hatte zu teuer für Moskau bezahlt, um es nun gegen Los Angeles einzutauschen und wieder bei Null anzufangen.

Im übrigen landete der Professor nach einigen Jahren im amerikanischen Gefängnis, beschuldigt, eine Schwangere vergewaltigt zu haben. Im Verlauf des Prozesses stellte sich heraus, daß niemand wußte, in welcher Disziplin er eigentlich Professor war; er konnte nicht einmal ein Hochschuldiplom vorweisen.

Soja zog sich klug und vorsichtig zurück. Von der berühmten »Astachowa-Theorie« mochte sie sich nicht lossagen, denn die war ihr Brot, ihr ganzes Leben. Sie wechselte von Unterwassergeburten zu einem weniger gefährlichen Thema und konzentrierte ihre wissenschaftliche Aufmerksamkeit auf gesunde Lebensweise, gesunde Ernährung und den Kampf gegen Alkohol und Nikotin.

Vorträge über gesunde Ernährung hatten unvermindert Erfolg. Die Zahl derer, die ihre Gesundheit stärken wollten, die nach Jugend, Schönheit und Selbstbewußtsein strebten, nahm nicht ab. Auch nach Terminen bei Doktor Astachowa standen die Interessierten Schlange, obwohl diese nicht billig waren.

Ljudmila starb an ihren langjährigen Zipperlein und den Tränen um ihren Sohn. Anton schrieb weiterhin Briefe aus dem Lager. Soja schickte ihm hin und wieder ein Paket. Ihr Leben war ausgefüllt, sie entbehrte nichts. Sie kaufte sich schicke neue Möbel, einen Lada und selbstverständlich eine

Garage dazu sowie eine schöne Datscha in einer ruhigen Siedlung. Sie merkte gar nicht, wie die Zeit verging. Als an einem kalten Novemberabend plötzlich ein dünner, zahnloser Mann in Wattejacke auf der Schwelle ihrer schönen Wohnung stand, staunte sie sehr, als sie in ihm ihren geliebten Neffen erkannte.

Er weinte, wischte sich die Tränen übers ganze Gesicht wie ein Kind. Sie stellte sich vor, was passierte, wenn publik würde, daß Doktor Astachowa einen solchen Verwandten hatte. Sie, die Verkörperung physischer und psychischer Gesundheit, ein Quell der Lebensenergie, war die leibliche Tante eines Mörders, noch dazu eines Mörders mit sexueller Perversion.

Erst wollte sie ihm Geld geben und ihn nach Powarowka zurückschicken. Sollte er dort in aller Stille leben; wenn er materielle Unterstützung brauchte, war sie bereit, ihn nach Kräften …

»Tante, ich will bei dir wohnen«, schluchzte Anton, »da kann ich nicht, zu Hause. Ich sehe die ganze Zeit Xenija.«

»Wen? Ach so, ja, natürlich.«

»Die Omas auf der Bank hören auf zu reden, wenn ich vorbeikomme, und tuscheln hinter meinem Rücken, keiner grüßt mich. Das halte ich nicht aus. Nimm mich zu dir!«

»Gut, Antoscha, ich denke drüber nach.«

Anton weinte nun lautlos, den Kopf auf die Arme gelegt; nur seine Schultern bebten. Soja erinnerte sich plötzlich daran, wie die krummen Beinchen über den abgewetzten Läufer gelaufen waren. Er hatte spät laufen und sprechen gelernt, aber er war so niedlich gewesen, und vor allem hatte er Soja sehr geliebt. Mehr als seine Mutter.

Soja Astachowa schluchzte zu ihrer eigenen Überraschung auf, wischte sich eine verstohlene Träne ab und dachte, daß sie außer Anton auf der ganzen Welt keine Menschenseele habe.

»Ich werde dir eine Wohnung mieten und dir Geld geben. Aber paß auf, daß du mich nicht enttäuschst. Ich bin nämlich ziemlich bekannt.«

Ach, hätte sie doch früher gewußt, wohin diese Tränen der Rührung führen sollten, wie teuer sie es bezahlen würde, daß sie dieses unnötige Gefühl in ihr Herz gelassen hatte, daß sie Mitleid mit ihrem Neffen gehabt hatte, ja, ihn sogar liebte. Sogar eine Wölfin besaß einen Mutterinstinkt.

Hätte sie das früher gewußt, dann säße sie jetzt nicht in der schmutzigen Küche, betrunken, wütend und hilflos.

»Warum? Warum nur?« murmelte sie und wischte sich mit der Faust die Tränen der Wut ab.

Soja Astachowa ließ den Kopf auf den Tisch fallen, sank in schweres, trunkenes Vergessen und hörte nicht, wie jemand leise die Stahltür ihrer Wohnung öffnete.

Dreiundzwanzigstes Kapitel

Die achtzigjährige muntere Hutzelgreisin Nadeshda Semjonowna Guschtschina war bereit, Leontjew jederzeit zu empfangen.

»Sind Sie der große Hauptmann, der bei der Identifizierung dabei war? Leontjew heißen Sie? Ich erinnere mich sehr gut an Sie. Kommen Sie vorbei, ich würde mich freuen.«

Nadeshda sammelte sorgfältig alles, was in der Presse über ihren Zögling erschien. Sie legte einen beachtlichen Stapel Zeitungen und Zeitschriften auf den Tisch.

»Aber mitnehmen dürfen Sie das nicht. Lesen Sie es hier.

Ich habe auch noch Kassetten mit Radio- und Fernsehsendungen. Die spiele ich Ihnen gern vor.«

»Sie haben ein Videogerät?« Der Hauptmann staunte.

»Aber ja! Ein japanisches, das hat mir Nikita zum Achtzigsten geschenkt, und Kassetten mit meinen alten Lieblingsfilmen«, sagte die alte Kinderfrau stolz.

»Hat er sie oft besucht?« fragte Leontjew, bevor er sich in die Lektüre vertiefte.

»Einmal in der Woche auf jeden Fall. Er ist schließlich mein Einziger. Eigene habe ich nicht, weder Kinder noch Enkel. Ich habe schon Jura, seinen Vater, von den Windeln an großgezogen.«

»Wann war Nikita das letztemal bei Ihnen?«

»Vor den Maifeiertagen. Ganz kurz, nur zwanzig Minuten.«

»Können Sie sich erinnern, worüber Sie gesprochen haben, in welcher Verfassung er war?«

»Er war erschöpft und ein wenig gereizt, er sagte, er müsse einen unangenehmen Job zu Ende bringen, aber dafür brauche er erst ein bißchen Urlaub. Er wollte für eine Woche nach Antalya.«

»Ja«, Leontjew nickte, »das mit Antalya weiß ich. Aber das mit dem Job, das ist mir neu. Was für einen Job kann ein Schriftsteller zu erledigen haben?«

»Ja, das wunderte mich auch. Er war ja gut im Geschäft, hat anständig verdient mit seinen Büchern. Und statt sich an einen neuen Roman zu setzen, macht er sonstwas.«

»Hat er vielleicht gesagt, wenigstens angedeutet, was für eine Art Job das war?«

»Ich hab natürlich versucht, es rauszukriegen. Aber er hat nur abgewinkt und gesagt, das würde mich nicht interessieren. Dabei weiß er genau, daß ich mich für alles interessiere, was ihn betrifft, für jede Kleinigkeit. Aber wenn

Nikita über irgendwas nicht reden will, dann kriegt man es nicht raus aus ihm.«

»Hatte er denn viele solche Geheimnisse, die man nicht aus ihm rausbekam?« fragte Leontjew lächelnd.

»Nein.« Nadeshda schüttelte den Kopf. »Vor mir nicht. Mir hat er von klein auf alles erzählt. Selbst Dinge, die er vor seinen Eltern verbarg. Ach, möchten Sie vielleicht einen Kaffee?«

»Danke.« Leontjew nickte. »Da sage ich nicht nein.«

Die Zeitungen und Zeitschriften waren streng chronologisch geordnet. Obenauf lag die Mainummer der Monatszeitschrift »Kaleidoskop«. Bunter Hochglanzumschlag, tonnenweise Werbung, ein Minimum an Text, die üblichen Themen: an erster Stelle Sex, Pikantes aus dem Leben der derzeitigen Sexsymbole, dann ein bißchen Politik, Mode, Kosmetik, Mystik, mehrere Diäten zum schnellen Abnehmen, ein Horoskop. Und in der Mitte über eine ganze Doppelseite ein Interview mit dem Schriftsteller Viktor Godunow.

Leontjew überflog den glatten, inhaltsleeren Text. Offenkundig gab Godunow nicht gern Interviews. Leontjew begriff auch rasch, warum. Die Journalisten verschiedener Medien stellten immer dieselben Fragen: »Warum schreiben Sie Krimis? Woher nehmen Sie Ihre Sujets? Wie denken Sie über den aktuellen Buchmarkt? Ihr Verhältnis zur Konkurrenz? Was bedeutet es für Sie, daß Sie in einem Jahr berühmt geworden sind? Was sind Ihre nächsten Pläne?«

Im Vorwort zu einem Interview in einer zweifelhaften Jugendgazette hieß es, Godunow weigere sich, Fragen zu seinem Privatleben zu beantworten. Es sei lediglich bekannt, daß er einmal verheiratet war, seit sieben Jahren geschieden sei und eine zwölfjährige Tochter Mascha habe.

»Ich bat den Schriftsteller, von seiner ersten Liebe zu erzählen«, berichtete der Journalist. »Aufmerksame Leser werden feststellen, daß bei aller Vielfalt der Figuren in seinen Büchern immer wieder ein und derselbe Frauentyp vorkommt, mit verschiedenen Namen, aber immer erkennbar an den hellbraunen Augen und dem langen, dunkelblonden Haar. Sie hat schlanke Finger und einen langen Hals. Der Hauptheld liebt sie treu, aber unerwidert, hat allerdings auch andere Frauen. Ich wollte wissen: Ist das eine Art Idealbild, oder gibt es ein reales Vorbild? Doch ich bekam keine Antwort. Nun – ein Krimiautor darf seine Geheimnisse haben.«

Nur die ersten Interviews hatten etwas Lebendiges. Kluge, nicht banale Fragen, ausführliche Antworten. Man spürte, daß die Gesprächspartner sich sympathisch waren und Interesse füreinander hatten. Aber solche Journalisten gab es nur zwei: Nikolai Sigs und Tatjana Wladimirowa. Mit ihnen wollte Leontjew sich einmal unterhalten.

Nadeshda brachte den Kaffee und blickte Leontjew über die Schulter. Er las gerade eine Rezension in der »Nowye Iswestija« mit dem Titel »Können wir überhaupt ohne Dostojewskitum?«.

»Viktor Godunow, Absolvent des Literaturinstituts, phantasiert mit sichtlichem Vergnügen über die dunklen Seiten des Lebens, die er nur vom Hörensagen kennt. Mit derselben Authentizität könnte er außerirdische Zivilisationen beschreiben. Sollte Viktor Godunow je mit einem gedungenen Killer zu tun haben, was Gott verhüte, kann man ihm nur wünschen, dieser möge wenigstens halb so edelmütig sein wie die Mörder in seinen Büchern.«

Unterschrieben war dieses Meisterwerk der Literaturkritik mit Maria Tjulpanowa.

»Eine dumme Kuh. Klingt wie bestellt«, murmelte Leontjew vor sich hin.

»Verzeihung, was haben Sie gesagt?« Nadeshda Semjonowna goß ihm vorsichtig aus einem antiken Silberkännchen Kaffee in eine Tasse aus so hauchdünnem Porzellan, daß er sie kaum anzufassen wagte.

»Ein sehr häßlicher Artikel«, erklärte Leontjew.

»Häßlich? Nicht doch, das ist ein inbrünstiger Aufschrei. Da findet jemand vor Neid keinen Schlaf. Und das schadet der Gesundheit. Wissen Sie, viele Krankheiten rühren vom Neid. Neid zehrt am Menschen, verbrennt ihn bei lebendigem Leib.«

»Wie hat denn Nikita auf diesen Aufschrei reagiert?« Leontjew lächelte schief.

»Er hat den Verfasser aufrichtig bedauert. Sollte er auf einen Kranken wütend sein?«

»Ich finde, Sie sind zu großmütig.« Leontjew lachte.

»Geht es denn ohne Großmut? Ein Neider bestraft sich selbst schlimmer, als ein anderer das könnte. Ich sage Ihnen doch, Neid, das ist eine Krankheit, das ist langsamer Selbstmord.«

»Oder ein Mordmotiv.« Leontjew nahm einen Schluck Kaffee. »Sagen Sie, kannte Nikita diese Tjulpanowa zufällig? Der Artikel ist sehr persönlich gehalten. So heftig kann man niemanden hassen, den man überhaupt nicht kennt – bloß weil er mehr Talent hat als man selber.«

»Tjulpanowa ist ein Pseudonym. In Wirklichkeit ist der Autor ein Mann. Persönlich kennt ihn Nikita nicht, aber in der Zeitung arbeitet ein alter Freund von ihm. Er hat Nikita angerufen, bevor der Artikel erschien, und ihn vorgewarnt. Natürlich unter dem Siegel der Verschwiegenheit. Der Artikel war nämlich bestellt.«

»Und den richtigen Namen des Autors hat der Bekannte nicht genannt?«

»Leider nicht. Ehrlich gesagt, ich habe mit Nikita auch

nicht viel darüber gesprochen. Für ihn war das am nächsten Tag schon vergessen. Möchten Sie rauchen?« Sie hatte bemerkt, daß Leontjew eine Zigarette in der Hand hin und her drehte, und stellte ihm einen Aschenbecher hin. »Genieren Sie sich nicht. Das macht mir nichts aus. Hören Sie, Andrej Michailowitsch, Sie haben mir das Wichtigste noch nicht gesagt. Soviel ich weiß, wurde kein Ermittlungsverfahren eingeleitet. Aber Sie sind Kriminalist und stellen sehr zielgerichtete Fragen. Wie ist das zu verstehen?«

»Das ist so zu verstehen, daß ich persönlich nicht an einen Unfall glaube und herauszufinden versuche, ob es nicht doch Schuldige gibt.«

»Das heißt, Sie schließen einen Mord nicht aus?«

»Richtig.«

»Und Sie versuchen, den Mörder zu finden?«

»Ja.«

»Danke, mein Lieber.«

»Wofür?«

»Dafür, daß es Ihnen nicht egal ist. Sie können sich nicht vorstellen, wie wichtig es ist, daß jemand den Mörder findet oder es wenigstens versucht.«

»Haben Sie jemanden in Verdacht?«

»Nein, nein, nein.« Sie schüttelte den Kopf. »Ich habe niemanden in Verdacht.«

»Aber es gab doch Feinde, Mißgünstige? Sie haben gesagt, Nikita habe vor Ihnen nichts verborgen.«

»Er hatte keine Feinde«, sagte Nadeshda hastig und wandte sich ab.

»Wieso?« Leontjew hob die Brauen. »Zumindest der Autor dieses Artikels ...«

»Unsinn.« Sie nahm einen Strickschal von der Stuhllehne, warf ihn sich über die Schultern und hüllte sich ein, als friere sie. »Nikita hat keine Feinde«, wiederholte sie ein wenig lauter, »und zwar deshalb, weil er ihre Gefühle nicht erwidert.«

»Das heißt?«

»Das heißt, daß ihn nur jemand verletzen kann, den er liebt. Nur jemand, der ihm sehr nahesteht.«

»Kam so etwas vor?«

»Niemals.«

»Verzeihen Sie, ich weiß, das ist sehr persönlich, aber was ist mit seiner Scheidung? Gab es da etwa keine Verletzungen?«

»Er und Galja haben sich im guten getrennt. Sie haben sich einfach nicht geliebt.«

»Und das Kind?«

»Das Kind? Mascha hat weder Mutter noch Vater verloren. Mit ihr ist alles in Ordnung«, knurrte Nadeshda hastig und ärgerlich und funkelte den Hauptmann aus ihren kurzsichtigen Augen an. »Noch Kaffee?«

»Ja, danke. Ihr Kaffee ist wunderbar. Aber etwas später, wenn es möglich ist. Verzeihen Sie, ich habe noch eine indiskrete Frage. Sagen Sie, gab es in letzter Zeit eine Frau an Nikitas Seite? Ich rede von einer ernsthaften Beziehung.«

»Eine Frau gab es. Aber nichts Ernstes.«

»Wissen Sie ihren Namen?«

»Den Vornamen, sie heißt Tatjana. Journalistin, glaube ich, eine der ersten, die ihn interviewt hat. Aber Genaueres weiß ich nicht.«

»Und warum glauben Sie, das sei nichts Ernstes?«

»Er hat uns noch nicht miteinander bekannt gemacht«, teilte Nadeshda finster mit und hielt damit wohl für bewiesen, daß die Beziehung zu der Journalistin Tatjana nichts Ernstes sei. »Überhaupt ist kaum vorstellbar, daß es in seinem Privatleben noch einmal etwas von Bedeutung geben sollte. Er hat sich für immer verbrannt.«

»Und die Heirat? Er hat mit Galina immerhin vier Jahre zusammen gelebt.«

»Nein«, Nadeshda preßte die Lippen zusammen, »das war kein Leben. Nur ein beiderseitiger Kompromiß, Mascha zuliebe.«

»Warum denn so düster, Nadeshda Semjonowna?« Leontjew lächelte.

»Weil er sich verbrannt hat. Das habe ich doch schon gesagt«, erwiderte die Alte mit sanfter Herausforderung. »Er hatte gleich am Anfang Pech. In der Jugend. Und das schleppt er nun sein Leben lang mit sich rum. Seine erste Liebe, da war er sechzehn, war auch seine letzte. Sie hat einen Freund von ihm geheiratet, eine absolute Null. Na ja, schon gut, verzeihen Sie, ich will darüber nicht reden. Mit dem Mord hat das nichts zu tun.«

Nadeshda entwickelte auf einmal eine unbeholfene, übertriebene Geschäftigkeit, räumte Tasse und Kaffeekännchen ab, wischte unsichtbare Krümel vom bestickten Tischtuch und trippelte rasch in die Küche.

»Sie glauben also nicht an einen Unfall?« sagte Leontjew nachdenklich. Die Alte erstarrte auf der Schwelle und drehte sich abrupt um. Die blassen, runzligen Wangen erröteten.

»Was ich glaube oder nicht – was spielt das für eine Rolle? Ich bin eine alte Frau. Mein Gedächtnis funktioniert nicht mehr richtig, und ich bilde mir alles mögliche ein. Ich will Ihnen lieber keine Geschichten erzählen.«

»Wollen Sie denn nicht helfen, den Mörder zu finden?«

»Doch. Sehr gern sogar. Aber ich fürchte, ich würde dabei nur stören, Sie mit meinem Altweibergeschwätz bloß durcheinanderbringen.« Sie verstummte, verließ allerdings nicht sofort das Zimmer, sondern zögerte, als wolle sie noch etwas sagen.

Ein durchdringendes Telefonklingeln zerriß die Stille,

und Leontjew sah, daß die Hände der alten Frau plötzlich heftig zitterten.

»Entschuldigen Sie«, murmelte sie und eilte mit hastigen kleinen Schritten in die Küche, wo das Telefon stand.

»Nika?« hörte der Hauptmann sie laut und erstaunt fragen. »Guten Tag. Danke, ich bin gesund, Gott sei Dank. Nein, warum? Ich wußte, daß du anrufen würdest. Ich war mir sicher, daß du schon in Moskau bist. Ja, die Eltern sind heute früh gekommen. Was – eingeäschert?« Die Alte schrie auf, Leontjew hörte etwas poltern und rannte in die Küche. Dort war nur ein Hocker umgestürzt. Nadeshda stand mit dem Hörer in der Hand am Tisch und nickte dem Hauptmann zu – alles in Ordnung, machen Sie sich keine Sorgen. Leontjew hob den Hocker auf und ging zurück ins Zimmer.

»Na schön, Nika, komm vorbei. Wann es dir paßt.« Die Stimme in der Küche klang nun wieder ruhig. »Morgen früh? Nein, zehn ist zu früh. Sagen wir halb elf. Schon gut. Bis dann.«

Sie legte auf und murmelte: »Wenn man vom Teufel spricht ...«

Dann kochte sie Kaffee, und fünf Minuten später brachte sie Leontjew das dampfende Kännchen und eine saubere Tasse.

»Ich würde Ihnen ja auch noch die Kassetten vorspielen, aber ich bin, ehrlich gesagt, ein wenig erschöpft. Lesen Sie ruhig zu Ende, lassen Sie sich Zeit. Aber die Kassetten lieber das nächstemal, einverstanden?«

Der Hauptmann war einverstanden. Er trank seinen Kaffee aus, las das letzte Interview zu Ende und wartete darauf, daß sie nach der Einäscherung fragen würde, doch sie verlor darüber kein Wort.

Als Leontjew das Haus verließ, wußte er, daß er am nächsten Tag um halb elf wiederkommen würde. Er wollte sich unbedingt die Frau namens Nika ansehen. Er war so gut wie sicher, daß sie hellbraune Augen hatte, langes, dunkelblondes Haar, dichte schwarze Augenbrauen und Wimpern, und daß sie schlank und feingliedrig war, mit schlankem Hals und stolz erhobenem Kopf.

Olga Rakitina packte mechanisch die Koffer aus und hängte die Kleider in den Schrank. Sie war ein halbes Jahr nicht zu Hause gewesen und versuchte, jetzt nur an das zu denken, was sie im Augenblick tat.

Juras Anzug muß gebügelt werden, er ist ganz zerknittert. Nikita besitzt kein einziges anständiges Hemd. Seine Wildlederschuhe müssen zur Reparatur, sie brauchen neue Absätze.

Gut, daß sie ihren Sohn nicht tot gesehen hatte. Das war sehr gut – im Leben war alles möglich. Mama hatte im Krieg eine Gefallenenmeldung für den Vater bekommen, und 1954 war er plötzlich zurückgekehrt. Er war in einen Kessel geraten und dann in Gefangenschaft, und 1945 wurden die aus dem Lager Mauthausen befreiten Kriegsgefangenen mit Viehwaggons direkt in ein Lager bei Magadan geschafft.

Olga polierte den Schreibtisch ihres Sohnes mit einem weichen Lappen, nahm ein feuchtes Antistatiktuch aus einer Plastebox, um den Monitor und die Computertastatur abzuwischen, und hielt plötzlich inne.

»Juri! Komm bitte mal her!« rief sie so laut, daß ihr Mann, der die Küche saubermachte, zusammenzuckte und den Schrubber fallenließ.

»Sieh mal, was sind das hier für Flecke?« Sie beugte sich über die Tastatur und nahm vorsichtig die weiße Computermaus in die Hand.

Die Flecke waren trocken und dunkelbraun.

»Genau solche sind auch auf dem Waschbecken im Bad«,

sagte Juri Rakitin nachdenklich. »Und noch was: Unterm Büfett ist ein Stück Linoleum rausgeschnitten. Jemand hat das Büfett verrückt. Es ist nur noch ein ganz kleiner Spalt zu sehen, das heißt, das Büfett wurde abgerückt und irgendwie wieder rangezogen, zurück an die Wand. Ich habe in den Spalt gesehen. Der Hintereingang ist nicht mehr vernagelt. Hinterm Büfett liegen Nägel und eine Zange. Und unter der Bank hab ich eine große Supermarkttüte gefunden. Eine Stange Zigaretten, ein Päckchen Kaffee, Zucker, abgepackter Schinken und Käse. Außerdem Zahnpasta, eine Packung Einmalrasierer und Seife. Ein Kassenbon liegt auch dabei. Die Sachen wurden am fünften Mai gekauft, um zwei Uhr nachts. Sag mal, wo hast du denn die Disketten hingeräumt?«

»Ich habe keine gesehen.« Olga blickte verwirrt auf den Tisch. Nikita hatte viele Disketten, und normalerweise lagen sie alle auf dem Tisch herum. Aber jetzt lag dort keine einzige.

Juri machte alle Schubladen auf und zu.

»Unsere Wohnung wurde durchsucht, Olga.«

»Vielleicht die Miliz?« fragte Olga unsicher. »Vielleicht haben sie ja doch Ermittlungen eingeleitet?«

»Nein. Das war nicht die Miliz. Ich habe bei der Staatsanwaltschaft angerufen. Es gibt keine Ermittlungen. Ein Unfall ...«

Olga ging ins Schlafzimmer und zog die Kommodenschublade auf. Die Schatulle mit dem Familienschmuck war noch da. An den Wänden hingen mehrere wertvolle Gemälde, Originale von Repin, Serow und Wasnezow. Auch die Ikonen aus dem achtzehnten Jahrhundert, das antike Porzellan, das Tafelsilber – kurz, alles, wofür sich Diebe hätten interessieren können, war unversehrt.

»Ich habe schon nachgesehen.« Juri schüttelte den Kopf. »Es ging ihnen nicht um Wertsachen. Sie haben in Nikitas Schreibtisch etwas gesucht, sie haben alle Disketten, Tonkassetten und Filme mitgenommen. Vielleicht auch Papiere. Sonst haben sie nichts angerührt.«

Olga ließ sich schwer aufs Sofa sinken.

»Juri, wir beide können nur vermuten, was geschehen ist. Für mich war von Anfang an klar, daß das kein Unfall war. Aber wer kann jetzt noch irgend etwas beweisen? Und wozu?« Sie sprach leise und heiser, und ihr Mann fürchtete, sie würde wieder in Apathie verfallen. »Wir beide müssen entscheiden, wann wir die Urne beisetzen wollen.«

»Ja, die Urne.« Er nickte. »Olga, wie fühlst du dich?«

»Es geht schon. Wir müssen alle anrufen, die Totenfeier organisieren. Und eine Totenmesse bestellen.«

»Nein«, sagte Juri hastig, ohne seine Frau anzusehen, und setzte sich neben sie aufs Sofa. Er griff nach ihrer Hand und drückte sie fest.

»Was – nein? Entschuldige, Juri, was hast du gesagt?«

»Wir sollten keine Totenmesse für Nikita lesen lassen.«

»Wie?«

»Ich habe vor einer halben Stunde mit Nadeshda telefoniert. Sie hat gesagt, wir sollen keine Totenmesse für ihn lesen lassen.«

»Ich fahre zu ihr!« rief Olga und sprang auf.

»Warte, meine Liebe. Sie kommt her. Morgen.«

»Bist du verrückt, Juri? Sie weiß doch etwas! Warum hast du mir das nicht gleich gesagt? Nicht einmal von dem Anruf hast du mir erzählt! Nein, ich muß mit ihr reden. Ich kann unmöglich …«

»Olga, beruhige dich bitte.« Er umarmte sie, drückte sie fest an sich und spürte, daß sie zitterte und schwer atmete. »Sag mir, glaubst du, daß Nikita tot ist?«

»Nein«, hauchte sie an seine Schulter.

»Richtig so. Glaub es nicht.«

Vierundzwanzigstes Kapitel

Felix Viktjuk bedauerte es nicht, Russow, der außer sich gewesen war und die Kontrolle über sich verloren hatte, am Telefon die Unwahrheit gesagt zu haben. Dennoch verspürte er einen unangenehmen Nachgeschmack. Es war das erstemal, daß er einen Auftraggeber belogen hatte, noch dazu einen so wichtigen und in jeder Hinsicht nützlichen.

Er hatte sich zwar nicht sonderlich um gründliche Informationen über Anton Sliwko bemüht, aber doch einiges herausgefunden. Er wußte, daß Sliwkos Tante Soja Astachowa war, die einstige Modeärztin und Russows treue Gehilfin bei seinem kürzlichen Techtelmechtel mit totalitären Sekten, seit vier Jahren Cheflektorin des Verlags »Kaskad«, in dem die Bücher von Viktor Godunow erschienen.

Er kannte Soja Astachowa nicht persönlich, hatte sie vor einigen Jahren lediglich mehrmals flüchtig gesehen. Er war sich fast sicher, daß sie sich nicht an sein Gesicht erinnerte, selbst wenn sein Name ihr bekannt vorkommen sollte. Das gewährte ihm eine gewisse Improvisationsfreiheit. Bevor er nach Sinedolsk flog, um sich seinen verdienten Lohn abzuholen, wollte er Soja Astachowa einen Besuch abstatten; immerhin war sie die einzige Verwandte des verschwundenen Sliwko, und wenn irgend jemand etwas über seinen Verbleib wußte, dann sie.

Er rief im Verlag an und erfuhr, die Cheflektorin sei heute nicht im Haus, sie sei krank. Er wählte ihre Privatnummer, aber sie ging nicht ran. Kurz nach neun Uhr abends parkte er sein Auto zwei Häuser von ihrer Wohnung entfernt.

Die Astachowa wohnte im zweiten Stock eines neuen, mehrstöckigen Hauses. Er ging um das Gebäude herum und mutmaßte, welche Fenster ihre waren. In einem brannte Licht. Die Vorhänge waren aufgezogen, aber von unten konnte man nur den oberen Teil des Raums, wahrscheinlich der Küche, ausmachen.

Viktjuk ging zum Spielplatz im Hof, schaute sich um und stieg auf die hohe Holzrutsche. Nun sah er ein Stück Küchentisch und einen dunklen Haufen darauf. Viktjuk holte ein Seemannsfernglas aus seiner Aktentasche, blickte hindurch und erkannte, daß der Haufen eine Frau war, die den zerzausten Kopf auf die Tischplatte gelegt hatte. Neben ihr standen eine Flasche und ein Glas. Die Schultern der Frau bebten heftig.

Also ist Anton Sliwko tot? fragte sich Viktjuk. Das mußte er überprüfen. Eine einsame Fünfzigjährige konnte aus allen möglichen Gründen trinken und weinen.

Im Hauseingang gab es eine Wechselsprechanlage. Viktjuk wartete eine Weile, dann schlüpfte er zusammen mit zwei fröhlichen, angeheiterten jungen Mädchen, die ihn völlig ignorierten, hinein, stieg die Treppe hoch und öffnete mit einem unkonventionellen chinesischen Dietrich ohne große Mühe das italienische Standardschloß.

Die Wohnung war teuer und geschmackvoll eingerichtet, darum fiel die Unordnung besonders auf. Die Hausherrin saß in einem speckigen Bademantel auf einem Hocker am Küchentisch, den Kopf auf den Armen, schluchzte und schien nichts um sich herum wahrzunehmen.

Viktjuk, bemüht, keinen Lärm zu machen, zog den Mantel aus, hängte ihn an die Flurgarderobe und ging in die Küche.

Soja Astachowa hob das verquollene rote Gesicht und starrte ihn aus trüben, verweinten Augen an.

»Wer sind Sie? Wie sind Sie hier reingekommen?« fragte sie heiser und musterte die rundliche Gestalt, das Bärtchen, das sanfte Lächeln und die klugen, aufmerksamen Augen des älteren Mannes.

»Soja Anatoljewna, was ist mit Ihnen? Soll ich einen Arzt holen?« fragte Viktjuk besorgt. »Ihre Tür war nicht abgeschlossen, das geht doch nicht. Da könnte ja sonstwer reinkommen.«

»Wer sind Sie?« Ihr Blick wurde allmählich klarer, ihre Stimme härter. »Ich habe Sie irgendwo schon mal gesehen.«

»Kann sein, kann sein.« Viktjuk nickte lächelnd. »Die Sache ist die – wir beide haben ein gemeinsames Problem. Wissen Sie was, meine Liebe, ich koche einen Kaffee, ja? Haben Sie welchen im Haus?«

»Was ist los?« Sie stand vom Hocker auf und schlug ihren Bademantel zu. »Wer sind Sie?«

»Ich heiße Felix Michailowitsch, ich bin Jurist. Aber das ist unwichtig. Ich wollte schon lange mit Ihnen reden, über Ihren Neffen Anton. Ich weiß, daß der Junge außer Ihnen niemanden hat.«

»Wo ist er?!« schrie die Astachowa heiser. »Was haben Sie mit ihm gemacht? Jetzt weiß ich! Sie sind einer von Russows Leuten! Ich habe Sie bei ›Garantija‹ gesehen! Wo ist Anton?«

»Halt, halt, welcher Russow? Ist das nicht ein hoher Beamter irgendwo in Sibirien?«

»Erzählen Sie mir keine Märchen! Ich rufe gleich die Miliz!«

»Ja, wissen Sie, erst wollte ich mich auch an die Miliz wenden.« Viktjuk nickte mit einem traurigen Lächeln. »Aber dann tat mir der Junge leid. Er ist doch krank und kann nichts dafür.«

»Was reden Sie da?« Sie zog mit zitternden Händen eine Zigarette aus der Schachtel, Viktjuk schnippte galant mit dem Feuerzeug.

»Der Junge hat den Kopf verloren.« Viktjuk hüstelte verlegen. »Verstehen Sie, er hat sich in meine Frau verliebt. Meine Frau ist sechzig, genau wie ich …«

»Es reicht!« bellte die Astachowa. »Das haben Sie sich eben erst ausgedacht. Ich habe Sie bei ›Garantija‹ gesehen, Sie gehören zu Russow. Sie sind hier, um mich als Zeugin zu beseitigen.« Sie warf die Zigarette weg, trat rasch rückwärts zum Küchenschrank und tastete hinter ihrem Rükken herum, wobei sie Viktjuk mit bösen, betrunkenen Augen fixierte. Ein leises Schnappen, und im nächsten Augenblick richtete sie eine deutsche Gaspistole auf Viktjuk. »Und jetzt schnell und ohne Lügengeschichten, wo ist Anton?«

»Soja Anatoljewna« – Viktjuk schüttelte tadelnd den Kopf –, «Sie sind doch eine kluge Frau. Wenn ich gekommen wäre, um sie zu töten, dann hätte ich das längst getan, meine Liebe. Natürlich können Sie auf mich schießen, aber das wäre nicht schön. Erstens wäre es grausam, ich bin schließlich ein alter Mann, noch dazu unbewaffnet, und zweitens, was machen Sie dann mit mir? Das ist doch ein Nervenlähmungsgas, nicht? Aus dieser Entfernung und bei meinem Alter könnte das ohne weiteres tödlich wirken. Und Ihnen wird auch übel werden in diesem engen Raum. Also liegen wir beide hier auf dem Boden rum, irgendwann kommen Sie zu sich, sehen die Leiche in Ihrer Küche, und was dann?«

»Na gut.« Sie ließ die Pistole sinken, legte sie jedoch nicht aus der Hand. »Ich höre.«

»Schön. Aber seien Sie so gut und setzen Sie sich bitte, es ist mir nämlich peinlich, in Gegenwart einer Dame zu sitzen.«

»Nein. Ich bleibe stehen, Sie bleiben sitzen.«

»Tja, was bleibt mir übrig.« Viktjuk lächelte und hob die Hände. »Ziemlich schwierig, sich in unserer brutalen modernen Welt wie ein Gentleman zu verhalten. Sie haben mich erkannt. Das freut mich. Ich habe immer gedacht, mein Gesicht merkt sich niemand. Von einer so attraktiven Dame erkannt zu werden wärmt mir das Herz. Ja, ich habe tatsächlich eine Zeitlang in der Privatdetektei ›Garantija‹ gearbeitet, aber nur sehr kurz. Damit hat mein Besuch bei Ihnen allerdings absolut nichts zu tun, glauben Sie mir. Schon gar nicht mit Russow. Ich habe ihn seit drei Jahren nicht mehr gesehen; wir sind nicht gerade als Freunde auseinandergegangen ... Nun, das tut nichts zur Sache. Soja Anatoljewna, lassen Sie mich doch einen Kaffee kochen. Ich kann gar nicht mit ansehen, wie nervös Sie sind.«

»Gut.« Sie nickte und ließ sich schwer auf einen Hocker fallen. »Aber später, nicht jetzt.«

»Wie Sie meinen. Also, noch einmal von vorn. Meine Frau ist sechzig. Wir sind seit vierzig Jahren zusammen und haben in dieser Zeit so manches miteinander erlebt, aber im großen und ganzen eine glückliche Ehe geführt. Und plötzlich gehen merkwürdige Dinge vor. Ich entdecke, daß meine Natascha einen« – Viktjuk zögerte einen Augenblick, dann sagte er in entschuldigendem Ton: »einen Liebhaber hat. Ich kann das Wort nicht leiden, es ist so geschmacklos, aber egal. Jedenfalls, Natascha ist wie ausgewechselt. Sie bleibt ganze Abende weg, ein paarmal ist sie erst gegen Morgen nach Hause gekommen und hat mir, errötend wie ein Schulmädchen, etwas vorgeschwindelt von einer Freundin, die einen Schlaganfall gehabt hätte. Ich kenne alle ihre Freundinnen, ich hab mich natürlich sofort ans Telefon gesetzt, und was stellt sich heraus? Keine hatte einen Schlaganfall. Eine ihrer Freundinnen erzählte mir unterm Siegel der Verschwiegenheit, meine Natascha habe sie um den Schlüssel zu ihrer Datscha gebeten. Nun, ich bin Jurist und arbeite zudem in letzter Zeit als Privatdetektiv. Es war für mich also kein großes Problem, die Identität meines Nebenbuhlers herauszufinden. Und was mußte ich feststellen? Er ist jung, sieht gut aus … Na schön, das läßt sich noch irgendwie verschmerzen. Aber stellen Sie sich vor, was in mir vorging, als ich erfuhr, daß er zehn Jahre gesessen hat wegen des Mordes an einer Frau, die er liebte. Ehebruch kann man in meinem Alter verzeihen, aber ich möchte meine Natascha auf keinen Fall verlieren.«

»Er wird so etwas nie wieder tun«, flüsterte die Astachowa hastig, »das war ein schrecklicher, dummer Zufall.«

»Ja, ja, meine Liebe, das will ich gern glauben. Aber für mich war es ein enormer Schock. Nein, ich bin meiner Frau nicht böse, ich kann sie verstehen – die letzte Chance, noch einmal jung zu sein, verliebt … Es ist ein wenig lächerlich, aber eine Frau bleibt immer eine Frau, selbst in ihrem Alter. Erst zweifelte ich an der Aufrichtigkeit von Antons Gefühlen, ich dachte, der Junge will nur Geld aus ihr rausholen, und vor allem hatte ich Angst um ihr Leben. Doch dann beruhigte ich mich ein wenig und kam zu dem Schluß, daß man einen Menschen nicht dafür verurteilen darf, daß er krank ist. Er ist doch krank, Ihr Anton, oder? Und völlig harmlos, nicht wahr?«

»Ja, genau so ist es. Krank und harmlos«, echote die Astachowa.

»Na sehen Sie. Ich würde Sie auch nicht belästigen, aber es ist etwas geschehen. Meine Natascha ist seit drei Tagen verschwunden und hat einen aberwitzigen Brief hinterlassen. Hier, sehen Sie.« Er nahm eine zerknitterte Seite aus einem Schulheft aus seiner Jackettasche und reichte sie der Astachowa. »Felix, verzeih mir!« stand da in akkurater runder Schrift. »Es tut mir weh, aber ich kann nicht anders. Es ist stärker als ich. Anton und ich lieben uns – trotz des Altersunterschieds, trotz allem. Eine Scheidung ist nicht nötig, das wäre dumm und unwürdig; was mit der Wohnung werden soll, entscheiden wir später. Verzeih mir. Natascha.«

Die Astachowa las den Text mehrmals, dann starrte sie Viktjuk aus geröteten Augen schweigend an.

»Sie haben Russow also schon lange nicht mehr gesehen?« fragte sie, und er begriff, daß sie die ganze Zeit ihren eigenen Gedanken nachgehangen hatte.

»Wir kannten uns ohnehin nur flüchtig.« Er zuckte verständnislos die Achseln. »Hören Sie, ich sehe, Sie haben ernsthafte persönliche Schwierigkeiten. Vielleicht komme ich völlig ungelegen mit meinem Eheproblem?«

»Sie sind Privatdetektiv? Jurist?« Der betrunkene Schleier war verflogen, ihre Augen funkelten. »Ich habe beobachtet, daß Sie sich mit Anton getroffen haben. Ich bin ihm gefolgt. Warum haben Sie sich mit ihm getroffen?«

»Was meinen Sie wohl?« Er lächelte traurig. »Ich wollte mit ihm reden, wollte verstehen, was er von meiner Natascha will. Und wissen Sie, ich habe ihm geglaubt. Ich habe in meiner langjährigen juristischen Praxis schon viele Menschen erlebt, ich kann sehr wohl Lüge und Wahrheit unterscheiden. Also, ich begriff, daß er meine Frau wirklich liebt. Mag dieses Gefühl auf einen Außenstehenden auch lächerlich und krankhaft wirken, aber es gibt so wenige Menschen auf der Welt, denen es beschieden ist. Verstehen Sie, das Alter läßt mich die Dinge philosophisch betrachten ...«

»Haben Sie irgendwelche Papiere bei sich? Ausweis, Lizenz?« frage die Astachowa, die noch immer stumpfsinnig vor sich hin starrte.

»O ja, natürlich!« Viktjuk holte aus der Innentasche seines Jacketts einen Wehrpaß und ein dunkelblaues Büchlein, das ihn als Privatdetektiv auswies.

Die Astachowa studierte die Papiere lange; sie hatte sichtlich Mühe, etwas zu begreifen.

»Soja Anatoljewna« – Viktjuk nahm ihr die Papiere aus

der Hand und schaute ihr in die Augen, »sagen Sie mir, wo ist Ihr Neffe?«

»Ich weiß es nicht!« schrie sie verzweifelt. »Das ist ja das Schlimme, ich weiß es nicht!«

»Na gut, wann haben Sie ihn denn das letztemal gesehen?«

»Vor einer ganzen Weile. Ende April. Aber wirklich Sorgen um ihn mache ich mir erst jetzt.«

»Gibt es dafür irgendeinen Grund? Oder sorgen Sie sich einfach, weil so viel Zeit vergangen ist?«

»Es gibt einen Grund ...«

»Nämlich?«

»Anton wurde benutzt. Es soll so aussehen, als hätte er einen Mord begangen. Ich weiß genau, daß er niemanden getötet hat. Aber es ist ja so bequem, ihm das in die Schuhe zu schieben ... Der Junge ist krank. Nein, ich kann Ihnen das nicht erzählen« – sie schüttelte den Kopf –, »ich kann nicht. Ich habe Angst. Um mich und um ihn.«

»Sie brauchen keine Angst zu haben.« Er legte seine warme Hand auf ihre, die eiskalt und feucht war. Die Gaspistole lag schon seit einer Weile auf dem schmutzigen Tisch. »Erzählen Sie, ich bin immerhin Jurist und außerdem persönlich interessiert. Ich habe Ihnen doch gleich gesagt, wir beide haben ein gemeinsames Problem.«

Tatjana Wladimirowa war eine zierliche Blondine mit kurzem Haar. Leontjew wußte, daß sie siebenundzwanzig war, aber in den verwaschenen Jeans, dem weitem Pullover und den dicken Wollsocken sah sie aus wie ein junges Mädchen, nicht älter als siebzehn.

»Guten Tag, kommen Sie bitte herein«, sagte sie mit überraschend tiefer, rauher Stimme.

Leontjew schaute sich im engen, mit Truhen und Kommoden vollgestellten Flur um.

»Ist das eine Gemeinschaftswohnung?«

»Nein, ich lebe mit meiner Großmutter zusammen. Ich darf nichts wegwerfen. Möchten Sie einen Tee?«

»Danke, gern.«

Sie führte Leontjew in die Küche, ließ ihn auf einem abgewetzten kleinen Sofa Platz nehmen, stellte den Teekessel auf den Herd, setzte sich auf einen Hocker, zündete sich eine Zigarette an und mußte sofort husten.

»Wissen Sie, in Moskau grassiert gerade eine scheußliche Grippe. Die schleppe ich schon seit zehn Tagen mit mir rum. Entschuldigen Sie, ich habe Ihren Vor- und Vatersnamen vergessen.«

»Andrej Michailowitsch. Nenne Sie mich einfach Andrej.«

»Sie haben also den Verdacht, Andrej, daß Rakitin ermordet wurde?«

»Sagen wir, ich schließe nicht aus, daß der Unfall möglicherweise inszeniert wurde.«

»Dann steht die Sache schlecht.« Tatjana zuckte fröstelnd mit den Schultern. »Solche Morde werden nie aufgeklärt. Das heißt, aufgeklärt vielleicht schon, aber man kann nichts beweisen.«

»Man weiß nie, was das Leben so bringt«, bemerkte der Hauptmann tiefsinnig. »Kannten Sie Rakitin schon lange?«

»Ein knappes Jahr. Damals habe ich ein Interview mit ihm gemacht.«

»Wann haben Sie Nikita das letztemal gesehen?«

»Erst vor kurzem. Das Datum weiß ich nicht mehr genau, aber ich kann nachsehen. Wir haben uns gleich nach seiner Rückkehr aus Sinedolsk getroffen.«

»Von wo?«

»Aus Sinedolsk. Er war vier Tage dort und hat mich gebeten, mit niemandem darüber zu reden. Für alle anderen war er in Antalya. Er hat sogar eine billige Pauschalreise für eine Woche gebucht.«

»Er hat eine Reise nach Antalya gebucht und ist nach Sinedolsk geflogen? Das heißt, irgend jemand hat ihn so intensiv überwacht, daß eine derartige Geheimhaltung nötig war?« fragte Leontjew und schluckte nervös.

»Ja, offenbar.«

»Hat er Ihnen erklärt, wer und warum?«

»Nein. Er hat sogar mir anfangs erzählt, er wolle nach Antalya. Aber ich war so beleidigt, daß er mich nicht mitnimmt« – sie errötete heftig –, »verstehen Sie, ich hab ihm eine Szene gemacht. Jetzt schäme ich mich dafür. Und er konnte Tränen nicht ertragen. Also hat er mir gesagt, daß er keineswegs in einen Ferienort fährt. Aber davon dürfe niemand, absolut niemand wissen.«

Vielleicht wollte er dich auf diese Weise nur trösten? dachte Leontjew. Vielleicht warst du nicht seine einzige, und er ist mit einer anderen nach Antalya geflogen?

»Verzeihen Sie, sind Sie wirklich sicher, daß er Ihnen die Wahrheit gesagt hat?«

»Ganz sicher.«

»Warum?«

»Weil ich ihn zum Flughafen gebracht habe.«

»Ach so, dann natürlich.« Der Hauptmann nickte. »Aber Sie haben doch sicher versucht herauszufinden, was los war. Hat er tatsächlich kein Wort gesagt? Na ja, wenigstens, warum ausgerechnet Sinedolsk? Was er dort wollte?«

»Nein.« Tatjana schüttelte den Kopf. »Er hat geschwiegen wie ein Grab. Er hat versprochen, mir später alles zu erklären. Ich weiß nur, daß er zwei Monate davor plötzlich dringend Geld brauchte. Er mußte die Schulden seiner Exfrau bezahlen. Wissen Sie, diese Frau … Es ist nicht schön, so etwas zu sagen, aber sie ist eine krankhafte Idiotin. Sie sucht panisch Arbeit und gerät dabei dauernd in irgendwelche zweifelhaften Geschichten. Diesmal war es ziemlich ernst, sie hatte einen Schuldschein unterschrieben über eine gewaltige Summe, ohne das Geld je gesehen zu haben.«

»Warum mußte ausgerechnet er die Schulden seiner Exfrau begleichen? Soviel ich weiß, sind die beiden doch seit sieben Jahren geschieden.«

»Wegen Mascha. Angeblich haben die Banditen seine Tochter bedroht. Aber er hat das Problem irgendwie geklärt. Er hat gesagt, jetzt sei alles in Ordnung.«

»Und wie? Hat er das Geld aufgetrieben? Oder sich mit den Banditen geeinigt?«

»Keine Ahnung. Ich weiß nur, daß Mascha danach in Ruhe gelassen wurde.«

»Und woran hat er gearbeitet? Seinen letzten Roman hat er ja schon Anfang Februar beendet.«

»Erst hat er gesagt, er müsse sich mal richtig ausruhen. Dann hat er angeblich Material gesammelt für seinen nächsten Roman. Was eigentlich seltsam war. Normalerweise hat er spezielle Informationen, die er brauchte, im Laufe der Arbeit eingeholt. Daß Nikita vorher Material sammelte, noch dazu so lange – an so etwas kann ich mich nicht erinnern.«

»Hat er gesagt, welcher Art Material das war?«

»Bevor ich ihn zum Flughafen fuhr, habe ich ihm noch eine Büchse gezuckerte Kondensmilch und Pulverkaffee eingepackt, als kleine Überraschung, und dabei eine Plastehülle mit kopierten Texten entdeckt. Wissenschaftliche Aufsätze über Goldgewinnung, Karten, Diagramme. Ich hätte ihn beinahe im Scherz gefragt, ob er etwa auf Goldsuche gehen wolle, um die Schulden bei den Banditen zu bezahlen, habe es aber lieber unterlassen. Er konnte es nicht ausstehen, wenn man in seinen Papieren las. Außerdem waren da ein paar Artikel über totalitäre Sekten. Doch das hat mich nicht weiter gewundert. Sekten kann er durchaus für sein nächstes Buch gebraucht haben.«

»Das heißt, Sie haben ihn nach seiner Rückkehr aus Sinedolsk das letztemal gesehen. Welchen Eindruck machte er auf Sie, war er zufrieden mit seiner Reise?«

»Ob er zufrieden war, weiß ich nicht. Er war aufgekratzt, aufgedreht und hatte in den paar Tagen sichtlich abgenommen. Außerdem war er müde, erschöpft. Um halb zwei ist er gegangen. Ich bot ihm an zu bleiben, doch das hat er kategorisch abgelehnt. Ich wollte ihn nach Hause fahren, aber er hat gesagt, er müsse vorm Schlafengehen unbedingt noch ein paar Schritte laufen.«

»Und von Sinedolsk hat er nichts weiter erzählt?«

»Nur so allgemein. Daß dort gerade der Wahlkampf zu Ende gegangen sei und überall Plakate des Siegers hingen. So schöne Plakate, daß es dem Sieger bestimmt leid täte, sie abzunehmen.«

Der Hauptmann zog im Flur seinen Mantel an. Tatjana lehnte nachdenklich rauchend am Rahmen der Zimmertür. Plötzlich schrak sie auf.

»Einen Augenblick!« Sie rannte ins Zimmer und kam mit einer Zeitung vom vierten Mai in der Hand zurück. In der Rubrik »Kriminalitätschronik« war eine kurze Meldung mit Marker hervorgehoben. »Unbekannte in einem Jeep schossen auf das Schaufenster eines Sportgeschäfts auf dem Leningrader Prospekt. Zu Schaden kam lediglich eine Schaufensterpuppe. Notarztteam und Einsatzgruppe der Miliz fanden am Tatort die arme Puppe mit zerschossenen Beinen unter einem Haufen Glasscherben.«

»Das war in der bewußten Nacht, drei Blocks entfernt von meinem Haus«, erklärte Tatjana.

Fünfundzwanzigstes Kapitel

Die Astachowa war so mit ihren eigenen Problemen beschäftigt, daß sie gar nicht weiter über das Märchen nachdachte, daß ihr der freundliche, naive Dicke erzählte.

Sie erinnerte sich, daß sie das Telefon abgeschaltet hatte. Gut möglich, daß sie in ihrer Aufregung die Tür nicht abgeschlossen hatte. Auch daß Anton sich in eine gewisse sechzigjährige Natalja verliebt hatte, war vorstellbar.

Sie hatte ihren Neffen zwar ziemlich streng unter Kontrolle, konnte aber nicht jeden seiner Schritte überwachen. War es nicht denkbar, daß der Junge endlich gefunden hatte, was er suchte? Und ausgerechnet in diesem glücklichen Augenblick wurde er so reingelegt!

Bei einer Flasche Wodka war ihr schließlich aufgegangen, daß ihr langjähriges Verhältnis mit Russow keineswegs eine Zusammenarbeit gleichberechtigter Partner gewesen war. Er hatte sie manipuliert wie eine Schachfigur. Hatte sie benutzt, ihr dann quasi die Unannehmlichkeiten vom Hals geschafft, in Wirklichkeit aber wieder nur seine eigenen Probleme auf ihre Kosten gelöst.

Soja Astachowa war zwar eine zynische Person, doch es wollte ihr nicht in den Kopf, daß jemand so absolut skrupellos sein konnte. Dieses Schwein, schließlich wußte er genau, daß sie niemanden hatte außer Anton. Hätte er sich für seine Zwecke nicht einen anderen suchen können? Statt dessen hatte er einfach Antons Krankheit ausgenutzt: Seine Leute hatten in dem Haus, in dem sich Rakitin versteckte, eine geeignete alte Frau ausfindig gemacht und ihr Waffen und Drogen mit Antons Fingerabdrücken in die Wohnung geschmuggelt, um den Auftragsmord als gewöhnlichen Mord zu tarnen. Er hatte Rakitin nicht getötet. Nach der alten Geschichte mit Xenija tat der Junge keiner Fliege was zuleide, er hatte im Lager so viel durchgemacht, daß eine Rückkehr dorthin für ihn schlimmer war als der Tod.

Ihr reichte es. Anton würde sie Russow nie verzeihen. Es gab offenbar doch eine Gerechtigkeit auf der Welt. Im Augenblick der größten Verzweiflung tauchte wie bestellt dieser naive, nette dicke Jurist auf, gebildet, altmodisch höflich, dabei nicht dumm und, was das erstaunlichste war – ehrlich. So schien es Soja Astachowa zumindest, und sie hielt sich für eine gute Psychologin.

Sie entspannte sich endgültig. Der Rausch vernebelte ihr noch ein wenig den Kopf. Alle unverdienten Kränkungen brachen aus ihr hervor, sie redete und redete und konnte nicht aufhören. Viktjuk hörte zu, nickte und dachte, was für ein erstaunliches Ding doch die Intuition war. Wie ein mystischer sechster Sinn hatte sie ihn veranlaßt, diese Dame zu besuchen, die für ihn vor einer Stunde lediglich die Tante des verschwundenen Anton gewesen war. Er war nur für alle Fälle hergekommen, nur zur Überprüfung, und dabei auf eine gefährliche Zeugin gestoßen, die über gewichtige Informationen verfügte.

Sie wußte so viel, daß Viktjuk ganz feuchte Hände bekam. Und das band sie obendrein dem erstbesten auf die Nase. Nur gut, daß ausgerechnet er, Viktjuk, dieser erstbeste war.

»Ich habe geredet wie ein Buch, ich habe ihn gewarnt: Jeder andere, bloß nicht Godunow!« schrie die Astachowa. »Aber er ist ja so verbohrt, das Schwein! Er hört auf keinen, nur auf sich selbst, für ihn sind alle Idioten, nur er ist klug! Doch ich bin auch nicht erst seit gestern auf der Welt, mir war klar, daß er Godunow irgendwie gezwungen hat, und anschließend hat er wegen seiner idiotischen Laune erst mich benutzt, dann Anton, und das auf eine Weise – nicht zu fassen! Bei Godunow, da ging's nicht nur um Geld. Er hat ihn irgendwie erpreßt, bedroht, was weiß ich. Der Godunow, der tut nur so bescheiden, in Wirklichkeit hält er sich für ein Genie, der Mistkerl, der läßt sich niemals als Ghostwriter mißbrauchen, der gerät garantiert außer Kontrolle und gräbt Shanli aus. Ich hab ihn gewarnt, ich hab's ja geahnt!«

»Wer ist denn Shanli?« fragte Viktjuk und hielt den Atem an.

»Ein Scharlatan, ein unbegabter, arroganter Idiot! Er hat behauptet, er arbeite mit Hypnose, mit extrasensorischen Methoden. Alles Schwindel! Ich hab gleich begriffen, wie das bei ihm läuft. Er hat die Leute einfach betäubt, er hat Sachen gemacht, da standen mir die Haare zu Berge. Massive Technik, Elektroschocks, Infraschall, Ultraschall, Ultrahochfrequenzbestrahlung ...«

»Ultraschall?« unterbrach Viktjuk vorsichtig.

»Ja, Ultraschallbestrahlung. Beeinflußt das Gehirn und das Zentralnervensystem, bewirkt irreversible Verhaltensstörungen, bis zur totalen Lahmlegung aller Instinkte. Die Wellen modulieren die Frequenz des Alpha-Rhythmus des Gehirns«, ratterte sie wie auswendig gelernt herunter, »der Mensch wird zum Roboter, zur ergebenen, hirnlosen Maschine. Zum steuerbaren Idioten.«

»Und wofür brauchten sie steuerbare Idioten?«

»Das ist das interessanteste« – die Astachowa lachte böse auf –, »ich habe alles riskiert, meine Karriere, meinen Ruf, mein Arztdiplom, meine Freiheit, vielleicht sogar mein Leben, aber sie haben mir nie erklärt, wofür. Ich weiß nur, daß die Leute weggebracht wurden. Sie verschwanden einfach. Ach, was soll's, das ist vorbei, die Sache wurde untern Teppich gekehrt, sie haben rechtzeitig damit aufgehört. Shanli hat sich nach Korea abgesetzt, Russow in die Politik, und mich hat er in den Verlag gesteckt. Aber plötzlich wollte er unbedingt eine schöne Biographie. Bitte sehr, dann such dir irgendeinen Schreiberling, der dir in den Arsch kriecht und schreibt, was du willst. Aber nein! Er wollte unbedingt Godunow! Das hat er nun davon. Na, ich weiß schon, was ich diesem Hauptmann erzähle, ich laß den Kerl auffliegen, der wird sich wundern!«

»Welchem Hauptmann?« Viktjuk war nun am ganzen Körper schweißnaß, obwohl es in der Küche kühl war.

Sie schrie immer weiter. Ein regelrechter hysterischer Anfall. Morgen würde sie ihre unbedachte Offenheit vielleicht bereuen, aber jetzt konnte sie sich nicht bremsen.

Viktjuk verließ sie kurz nach zwei. Er stieg in seinen VW, griff zum Handy, wählte eine Nummer, diktierte grußlos die Adresse der Astachowa und sagte nur drei Worte: »Dringend. Selbstmord. Fünfzehntausend.«

»Wenn jemand anruft, sag, ich bin im Bad oder schlafe«, bat Nika, »oder nimm lieber gar nicht ab.«

»Wo willst du hin?« Sina gähnte herzhaft, rieb sich die verschlafenen Augen und sah Nika erstaunt an.

Nika trug Turnschuhe, enge schwarze Jeans, eine ziemlich abgewetzte graue Wildlederjacke und auf dem Kopf ein schwarzes Wildlederkäppi mit langem Schirm.

»Erklär ich dir später.«

»Warte mal, du hast mir noch gar nicht erzählt, wie das Treffen mit deinem Kommilitonen war, was er dir Interessantes erzählt hat.«

»Später, Sina. Ich hab's sehr eilig. Ich bin in zwei Stunden wieder da.«

Sie schlüpfte an der Concierge vorbei, den Mützenschirm tief in die Stirn gezogen.

»Junge Frau! Bei wem waren Sie?« schreckte die Concierge auf.

Sehr schön, dachte Nika, ich bin also nicht zu erkennen.

»Wohnung vierzig«, nannte Nika die erstbeste Zahl und lief hinaus. Sie wußte, daß der Mercedes der Bodyguards am Tor der Tiefgarage wachte. Sie wollte schon ein Auto anhalten, besann sich aber und ging entschlossen Richtung Metro.

Im Auto hätten die Jungs sie vielleicht bemerkt und eingeholt. Daß die Frau Gouverneur mit der Metro fuhr, damit rechneten sie bestimmt nicht.

Dennoch wurde sie das Gefühl nicht los, daß sich eiskalte Augen in ihren Hinterkopf bohrten. Aufmerksam musterte sie die Menge, erst auf der Rolltreppe, dann in der Metro. Immer wieder glaubte sie, den hageren, kahlköpfigen Mann zu sehen, der im Flugzeug in der Reihe neben ihr gesessen und sie die ganze Zeit angestarrt hatte. Vielleicht hatte dieses Gesicht sich ihr einfach so eingeprägt, daß sie es nun überall entdeckte.

Gratuliere, jetzt hast du schon Halluzinationen. Mal bildest du dir ein, ein Jeep hätte Sina überfahren, dann hörst du eine Oma flüstern: »Dein Mann ist ein Mörder«, und dabei sieht dich der Mann aus dem Flugzeug durch verspiegelte Brillengläser an, und nun verfolgt dich der Typ höchstpersönlich in der Metro, verspottete sich Nika im stillen; du drehst noch völlig durch, meine Gute. Nimm dich zusammen.

An die Haltestange im überfüllten Wagen geklammert, sah sie ihrem verschwommenen Spiegelbild auf der schwarzen Fensterscheibe in die Augen und versuchte zum zigsten Mal, ganz in Ruhe alles zu sortieren, Tatsachen von Vermutungen zu trennen.

Eine zweifelsfreie Tatsache war, daß Grischa log. Er hatte sich Mitte Februar mit Nikita getroffen, vor drei Monaten also, ihr gegenüber aber behauptet, er hätte ihn seit drei Jahren nicht gesehen.

Nika hatte davon ganz zufällig erfahren. Einer von Grischas Chauffeuren, der schwatzhafte Witzbold Kolja, hatte sie von der Arbeit auf die Datscha gefahren und die ganze Fahrt über geplappert.

»Gestern, da hab ich einen Schriftsteller gefahren. Den Namen hab ich vergessen. Er schreibt Krimis. So ein junger großer Blonder. Wie heißt er doch gleich? Ich hab ein Buch von ihm gelesen, ›Die Sackgasse‹, und im Fernsehen hab ich ihn auch schon gesehen.«

»Godunow«, sagte Nika schläfrig.

»Ja! Genau, Viktor Godunow.« Der Chauffeur freute sich.

»Wohin hast du denn den Schriftsteller Godunow gefahren, Kolja?«

»Auf die Datscha. Zu Grigori Petrowitsch. Und dann wieder zurück nach Hause.«

Grischa hat sich mit Nikita getroffen, hatte sich Nika im stillen gewundert. Warum wohl? Er zuckt doch heute noch zusammen, wenn er nur seinen Namen hört. Er gibt sich zwar große Mühe, damit ich das nicht merke, damit niemand es merkt, aber er zuckt zusammen. Als er mich mit einem Buch von Viktor Godunow gesehen hat, ist er ganz blaß geworden, sein Gesicht wurde richtig unangenehm, sein Blick ganz starr. Er hat glatt die Kontrolle über sich verloren. Das passiert ihm selten. Normalerweise schafft er es immer, ruhig zu wirken, egal, was in ihm vorgeht.

Nika wußte, daß ihr Mann geschäftlich mit dem Verlag zu tun hatte, in dem Nikitas Bücher erschienen. Möglicherweise hatte er sich deshalb mit ihm getroffen. Obwohl – in der Regel verhandelte er mit dem Geschäftsführer und der Cheflektorin. Wieso plötzlich mit dem Autor Godunow?

Sie hatte erwartet, daß er das Treffen mit Rakitin beiläufig erwähnen würde, doch das hatte er nicht getan.

Er ist also noch immer eifersüchtig, hatte Nika gedacht und das Treffen ihres Mannes mit ihrem verflossenen Bräutigam bald vergessen. Erst als sie von Nikitas Tod erfuhr, war es ihr wieder eingefallen, und sie hatte Grischa gefragt: Wann hast du ihn das letztemal gesehen? Und er hatte sie belogen. Wohl kaum aus Eifersucht, oder?

Eine weitere Tatsache war, daß Nikita sich vor jemandem versteckt hatte. Sie war sich sicher, daß Nikita nicht wegen einer Schreibkrise bei Sina gewohnt hatte. Er konnte nirgendwo besser arbeiten als zu Hause, also war er aus seiner komfortablen Wohnung in Sinas Höhle gezogen, um sich zu verstecken. Vor wem?

Nika ging im Kopf mehrere Varianten durch und kam zu dem einzig möglichen Schluß: Nikita hatte sich bei Sina versteckt, weil ihm Gefahr drohte. Er wußte, daß ihn jemand töten wollte.

Und nun versuchte irgendwer, Nika einzureden, der Mörder beziehungsweise der Auftraggeber sei ihr Mann gewesen. Aber wieso? Wenn der Anonymus den Schuldigen unbedingt bestrafen wollte, dann hätte er sich doch eher an einen Privatdetektiv gewandt. Warum war ihm daran gelegen, daß Nika diese kriminelle Geschichte aufklärte? Wo war da die Logik?

Der Anonymus wußte vieles aus der Vergangenheit. Er nannte Nikita »Ihr Bekannter«, wußte aber vermutlich genau, wie sie tatsächlich zueinander standen, sonst würde er wohl kaum auf ihr Interesse für den Fall rechnen. Er wußte auch von ihrer Kinderfreundschaft mit Sina und hatte deshalb unfehlbar sie als Kurier ausgewählt.

Habe ich es also mit einem alten Bekannten zu tun, fragte sich Nika, mit jemandem, der bei den Rakitins ein und aus ging? Aber das waren Dutzende!

Plötzlich fiel ihr ein, daß das Gesicht des Mannes im

Flugzeug ihr vage bekannt vorgekommen war. Doch wieder sagte sie sich, das habe sie sich nur eingebildet, der todkranke Mann habe sie nur deshalb mit Blicken durchbohrt, weil sie zufällig dort saß, wo er gerade hinschaute.

Dann erinnerte sie sich an die kreisrunden Narben auf der Hand der seltsamen Alten mit dem Hut und der dunklen Brille. Solche Narben hatte Grischa ebenfalls. Spuren einer Kinderei: Ein paar Jungen, die auf eine elitäre Schule in Sinedolsk gingen, hatten Zigaretten auf ihrem Handrücken ausgedrückt. Als Grischa ihr das erstemal davon erzählt hatte, war sie sehr beeindruckt gewesen und hatte sich vorgestellt, wie weh das getan haben mußte. Später war noch einmal die Rede darauf gekommen. Grischa hatte einen Landsmann mit nach Hause gebracht. War er nicht beim Militär? Richtig, er besuchte eine Militärschule.

Nika sah undeutlich das Bild eines großen Mannes in Uniform vor sich. Was für eine Uniform es gewesen war, wußte sie nicht mehr. Dafür erinnerte sie sich wieder genau an das Gespräch über die Narben auf dem Handrücken und an Grischas peinliche Verlegenheit, als sie die Narben zählten. Warum hatten sie sie gezählt? Was sollte der Blödsinn?

Sie spürte, daß es wichtig war, daß sie sich unbedingt daran erinnern mußte, aber das lag so lange zurück, außerdem folgte ihr jetzt jemand, kämpfte sich durch das Gedränge vor der Rolltreppe.

Sie stand bereits auf der untersten Stufe, die Rolltreppe fuhr langsam nach oben. Geschickt schlüpfte Nika zwischen den Menschen auf der Rolltreppe hindurch und rannte hinauf.

»Junger Mann, drängeln Sie nicht so!« hörte sie eine Greisinnenstimme hinter sich rufen. »Entschuldigt sich nicht einmal, der Lümmel!«

Ohne sich umzudrehen, rannte Nika weiter. Sie wußte,

die Empörung galt dem Mann, der gerade versuchte, sie einzuholen.

Er blieb im Gedränge auf der Rolltreppe stecken; Nika war bereits oben. Am liebsten wäre sie Hals über Kopf weggerannt. Sie wußte, jetzt hatte sie noch die Chance, ihren Schatten abzuschütteln, aber sie zwang sich stehenzubleiben, denn sie hatte auch eine andere Chance: ihren Schatten zu verblüffen, indem sie ihn überraschte, ihm ins Gesicht sah.

Vor der Metro war ein Brillenstand. Nika blieb abrupt stehen, griff nach der erstbesten dunklen Brille, setzte sie auf und musterte in dem schrägen Spiegel überm Ladentisch aufmerksam die Menge. Die Verkäuferin bot ihr geschäftig noch fünf weitere Brillen an.

Im Spiegel huschten viele Gesichter vorüber. Nika bereute ihre Idee schon. Sie hätte weglaufen sollen. Dieses Spiel war nichts für sie. Sie würde in der Menge niemanden erkennen.

Sie probierte noch eine Brille auf, da traf ihr Blick auf den eines Mannes, den sie sofort erkannte.

»Nein, Veronika Sergejewna, das ist alles nicht so einfach. Ihr Mann ist kein Dummkopf. Seine Gorillas lassen Sie keine Minute aus den Augen, und es wäre sehr unangenehm, wenn sie mich plötzlich entdeckten. Ärgerlich, daß ich das Auto an der Ecke stehengelassen habe, fast direkt vor Ihrem Haus. Aber Sie sind so gerannt, daß ich Angst hatte, Sie zu verlieren.

Gerade ist Ihr Blick ein paarmal gleichgültig über mein Gesicht geglitten. Sie haben mich nicht erkannt, haben nichts begriffen, aber Ihnen ist mulmig zumute. Sie haben ein schlechtes Personengedächtnis, doch eine gute Intuition, Sie bemerken sofort, daß Sie verfolgt werden. Allerdings nicht von mir allein, auch wenn ich seit dem frühen Morgen vor Ihrem Haus Wache gestanden habe, genau wie gestern und vorgestern. Ich muß wissen, wohin Sie gehen, was Sie vorhaben. Mit Interesse beobachte ich, wie sich Ihr Gesicht verändert. Sie empfinden Schmerz. Sie sind beunruhigt. Sie haben nicht nur den Mann verloren, den Sie von frühester Jugend an geliebt haben. Sie vertrauen Ihrem Ehemann nicht mehr. Das ist für mich das wichtigste. Das – nicht Ihr Schmerz. Ich bin schließlich kein Unmensch, ich habe nichts gegen Sie persönlich.

Aber außer mir verfolgt Sie ein breitschultriger Bastard in Lederjacke von der Leibwache Ihres Mannes. Ihn haben Sie bemerkt, mich nicht. Ehrlich, das schmeichelt mir. Schließlich ist er ein Profi, ich dagegen bin nur ein armseliger kranker alter Mann.«

Die große, gekrümmte Gestalt des ehemaligen Piloten huschte vorüber wie ein Schatten und löste sich in der Menge auf. Da der Bodyguard Nika folgte, galt seine ganze professionelle Aufmerksamkeit seinem Zielobjekt, also ihr. Nun, da das Zielobjekt neben ihm lief, blickte sich der Gorilla ständig nach allen Seiten um. Jegorow hielt es für besser, zu verschwinden.

Nika konnte nicht ahnen, daß sie gleich von zwei Personen verfolgt wurde. Sie lief neben dem Bodyguard her und warf unter ihrem Mützenschirm hervor unruhige Blicke auf die Leute um sie herum. Jegorow bemerkte noch, wie unangenehm ihr die Gegenwart des Gorillas war und wie verärgert der seinerseits darüber, daß sie ihn entdeckt hatte.

Pech für dich, Kumpel, dachte Jegorow schadenfroh, verließ die Metro und verschwand in einem dunklen Hauseingang.

Er fror, zupfte dauernd seinen Schal zurecht und prüfte mechanisch, ob seine Jacke zugeknöpft war. Er wurde nie richtig warm, nicht einmal im Sommer bei dreißig Grad Hitze oder zu Hause, bei abgedichteten Fenstern und mit mehreren Elektroheizern. Im feuchten Maiwind aber zitterte er regelrecht vor Kälte. Im Auto ließ er ständig die Heizung laufen, trotzdem blieben seine Hände eiskalt.

Er war seit langem völlig ausgebrannt, in seinem Innern war nichts als kalte Asche.

In den letzten vier Jahren hatte er fast genauso gelebt wie Fedja. Seine Welt war gänzlich abgeschottet. Von allen Gefühlen, die der Mensch empfinden kann, besaß er nur noch zwei: Liebe und Haß.

Nikita Rakitin war der erste und einzige Mensch, dem Jegorow alles von Anfang bis Ende erzählt hatte. Sie kannten sich seit vielen Jahren. Das heißt, sie hatten sich in der Jugend kennengelernt, waren eine Zeitlang befreundet gewesen und hatten sich aus den Augen verloren, vom Leben in verschiedene Richtungen verschlagen. Doch die Sympathie füreinander hatten sie sich bewahrt. Und die Telefonnummern in alten Notizbüchern.

Vor langer Zeit hatte Grischa Russow seinen Freund und Landsmann, den Schüler der Fliegerschule Iwan Jegorow, mitgenommen zu den Rakitins. Iwan war in Sinedolsk geboren und auf dieselbe Schule gegangen wie Russow. Jegorow senior war Jäger bei den hohen Parteibossen gewesen.

Iwan hatte sieben kreisrunde Brandnarben auf dem Handrücken. Er war derjenige gewesen, der beim Anblick der gestrengen Direktorin die noch brennende Zigarette in die Hosentasche gesteckt hatte. Hinterher, nach seinem wilden Aufschrei, drückte er zusammen mit den anderen Jungen auf Grischas Idee hin Zigaretten auf seinem Handrücken aus. Um seinen Ruf wiederherzustellen, hielt der elfjährige Iwan ohne einen Ton sieben Verbrennungen aus. Mehr als alle anderen. Sieben, nicht fünf wie Russow.

Als Russow seine Version dieser alten Geschichte auf Band sprach, war Nikita Rakitin plötzlich Iwan Jegorow wieder eingefallen – der könnte ihm doch etwas über Russows Kindheit erzählen! Ohne sonderlich auf Erfolg zu hoffen, wählte er die Nummer, die er in seinem zerfledderten alten Notizbuch fand.

Sie trafen sich in einer kleinen Bierkneipe in der Nähe des Kinderkrankenhauses, in dem Fedja lag. Von dort gingen sie zu Nikita nach Hause und saßen dort die ganze Nacht bei einer Flasche Wodka zusammen.

»Aber es gibt doch keinerlei Beweise«, wiederholte Nikita. »Na schön, er war mit diesem Guru befreundet ... Übrigens, weißt du, daß die Astachowa die Cheflektorin des Verlages ist, in dem meine Bücher erscheinen?«

»Ich will mit keinem von diesen Leuten irgendwas zu tun haben. Russow, Shanli, die Astachowa – die können mir alle gestohlen bleiben!« Jegorow hieb mit der Faust auf den Tisch. Er war nach dem zweiten Wodka schon betrunken, denn er war ausgezehrt, erschöpft und hatte lange keinen Alkohol mehr getrunken. »Am liebsten würde ich sie alle ... Allesamt, mit einer einzigen Salve ... Aber das geht nicht. Dann komme ich in den Knast. Und Fedja hat niemanden mehr außer mir.«

»Warum wurden sie weggebracht? Wohin?« fragte Nikita mehr sich selbst als Jegorow. »Auf etwas direkt Kriminelles hätte Russow sich nie eingelassen. Das Eigentum dieser Unglücklichen dürfte ihn kaum interessiert haben.«

»Das ist ganz sicher. Darum ging es ihm nicht.« Jegorow schüttelte den Kopf. »Obwohl die am Ende alle so blöd im Kopf waren, daß sie sich alles hätten abknöpfen lassen. Aber die wollten was anderes, die wollten die Menschen selbst. Ergeben und zu allem bereit. Sklaven.«

»Sklaven«, murmelte Nikita nachdenklich. »Wer braucht heutzutage noch unqualifizierte Sklavenarbeit? Bei der Arbeitslosigkeit kriegt man doch für ein paar Rubel jederzeit Schwarzarbeiter. Aber Schwarzarbeiter sind gesprächig. Uran vielleicht? Strategische Rohstoffe?«

»Was spielt das jetzt noch für eine Rolle? Ich bin sicher: Oxana und Slawik sind tot. Das spüre ich.«

»Als stellvertretender Minister hat er Leuten wie Mun und Asahara den Weg in die Schulen und Hochschulen geebnet«, überlegte Nikita laut weiter. »Die haben ihn gut bezahlt. Aber sein Grundkapital muß er irgendwie anders gemacht haben.«

»Er wird dich umbringen, Nikita«, sagte Jegorow dumpf, »natürlich nicht selber, er wird jemanden engagieren. Wieso zum Teufel hast du dich überhaupt darauf eingelassen? Ein Buch über ihn! Wer ist er denn, daß er ein Buch verdient hätte? Er hat dir doch Nika weggenommen, hundsgemein und hinterlistig. Und du ...«

»Nika ist kein Pferd und er kein Zigeuner«, murmelte Nikita hastig.

Jegorow kippte noch ein Glas Wodka.

»Laß die Finger davon, Rakitin. Du hast eine Tochter. Häng dich da nicht rein.«

»Ein Teil des Aktienpakets des Verlags gehört ihm«, fuhr Nikita unbeirrt fort. »Die Astachowa ist seit vier Jahren Cheflektorin. Das ist wirklich witzig. Deshalb also war sie gar nicht verärgert, daß mein nächster Roman erst drei Monate später kommt. Ich hab mich immer gefragt, wer wohl Russows Mann im Verlag ist. Also, der Guru Shanli hat vertrauensselige Dummköpfe, die gesünder leben wollten, zu Zombies gemacht, die Astachowa hat mit ihrem Arztdiplom und ihrem Doktortitel diesen Shanli gedeckt, und Russow hat beide protegiert. Warum? Sie haben ihm kaum mehr gezahlt als Mun und Asahara. Vermutlich hat er ihre Produkte genutzt, also die Leute, die zu hündischer Ergebenheit manipuliert worden waren. Aber irgendwann wurde die Sache wohl zu brenzlig. Der Guru Shanli verschwand, die Astachowa brachte Russow im Verlag unter. Na schön, das spielt vorerst keine Rolle. Das Mädchen in der Metro hat also gesagt, sie hätten Fedja auf dem Belorussischen Bahnhof aufgelesen?«

»Ja.« Jegorow nickte.

»Vom Belorussischen fahren die Züge nach Westen. Nein, so kriegen wir gar nichts raus. Außerdem kann das Mädchen auch gelogen haben. Warte mal ...« Er stand abrupt auf, verschwand und kam nach fünf Minuten mit mehreren Fotos in der Hand zurück. »Schau sie dir genau an, hast du einen von diesen Leuten schon mal gesehen?«

Jegorow nahm die Fotos in die Hand. Sie zeigten typische Banditen: Kantige, stumpfsinnige Gesichter, zu typisch, um sie wiederzuerkennen.

»Ich glaube nicht.«

»Und den hier?«

Das Foto war ziemlich unscharf, wahrscheinlich aus dem Fenster aufgenommen, von weitem. Zwei Personen, ein Mann und eine Frau.

»Das ist doch Galja, deine Exfrau, oder?« sagte Jegorow unsicher.

»Und der neben ihr? Bitte, Iwan, sieh genau hin.«

»Gut, daß es ein Farbfoto ist«, sagte Jegorow nach einer langen, qualvollen Pause, »sonst hätte ich das Schwein nie erkannt. Die roten Locken, die rosa Glatze – das ist Viktjuk. Felix Michailowitsch. Der Privatdetektiv bei ›Garantija‹. Die Firma, vor der ich Russow getroffen habe. Hör mal, wo hast du das her?«

»Unwichtig.«

Jegorow war zu betrunken, um zu bemerken, wie heftig sich Nikitas Gesicht veränderte, daß er ganz blaß wurde und die Zähne zusammenbiß.

Damals, vor einem Monat, war Jegorow betrunken gewesen. Jetzt fror er und war nervös. Außerdem hatte er kein besonders gutes Personengedächtnis. Sonst wäre ihm der Gorilla Kostik, der nun neben Nika ging, auf jeden Fall bekannt vorgekommen.

»Übertreibst du nicht ein bißchen, Kostik?« fragte Nika den düsteren Kraftprotz. »Alles hat seine Grenzen. Ich bin sicher, mein Mann hat dich nicht beauftragt, Agentenspielchen abzuziehen.«

»Ich weiß, daß Ihnen das nicht gefällt, aber ich muß Sie nun mal begleiten, egal, wohin.«

»Aber dich hat niemand eingeladen.«

»Ich habe nicht vor, mitzukommen in die Wohnung. Ich bleibe auf der Treppe sitzen.«

»Und woher weißt du, daß ich in eine Wohnung will?«

»Nadeshda Guschtschina ist zu alt, als daß Sie sich mit ihr auf der Straße verabreden würden.«

Sie standen mitten auf der Fahrbahn, auf dem Trennstreifen, und warteten auf Grün. Vor und hinter ihnen riß der Fahrzeugstrom nicht ab. Nika rannte los. Bremsen quietschten. Mit einem Satz war Kostik bei ihr, packte sie und brachte sie zurück auf dem Mittelstreifen.

»Entschuldigen Sie, Veronika Sergejewna«, sagte er, während er ihre Wildledermütze vom Fahrdamm aufhob und sie sorgfältig abklopfte, »Sie sind sehr unvernünftig. Ich habe eine Liste der Adressen, die Sie vor der Beerdigung möglicherweise aufsuchen werden. Darunter auch die von Nadeshda Guschtschina. Nach der Metrostation zu urteilen, an der Sie ausgestiegen sind, wollen Sie zu ihr.«

»Hör mal, Kostik, ich bitte dich, mach, daß du wegkommst«, sagte Nika leise, »ich hab das wirklich satt. Ich kläre das selbst mit Grigori Petrowitsch. Er wird dir keine Vorwürfe machen, dafür garantiere ich.«

Endlich war Grün. Sie überquerten den Prospekt. Kostik holte ein Mobiltelefon aus seiner Jacke und reichte es Nika.

»Bitte, klären Sie das.«

Sie wählte eine Nummer, und eine automatische Stimme sagte: »Der gewünschte Teilnehmer ist zur Zeit nicht erreichbar.« Mehrere andere Nummern, darunter Grischas persönlicher Notruf, waren besetzt.

»Veronika Sergejewna, behalten Sie das Telefon lieber. Es ist schließlich Ihrs.«

Nika warf das Handy in ihre Tasche. Sie waren am Hauseingang angelangt.

»Gut«, sagte sie nachdenklich. »Ich halte mich hier höchstens eine Dreiviertelstunde auf. Sei so gut und hol das Auto her.«

Sie ging ins Haus, Kostik blieb draußen.

Nadeshda Guschtschina öffnete lange nicht. Endlich schlurften Schritte zur Tür, das Schloß klackte.

»Komm rein, behalt die Schuhe an«, sagte die alte Frau, ohne Nika anzusehen, »denk dran, mir geht es nicht gut, darum kann ich nicht lange mit dir reden. Außerdem gibt es sowieso nichts zu besprechen.«

Nika holte eine Dose schwarzen Kaviar aus ihrer Tasche, stellte sie auf die Flurkommode, nahm die Mütze ab und zog die Jacke aus.

»Was soll das? Steck das sofort wieder weg!« Nadeshda hob die Stimme.

»Verzeihen Sie, ich konnte doch nicht mit leeren Händen hier auftauchen. Blumen sind in diesem Fall irgendwie unangebracht, Schokolode dürfen Sie nicht essen, aber Kaviar schmeckt gut und ist bekömmlich.«

»Für mich ist nichts, was von dir kommt, wohlschmekkend und bekömmlich«, knurrte Nadeshda. »Tritt ein, steh nicht im Flur rum.«

»Ich verstehe.« Nika nickte und ging ins Zimmer. »Ich stelle Ihnen nur ein paar Fragen, dann verschwinde ich wieder. Darf ich rauchen?«

»Bitte«, erlaubte Nadeshda.

Die Zigaretten waren noch in ihrer Tasche. Nika lief zurück in den Flur. Zusammen mit den Zigaretten geriet ihr das Telefon in die Hand. Sie starrte das kleine Ding im Lederetui einige Sekunden lang an. Nein, ihr fiel daran nichts Besonderes auf. Aber sie erinnerte sich plötzlich, wie der fürsorgliche Kostik sie gebeten hatte, das Handy zu behalten, als sie mit Petja Lukjanow im Restaurant saß. Nika hatte es achtlos in ihre Handtasche geworfen. In ebendiese Tasche. Später mußte es daraus verschwunden sein, denn nun hatte Kostik es ihr erneut in die Hand gedrückt – »für alle Fälle«.

Sie überlegte nicht lange, öffnete die Wohnungstür, lief hinaus, ging eine halbe Treppe tiefer und legte das Handy aufs Fensterbrett.

»Setz dich, steh nicht rum wie eine Salzsäule«, sagte Nadeshda. »Du siehst schlecht aus. Ganz blaß und hast rote Augen.«

»Wissen Sie, was ich Sie fragen wollte: Hat man Ihnen bei der Identifizierung nur das Kreuz gezeigt? Mehr nicht?«

Schlagartig veränderte sich der Gesichtsausdruck der alten Frau.

»Geh!« rief sie mit hoher, zitternder Stimme. »Verschwinde, sofort!«

»Habe ich Sie verletzt?« fragte Nika vorsichtig. »Ich habe doch nur gefragt ...«

»Verletzt hast du mich vor zehn Jahren. Du hast mit Nikita nichts zu schaffen. Nichts, verstehst du? Also laß das Theater. Nur gefragt! Aber wie es Nikita ging, als er erfuhr, wen du heiratest, das fragst du nicht, nein? Du hast sein ganzes Leben zerstört, und nun fragst du nach dem Trauring? Du trägst deinen bestimmt nicht mehr, oder?«

»Wieso? Doch.« Nika streckte die rechte Hand vor. Am Mittelfinger steckte ein schmaler Goldring mit einem kleinen rechteckigen Saphir. Daneben, am Ringfinger, ein glatter Ring ohne Stein.

»Der hier ist wohl von Grischa, ja? Ein richtiger Trauring, wie es sich gehört. Am Ringfinger«, bemerkte Nadeshda.

»Nikitas ist zu groß für den Ringfinger«, murmelte Nika hastig.

»Na schön, mir doch egal, was du an welchem Finger trägst.« Nadeshda runzelte die Stirn. »Deine Hände sind eiskalt. Frierst du etwa?«

»Ein bißchen«, bekannte Nika.

»Hier, nimm.« Die Alte warf ihr ein großes Wolltuch zu.

»Danke.«

»Keine Ursache. Du willst also wissen, ob Nikita deinen Ring getragen hat? Ja, stell dir vor, er hat ihn nicht abgenommen. Aber nicht deinetwegen. Er ging einfach nicht mehr ab, nicht mal mit Seife.«

»Eben«, sagte Nika bedächtig, »er ging nicht mehr ab. Deshalb hätte man Ihnen bei der Identifizierung zusammen mit dem Kreuz auch den Ring vorlegen müssen. Und – hat man?«

»Selbstverständlich.« Nadeshda nickte, ohne Nika anzusehen. »Schluß jetzt. Geh, Nika. Es fällt mir schwer, mit dir zu reden. Und nimm deinen Kaviar wieder mit. Ich esse ihn sowieso nicht.«

»Sina Resnikowa hat aber gesagt, da war kein Ring«, sagte Nika nachdenklich, «nur das Kreuz. Übrigens, was meinen Sie, warum ist er plötzlich zu Sina gezogen? Konnte er etwa bei sich zu Hause nicht arbeiten? Und woran hat er überhaupt gerade gearbeitet?«

»Worauf willst du hinaus, Nika?« fragte die Alte und seufzte schwer. »Von mir erfährst du gar nichts. Ich traue dir nicht, Nika. Ich kann nicht.«

»Ich verstehe Sie.« Nika nickte. »Würde ich an Ihrer Stelle auch nicht tun.«

»Gehst du nun endlich? Wenigstens aus Respekt vor meinem Alter.«

»Alles Gute, Nadeshda Semjonowna!« Nika ging zur Tür, blieb aber noch einmal stehen und sagte ganz leise: »Die Leiche trug also keinen Ring ...«

Trotz ihrer Schwerhörigkeit hatte Nadeshda das mitbekommen; sie antwortete ebenso leise: »Das habe ich dir nicht gesagt.«

»Gut, ich habe verstanden. Aber wenn Sie mir doch noch etwas sagen wollen ... Haben Sie meine Telefonnummer?«

»Was soll ich damit?«

»Ich lasse sie Ihnen trotzdem da. Für alle Fälle.« Sie sah sich im Flur um, entdeckte auf dem Telefontischchen einen Kalender und schrieb auf die aufgeschlagene Seite groß ihren Namen mit Adresse und Telefonnummer.

Eine halbe Treppe tiefer saß Kostik auf dem Fensterbrett und rauchte, das Mobiltelefon in der Hand.

»Wohin jetzt, Veronika Sergejewna?« fragte er und sprang munter herab.

»Nach Hause«, antwortete Nika düster.

Natürlich, das war sie. Schlank, dunkelblond, stolz. Sie trug enge Jeans und eine abgewetzte Wildlederjacke. Die Augen konnte er nicht sehen, sie waren unter der Mütze verborgen. Etwas Wesentliches an ihr hatte Viktor Godunow präzise erfaßt: Leichtigkeit, sanfte Entschlossenheit. Sie lief nicht, sie flog. Rasch und energisch. Die Hände steckten in den Hosentaschen, über ihrer Schulter hing eine Tasche. Neben ihr lief ein kahlgeschorener Muskelprotz.

»Ich halte mich hier höchstens eine Dreiviertelstunde auf. Sei so gut und hol das Auto her«, hörte Hauptmann Leontjew sie sagen, als sie das Haus erreichten.

Ihre Stimme klang unverhohlen gereizt.

Sie ging ins Haus. Nach einer Weile folgte ihr der Muskelprotz.

Leontjew beschloß, vorerst abzuwarten. Er wollte einen Blick auf das Nummernschild des Autos werfen, das Veronika Sergejewna abholen würde, und vor allem brannte er darauf, sich den Muskelprotz noch einmal anzuschauen, denn sein Gesicht kam ihm merkwürdig bekannt vor. Er hatte ein professionelles Personengedächtnis.

Leontjew setzte sich auf eine Bank, zündete sich eine Zigarette an, holte eine Zeitschrift aus der Tasche, schlug sie auf und sah, daß er sich nicht getäuscht hatte. In der Zeitschrift lagen die Fotos, die ihm Mascha Rakitina gestern gegeben hatte. Der Typ war einer der drei Banditen im Jeep, die dem Mädchen von der Schule bis nach Hause gefolgt waren.

Sechsundzwanzigstes Kapitel

Der Wagen blieb im Stau stecken.

Ich kann diese beiden Kerle nicht mehr ertragen, dachte Nika. Ich muß mir was einfallen lassen, sonst dreh ich noch durch. Dabei brauche ich jetzt einen klaren, kühlen Kopf. Ich muß überlegen können.

Nika löste vorsichtig die zum Glück nur mechanische Türverriegelung. Sie wartete ab, bis die Kolonne vor ihnen langsam losrollte, öffnete die Tür, sprang hinaus und rannte zwischen den Autos hindurch zum Dolgoruki-Denkmal.

Stassik hupte wie verrückt, konnte aber nicht hinterherrennen. Kostik mußte erst den Sicherheitsgurt lösen. Der Stau löste sich rasch auf, hinter ihnen wurde gehupt – der graue Mercedes, aus dem erst ein verrücktes Mädchen mit Schirmmütze rausgesprungen war, dann ein kahlrasierter Muskelprotz, hielt den Verkehr auf.

Nika rannte, ohne sich umzusehen, über die Kusnezki-Brücke, bis zum Kaufhaus ZUM, dort setzte sie sich auf den steinernen Sims. Wenn sie ihnen entkommen wollte, durfte sie eigentlich nicht sitzenbleiben, aber ihr Herz schlug so heftig, daß sie unbedingt verschnaufen mußte.

Um sie herum wuselte eine geschäftige Menschenmenge, und sie ertappte sich dabei, daß sie ständig bestrebt war, ihr Gesicht zu verstecken, und sich dauernd nach allen Seiten umsah. Jeden Moment rechnete sie mit der besonderen scheußlichen Kälte in der Magengrube, die sie in der Metro empfunden hatte.

Gleich ist Kostik wieder da, und dann geht alles von vorn los, dachte sie. Ein widerliches Gefühl, wenn man verfolgt wird. Und doppelt widerlich, wenn man weiß, daß das auf Anweisung des eigenen Ehemannes geschieht.

Sie öffnete ihre Tasche, um die Zigaretten herauszunehmen, und entdeckte das Handy. Sie schaltete es ein – es klingelte augenblicklich.

»He, Teilnehmer, warum bist du nie erreichbar?« fragte Sinas verschlafene Stimme. »Läßt mich hier allein, treibst dich sonstwo rum und schaltest auch noch das Telefon ab.«

»Hallo, wie geht's?«

»Alles in Ordnung. Ich ruh mich aus, seh mir ein Video an. Wo bist du denn?«

»Auf dem Weg nach Hause. Hat jemand angerufen?«

»Hmhm. Dein Mann«, sagte Sina betont gleichgültig und gähnte.

»Interessant. Und?«

»Er hat gesagt, ich soll verschwinden. Was machst du in meiner Wohnung, Sina Resnikowa? Ich hab dich nicht eingeladen. Wieso zum Teufel bist du Aas nach Sinedolsk gekommen und hast meine Frau geholt? Was hast du ihr über mich erzählt, du Miststück? Antworte, sonst geht's dir schlecht.«

»Moment mal, hat er wirklich so mit dir geredet?«

»Ich zitiere wörtlich. Weißt du, ich war selber ganz erstaunt. Er ist immerhin Gouverneur, ein seriöser Mann, und dann so ein Ton!«

»Und was hast du ihm geantwortet?«

»Daß er ein Flegel ist. Daß er schon immer ein Flegel war und einer geblieben ist. Jedenfalls, wir haben uns richtig gekracht, wie früher.«

»Wann hat er denn angerufen?«

»Vor einer Viertelstunde. Übrigens, er hat gesagt, wenn ich in einer Stunde nicht spurlos verschwunden bin, und zwar nicht nur aus seiner Wohnung, sondern überhaupt aus deinem Blickfeld, dann sei ich selber schuld. Dann könne ich was erleben, dafür werde er sorgen.«

»Wofür will er sorgen?«

»Dafür, daß ich verhaftet werde. Die Miliz wird in die Wohnung kommen und mich auf frischer Tat stellen, als Diebin. Sie würden mir sogar was in die Taschen stopfen, als Beweis. Hör mal, warum hast du bloß so ein Vieh geheiratet, Jelagina? Weißt du, was er außerdem gesagt hat? Daß er mich überall findet und daß wir uns noch sprechen werden.«

»Gut, machen wir Schluß. Ich komme nach Hause.«

»Ja, bitte, sei so gut, ich fühle mich hier nämlich schon ganz einsam und unglücklich.«

Nika steckte das Handy ein und lief zur Metro. Kostik war seltsamerweise nicht zu sehen.

Grischa, was ist nur los mit dir? Das waren ein bißchen zu viele Entgleisungen in letzter Zeit, dachte sie. Erst das nächtliche Geschrei am Telefon, das nach Banditenabrechnung klang, dann die Lügen, die endlosen Lügen, und nun dieser unverschämte Ausfall gegen Sina.

Nika war sich bewußt, daß ihr Mann kein Unschuldslamm war. Man konnte nicht Politiker sein und gleichzeitig sauber, redlich und kultiviert. Sie mischte sich nie in seine beruflichen Angelegenheiten ein, ließ sich bei offiziellen und inoffiziellen Gelegenheiten nur selten blikken und interessierte sich nicht für seine diversen Konflikte und Manipulationen, die in der Regel schon unsauber rochen.

Es hatte ihr genügt, daß er zu Hause, mit ihr allein, ganz anders war. Doch nun, zum erstenmal seit vielen Jahren, verschmolzen der Politiker Russow und der liebe, häusliche Grischa plötzlich zu einer Person, und etwas Widerlicheres konnte sie sich nicht vorstellen.

Warum gerade jetzt? Ganz einfach, erschreckend einfach: wegen Nikita. Das Treffen auf der Datscha vor drei Monaten war kein Zufall gewesen. Grischa hatte sich irgendeinen neuen schlauen Schachzug ausgedacht, und dafür brauchte er den Schriftsteller Godunow. Aber Nikita war für schlaue Schachzüge denkbar ungeeignet, er war aus anderem Holz.

Früher einmal hatte Grischa ein Gefühl gehabt für solche

Dinge, doch in den langen Jahren politischen Kleinkriegs, in denen er hauptsächlich von hölzernen Marionetten umgeben war, hatte er sich daran gewöhnt, alle mit einem Maß zu messen. Er hatte sich daran gewöhnt, daß mit Geld oder mit Angst jeder zu manipulieren war, man mußte nur genau wissen, wieviel so eine Holzpuppe jeweils wert war, wieviel Geld oder wieviel Angst man brauchte, damit sie parierte.

Nika war so in Gedanken versunken, daß sie alles ganz mechanisch erledigte: Sie kaufte sich ein paar Metrojetons, lief die Rolltreppe hinunter, stieg in die Metro und zuckte heftig zusammen, als jemand ihre Schulter packte.

»Veronika Sergejewna, so geht das wirklich nicht.« Direkt hinter ihr stand der massige Bodyguard Kostik. »Ich hab Sie nur mit Mühe eingeholt. Was soll dieses Versteckspiel?«

»Das Telefon also«, sagte Nika ruhig und nachdenklich.

Kostik machte nur unbestimmt »Hmhm!«

»Du weißt doch, daß ich auf dem Weg nach Hause bin. Ihr hättet vor der Tür auf mich warten können«, sagte Nika.

»Wir müssen aussteigen, Veronika Sergejewna.«

»Also, folgendes, Verehrtester« – Nika seufzte, als sie die Treppe des Fußgängertunnels hinaufstiegen –, »entweder ich bekomme jetzt von dir eine einigermaßen plausible Erklärung für das, was hier vorgeht, oder ich verspreche dir, daß ich dir weiter weglaufen werde.«

Schweigend verließen sie den Metroeingang und bogen in die menschenleere Gasse.

»Also? Ich höre«, sagte Nika düster.

»Rufen Sie Grigori Petrowitsch an. Soll er es Ihnen sagen, ich kann nicht.«

Ohne ihre Schritte zu verlangsamen, nahm Nika das Telefon aus der Tasche.

»Mein Mädchen, verzeih mir«, sagte Russow mit sanfter, zärtlicher Stimme, »verzeih mir, ich weiß, das ist scheußlich, aber ich wollte dich nicht erschrecken.«

»Was ist los?«

»Hinter dir ist ein Triebtäter her. Ein Irrer. Aber mach dir keine Sorgen. Er verfolgt dich schon seit Sinedolsk. Er hat dich zum Flughafen gefahren. Wir haben herausgefunden, wem der Saporoshez gehört, wir haben auch die Identität des Irren geklärt, konnten ihn aber bislang noch nicht schnappen.«

»Grischa, was ist das für ein Schwachsinn?« Sie lachte nervös. »Wenn er ein Verbrecher ist, dann muß man die Miliz verständigen.«

»Das haben wir. Er wird bereits gesucht. Aber ich konnte dich doch in dieser Situation nicht ohne Bewachung lassen. Ich habe es dir bloß nicht gleich gesagt, weil ich dich nicht erschrecken wollte. Deine Resnikowa, die dumme Pute, die hat ihn mitgebracht. Er ist besessen von Godunows Krimis, ist ein verrückter Fan von ihm, kennt seine ganze Biographie auswendig, und nun will er dich umbringen. Ich habe Psychiater konsultiert, und die sagen, es könnte bei der Beerdigung passieren. Darum solltest du lieber nach Sinedolsk zurückkommen. Am besten gleich heute.«

»Halt, warte mal ...« Nika blieb mitten auf der Straße stehen. »Wie kommt ihr darauf, daß mich jemand verfolgt?«

»Die Jungs haben den Mann identifiziert, der dich zum Flughafen gefahren hat, er saß auch mit im Flugzeug. Er treibt sich ständig in der Nähe unseres Hauses rum. Wenn du genau nachdenkst, erinnerst du dich vielleicht an ihn. Er ist schrecklich dünn. Kahlköpfig. Ein Kopf wie ein Totenschädel und unheimliche Augen.«

»Sieht aus wie ein Krebskranker«, sagte Nika langsam.

»Du hast ihn gesehen?« schrie Russow so laut, daß es in Nikas Ohr kribbelte.

»Auf dem linken Handrücken hat er sieben runde Narben, Verbrennungen. Von Zigaretten. Solche hast du auch, fünf Stück. Wer ist er, Grischa? Du kennst ihn doch von früher. Und ich auch.«

»Nika, das ist nichts fürs Telefon. Es spielt keine Rolle, wer er ist. Jetzt nicht mehr. Du mußt Moskau sofort verlassen. Wo bist du jetzt?«

»Vor unserem Haus.«

»Ausgezeichnet. Dann pack schnell deine Sachen, die Jungs fahren dich nach Domodedowo. Tickets liegen schon bereit, der Flug geht in drei Stunden.«

»Und Sina? Warum warst du so grob zu ihr?«

»Hat sie sich schon beschwert?« Er lachte gutmütig. »Ich war ein bißchen hitzig. Tut mir leid. Ich war einfach so wütend, als ich erfuhr, daß sie diesen gefährlichen Irren auf deine Spur gebracht hat. Richte ihr meine Entschuldigung aus. Oder soll ich sie selbst anrufen und mich bei ihr entschuldigen?«

»Nicht nötig. Ich werde ihr alles erklären.«

»Gut, Nika, jetzt ab nach Hause und dann zum Flughafen. Ich küsse dich, du fehlst mir sehr.«

Nadeshda Guschtschina öffnete sofort, ohne durch den Spion zu blicken oder zu fragen »Wer da?«.

»Öffnen Sie immer gleich die Tür, ohne zu fragen?« erkundigte sich Hauptmann Leontjew. »Bitte, tun Sie das nicht. Das sage ich Ihnen als Milizionär.«

»Oh, guten Tag, kommen Sie rein.« Sie lächelte schuldbewußt. »Wissen Sie, ich dachte nur, mein Besuch ist noch mal zurückgekommen, sie hat nämlich Feuerzeug und Zigaretten liegengelassen.«

»Entschuldigen Sie, daß ich nicht vorher angerufen habe. Ich komme wegen Ihres Besuchs, wegen Veronika Sergejewna.«

»Ich habe Ihnen doch gestern schon gesagt ...«

»Sie haben gesagt, sie habe einen Freund von Nikita geheiratet, eine absolute Null. Wer ist das?«

»Warum wollen Sie das wissen?« fragte Nadeshda hastig. »Das ist eine uralte Geschichte. Wozu das wieder aufwühlen? Nika hat damit nichts zu tun.«

»Trotzdem – wer ist ihr Mann?«

»Na schön. Wenn das so wichtig ist. Grischa Russow, ein Junge aus Sibirien, der Sohn eines hohen Parteifunktionärs.«

Russow ist seit kurzem Gouverneur des Gebiets Sinedolsk. Genau dorthin war Nikita heimlich geflogen, getarnt durch eine Pauschalreise nach Antalya, und als er zurückkam, wurde der erste Mordanschlag auf ihn verübt, in der Nähe von Tatjanas Haus. Er versteckte sich bei der Resnikowa, wurde gefunden und getötet. Beim erstenmal war einfach aufs Geratewohl ein Schuß abgefeuert worden, der zweite Versuch war gründlich vorbereitet, professionell inszeniert. In Sinedolsk wollte Nikita Belastungsmaterial gegen Russow sammeln und ist offenbar fündig geworden. Aber warum? Hat er etwa all die Jahre Rachepläne geschmiedet? Wäre da nicht die Geschichte mit dem Schuldschein, könnte man das annehmen. Obwohl Rache eigentlich nicht zu Rakitins Persönlichkeit paßte. Moment, da war noch etwas anderes: Gold. Sekten. Ja, natürlich! Das alles schoß Leontjew in wenigen Augenblicken durch den Kopf.

»Andrej Michailowitsch, da piepst etwas.« Nadeshda sah ihn furchtbar erschrocken an, er nahm den Piepser aus der Tasche und las auf dem Display: Andrej, sofort im Büro anrufen, der Boß tobt und brüllt.

»Darf ich?« fragte Leontjew und griff zum Telefon.

»Ja, ja, natürlich.«

Oberleutnant Kaschin nahm ab.

»Andrej, deine Zeugin hat sich umgebracht«, flüsterte er hastig, »die Astachowa, die Cheflektorin. Du sollst angeblich von dem Fall entbunden werden. Kompetenzüberschreitung. Es heißt, sie hat es getan, nachdem du sie vernommen hast.«

Während er telefonierte, entdeckte er auf dem Kalender vor sich eine Telefonnummer. Nika Jelagina, las er und schrieb, während er weiter mit Kaschin sprach, rasch die Nummer ab.

Er legte auf und überlegte kurz.

»Sagen Sie, warum war die Jelagina bei Ihnen?«

»Woher wissen Sie ihren Nachnamen?« erkundigte sich die Alte mürrisch.

»Bis jetzt wußte ich ihn nicht, aber sie hat hier ihre Telefonnummer aufgeschrieben.« Mit einem Kopfnicken wies er auf den Kalender.

»Ja? Na, das hätte sie lassen können. Ich werde sie niemals anrufen.« Nadeshda kniff die Lippen ein und wandte sich ab.

»Trotzdem, warum war sie hier?«

»Um mir ihr aufrichtiges Beileid auszusprechen«, antwortete Nadeshda, ohne Leontjew anzusehen.

Als Nika und Kostik den Hof betraten, war der graue Mercedes mit Stassik bereits da.

»Sehr schön. Wartet im Wagen auf mich, alle beide«, sagte Nika zu Kostik.

»Nein, ich komme mit hoch.« Er tippte den Türcode ein und hielt ihr die Haustür auf. »Sie wissen jetzt Bescheid und müssen verstehen, daß ich Sie keinen Augenblick allein lassen kann. Begreifen Sie doch endlich, er ist gefährlich! Das ist kein Spiel.«

Das ist wirklich kein Spiel. Sieht ganz so aus, als wäre es die Wahrheit, dachte Nika, während sie mit Kostik im Lift hinauffuhr. Das ergibt eine Logik: Der Penner mit dem anonymen Brief, der schweigsame Fahrer des Saporoshez, die Schminke im Gesicht des Mannes, der bohrende Blick des Kahlköpfigen im Flugzeug, dann diese Alte ... Veranstaltet ein normaler Mensch solche Maskeraden? Wohl kaum. Das sind eindeutig Anzeichen von Irrsinn.

»Na endlich!« Sina saß im Flur auf einer Kommode, fertig angezogen, vor sich ihren Rucksack.

»Weißt du was?« verkündete Nika mit einem verlegenen Lachen. »Ich werde von einem Irren verfolgt. Er ist ein Fan von Nikitas Büchern.«

»Na Mahlzeit!« Sina war verblüfft. »Das hat gerade noch gefehlt. Woher weißt du das?«

»Das hat Grischa gesagt.«

»Aha, so ist das.« Sina runzelte die Stirn und senkte den Kopf. Ihr heller Schopf verbarg ihr Gesicht.

»Veronika Sergejewna, wir verlieren Zeit«, meldete sich Kostik. »Wir verpassen noch den Flug.«

»Ach so?« Sina hob das Gesicht. »Flug? Na ja, ist schon richtig.« Sie warf einen vielsagenden Blick auf Kostik. »Na komm, du mußt deine Sachen packen.«

»Ich muß eigentlich gar nichts packen«, sagte Nika leise, als sie hinter verschlossener Tür allein im Zimmer waren.

»Und dein Abendkleid?« fragte Sina laut und spöttisch. »Das blaue, das du auf dem Herflug anhattest. Das steht dir so gut. Du hast schließlich diverse Festveranstaltungen vor dir, Bankette, Empfänge. Obwohl, du hast ja zwei Dutzend Abendtoiletten.«

»Hör auf.« Nika verzog das Gesicht. »Wenn du mal

ernsthaft und in Ruhe darüber nachdenkst, mußt du zugeben, daß das durchaus stimmen könnte.« Sie nahm einen warmen Pullover aus dem Schrank, ein paar T-Shirts, dicke Baumwollsocken und stopfte alles rasch in eine kleine Tasche. »Erst der komische taubstumme Penner mit dem Muttermal und den anonymen Briefen, dann ...«

»Du brauchst nicht alles aufzuzählen«, unterbrach Sina, »du hast recht. Es sieht wirklich so aus, als wäre da was dran. Zu sehr, um noch Zeit zu verlieren und die Beerdigung abzuwarten. Du hast dein Leben lang immer vernünftig gehandelt. Kluges Mädchen.«

»Aber Sina«, sagte Nika laut und erregt, »weißt du, ich habe tatsächlich große Angst. Ich habe sein Gesicht gesehen, seine Augen. Er schminkt sich, verkleidet sich als alte Frau, als Bettler. Er ist verrückt ...«

»Du mußt dich nicht rechtfertigen, Nika. Ich sage doch, es ist alles richtig. Flieg so schnell wie möglich zurück nach Sinedolsk.«

Nika antwortete nicht und ging ins Bad, Sina folgte ihr.

»Ja, genau« – Nika schrie fast –, »zu meinem Mann, unter seine Fittiche. Ich habe nämlich Angst. Ich bin erschöpft.«

»Warum schreist du denn so?« fragte Sina flüsternd.

»Ich bin nervös!« Nika warf Zahnpasta, Bürste, eine Flasche Shampoo, eine Dose Creme und ein Stück Seife in eine große Kosmetiktasche. »Wärst du an meiner Stelle nicht auch nervös?«

»Doch, natürlich.« Sina nickte. Sie saß auf dem Wannenrand und beobachtete voller Neugier, wie Nika eine komplette Toilettenausrüstung einpackte. »Gibt's im Flugzeug etwa eine Dusche?« fragte sie kaum hörbar.

»Und überhaupt«, fuhr Nika laut fort, »ich habe die ganze Geschichte satt. Nikita wird nicht wieder lebendig.

Ich muß weiterleben. Übrigens, ich soll dir Grischas Entschuldigung ausrichten.«

»Richte ihm auch meine aus«, sagte Sina laut und flüsterte dann weiter: »Ich hab seine Eltern angerufen, sie erwarten mich. Sie haben gefragt, ob du nicht auch vorbeikommen willst. Aber offenbar nicht. Soll ich ihnen was ausrichten?«

Nika verharrte einen Augenblick, dann zog sie energisch den Reißverschluß der Kosmetiktasche zu, riß ein paar Handtücher vom Handtuchhalter und ging zurück ins Zimmer.

»Wie sieht's aus, Veronika Sergejewna? Sind Sie bald soweit?« fragte Kostik aus dem Flur.

»Gleich.« Sie schloß vor seiner Nase die Zimmertür, sah sich im Raum um, rannte zum Nachttisch, zog die unterste Schublade auf. »Verdammt, wo ist sie bloß?«

»Was suchst du?« fragte Sina flüsternd.

»Ah, ich hab sie schon.« Nika steckte rasch eine kleine Gassprühflasche in die Innentasche ihrer Jacke, griff nach ihrer Tasche, setzte die Wildledermütze auf, riß die Tür auf und sagte lächelnd zu Kostik: »Ich bin fertig.«

Siebenundzwanzigstes Kapitel

Laut Expertengutachten war der Tod von Soja Astachowa infolge einer Vergiftung mit einer hohen Dosis Barbiturate in Verbindung mit Alkohol eingetreten. Sie hatte keinen Abschiedsbrief hinterlassen, doch für das von den Nachbarn gerufene Notarztteam bestand kein Zweifel, daß es sich um Selbstmord handelte. Das bestätigte auch die anschließend eintreffende Einsatzgruppe der Miliz.

Es gab keinerlei Indizien für einen Kampf oder für die

Anwesenheit einer weiteren Person in der Wohnung. Und keine Fingerabdrücke außer denen der Toten und der Nachbarin, die den Leichnam gefunden hatte.

Die Tote lag im Bademantel auf der Liege. Auf dem Couchtisch neben ihr standen ein leeres Döschen, das Natriumbarbital enthalten hatte, eine fast leere Wodkaflasche und ein voller Aschenbecher.

»Ich habe mir Sorgen gemacht, weil in der Küche seit zwei Tagen Licht brannte«, berichtete die Nachbarin. »Sogar tagsüber. Soja ist sehr ordentlich, sie würde nie vergessen, das Licht auszuschalten. Das zum einen. Zweitens weiß ich, daß sie ganz allein lebt, und als ich sie neulich im Treppenhaus traf, da sah sie sehr schlecht aus. Sie sagte, sie sei ein wenig krank. Wissen Sie, sie war nie krank, sie achtete sehr auf ihre Gesundheit. Jedenfalls, heute morgen wollte ich mal nach ihr sehen. Erst habe ich angerufen, aber sie ging nicht ran. Dann war ich mit dem Hund unten und hab festgestellt, daß das Licht immer noch brannte, obwohl es schon ganz hell war. Als ich zurück war, hab ich an der Tür geklingelt. Es machte niemand auf, und in der Wohnung war es totenstill. Das war mir unheimlich. Wissen Sie, das war wie eine Art Ahnung oder so. Ich hab den Notruf gewählt und die Situation geschildert.«

Der Krankenwagen kam erst nach zwei Stunden. Aber selbst wenn er sofort gekommen wäre, hätte der Arzt nichts mehr tun können. Soja Astachowa war bereits in der Nacht gestorben.

»Das hast du nun erreicht mit deiner privaten Detektivspielerei!« brüllte Oberstleutnant Saïdow Hauptmann Leontjew an. »Hast du nicht gesehen, mit wem du es zu tun hast? Wie hast du sie bloß vernommen?«

»Ganz normal.« Leontjew zuckte die Achseln. »Übrigens

war sie hart wie Granit. Und überhaupt, es war ein rein informatives Gespräch, keine Vernehmung.«

»Eben, das ist ja das Schlimme! Wenn es wenigstens ein Protokoll gäbe oder einen Tonbandmitschnitt! So aber behaupten diese Gauner im Verlag jetzt, nach dem Gespräch mit dir sei es der Astachowa auf einmal schlecht gegangen. Da sie sich schon nach eurem ersten Gespräch über dich beschwert hat, sieht die Sache nun ziemlich übel aus.«

»Ihr Neffe ist verschwunden. Wenn sie nervös war, dann ausschließlich seinetwegen, nicht meinetwegen«, erwiderte Leontjew düster und murmelte vor sich hin: »Ich könnte wetten, ihr Leichnam liegt jetzt im Leichenschauhaus des zweiundzwanzigsten Krankenhauses, und garantiert wird er aus Versehen vorzeitig eingeäschert. Zumal sie ja keine Angehörigen hat.«

Saïdow maß ihn mit einem langen, unfreundlichen Blick, dann sagte er: »Ich habe keine Lust, mit dir zu wetten. Der Leichnam ist im Institut für Gerichtsmedizin. Die Obduktion wird Pjotr Lukjanow vornehmen, ein ausgezeichneter Experte. Du kannst dir gern die Ergebnisse ansehen, aus reiner Neugier. Von dem Waffen- und Drogenfall bist du suspendiert. Im Grunde gibt es auch gar keinen Fall. Es genügt, daß dein Sliwko zur Fahndung ausgeschrieben ist. Die Kudijarowa wurde vorläufig festgenommen und hat gestanden, daß die Sachen alle ihr gehören. Zufrieden?«

»Absolut.« Der Hauptmann nickte. »Kann ich gehen, Oberstleutnant?«

»Geh, Andrej, und kümmere dich um deine unmittelbaren Aufgaben.«

Gleich nach diesem Gespräch fuhr der Hauptmann ins Institut für Gerichtsmedizin. Doktor Lukjanow, ein großer, kräftiger Mann mit rauchgrauer Brille und graumeliertem Bart, bat ihn um seinen Dienstausweis.

»Der Bericht ist noch nicht fertig. Ich warte noch auf die Ergebnisse der Histologie und der Chemiker.«

»Darf ich mir ansehen, was Sie bisher über die Leiche haben?«

»Bitte.«

Leontjew setzte sich an einen Tisch und vertiefte sich in die Papiere. Sie waren allein in dem kleinen Raum. Ein Wasserkocher brodelte und schaltete sich aus, der Doktor nahm Tassen und eine Zuckerdose aus einem Schränkchen.

»Möchten Sie Kaffee?«

»Danke, gern.«

Lukjanow stellte ihm eine Tasse Pulverkaffee hin, setzte sich ihm gegenüber und zündete sich eine Zigarette an.

»Es gibt also keinerlei äußere Verletzungen?« fragte Leontjew leise.

»Nicht die geringsten. Aber warum interessieren Sie sich dafür? Soviel ich weiß, ist das doch ein anderer Bezirk, ein anderes Team.«

»Die Astachowa war Zeugin in einem Fall, den ich bearbeitet habe. Ich wurde suspendiert, weil sie angeblich nach dem Gespräch mit mir Selbstmord begangen hat.«

»So ist das also ... Das kommt vor.« Lukjanow zuckte gleichmütig die Achseln. »Aber es war wirklich Suizid. Ein astreiner Suizid, das versichere ich Ihnen.«

»Sie hatte also Alkohol im Blut?« fragte Leontjew rasch, noch immer in die Dokumente vertieft.

Der Doktor nickte. »Jede Menge.«

»Interessant ... Wissen Sie, bevor Soja Astachowa Cheflektorin des Verlags ›Kaskad‹ wurde, hat sie zwei Bücher über gesunde Ernährung geschrieben. Sie hat sich mit alternativer Medizin befaßt und unter anderem originelle

Methoden zum Kampf gegen Alkohol- und Tabakmißbrauch entwickelt.«

»Das ist tatsächlich interessant.« Lukjanow nahm einen Schluck Kaffee. »Sie hat vor ihrem Tod mindestens einen halben Liter Wodka niedergemacht. Und ziemlich viel geraucht. Aber sie war kerngesund. Darf man fragen, weswegen Sie sie befragt haben? Natürlich nur, wenn es kein Geheimnis ist.«

»Nun nicht mehr. Ich habe ihren Neffen gesucht wegen Verdachts auf illegalen Waffen- und Drogenbesitz.«

»Sonst nichts?« fragte der Doktor erstaunt.

Leontjew trank einen Schluck Kaffee, schwieg eine Weile, zündete sich eine Zigarette an und fragte dann leise: »Haben Sie von dem Schriftsteller Viktor Godunow gehört?«

»Der vor kurzem umgekommen ist?« fragte der Doktor zurück.

»Ja. Er ist verbrannt. Sozusagen gleich zweimal. Erst in einer fremden Wohnung, dann im Krematorium, aus Versehen. Es gab keinerlei zusätzliche Gutachten, keine Obduktion.«

»Es war doch wohl ein Unfall, nicht?«

»Richtig« – Leontjew nickte –, »und im Zusammenhang mit diesem Unfall habe ich den Neffen von Soja Astachowa gesucht.«

»Merkwürdig.« Lukjanows lange, schlanke Finger trommelten auf dem Tisch einen schnellen Rhythmus. »Nach den Unterlagen zu urteilen, hat das Team in der Wohnung der Astachowa sehr gewissenhaft gearbeitet. Es war Suizid.«

»Ja, natürlich, daran habe ich keinen Zweifel.«

Einige Minuten lang schwiegen beide. Leontjew studierte weiter die Papiere, Petja Lukjanow rauchte, starrte ins Nichts, durch seine rauchgrauen Brillengläser von der Außenwelt abgeschottet, und fragte schließlich: »Und bei Viktor Godunow gab es nicht einmal eine Voruntersuchung?«

»Nein, praktisch nicht.«

»Praktisch oder theoretisch?« Lukjanow nahm die Brille ab. Seine hellgrauen Augen waren verquollen, müde. Wie bei den meisten Brillenträgern wirkte sein Blick sanft und ein wenig verwirrt.

»Eine gute Frage.« Leontjew lächelte. »Ich hatte den Verdacht, daß Godunow ermordet wurde.«

»Und jetzt akzeptieren Sie die offizielle Version?«

»Nein, das tue ich nicht. Verzeihen Sie, darf ich Sie bitten, bei der Astachowa eine Ultraschalluntersuchung der Halsschlagader vorzunehmen?«

»Dürfen Sie.« Lukjanow lächelte traurig. »Wissen Sie, bei einer Schlafmittelvergiftung gibt es keine typischen morphologischen Veränderungen. Manchmal findet man in den Schleimhautfalten im Magen Tablettenreste. Das war hier nicht der Fall. Übrigens müßten in der Dose Gelatinekapseln gewesen sein. Die lösen sich ziemlich langsam auf, vor allem bei der Menge. Aber Fehlanzeige. Die chemische Analyse ist noch nicht fertig, doch es ist durchaus möglich, daß keine Spuren des Präparates gefunden werden.«

»Warum glauben Sie das?«

»Wissen Sie, ich kenne viele Methoden, einen Betrunkenen zu töten. Man kann ihm zum Beispiel im Sitzen den Kopf heftig auf die Knie drücken, ihn ein paar Minuten so halten und ihn dann auf ganz bestimmte Weise abrupt aufrichten. Jedenfalls, es gibt eine Menge Varianten. Und sie alle hinterlassen in der Regel keine äußeren Verletzungen.«

Leontjew nickte »Ganz richtig. Aber so etwas kann nur ein Profi.«

»Ein seriöser Profi«, ergänzte der Doktor. »Ich glaube, man nennt sie Naturfreunde. Die sind teuer. Nur sehr reiche, einflußreiche Leute können sich solchen Luxus leisten, um ihre Probleme zu lösen.«

»Ich lasse Ihnen meine Telefonnummer da, Doktor. Seien Sie so gut und rufen Sie mich an, wenn die Ergebnisse der Histologie und der Chemiker vorliegen.«

»Ist das privat oder dienstlich?« fragte der Doktor und warf einen Blick auf das Blatt aus dem Notizbuch.

»Privat.«

Kostik und Stassik waren gar nicht angetan von der Idee, erst Sina abzusetzen, bevor sie zum Flughafen fuhren.

»Veronika Sergejewna, vielleicht geben Sie ihr lieber Geld für ein Taxi?« flüsterte Kostik Nika diskret ins Ohr, als sie im Aufzug hinunterfuhren.

»Ich habe Geld«, erklärte Sina fröhlich, »aber ich fahre gern noch ein Stück in eurem schönen grauen Mercedes.«

Kostik funkelte sie böse an.

Beim Wagen angekommen, öffnete er den Kofferraum.

»Wozu?« fragte Nika.

»Ich will Ihre Tasche reinpacken.«

»Nicht nötig. Sie ist ja nicht groß.«

»Erst in die Kropotkinskaja«, sagte Nika, als sie sich neben Sina auf den Rücksitz setzte.

»Aber jetzt sind überall furchtbare Staus, Veronika Sergejewna«, protestierte Stassik, »da schleichen wir glatt zwei Stunden durchs Zentrum. Wir verpassen noch das Flugzeug.«

»Halb so schlimm. Wird schon irgendwie gehen«, ermunterte ihn Nika.

Im Zentrum kamen sie wegen der Staus wirklich nur sehr langsam voran. Nika entdeckte im Rückspiegel immer wieder einen dunkellila Lada, der ihr bekannt vorkam.

Den Fahrer konnte sie nicht richtig sehen, nur, daß er allein im Auto saß und eine zerknitterte dunkle Schirmmütze trug.

Inzwischen hatte der Stau sich aufgelöst, sie hatten die Kropotkinskaja fast erreicht. Der lila Lada war nirgends zu sehen.

»Und wohin jetzt?« fragte Stassik.

»Die zweite Querstraße links«, antwortete Nika, »und dann in den Hof.«

»Veronika Sergejewna, da können wir nicht wenden. Wir müßten einen Riesenumweg machen, und da sind wieder Staus.«

»Schon gut. Den Rest kann ich laufen, ist nur noch ein Katzensprung«, sagte Sina. »Mach's gut, Frau Gouverneur. Bleib gesund und glücklich.« Sie küßte Nika auf die Wange, dann sah sie ihr in die Augen und flüsterte ganz leise: »Klingt ganz, als wär's die Wahrheit. Ich meine den Irren. Alles ziemlich logisch und glaubwürdig ...«

»Verzeihung, könnten Sie sich beeilen? Hier ist Halteverbot«, knurrte Stassik gereizt.

»Laß von dir hören«, antwortete Nika leise, »ruf hin und wieder an.«

»Gut, mach ich.« Sina lächelte. »Dein Mann ist wirklich auf Draht. Sitzt in Sinedolsk und kriegt mit, daß du in Gefahr bist. Prima, Grischa! Alles logisch, alles glaubhaft, wie die geklauten Zeilen aus den Manuskripten deines Vaters.« Sie warf sich ihren schäbigen Rucksack über die Schulter und lief auf die Fahrbahn.

Der Mercedes fuhr sofort los. Nika drehte sich um und sah, wie Sina rasch den von Autos verstopften Platz überquerte. Nur zwanzig Meter weiter war ein Fußgängerüberweg, aber sie rannte wie üblich einfach los, ohne nach links und rechts zu schauen. Der Mercedes war schon in eine Querstraße eingebogen, als Nika lautes Bremsenquietschen und eine Trillerpfeife hörte.

»Anhalten!« schrie sie. »Sofort anhalten!«

Stassik bremste abrupt. Nicht wegen ihres Geschreis, sondern weil ihn ein Auto der Verkehrskontrolle stoppte.

Ohne recht zu begreifen und halbblind vor Tränen, sprang Nika aus dem Auto und rannte zurück zum Platz. Dort war der Verkehr lahmgelegt. Mehrere Milizionäre versuchten, für Ordnung zu sorgen und die Gaffer zu vertreiben, die sich an der Bordsteinkante drängten.

»So sind sie, diese Schweine in den ausländischen Karren, die überfahren einen Menschen, als wär's eine Fliege!« schrie eine Frau mit Einkaufstüten.

»Hat sich jemand die Nummer gemerkt?« Ein Kaukasier im Jogginganzug blickte sich fragend um. »Ich hab ihn gesehn, den Mistkerl. Ein schwarzer Ford, älteres Baujahr.«

»Nicht schwarz, dunkelblau!«

»Nein, kein Ford, ein Mercedes!«

»Na klar! Ich kann doch wohl einen Ford von einem Mercedes unterscheiden!« empörte sich der Kaukasier.

»Er war schwarz, hundert pro! Die erste Zahl war eine sechs, MK oder MW ...«

»Na klar, jetzt finden sie ihn ganz bestimmt!«

»Ein ausländischer Wagen? Haben Sie genau gesehen, daß es ein ausländischer Wagen war?« fragte Nika und drängte sich in die Menge.

»Aber ja doch, ein Lada war's bestimmt nicht!« rief jemand sarkastisch. Nika kämpfte sich durch die Neugierigen, und ein Milizionär packte ihren Arm.

»Wohin, junge Frau?«

»Lassen Sie mich durch, ich bin Ärztin!«

Sina lag auf dem Rücken, die Arme gespreizt, neben ihr der Rucksack. Nika kniete sich hin und legte den Finger an die Halsschlagader. Sie fühlte keinen Puls. Mund-zu-Mund-Beatmung, Herzdruckmassage, das alles tat Nika ganz mechanisch, ohne nachzudenken, aus reinem Berufsinstinkt. Sie wußte nicht, wieviel Zeit verging. Jemand half ihr, geschickt und kundig, und erst, als der Notarzt eintraf, bemerkte sie, daß es Kostik war.

Der Anruf erreichte Viktjuk auf dem Flughafen. Sein Handy klingelte im unpassendsten Moment, als er am Abfertigungsschalter gerade Paß und Ticket auf den Tresen legte.

»Alles okay«, sagte eine tiefe Stimme.

»Na, sehr schön.« Viktjuk lächelte.

»Und das Geld?«

»Wir haben doch abgemacht, ich bin in drei Tagen wieder da, dann kriegst du alles.«

»Ich hätt es lieber gleich.«

»Fängst du schon wieder an!« Viktjuk verzog verärgert das Gesicht. »Reg dich ab. Wir treffen uns Montag am üblichen Ort ...«

»Haben Sie Gepäck aufzugeben?« fragte die junge Frau an der Abfertigung.

»Nein, nur Handgepäck.« Viktjuk lächelte sie an und sagte leise ins Telefon: »Nun warte doch ein bißchen, gedulde dich, sag bloß, der Vorschuß reicht nicht für drei Tage?«

»Der Vorschuß war nur für einen Auftrag, aber es waren zwei.«

»Ach, der zweite zählt doch gar nicht. Das war für dich schließlich kein Problem.« Viktjuk nahm seine Papiere wieder an sich und verließ den Schalter. »War nur ein Scherz, reg dich ab, nur ein Scherz. Du kriegst alles komplett.«

»Und wenn du mich reinlegst?«

»Daß du dich nicht schämst! Ist das je vorgekommen?«

»Nein, nie«, betätigte die Stimme, »und das wird es auch nicht. Du hängst schließlich am Leben.«

Achtundzwanzigstes Kapitel

Hauptmann Leontjew wählte zum wiederholten Mal die Nummer von Veronika Sergejewna, aber es nahm niemand ab. Er entschied, es gegen Abend wieder zu versuchen und sich erst einmal mit Rakitins Eltern zu unterhalten.

»Ja, natürlich, kommen Sie her. Wenn Sie wollen, jetzt gleich«, sagte eine leise, heisere Männerstimme. »Nadeshda Guschtschina hat schon von Ihnen gesprochen, und Mascha auch. Wir erwarten Sie.«

»Wissen Sie vielleicht zufällig, wo ich Sinaïda Resnikowa finden kann?« fragte Leontjew, nur für alle Fälle. Das Verschwinden der Resnikowa gefiel ihm immer weniger, er wußte bereits, daß sie nicht nach Petersburg zurückgekehrt war, doch sie war weder bei ihrer Mutter noch auf ihrer Arbeitsstelle aufgetaucht.

»Sie wollte heute herkommen«, antwortete Rakitin senior. »Wir erwarten sie jeden Moment.«

»Wirklich?« Leontjew freute sich. »Ausgezeichnet. Ich suche sie schon eine Weile. Wissen Sie was, wenn ich mich verspäten sollte, richten Sie ihr doch bitte aus, sie möchte mich anrufen.« Er diktierte ihm seine Dienstnummer.

»Ja, natürlich. Übrigens, ich möchte Ihnen noch herzlich danken. Sie sind der einzige, der versucht, etwas für unsere Familie zu tun.«

Als Leontjew gerade das Zimmer verlassen wollte, klingelte das Telefon auf seinem Schreibtisch.

»Guten Tag. Hier Lukjanow vom Institut für Rechtsmedizin. Ich habe gestern abend schon versucht, Sie zu erreichen, aber Sie waren nicht zu Hause. Der Bericht zur Astachowa ist fertig. Wenn Sie möchten, können Sie vorbeikommen.«

»Danke.« Leontjew zögerte. »Danke, Doktor. Ginge es vielleicht heute abend?«

»Heute abend fliege ich in Urlaub.«

»Na gut. Ich bin in zwanzig Minuten bei Ihnen.«

Es ist offenbar wirklich wichtig, wenn er extra gestern abend angerufen hat, entschied Leontjew. Rede ich eben anschließend mit den Rakitins.

Lukjanow wirkte noch erschöpfter und düsterer als beim erstenmal. Er reichte Leontjew schweigend ein Blatt Papier – sein Gutachten. Daraus ging hervor, daß Soja Astachowa eines gewaltsamen Todes gestorben war.

»Bei detaillierter Untersuchung habe ich in der Mundhöhle eine Kissenfeder entdeckt«, sagte er dumpf. »Es handelt sich also mit hoher Wahrscheinlichkeit um mechanische Erstickung. Auch andere Indizien sprechen für einen rasch eingetretenen Tod, zum Beispiel kleine Blutergüsse im Bindegewebe der Augen, dunkles, flüssiges Blut, die Durchblutung der inneren Organe. Jedenfalls – Ihre Zeugin hat keine Tabletten genommen. Sie wurde erstickt, still und akkurat. Bei der Blutmenge im Alkohol dürfte das nicht weiter schwierig gewesen sein. Im übrigen ist im Protokoll auch kein Wasserglas erwähnt.«

Leontjew begriff nicht. »Wie bitte?«

»Soll sie etwa eine solche Menge Kapseln mit Wodka runtergespült haben? Warum ist das der Spurensicherung nicht gleich aufgefallen?«

»Ich danke Ihnen, Doktor Lukjanow.« Leontjew drückte die harte, kalte Hand des Doktors. »Sie haben mir sehr geholfen. Danke.«

»Ich bitte Sie, gehen Sie ran«, sagte Kostik zum zehntenmal und wollte Nika das Mobiltelefon aufdrängen. Vor zehn Minuten hatte er selbst Russow angerufen und ihm mitgeteilt, was passiert war.

»Mein Kind, hör mir zu, warum glaubst du nicht, daß es ein bloßer Zufall war? Wenn sie dir gesagt hat, ich hätte ihr am Telefon gedroht – das stimmt nicht, das heißt, ich war vielleicht ein bißchen hitzig ...« Grischa schrie so laut, daß sie jedes Wort hörte, obwohl Kostik den Apparat noch in der Hand hielt. Seine andere Hand umklammerte Nikas Schulter. Stassik war auch schon da, der Mercedes stand mit offener Tür neben ihnen.

»Na schön, dann glaubst mir eben nicht, aber überleg doch mal: Hätte ich das direkt vor deinen Augen getan? Komm zu dir, Nika!«

Sie war bereits zu sich gekommen. Sie wußte, was jetzt das wichtigste war: Nicht in den Wagen zu steigen.

»Ja, Grischa. Ich glaube dir«, sagte sie ruhig ins Telefon, »reg dich nicht auf. Aber ich bitte dich sehr, erkär den beiden, daß ich jetzt allein sein muß. Nicht lange. Kann ich dich darum bitten?«

»Nika, ich verstehe dich ja, aber versteh bitte auch mich. Das ist gefährlich. Außerdem verpaßt du dein Flugzeug.«

»Ich muß zu Nikitas Eltern, wenigstens für ein paar Minuten. Ich bin ganz in der Nähe. Sie warten auf Sina. Ich muß ihnen Bescheid sagen, und überhaupt, ich muß sie sehen, wenn ich schon nicht zur Beerdigung kann.«

»Nein, Nika. Das ist unmöglich. Dein Flug geht in anderthalb Stunden.«

»Grischa, verstehst du denn nicht, daß ich zwei enge Freunde verloren habe?« fragte sie ganz ruhig.

»Natürlich, mein Mädchen, natürlich, ich weiß, wie weh dir das tut, aber das geht vorbei. Du mußt weiterleben. Jetzt kommst du erst mal zurück, und dann fährst du gleich in die Schweiz, zu Mitja. Er hat heute früh angerufen.«

»Laß uns das später besprechen, Grischa. Jetzt muß ich allein sein.«

»Aber ich sage doch: Das ist unmöglich.«

»Ich bin schließlich nicht verhaftet. Ich kann dir nicht vertrauen, wenn ich auf Schritt und Tritt überwacht werde. Das ist beleidigend – für mich und für dich auch.«

Er schwieg ziemlich lange, dann hüstelte er und sagte: »Du wirst nicht überwacht, du wirst bewacht. Gut. Gib mir mal Kostik.«

»Ja. Ich verstehe. Ja, natürlich.« Nach einem kurzen Monolog seines Chefs nickte Kostik und gab Nika das Telefon zurück.

»Du kannst zu Nikitas Eltern gehen. Aber nur für ein paar Minuten. Sonst verpaßt du dein Flugzeug. Die Jungs werden vor der Tür im Auto auf dich warten.«

»Danke, Grischa.« Sie unterbrach die Verbindung und warf das Telefon durch die offene Autotür auf den Rücksitz.

Auf dem Platz ging das normale Leben weiter, die kleine Gruppe Gaffer hatte sich zerstreut, der Krankenwagen war mit Sina weggefahren, der Verkehr rollte wieder.

»Wir fahren Sie zum Haus«, bot Kostik freundlich an, doch Nika war schon losgesaust, ohne sich umzusehen. Die Tasche hing schwer an ihrer Schulter. Im Hof der Rakitins rannte sie zwischen Blechgaragen hindurch, überquerte einen kleinen Sportplatz, schlüpfte unter einem zerrissenen Volleyballnetz hindurch, lief hinaus auf die Parallelstraße und hob die Hand. Ein sandgelber Wolga hielt.

»Sawjolowoer Bahnhof«, sagte Nika, setzte sich auf die Rückbank und versuchte, ihren Atem zu beruhigen.

»Wir haben's wohl sehr eilig?« fragte der vornehm aussehende ältere Fahrer und drehte sich um.

»Ja. Sehr.«

Der Wolga fuhr los, Nika lehnte sich zurück und schloß die Augen. Die Tränen liefen wie von selbst, sie konnte nichts dagegen tun. So entging ihr, daß ein dunkellila Lada um die Ecke gebogen kam.

»Entschuldigen Sie, ich habe mich verspätet«, sagte Leontjew, als er die Wohnung der Rakitins betrat. »Leider habe ich nur wenig Zeit. War Sinaïda Resnikowa schon hier?«

»Nein, noch immer nicht. Wissen Sie, wir machen uns langsam Sorgen.«

Olga Rakitina, eine majestätische, hochgewachsene Dame mit schwerem silbergrauem Haarknoten im Nacken, begleitete den Hauptmann ins Wohnzimmer.

»Sie hat vor drei Stunden angerufen«, ergänzte Rakitin.

Leontjew registrierte, daß Nikita mehr seiner Mutter ähnelte als seinem Vater. Das Gesicht seines Vaters war runder, schwerer, seine Augen dunkel, seine Haar schwarzgraumeliert.

»Wissen Sie, von wo sie angerufen hat?« fragte Leontjew und setzte sich in einen Sessel.

»Von ihrer Freundin. Sie werden sie kaum kennen. Tee? Kaffee?«

»Danke, Kaffee, wenn möglich.«

Olga nickte und ging in die Küche. Die beiden Männer schwiegen eine Weile, bis Rakitin schließlich hüstelte und leise fragte: »Verzeihen Sie, zunächst wüßte ich vor allem eines gern: Laufen nun Ermittlungen oder nicht? In der Staatsanwaltschaft hat man mir eindeutig erklärt, es sei ein Unfall gewesen, darum werde es keine Ermittlungen geben.«

»Ja, das ist so.« Leontjew nickte.

»Aber Sie sind, wenn ich es richtig sehe, nicht einverstanden mit der offiziellen Version.«

»Stimmt.«

»Das heißt, Sie versuchen, auf eigene Faust zu ermitteln?«

»Nicht ganz. Ich bin Milizbeamter und kein Privatdetektiv. Ich hole operative Informationen ein. Ich denke, der Fall wird aufgrund neuer Sachverhalte wiederaufgerollt werden.«

»Wie das? Es sind doch keinerlei Spuren mehr vorhanden. Man kann nicht einmal die Leiche identifizieren, diese Sauerei mit der Einäscherung ...«

»Verzeihen Sie, ich würde mir gern das Arbeitszimmer Ihres Sohnes ansehen und seinen Computer überprüfen.«

»Wie – überprüfen?«

»Ich muß wissen, woran er in letzter Zeit gearbeitet hat.«

»Nikita läßt niemanden an seinen Computer«, erklärte Olga, die ein Tablett mit einer Kaffeekanne und Tassen auf den Couchtisch stellte.

»Olga, hör auf. Du weißt doch, es muß sein«, sagte Rakitin rasch.

»Juri, ich habe keine Veranlassung, an die uneigennützige Hilfe von wem auch immer zu glauben«, erwiderte sie leise und bedachte den Hauptmann mit einem höflichen, kalten Lächeln. »Entschuldigen Sie.«

»Nehmen Sie es ihr bitte nicht übel.« Rakitin hob entschuldigend die Hände, als sie gegangen war. »Meine Frau hat einen schweren Schock erlitten. Sie sollten wirklich einen Blick ins Arbeitszimmer werfen und nachsehen, was in Nikitas Computer ist. Wir verstehen ja nichts von diesem Gerät.«

»Juri, kann ich dich einen Augenblick sprechen?« Olga lächelte Leontjew erneut kalt und höflich an. »Entschuldigen Sie nochmals.«

»Woher willst du wissen, daß man dem Mann trauen

kann?« hörte Leontjew sie hastig und laut flüstern. »Du siehst ihn zum erstenmal und willst ihn gleich an Nikitas Computer lassen. Gute, edle Milizionäre, die gibt es nur in Nikitas Büchern. Im Leben schon lange nicht mehr.«

»Hör auf«, unterbrach Rakitin sie bestimmt, »man kann nicht jeden für einen Banditen halten.«

Leontjew hatte inzwischen keine Zeit verloren und den Computer eingeschaltet. Rakitin kam ins Arbeitszimmer, schloß die Tür, blieb eine Weile hinter Leontjew stehen und beobachtete die wechselnden, unverständlichen Mitteilungen auf dem Bildschirm, schließlich sagte er: »Wir haben auf der Tastatur und auf der Maus Blutspuren entdeckt. Ebenso im Bad, auf dem Waschbecken.«

»Haben Sie sie abgewischt?« fragte Leontjew, den Blick weiter auf den Bildschirm gerichtet.

»Wir dachten, jetzt würde sowieso niemand mehr eine kriminalistische Untersuchung der Wohnung vornehmen oder wie das heißt. Es ist zu viel Zeit vergangen, außerdem bin ich sicher, daß alle fremden Fingerabdrücke abgewischt wurden.«

»Was für fremde Fingerabdrücke?«

»Die Wohnung ist durchsucht worden. Sehr akkurat, wahrscheinlich ganz professionell. Es sind keinerlei Wertgegenstände verschwunden, dabei gibt es hier, wie Sie vielleicht bemerkt haben, für einen normalen Dieb einiges zu holen.«

Leontjew entdeckte im Computer Viktor Godunows letzten erschienenen Roman »Der Triumphator«, drei große Dateien. Auch die vorhergehenden Romane waren noch auf der Festplatte. Aber nichts, das nach dem Anfang eines neuen Buches aussah, keine Entwürfe, keine Rohfassung. Leontjew sah nervös auf die Uhr. Er hatte höchstens noch zwanzig Minuten.

»Sagen Sie«, wandte er sich an Rakitin, »hatte Nikita nur diesen einen Computer? Kein Notebook?«

»Nein. Er hatte immer vor, sich eins zu kaufen.«

»Irgendwelche Notizbücher?«

»Er hatte einen dicken Kalender. Der ist weg.«

»Und wo sind die Disketten?«

»Die sind alle verschwunden – es waren sehr viele.«

»Fehlt sonst noch etwas?«

»Wir waren ein halbes Jahr nicht zu Hause. Ich kann nicht genau sagen, ob etwas fehlt, aber ich bin sicher, daß jemand in seinen Papieren gewühlt hat. Außerdem wurde in der Küche das Büfett von der Wand abgerückt, und unter der Bank lag eine Tasche mit Sachen aus dem Supermarkt. Ich habe für alle Fälle den Kassenbon aufgehoben.«

»Das verstehe ich nicht, wo bleibt Sina nur?« sagte Olga und betrat das Zimmer. »Heute früh hat sie gesagt, sie ist in einer Stunde hier, und jetzt ist es kurz nach drei. Juri, hast du vielleicht die Telefonnummer?«

»Nein.«

»Was machen wir denn nun? Das Mädchen ist verschwunden.«

»Verzeihen Sie, von wo hat sie angerufen?« fragte Leontjew. Sie standen schon im Flur; er mußte aufbrechen.

»Der Name wird Ihnen nichts sagen.« Olga Wsewolodowna hob fröstelnd die Schultern.

»Veronika Jelagina«, sagte Rakitin heiser und dumpf, »Nikitas ehemalige Verlobte.«

Russow sah schlecht aus. Er empfing Viktjuk mit der Frage: »Die Astachowa – ist das dein Werk?«

Viktjuk schüttelte lächelnd den Kopf. »Nein, deins, Grischa.«

»Bist du verrückt? Dafür hattest du keinen Auftrag. Was soll diese Eigenmächtigkeit?«

»Du solltest dich lieber bedanken.« Viktjuk seufzte und runzelte leicht die Stirn. »Weißt du, daß die Miliz bei ihr war?«

»Ja, weiß ich«, knurrte Russow.

»Und weißt du auch, daß sie zweimal da waren und daß sich die Astachowa nach dem zweiten Besuch furchtbar betrunken hat?«

»Soja? Hat sich betrunken?« Russow zwinkerte verblüfft. »Jetzt spinnst du aber, Felix.«

»Hör mal, Herr Gouverneur, paß bitte auf, was du sagst.« Viktjuk verzog das Gesicht.

»Entschuldige.«

»Also, Grischa, diese Abstinenzlerin war sehr schlecht auf dich zu sprechen. Und was passiert, wenn zu einer Menge Informationen eine gute Portion starker, langjähriger Haß kommt? Gut, daß sie das alles vor mir ausgeschüttet hat. Vor mir und nicht vor irgend jemand anderem.«

»Moment mal, Felix, das verstehe ich nicht, du kanntest doch die Astachowa gar nicht.«

»Aber ich wollte sie gestern kennenlernen. Personen, bei denen allzu vieles zusammentrifft, interessieren mich immer. Die Astachowa ist Cheflektorin im Verlag ›Kaskad‹. Dort erschienen die Bücher von Viktor Godunow. Die Astachowa ist die Tante des unglücklichen Anton Sliwko. Und sie war dein Schutzschild bei deinen Geschäften mit Shanli. Weißt du, Grischa, diese drei Geraden hätten parallel verlaufen müssen und sich nie überschneiden dürfen.«

»Trotzdem habe ich dir für die Astachowa keinen Auftrag gegeben«, sagte Russow, nun etwas ruhiger und härter.

»Doch, Grischa, das hast du, jedenfalls indirekt. Deine Parallelen haben sich gekreuzt, und am Schnittpunkt wäre es beinahe zu einer Explosion gekommen.«

»Na schön«, sagte Russow, ohne den Blick zu heben, »wieviel willst du?«

»Damit du nicht lange rechnen mußt, sage ich dir gleich die Gesamtsumme: Hundert.«

»Wieviel?! Halt, Moment, schön der Reihe nach.« Nun klang Russows Stimme ruhig und fest.

»Bitte.« Viktjuk nickte. »Die gesamte Operation Godunow fünfzig. Wie du siehst, gewähre ich dir Rabatt. Dreißig für die Astachowa und zwanzig für die Resnikowa.«

»Nein, nein!« Russow hob die Hand. »Das mit der Resnikowa müssen wir erst mal klären.«

»Was gibt's da zu klären? Du selber hast mir am Telefon eine Szene gemacht, hast verlangt, daß ich sie gründlich abtaste. Lohnt sich übrigens nicht. Nur Haut und Knochen.« Er lachte. »Vierzig Kilo Ärger. Solche wie die stecken ihre Nase immer in anderer Leute Angelegenheiten. Kommt nach Sinedolsk, macht deine Frau verrückt, dann wohnt sie in deiner Wohnung und quatscht deiner Nika weiter die Ohren voll. Meinst du, sie hat in der gesamten Zeit auch nur ein gutes Wort über dich gesagt? Und wenn man bedenkt, daß sie die letzte war, die Kontakt zu deinem Schreiberling hatte, und zwar, als er praktisch schon über sämtliche Informationen verfügte, kann man da etwa zulassen, daß diese vierzig Kilo Unannehmlichkeiten ganz in der Nähe rumwuseln?«

»Aber dein Schwachkopf hat das direkt vor den Augen meiner Frau erledigt!« Russow hob die Stimme.

»Deine Frau ist eine strenge Person. Übrigens, wo ist sie eigentlich?«

»Weiß ich nicht!«

»Das ist gar nicht gut. Veronika Sergejewna sollte so schnell wie möglich gefunden werden.«

»Es reicht, Felix.« Russow hieb mit der Faust leicht auf den Tisch. »Das gefällt mir ganz und gar nicht. Du nimmst dir zuviel heraus. Für Godunow schulde ich dir tatsächlich fünfzig, und die kriegst du auch. Aber für die Astachowa und die Resnikowa hattest du keinen Auftrag. Das hast du selber organisiert, auf eigene Faust. Nicht nur für mich, sondern auch für dich. Hundert sind also indiskutabel. Siebzig, keinen Cent mehr. Morgen bekommst du dein Geld, und dann sind wir quitt.«

»Ich bekomme mein Geld heute. Und nicht siebzig, sondern hundert«, sagte Viktjuk sanft.

»Siebzig. Entschuldige, ich habe keine Zeit. Komm morgen vorbei, das Geld abholen.«

»Warte, Grischa« – Viktjuk berührte seinen Arm –, »nicht so eilig. Noch zwei Worte zu Soja Astachowa. Sie war eine energische Person, klug und hartherzig, und dich mochte sie gar nicht. Aber mit einem hatte sie recht. Sie hat dich davor gewarnt, Viktor Godunow mit dem Buch zu beauftragen.«

Russows Augen irrten hin und her. Seine Stirn bedeckte sich mit Schweißperlen.

»Na, schon gut, Grischa.« Viktjuk lächelte verständnisvoll. »Ich verstehe dich ja. Du wolltest gern, daß ein berühmter Schriftsteller dich für die Nachwelt verewigt. Zumal ihr ja alte Jugendfreunde seid. Aber du hast damit nicht nur dich selbst in Gefahr gebracht, sondern auch mich, und vor allem auch unseren gemeinsamen Freund Spely.«

»Hör auf!« brüllte Russow. »Weißt du, wie man so was nennt?«

»Ich weiß.« Viktjuk nickte bescheiden. »Für so was muß man zahlen. Viel Geld, Grischa. Sieh mal, das Ganze ist sehr unschön gelaufen. Als ich die Operation mit dem Schuldschein ausgetüftelt und arrangiert habe, da war ich sicher, das sei zu unser aller Nutzen, und dann war es das ganze Gegenteil. Ich habe mich selbst in Gefahr gebracht und

Spely auch. Wirklich sehr unschön, Grischa. So hat mich noch niemand betrogen.«

»Das kannst du nicht beweisen.«

»Macht nichts, mein Wort wird genügen. Und noch eins«, fuhr Viktjuk fort, die kleinen grünlichen, freundlich zusammengekniffenen Augen weiter unverwandt auf den Gouverneur gerichtet, »ich werde wohl Spely bitten, dir bei der Suche nach deiner geliebten Frau zu helfen. Wo mag sie sich nur rumtreiben? Und was hat ihr die dumme Pute Resnikowa eingeredet? Das wissen wir nicht, oder?«

»Felix, ich bring dich um«, sagte Russow sehr leise.

»Wie willst du zahlen?« fragte Viktjuk mit seinem gewohnten, gutmütigen Lächeln und sah auf die Uhr.

»Wie immer«, preßte Russow hervor.

Viktjuk schüttelte den Kopf. »Das ist eine beträchtliche Summe, die möchte ich nicht bar mitnehmen. Weißt du was, schreib mir doch bitte Schecks aus. Fünfzig würde ich gern in Moskau einlösen, bei ›Kolumbus‹, und fünfzig in der Schweiz. Das ist mir lieber.«

Die Bank »Kolumbus« war klein, aber zuverlässig, denn sie gehörte dem Kriminellen Spely, dem »Schutzpatron« des Gebiets Sinedolsk. Ihm gehörte übrigens seit langem auch die Goldmine beim Dorf Gelbe Schlucht. Ihm, und nicht dem Gouverneur Russow.

Der Nachschub von Arbeitskräften für die Goldmine war ins Stocken geraten, Russow kam seiner Aufgabe nicht nach. Viktjuk war überzeugt, daß er das übernehmen könnte. Er brauchte nur den Segen des »Schutzpatrons«, und mit der Goldmine wäre alles in Butter. Und Gouverneure – die kamen und gingen.

»Schecks?« brüllte Russow. »Ich kann dir keine Schecks ausstellen, schon gar nicht für ›Kolumbus‹. Du kriegst Bargeld.«

Sie stritten noch lange. Schließlich drückte Viktjuk – die Schecks über insgesamt hunderttausend Dollar in der Innentasche seines Jacketts – seinem nervösen Freund die feuchte Hand.

»Mach's gut, Grischa. Vor allem, schon deine Nerven.«

Ja, Russow sollte seine Nerven wirklich schonen. Er hatte Schweres und Unangenehmes vor sich. Viktjuk hatte vor seinem Besuch bei ihm unter vier Augen mit dem eigentlichen Boß des Gebiets gesprochen. Die Geschichte mit der albernen Laune des Gouverneurs, der bei Viktor Godunow bestellten Biographie, hatte auf Spely großen Eindruck gemacht. So großen, daß er sofort in Moskau anrief, um sich mit zwei seiner Jungs in Verbindung zu setzen, mit Kostik und Stassik. Die beiden waren nämlich keineswegs Leute des Gouverneurs.

Nun würde Veronika Sergejewna wohl kaum nach Sinedolsk zu ihrem liebenden Mann zurückkehren. Ihre Rumtreiberei hätte bald ein Ende.

Nika erreichte gerade noch die letzte Vorortbahn vor der zweistündigen Pause. Sie kaufte eine Fahrkarte, rannte zum Bahnsteig, zwängte sich in den letzten, brechend vollen Waggon – all das, fast ohne sich umzusehen. Weil sie sich so furchtbar beeilen mußte, weil ihr Herz wie rasend schlug und wegen der Tränen, die nicht trocknen wollten.

Der Zug fuhr an. Nika atmete durch und zog die Mütze, die ihr in den Nacken gerutscht war, tief in die Stirn. Auf dem Bahnsteig huschten Gesichter vorbei. Nika entdeckte weder Stassik und Kostik noch das merkwürdige Subjekt mit den eingefallenen Augen. Das gleichmäßige Rattern des Zuges wirkte einschläfernd.

Nikita und sie fuhren mit der Vorortbahn durch nächtliches Schneetreiben; sie wollten zu zweit Silvester feiern. Sie hatten eine Art Zuflucht, von der kaum jemand wußte: Ein kleines Haus mit Ofen am Rande des Dorfes Jelanka. Zwei Stunden mit dem Zug, dann anderthalb Stunden zu Fuß über ein Feld, durch einen Eichenwald und drei verschlafene kleine Siedlungen. Das Häuschen gehörte Nadeshda, und außer Nikita benutzte es seit langem niemand mehr. Es war der einzige Ort, wo sie in jenen hektischen Jahren mit endlosem Teetrinken, Gästen und nächtlichen Debatten allein sein konnten.

»Die Fahrkarten bitte! Aufwachen, junge Frau, Ihre Fahrkarte!«

Nika öffnete mühsam die Augen und begriff im ersten Moment nicht, wo sie war. Sie tastete in der Jackentasche nach der Fahrkarte, reichte sie, ohne hinzusehen, dem Kontrolleur und glaubte durch einen schläfrigen Schleier ein abgezehrtes Totenschädelgesicht mit eingefallenen Augen zu sehen. Sie zuckte so heftig zusammen, daß ihr die Tasche von den Knien rutschte; sie beugte sich hinunter, um sie aufzuheben, und als sie sich wieder aufrichtete, hätte sie beinahe laut geschrien.

Er saß ihr gegenüber.

»Bürger, wo ist Ihre Fahrkarte?«

»Ich hab's nicht geschafft«, sagte er heiser, die Augen auf Nika gerichtet. »Ich zahle die Strafe.«

Er wühlte hastig, ungelenk in seinen Taschen. Seine Hände zitterten stark. Nika bemerkte die sieben kreisrunden Narben.

Eine Erscheinung aus der Vergangenheit, aus der Jugend. Ein großer, breitschultriger Junge in Uniform. In blauer Fliegeruniform. Nun erinnerte sie sich, daß er Iwan

Jegorow hieß, mit Grischa zur Schule gegangen und dann nach Moskau gezogen war. Er hatte bei den Rakitins verkehrt. Sie hatte sich seine Narben nicht nur deshalb gemerkt, weil sie darüber gesprochen hatten. Iwan Jegorow hatte sich erboten, Nikitas alte Schreibmaschine zu reparieren, eine vorrevolutionäre Underwood. Nikita hatte sie schon lange wegwerfen wollen, die Underwood war nicht mehr zu gebrauchen, vor allem wegen ihrer nicht standardgerechten Schrift. Er kaufte sich eine neue Olympia, und die Underwood blieb bei Iwan Jegorow. Vermutlich hatte er sie repariert. Die anonymen Briefe waren darauf geschrieben worden.

Die beiden kräftigen, uniformierten jungen Kontrolleure standen noch neben ihr. Schwere, animalische Furcht stieg in ihrer Kehle auf und nahm ihr den Atem. Sie wollte sagen: »Das ist ein Verrückter, er verfolgt mich, tun Sie doch etwas.« Aber sie schwieg wie versteinert und konnte den Blick nicht von den eingefallenen Augen wenden.

Sie entdeckte darin keine Spur von Irrsinn oder Bosheit. Nur Trauer. Die Kontrolleure gingen.

»Sie heißen Iwan Jegorow«, sagte Nika mühsam. »Sie waren mit meinem Mann in einer Klasse. Was wollen Sie von mir?«

»Hier im Zug sitzt der Mann in der Lederjacke, der in der Metro war«, sagte er und schluckte krampfhaft. »Sie können ihn nicht sehen. Er sitzt drei Reihen hinter Ihnen. Drehen Sie sich nicht um.«

Nika öffnete ihre Puderdose, entdeckte im Spiegel Kostik und wollte aufstehen.

»Bleiben Sie sitzen. Er ahnt nicht, daß Sie ihn bemerkt haben, das ist Ihre Chance. Ich werde versuchen, ihn abzulenken. Sie können an der nächsten Station aussteigen, aber Sie müssen sich beeilen. Er ist allein, den anderen habe ich nicht gesehen.«

»Iwan, warum haben Sie mich verfolgt? Warum haben Sie Sina den anonymen Brief gegeben? Sie ist ermordet worden.«

»Ich weiß.« Er zuckte nervös mit den Schultern. »Im Brief steht die Wahrheit.«

»Warum tun Sie das?« fragte Nika noch einmal und sah ihn an.

»Verzeihen Sie mir. Ich wollte Ihnen nichts Böses. Und ihr auch nicht.«

»Was wollten Sie denn? Warum soll ich Ihnen trauen?«

»Sie können auch ihm trauen« – er wies mit den Augen in die Richtung, wo Kostik saß –, »Sie können zu Ihrem Mann zurückkehren. Das ist Ihre Sache. Mir ist es inzwischen egal. Ich bin müde. Ich habe gesehen, wie Sina getötet wurde. Ich habe mir die Autonummer gemerkt und werde noch heute zur Miliz gehen.«

»Warum haben Sie das nicht gleich getan? Erklären Sie mir ...«

»Später, irgendwann einmal. Schluß jetzt, Nika, Sie müssen sich fertigmachen. Ich lenke ihn ab, aber Sie haben nur wenig Zeit.« Er stand langsam auf.

»Die Nummer! Sagen Sie mir die Autonummer!«

»Ein schwarzer Ford Fiesta, 1989er Baujahr. Dreimal die sechs, MK. Aber die ist bestimmt gefälscht«, murmelte Iwan hastig und ging zu Kostik.

»Nächster Halt Lobnja«, sagte eine mechanische Stimme.

Der Zug fuhr langsam ein. Am Ausgang drängten sich ziemlich viele Menschen. Als Nika sich durch die Menge zwängte, dachte sie plötzlich, Kostik würde Jegorow einfach festnehmen, und alles wäre in Ordnung. Iwan war wirklich verrückt und verfolgte sie, und Sina war rein zufällig überfahren worden.

Die Menge spülte sie hinaus auf den Bahnsteig. Sie schaute sich um und entdeckte Kostik, nur ein paar Dutzend Meter hinter sich. Iwan war nirgends zu sehen.

Hauptmann Leontjew klapperte schon seit über einer Stunde die Wohnungen in Soja Astachowas Haus ab, zeigte den Mietern ein vergrößertes Porträt des rothaarigen Dikken mit Bart und stellte ein und dieselben Fragen.

»Kenne ich nicht«, antworteten die Mieter kopfschüttelnd, wenn sie das Foto betrachteten. »Ist das ein Verbrecher? Na so was, dabei hat er ein so nettes Gesicht ...«

»Noch nie gesehen.«

Blieb nur noch eine Wohnung. Dort öffnete niemand. Leontjew wollte schon gehen, als ein junges Mädchen aus dem Lift geflattert kam, groß, schlank, im kurzen Rock, und vor der verschlossenen Tür in ihrer Tasche kramte.

»Entschuldigung, wohnen Sie hier?« fragte Leontjew.

»Ja. Wieso?«

Der Hauptmann stellte sich vor, zeigte seinen Ausweis, dann das Foto des Rothaarigen und wiederholte zum hunderstenmal die Frage, die ihm längst zum Hals raushing: »Haben Sie diesen Mann schon mal gesehen?«

Das Mädchen betrachtete neugierig das Foto, drehte es hin und her.

»Ja-a.« Sie nickte. »Vor ein paar Tagen.«

»Um welche Uhrzeit? Unter welchen Umständen?«

»Gegen neun Uhr abends. Hier im Hausflur. Er ist mit uns reingekommen.«

»Mit uns? Das heißt, Sie waren nicht allein?«

»Nein, eine Freundin war bei mir.«

»Haben Sie ihn erst an der Haustür gesehen oder schon draußen auf der Straße?«

»Draußen. Als wir vor der Tür standen, kam er zum Haus.«

»Wie war er gekleidet?«

»Ein normaler Anzug. Wahrscheinlich teuer, dunkelblau.« Das Mädchen überlegte. »Wissen Sie, ich kann es nicht leiden, wenn jemand mit mir zusammen das Haus betritt, ich meine, ein Fremder. Wer hier wohnt, kennt den Türcode, und wer zu Besuch kommt, wird reingelassen. Aber den Rothaarigen habe ich nicht weiter beachtet. Erstens war ich nicht allein, und zweitens sah er anständig aus.«

»Größe? Körperbau?«

»Klein, kleiner als ich. Höchstens einssiebzig, denke ich. Dick. So ein Fetter, Wabbeliger.«

»Hatte er etwas in der Hand?«

»Eine Aktentasche, glaube ich.«

»Sie haben also die Tür geöffnet, und er kannte den Code nicht und ging mit Ihnen zusammen ins Haus.«

»Ja, genau.« Das Mädchen nickte.

»Und dann?«

»Meine Freundin und ich stiegen in den Fahrstuhl. Er lief die Treppe rauf.«

»Würden Sie ihn wiedererkennen?«

»Warum nicht? Hören Sie, in welchem Fall ist er denn Zeuge? Geht es um die Frau in der dritten Etage, die sich vergiftet hat?«

»Das kann ich Ihnen vorerst nicht sagen.«

»Ermittlungsgeheimnis?«

»Vollkommen richtig.« Der Hauptmann lächelte.

Aus dem Tagesbericht erfuhr er, daß die Malerin Resnikowa von einem Auto überfahren worden war.

Der schwarze oder dunkelblaue Ford war vom Unfallort geflüchtet. Die Autonummer hatte sich niemand gemerkt. Der Unfall hatte sich unweit des Hauses von Rakitins Eltern ereignet, nur anderthalb Stunden bevor Leontjew dort eingetroffen war.

Nun war er sicher, daß er den netten Rothaarigen bald finden würde, obwohl er nichts weiter in der Hand hatte als ein Foto.

Zwischen ihnen lagen nur einige Dutzend Meter, und es wurden rasch weniger. Nika begriff auf einmal, daß sie statt einer höflichen Ermahnung wie: »Veronika Sergejewna, Sie verhalten sich unvernünftig«, diesmal einen Schuß hören würde. Das heißt, hören würde sie nichts, die Pistole hatte bestimmt einen Schalldämpfer. Das kurze Plopp würde im Bahnhofslärm untergehen, im Geschrei der Menge, im Dröhnen des einfahrenden Zuges, in dem Kostik verschwinden würde.

Sie mußte runter vom Bahnsteig, mußte in der Enge des Kleidermarktes vorm Bahnhof untertauchen. Dort würde er nicht mehr so leicht auf sie zielen können.

Auf der Treppe rissen einer Frau die Henkel ihrer Einkaufstüte, der Inhalt fiel heraus, und auf der untersten Stufe bildete sich ein Stau. Nika rannte zum nächsten Abgang und befand sich plötzlich auf einer Freifläche, allein mit Kostik. Sie sah ihn in die Jackentasche greifen. Ihr wurden die Knie weich, der Schrei blieb ihr in der Kehle stecken, wie in einem Alptraum. Nika kniff die Augen zu, und als sie sie wieder öffnete, erblickte sie neben Kostik zwei Milizionäre.

»Sergeant Timofejew.« Der blutjunge Uniformierte legte die Hand an die Mütze. »Ihre Papiere bitte.«

Vor ein paar Minuten war ein merkwürdiger dünner Kahlkopf in abgewetzter Fliegerlederjacke auf die Bahnmilizionäre zugestürzt und hatte heiser auf sie eingeredet: »Sie müssen den Kerl da festnehmen. Ich habe sein Foto im Schaukasten der Miliz gesehen und auch im Fernsehen in den Verbrechensmeldungen. Das ist er, eindeutig, er ist ein gefährlicher Verbrecher. Ich habe ihn erkannt. Bitte, schnell, sonst bringt er hier noch jemanden um ...«

Die letzten Worte waren vielleicht ein bißchen übertrieben, aber die beiden Sergeanten beeilten sich tatsächlich, als sie den quadratischen kurzgeschorenen Kopf und die muskelbepackten Schultern sahen. Sollte sich herausstellen, daß nach dem Kerl tatsächlich gefahndet wurde, winkte ihnen eine hübsche Geldprämie.

»Was?« fragte der Quadratschädel, als sei er bei einer wichtigen Beschäftigung gestört worden.

»Ihre Papiere«, wiederholte Timofejew.

»Gleich ...«

Der zweite Sergeant warf einen Blick auf die rechte Jakkentasche, aus der die Hand des Mannes soeben geglitten war. Sie war ziemlich ausgebeult, und als der Sergeant sich ein Stück vorbeugte, erkannte er einen Pistolengriff.

Gut, daß sie zu zweit waren. Der Kerl hatte Kräfte wie ein Stier. Sie konnten ihn nur mit Mühe überwältigen und ihm den Arm auf den Rücken drehen, als er erneut in die Tasche greifen wollte. Zwei weitere Milizionäre kamen den Bahnsteig entlanggerannt. Der Festgenommene fluchte leise und spuckte durch die Zähne.

Als er abgeführt wurde, bemerkte Sergeant Timofejew ganz in der Nähe ein junges Mädchen, das mit dem Rükken an das Bahnsteiggitter gepreßt stand. Ihr Gesicht hob sich aus der Menge der anderen Neugierigen durch eine besondere, durchsichtige Blässe ab. Die riesigen Augen waren erstarrt. Wahrscheinlich war sie zum erstenmal Zeugin einer echten Festnahme. So etwas hatte sie bislang bestimmt nur im Kino gesehen.

Der Parteiboß des Gebiets Sinedolsk, Pjotr Russow, hatte seinem geliebten unehelichen Sohn Grischa ein anständiges

Erbe hinterlassen. Geld, Beziehungen, eine Wohnung in Moskau, eine Wohnung in Sinedolsk, vor allem aber die Goldmine am Fluß Moltschanka, in der Nähe der Siedlung Gelbe Schlucht.

Die Mine galt als ausgebeutet. Das letzte wenige Gold hatten im Krieg halbverhungerte Häftlinge gefördert, übriggeblieben waren nur Abraumhügel am Flußufer, Sand- und Kieselhaufen und drei morsche Baracken.

Anfang der achtziger Jahre wurden an diesem verlassenen Ort zufällig mehrere große Nuggets gefunden. Wer sie gefunden hatte und vor allem, wohin der Glückliche damit verschwunden war, blieb ein Geheimnis. Doch auf dem Schreibtisch des Ersten Sekretärs der Gebietsleitung landete die Meldung, daß bei der Siedlung Gelbe Schlucht vermutlich noch eine Goldader existierte.

Pjotr Russow hatte es nicht eilig, die Nachricht nach oben, nach Moskau, weiterzuleiten. Aber außer ihm hatte noch jemand von der Goldader erfahren: der Kriminelle Spely aus Sinedolsk.

Der Kriminelle und der Parteiboß verhandelten miteinander, am Ende wurde beschlossen, die Goldader vorerst nicht anzurühren. Beide wußten, daß die Zeit dafür noch nicht reif war. Es würde eine Menge Probleme geben mit dem Absatz und auch mit der Förderung.

Russow senior zerbrach sich lange den Kopf, woher man die Arbeitskräfte nehmen sollte, Leute, die für wenig Geld das Gold förderten und über die Angelegenheit schwiegen, doch ihm fiel nichts ein.

Spely wanderte indessen für einige Jahre ins Gefängnis. Russow senior wurde schwer krank und erzählte vor seinem Tod seinem Sohn Grischa von der Goldmine.

»Das wichtigste ist, Leute zu finden«, sagte der sterbende Russow, »Leute, die schweigen und arbeiten. Es gibt Goldwäscher-Artels, aber die sind teuer. Außerdem können über die Informationen nach außen dringen. Wenn du das Problem mit den Leuten löst, ist alles andere ein Kinderspiel. Doch sieh zu, daß du niemanden um Hilfe bittest außer Spely. Er kommt bald raus. Er wird sich um die Bewachung kümmern.«

Die Idee, Menschen einzusetzen, die einer speziellen psychischen Manipulation unterzogen worden waren, kam Russow nicht sofort. Er beschäftigte sich mit Sekten und erkannte, daß sie ein Ort waren, wo Menschen zu schweigenden, anspruchslosen und zuverlässigen Arbeitskräften gemacht wurden, durchaus geeignet für die Goldgewinnung. Nach langer Beobachtung fiel seine Wahl auf Shanli. Er wartete ab, bis Spely seine Strafe abgesessen hatte, und 1993 traf schließlich die erste Partie Goldwäscher ein.

Die Goldgewinnung kam ins Rollen. Russow sorgte für unbezahlte schweigsame Arbeitskräfte, Spely für die Bewachung und die Disziplin in der benachbarten Siedlung Gelbe Schlucht. Der Erlös vom Goldverkauf bildete den Grundstock für Russows Kapital, er deckte die Ausgaben für den Wahlkampf. Entscheidend für den Wahlsieg war jedoch auch die Unterstützung durch Spely, der daran interessiert war, daß Russow der erste Mann im Gebiet wurde.

Das einzige Problem war, daß die von Shanli manipulierten Menschen nicht lange lebten.

Nikita Rakitin riß sich vom Notebook los, lief durch das kleine Zimmer, hockte sich vor den Ofen und stocherte in den erlöschenden, nur noch schwach glimmenden Kohlen. Er war mit seiner Arbeit fast fertig. Noch kein Buch war ihm so schwergefallen. Vor seinen Augen standen die toten Gesichter der Frauen und Kinder, die schwarzen Pentagramme. Manchmal glaubte er keine Zeile mehr schreiben zu können.

Der Wind heulte. Die schwarzen Blätter der Espe vorm Haus zitterten, schlugen gegen das Fenster, das Mondlicht und die Schatten des Baumes warfen bewegte Muster auf den Dielenboden. In der Ferne ratterte bedächtig, anheimelnd der nächtliche Güterzug vorüber. Am anderen Ende des Dorfes bellte leise und zaghaft ein Hund.

Nikita zog seinen alten Regenmantel mit Kapuze über und ging hinaus. Es war Mitternacht. Im Dorf war kein einziges Fenster erleuchtet. Dumpf rauschte der Eichenwald, es fiel ein kalter Nieselregen. Vom langen Sitzen am Computer taten ihm die Schultern weh. Langsam schlenderte er die schlafende Dorfstraße entlang. Die einzige Lampe brannte ganz vorn, wo die Dorfstraße die Landstraße kreuzte.

Er lief mit gesenktem Kopf und hatte das Gefühl, tatsächlich tot zu sein. Ringsum menschenleere Felder, der menschenleere Eichenwald.

Die Lampe schwankte im Wind. Das Licht riß nasse Brennesseln und Wegerich aus der Dunkelheit und den Rand eines schwarzen Bretterzauns. Der Hund hinterm Zaun klirrte mit der Kette und bellte. Nikita vernahm schnelle, leichte Schritte. Er hob den Kopf und erblickte vor sich im Lampenlicht eine schlanke Silhouette. Enge Jeans, eine weite Jacke, eine Tasche über der Schulter, eine tief in die Stirn gezogene Schirmmütze.

Sie wußten nicht, wie lange sie schweigend umarmt auf der Kreuzung standen, im Nieselregen, im Lichtkegel der Straßenlampe.

Nikita kam als erster zu sich, er merkte, daß sie sich kaum auf den Beinen halten konnte und daß ihre Jacke völlig durchnäßt war. Er nahm ihr die Tasche ab und sagte: »Komm ins Haus, Nika, sonst erkältest du dich noch.«

Neunundzwanzigstes Kapitel

»Was ist das? Wer hat das hier hingelegt?«

Auf Russows Schreibtisch lag die neueste Ausgabe des auflagenstärksten russischen politischen Wochenmagazins. Die erste Seite war aufgeschlagen. Russow starrte auf das große Farbfoto.

Vom Hochglanzpapier blickten ihn tote Augen an. Viele tote Gesichter, tote Augen. Sie waren gut erhalten. Der Kodakfilm hatte sie so deutlich, so plastisch aufgenommen, daß man meinte, den widerwärtigen süßlichen Verwesungsgeruch wahrzunehmen. Russow konnte sogar das schwarze Pentagramm auf der Brust einer jungen Frau erkennen, die in der Mitte des Bildes ganz oben lag. Hinter dem Massengrab, hinter dem Berg toter menschlicher Körper, sah man die Taiga.

Auf der nächsten Seite entdeckte der Gouverneur sich selbst, eines seiner besten Wahlplakate, im offenen Jackett, darunter in großen Buchstaben: »Wir werden leben, Freunde!« und seine schwungvolle Unterschrift: G. Russow.

Die Fotos begleitete ein großer Artikel »Das Gold der Gelben Schlucht«, darunter stand der Name des Autors: Viktor Godunow.

Russow starrte angestrengt auf den Text, konnte aber keine Zeile lesen. Auf seinem Schreibtisch klingelten gleichzeitig zwei Telefone. Russow hielt sich die Ohren zu, dann schüttelte er heftig den Kopf und nahm einen Hörer ab.

»Grigori Petrowitsch, schalten Sie den Fernseher an, erstes Programm«, hörte er seinen Pressesekretär mit einschmeichelnder Stimme sagen, warf den Hörer auf die Gabel und griff nach der Fernbedienung. Auf dem Bildschirm erschien das Gesicht eines prominenten Moderators, dann ein Foto des offenen Massengrabs am Ufer der Moltschanka. Die Telefone schrillten weiter. Er stellte den Fernsehton lauter.

»Auf Befehl des Ministers ist eine Einsatzgruppe des Innenministeriums vor Ort eingetroffen. Aus sicheren Quellen ist uns bekannt, daß Herr Russow, der kürzlich aus den Gouverneurswahlen so erfolgreich als Sieger hervorging, nicht nur von den Vorgängen wußte, sondern an diesem ungeheuerlichen Verbrechen unmittelbar beteiligt war. Einzelheiten in unserem Sonderbericht heute um zweiundzwanzig Uhr fünfzehn.«

Russow schaltete den Fernseher aus. In seinen Ohren gellte das Telefonschrillen. Er nahm abermals ab.

»Grigori Petrowitsch, Sie werden nach Moskau gebeten, ein offizielles Regierungstelegramm …« Die erschrockene Stimme der Sekretärin klang dünn, wie aus der Ferne. »Ja, und hier im Vorzimmer steht jemand von der Bezirksstaatsanwaltschaft.«

Er schleuderte den Hörer zurück und stürzte zum Fenster, das auf den Platz hinaus ging. Unten stand ein schwarzer gepanzerter Jeep, daran lehnten zwei muskelbepackte Gorillas, zwei schweigsame Bastarde aus Spelys Mannschaft, und blickten zu ihm hoch. Daneben parkten mehrere Milizautos und ein schwarzer Wolga aus der Bezirksstaatsanwaltschaft.

Russow sprang vom Fenster zurück, riß so heftig an der Schnur, daß die Plastikjalousie ganz schief hing, dann rannte er zur Tür und verriegelte sie.

Jemand klopfte an, erst diskret, leise, dann immer lauter. Russow kehrte zum Schreibtisch zurück, sank in seinen Sessel und schloß die Augen. Das Klopfen verstummte. Im Raum herrschte Totenstille. Wie auf Kommando schwiegen auch die Telefone, nur das Handy in der Innentasche seines Jacketts klingelte melodisch.

»Hallo, Grischa. Zieh die oberste Schublade deines Schreibtischs auf«, vernahm er den schleppenden Baß von Spely und befolgte den Befehl wortlos. In der Schublade lag eine Pistole. »Gefunden?« fragte Spely gutmütig. »Warum sagst du nichts? Es ist eine Patrone drin. Du siehst, ich gebe dir aus alter Freundschaft eine Chance.«

Im Vorzimmer, hinter der dicken Tür, klang der Schuß ganz leise – ein schwaches Ploppen. Die blutjunge Sekretärin zuckte zusammen und ließ die Puderdose fallen. Der Staatsanwalt ging schweigend zur Tür, rüttelte ein letztes Mal an der Klinke und forderte dann ein Spezialteam an, denn eine Stahltür ließ sich nicht ohne weiteres aufbrechen.

»Und jetzt die Augen schließen. Tief einatmen und die Luft anhalten. Wir wiederholen in Gedanken noch einmal: Unabdingbare Voraussetzung für ein Vorankommen in der Praxis ist die absolute Ergebenheit gegenüber dem Guru. Darum werde ich dem Guru in höchstem Maße ergeben sein. Um meiner Rettung willen werde ich alles opfern.«

Auf dem Fußboden des großen Saales saßen in einem weiten Kreis Männer, Frauen und Jugendliche in weißen Karateanzügen im Lotossitz. In der Mitte thronte ein riesiges, breitschultriges Geschöpf mit kleinem, kahlgeschorenem Kopf. Im fleischigen Ohr schaukelte ein Ohrring, ein ganz gewöhnliches orthodoxes Kreuz, nur verkehrt herum.

»Ausatmen«, kommandierte das Geschöpf mit tiefer Stimme, »beim Ausatmen wiederholen wir laut, mit geschlossenen Augen: Ich werde alles opfern, es bereitet mir Freude, alles opfern zu dürfen, ich empfinde Glück, wenn ich alles opfere.«

Zwei Dutzend Stimmen – Männer, Frauen und Kinder – wiederholten diese Sätze mehrere Male, allmählich gingen die Worte über in ein tiefes, aus dem Bauch kommendes »Omm«.

Mit dem eintönigen »Omm«, dem uralten Symbol für die Leere und den ewigen Tod, haben die Menschen schon vor dreitausend Jahren die schrecklichsten, bösesten Kräfte des Universums beschworen. Ein schauriges magisches Symbol, geheimnisvoll und verlockend.

Felix Viktjuk beobachtete durch die halboffene Tür die Gesichter und fand, daß Magda, Shanlis einstige Schülerin und Leibwächterin, gar nicht so dumm war, wie er immer geglaubt hatte. Schon in ein paar Wochen könnte man allmählich technische Hilfsmittel anwenden: Ultraschall, Infraschall, Ultrahochfrequenzbestrahlung. In einem halben Jahr wäre die erste Brigade einsatzbereit, zunächst zur Probe – die subtile, komplizierte Arbeit eines Killers war etwas anderes, als in der Taiga unter strenger Bewachung Flußsand zu sieben.

Diese ersten würden natürlich nur für den einmaligen Gebrauch taugen. Aber die Auswahl für die nächste Gruppe lief bereits; sie konnten sich nicht retten vor Interessenten, die darauf brannten, mühelos alle ihre unlösbaren Probleme zu lösen, sich von seelischen und körperlichen Schmerzen zu befreien, auserwählt zu sein, Ruhe und absolutes Glück zu finden und vor allem – nicht mehr zu denken. An nichts zu denken.

Viktjuk schloß leise die Tür, durchquerte rasch das schicke Foyer des Gesundheitszentrums und nickte dem uniformierten Wachmann freundlich zu. Lautlos schwang die Glastür vor ihm auf.

Draußen war es warm, der Regen hatte aufgehört. Viktjuk stieg in seinen bescheidenen VW und startete. Der Wagen rollte durch die stille grüne Straße. Viktjuk wollte in seinem Lieblingsrestaurant »Praga« essen. Er überlegte, daß er sich heute am besten etwas Leichtes bestellen sollte, Fisch und viel Gemüse. Er mußte auf sein Gewicht achten.

Den Miliz-Mercedes, der ihm bis zum Arbatplatz folgte, beachtete er nicht.

»Was ist, Hauptmann, nehmen wir ihn gleich fest?« fragte Wanja Kaschin.

»Soll er ruhig ein letztes Mal schön essen. Wir nehmen ihn fest, wenn er rauskommt«, antwortete Hauptmann Leontjew.

Epilog

»Sie sind heute aber ziemlich viele.« Kopfschüttelnd sah der Arzt die drei Besucher an. »Wollen Sie etwa alle rein zu ihm?«

»Ja, das wollen wir.« Jegorow nickte und griff gewohnheitsmäßig nach seiner Brieftasche.

»Lassen Sie nur.« Der Doktor lächelte und schob den Geldschein beiseite. »Die Entlassungspapiere sind schon fertig. Sie können ihn am Montag abholen.«

»Nicht heute?« fragte Jegorow heiser.

»Heute ist Sonnabend, am Wochenende entlassen wir nicht. Übrigens hat er heute der Pflegerin ein Gedicht aufgesagt. Und gesagt, daß er Bratkartoffeln möchte. Aber wo sollen wir die hernehmen, frage ich Sie? Wir haben nur Reis, Makkaroni und Kartoffelbrei.«

»Und was noch? Was hat er noch gesagt?« flüsterte Jegorow.

»Na, gehen Sie rein zu ihm. Die Pflegerin sitzt gerade bei ihm, die kann Ihnen alles genau berichten. Sagen Sie, sind Sie nicht Viktor Godunow?«

Nikita nickte. »Der bin ich.«

»Entschuldigen Sie bitte, aber ich habe Ihren Nachruf gelesen. In der Zeitung stand, Sie wären umgekommen, bei einem Brand. Also sind Sie es nun oder nicht?«

»Er ist es.« Nika lächelte. »Da können Sie ganz sicher sein, er ist es.«

Fedja schlief, zusammengerollt, eine Hand unter der Wange. Sein Gesicht war rosig, das Haar zu einem dichten hellen Igel nachgewachsen. Sein Atem ging ruhig und gleichmäßig.

Auf dem Bett saß die Krankenpflegerin, eine notdürftig mit einem Pflaster zusammengeklebte Brille auf der Nase. Mit einer Hand streichelte sie Fedjas Kopf, in der anderen hielt sie eine kleine, zerfledderte Bibel, aus der sie leise, fast flüsternd, vorlas: »Der Wind geht nach Süden und dreht sich nach Norden und wieder herum an den Ort, wo er anfing. Alle Wasser laufen ins Meer, doch wird das Meer nicht voller; an den Ort, dahin sie fließen, fließen sie immer wieder. Alles Reden ist so voll Mühe, daß niemand damit zu Ende kommt. Das Auge sieht sich niemals satt, und das Ohr hört sich niemals satt.«

Die Krimi-Zarin
POLINA DASCHKOWA

Sie gilt als wichtigste Vertreterin des neuen russischen Spannungsromans. Dabei lagen ihre Anfänge auf ganz anderen Gebieten. Ende der 70er Jahre studierte Polina Daschkowa, geboren 1960 in Moskau, am renommierten Gorki-Literaturinstitut und veröffentlichte Gedichte. Später arbeitete sie für den Rundfunk, leitete die Kulturredaktion einer Wochenzeitung und war Parlamentsberichterstatterin. Daneben übersetzte sie Bücher aus dem Englischen und verfasste gelegentlich Tätergutachten für die Kriminalpolizei.

Geschult an Dostojewski und den englischen Klassikern Agatha Christie und Arthur Conan Doyle versuchte Polina Daschkowa sich Mitte der 90er Jahre an der großen Form des Kriminalromans. Nur widerwillig nahm der Pförtner eines Moskauer Verlags ihr Manuskript entgegen, das aber sofort angenommen und nur wenige Wochen später gedruckt wurde. Mit ihrem Mann, einem Dokumentarfilmer, und ihren zwei Töchtern lebt Polina Daschkowa in Moskau. Ihre ersten Romane entstanden noch am häuslichen Küchentisch. Mittlerweile hat sie ein eigenes Arbeitszimmer. Die zarte, elegante Frau, die an manchen Tagen bis zu zwanzig Seiten schreibt, bezieht ihre Kreativität, wie sie sagt, nicht aus dem Kommerz:

»Um mit Puschkin zu sprechen, ich schreibe für mich und verkaufe um des Geldes willen.«

EINE AUTORIN HÖCHSTEN RANGES

»Polina Daschkowa erzählt filmreif.« F. A. Z.
»Unglaublich dicht und spannend.« Brigitte
»Sie ist die Königin des Krimis.« Die Zeit

Die Meisterin der atemlosen Spannung

Der ungeheure internationale Erfolg von Polina Daschkowa lässt sich mit einer einzigen Zahl illustrieren: 45 Millionen verkaufte Exemplare weltweit! Übersetzt ins Französische, Deutsche, Holländische, Spanische, Bulgarische, Rumänische.
In nur zehn Jahren hat sie sich eine riesige Fangemeinde erschrieben. In Russland, wo Kriminalromane in Warenhäusern, Kiosken und improvisierten Verkaufsständen allgegenwärtig sind, wird jede ihrer Neuerscheinungen zum großen Ereignis. Fasziniert sind die Leser nicht allein von Daschkowas hochspannenden und stets aktuellen Geschichten, sondern vor allem von ihren feinen Charakterstudien. So trifft man in ihren Büchern den skrupellosen Millionär genauso wie den armen Liedermacher oder die mutige Journalistin. Erscheinen ihre Stoffe auf den ersten Blick sehr russisch, so sind sie doch stets universell. Denn es geht um die großen tödlichen Dramen dieser Welt – um Liebe, Wahn und Geld. In Deutschland wurde Polina Daschkowa unlängst mit dem Krimi-Preis von Radio Bremen ausgezeichnet.

FRAU DASCHKOWA, was denken Sie über:

Das »neue Russland«: Dieser Staat erinnert an einen pubertierenden Teenager aus einer schlecht funktionierenden Familie: schwankend zwischen Minderwertigkeitskomplex und Größenwahn, zwischen Euphorie und selbstmörderischer Depression.

Das Böse: Das Böse beginnt da, wo es Niedertracht gibt. Niedertracht herrscht, wenn die Wirklichkeit mit ihrem Schein vertauscht wird: statt Mitleid Sentimentalität, statt Schönheit Pornografie, statt Geschichte Mythologie.

Die Mafia: Ein gut organisiertes, diszipliniertes und ziemlich erfolgreiches Kollektiv von Gaunern, Paranoikern, Sadisten, Bürokraten und sonstigen moralisch verkommenen Subjekten. In Literatur und Kino wirken sie viel attraktiver als im Leben.

Das Schreiben: Eine angeborene Pathologie der Sinnesorgane oder des Stoffwechsels, bei der alles, was man sieht, hört oder sogar riecht, unbedingt in literarischer Form ausgedrückt werden muss.

Dostojewski: Wenn Sie über jemandem etwas herausbekommen wollen, was er selbst nie über sich sagen würde, dann unterhalten Sie sich mit ihm über Dostojewski.

Im Verhör: POLINA DASCHKOWA

Was war für Sie der Durchbruch zum Schreiben?

PD: Das war ein langer Prozess. Als Mutter von zwei Töchtern musste ich ein paar familiäre Probleme lösen. Als meine jüngere Tochter drei war, wurde mir klar, dass ich zu Hause bleiben sollte, zumal ich mich auch um meine kranke Großmutter kümmerte. Da wollte ich etwas schreiben, das es in dieser Form in Russland noch nicht gab: etwas voller Abenteuer, Dynamik und geheimnisvoller Verbrechen. Es sollte leicht lesbar, aber trotzdem seriös sein. In Russland gibt es eine eigenartige Tradition. Viele glauben, dass der ernsten Literatur etwas Dumpfes und Verrücktes anhaftet. Dabei hatten Dostojewski und Tolstoi eine große Lesergemeinde und hohe Auflagen. Dostojewski ist ein Krimi-Autor. Das machte ihn bei Kritikern verdächtig. Literatur muss so beschaffen sein, dass sie von Menschen unterschiedlichster Herkunft und Bildung begriffen wird.

Wie reagierte Ihre Umgebung, als Sie zu schreiben begannen?

PD: Ich hatte zwei Geschichten im Kopf. Eine war aus dem Leben gegriffen und die andere eher fiktional. Ich erzählte meinem Mann und Freunden davon, und sie waren überrascht, dass es ein Krimi ist, und meinten, ich sei dafür als Dichterin zu intelligent. Mittlerweile kränkt mich diese Meinung nicht mehr. Zunächst arbeitete ich nachts in der Küche. Ich schrieb alles per Hand. Dann las ich verschiedenen Leuten meine Texte vor. Sie wollten immer wissen, wie es weitergeht. Als ich 100 Seiten geschrieben hatte, fühlte ich mich sehr erschöpft und legte die Blätter beiseite. Mein Mann meinte, dass ich es mir niemals verzeihen würde, wenn ich nicht weiterschreiben würde. Es wurden 300 Seiten. Das war im Sommer 1996. Ich beendete die Geschichte ganz schnell.

War es schwierig, einen Verlag zu finden?

PD: Ich habe mir einfach Verlage aus dem Telefonbuch herausgesucht. Da wurden mir Fragen gestellt wie: »Wie viele Cops gibt es in der Geschichte? Wir brauchen welche mit sieben Cops.« Das war kurios. Eine weitere Kopie habe ich einem anderen Verleger vorbeigebracht. Innerhalb von zwei Tagen rief er bei mir an. Ich konnte es kaum fassen. Man gab mir sofort einen ganzen Haufen Geldscheine, ich wusste gar nicht, wohin damit. Sie sagten: »Das veröffentlichen wir. Hier haben Sie schon mal Geld. Schreiben Sie bitte noch mal fünfundzwanzig Seiten für einen weiteren Roman.« Ich bekam einen Vertrag mit, den ich nicht kapierte, und eine Plastiktüte für das Geld. Damit ging ich heim. Mein Mann meinte, das sei gar nicht so viel Geld. Im übrigen müsse ich laut Vertrag innerhalb von drei Wochen einen weiteren Roman abgeben. »Dann werde ich es eben tun«, war meine Reaktion. Und tat's, weil ich bereits eine andere Geschichte im Kopf hatte.

Aus einem Gespräch mit Petra Kammann